경성이여, 안녕

RICHOZANEI KAJIYAMA TOSHIYUKI CHOSEN SHOSETSUSHU

Copyright©TOSHIYUKI KAJIYAMA

Korean translation rights arranged with Impact Shuppankai through Japan UNI Agency,Inc.,Tokyo and AMO AGENCY,Gyeonggi-do

이 책의 한국어판 저작권은 AMO에이전시를 통해 저작권자와 독점 계약한 리가서재에 있습니다. 저작권법에 의해 한국 내에서 보호를 받는 저작물이므로 무단 전재와 무단 복제를 금합니다.

일본 작가가 본 식민지 조선의 풍경

경성이여, 안녕

가지야마 도시유키 지음　김영식 옮김

리가서재

일러두기

1. 본서의 원서는 『李朝殘影-梶山季之朝鮮小說集』2002, 川村湊編, インパクト出版會)이다.

2. 일본 내의 지명과 일본인의 이름은 원어로 표기했으나, 경성 내의 지명은 우리 발음으로 하고 ( ) 안에 일본어 발음을, [ ]에 현재 지명을 기재했다(예: 본정(本町, 혼마치)[충무로]). 또 1가, 2가 등을 칼하는 초메(町目)는 정목으로, 대로를 의미하는 도리(通り)는 통으로 표기했다. 다이쇼(大正), 쇼와(昭和) 등의 일본 연호는 모두 서기로 고쳤다.

3. 발음이 같은 다른 한자를 쓴 경우 등, 명백한 오기는 바로 고쳤다. 예: 대연산(大硯山) → 대현산(大峴山)

4. 사용한 단어가 지금 시점에서 부적절하게 생각될 수 있으나, 시대 배경과 작품의 가치를 고려해 일부를 제외하고 그대로 옮겼다.

5. 본서에 나오는 경성 시절 지명과 현재 지명 비교(가나다 순)
    고시정(古市町, 후루이치초): 서울 용산구 동자동
    다옥정(茶屋町, 차야초): 중구 다동
    대화정(大和町, 야마토마치): 중구 필동
    동사헌정(東四軒町, 히가시욘겐초): 중구 장충동 1가
    명치정(明治町, 메이지초): 중구 명동
    미생정(彌生町, 야요이초): 용산구 도원동
    병목정(竝木町, 나미키초): 중구 쌍림동
    본정(本町, 혼마치): 충무로
    소화통(昭和通り, 쇼와도리): 퇴계로
    신정(新町, 신마치) 중구 묵정동
    앵정정(櫻井町, 사쿠라이초): 중구 인현동
    약초정(若草町, 와카쿠사초): 중구 초동
    영락정(永樂町, 에이라쿠초): 중구 저동
    욱정(旭町, 아사히초): 중구 회현동
    장곡천정(長谷川町, 하세가와초): 중구 소공동
    죽첨정(竹添町, 다케조에초): 충정로
    청엽정(靑葉町, 아오바초): 용산구 청파동
    초음정(初音町, 하츠네초): 중구 오장동
    태평통(太平通り, 타이헤이도리): 태평로
    합정(蛤町, 하마구리츠): 서대문구 합동
    황금정(黃金町, 고가네초): 을지로

목차

족보(族譜) - 11

이조잔영(李朝殘影) - 77

성욕이 있는 풍경(性慾のある風景) - 143

두지개 속(甍の中) - 177

미군 진주(米軍進駐) - 197

밀항선(闇船) - 221

경성·1936년(京城·昭和十一年) - 279

경성이여 안녕(さらば京城) - 319

무궁화꽃 피는 계절(木槿の花咲く頃) - 337

역자 해설 - 385

족보 族譜

창씨개명에 의문을 가지면서 그것을 선전하는 모순.
그 모순을 감히 저지르려고 하는 고통.
나는 비극의 골짜기에 한 걸음씩 다가가고 있는 것을 깨달았다.
깊은 울적함이 마음속에서 퍼지며, 광인처럼 아무 말이라도 닥치는 대로 절규하고 싶은
충동에 휩싸이는 나. …나는, 비참한 심정이었다.

그 무렵, 나는 징용을 면하기 위한 비굴한 심정에서 경기도청에 취직하였다. 징용검사는 제2을(乙)을 받았으니 일단 소집영장과는 인연이 멀다고 해도, 이런 비상시국에 하잘것없는 유화 따위를 그리고 있다는 것이 빌미가 돼 징용에 끌려 나갈 위험은 충분히 있었다.

실제로 그해 여름, 정확히는 1940년 8월 초순, 어떤 이유에선지 나는 열흘간의 근로봉사 명령을 받고 조선신궁[일본 고유 종교인 신도(神道)의 사찰로, 일제가 식민지배의 상징으로 남산에 세움]이 있는 남산의 정상에서 군인들에게 혹사를 당하고 있었다. 아마 남산에 고사포 진지를 구축하는 것이 목적이었던 것 같다.

대륙성 기후는, 여름의 더위와 겨울의 추위가 뚜렷한 것이 특징이라고 하는데, 그해는 유달리 무더웠다. 문자 그대로, 찌는 듯한 불볕더위의 나날이 이어졌다. 하물며 산을 깎아내는 작업이므로 나무 그늘 하나 찾을 수 없었다. 게다가 작업은 극한 중노동이었다. 체력에는 자신이 없기도 하여 미술학교에 들어갔던 내가, 근로봉사라는 강제노동을 잠시도 버티지 못하고 비명을 지른 것은 지극히 당연했다.

작업의 내용을 말하자면, 나처럼 근로봉사를 하러 온 중학생들과 함께, 산을 허물어 토사를 광차에 싣고 운반하기만 하는 극히 단순한 노동이었다. 그러나 소집된 이백 명의 성인 징용자들에게 담당 군인은 휴식 시간 때마다, 작업량이 적다, 어른이 중학생보다도 게으르다며 사사건건 트집을 잡았다. 어쨌든 징용된 성인들은 나와 비슷하게 직장도 없어 보이는 문학청년 같은 창백한 얼굴의 남자들뿐이라, 단체행동에 익숙지 않은 자들이니 일을 열심히 할 리가 없었다.

담당 군인의 불만은 어쨌든 간에, 화가 치밀었던 것은 일주일째 되던 오후, 내가 일사병에 걸려 쓰러진 때의 일이었다.

"그늘에 들어가 쉬게."

군인은 못마땅한 표정으로 말하더니 나를 비꼬듯이 큰소리로 외쳤다.

"모두 내일부터 머리를 박박 밀고 와! 머리가 길어서 일사병에 걸리는 거야!"

머리가 긴 사람은 나 혼자가 아니었다. 징용자 대부분이 긴 머리였다. 게다가 일사병에 걸린 것은 밀짚모자가 바람에 날아가 버린 탓이었다. '무슨 풍딴지같은 소리!' 나는 내심 분개했다. 그리고 일사병을 핑계로 다음 날부터 이틀쯤 작업에 나가지 않았다.

마지막 날에는 3엔인가 5엔의 교통비가 지급된다고 들었기에 병을 무릅쓰고 갸륵하게도 일하러 나온 것 같은 얼굴을 하고 갔다. 정상까지는 꽤 경사가 급해 족히 한 시간은 걸렸다. 그런데 도착하자마자 웬일인지 지휘관인 포병 대위가 나를 불렀다.

"왜 쉰다고 신고하지 않았지? 무단결근은 자네에게 책임 관념이 결여되었다는 증거야!"

대위의 표현이 너무도 과장돼 나도 모르게 쓴웃음을 지어 버렸다. 이게 실수였다. 대위는 곧바로 내게 하산을 명하며 두 시간 안에 의사의 진단서를 첨부한 결근계를 갖고 오라고 했다. 근로봉사에 무슨 결근계냐고 여겼으나 거역하면 후환이 두려웠다. 나는 손목시계를 자주 들여다보면서 산을 내려갔다. 서소문까지 돌아가 병원에 들렀다 오려면 시간이 부족했다. 그래서 산 아래의 작은 의원으로 뛰어 들어가 사정을 말하고 서둘러 진단서를 받고, 종이 한 장을 얻어 결근계를 썼다.

산길은 두더웠다. 아무리 닦아도 땀이 계속 쏟아졌다. 나는 숨을 헐떡이며 바위 많은 긴 산길을 헉헉대며 달려서 올라갔다. 그래도 5분쯤 늦었다. 대위는 진단서를 들여다보고 내 주소를 물었다. 나는 머리를 굴려 진단서를 써준 사람은 단골병원의 의사라고 설명했다.

"흠, 꽤 요령이 좋은 놈이로군."

상대는 작은 소리로 혀를 찼다. 그리고 느닷없이 내 멱살을 잡았다.

"행동을 보니, 너, 꾀병이지? 솔직히 말해!"

…이런 괴롭고 불쾌한 단 한 번의 체험으로 나는 질려 버렸다. 근로봉사라고 명목상으로는 그럴듯하지만, 노무 징용과 다를 바 없었다. 나는 앞으로도 또다시 근로봉사에 끌려갈 것이라고 본능적으로 느꼈다. 정(町)당 5명의 할당이 있었다는 사정을 나중에 정장에게 듣고 나서, 더욱 이건 아니라고 생각했다. 더이상 군인에게 혹사당하는 것은 싫었다. 나는 서둘러 직장을 찾기로 했다.

육체노동이 불쾌하다는 것이 아니라, 단지 무언가 확실히 받아들일 수 없는 마음의 상태에서 억지로 몸이 혹사당하는 것을 참을 수 없었다. 쓸쓸한 분노가 치미는 가운데, 무거운 곡괭이를 휘두르고 삽질을 하는 폭염 속의 작업. 마치 가축이라도 부리는 듯한 눈매로 호되게 꾸짖는 군인들, 그것은 이루 말할 수 없을 만큼 덧없이 피로만 가득한 생활이었다. 고통스럽고 무의미한 이 생활은 필시 나 자신을 잿빛으로 갉아먹어 무기력한 인간으로 변신시킬 것이라고 나는 믿었다.

총독부에서 과장으로 일하는 자형이 취직을 알선해 주었다. 사무적인 재능이 그다지 없어도 나 정도라면 일할 수 있다고 하기에, 마침 잘됐다고 생각해 곧바로 승낙했다. 그러나 도청의 일자리도 결코 안전한 피난처는 되지 못했다….

나는 매일 아침, 누님이 만들어준 도시락을 자형에게 물려받은 손가방에 넣고 기계처럼 출근했다. 매일 아침 집으로 총독부의 자동차가 자형을 데리러 왔다. 그러나 자형은 한 번도 같이 타고 가자는 말을 하지 않았다. 누님은 두 자녀를 키우는데 정신이 없어 더부살이하는 나에게 신경 쓸 여유가 없었다. 나는 하숙집을 찾아 이사하려는 생각은 하고 있었지만, 막상 집을 찾는 것도 귀찮아 차일피일 미루며 계속 눌러살고 있었다.

서소문의 관사에서 배재중학 언덕길을 내려가 법원 옆을 지나면 태평통(太平通り, 타이헤이도리)[태평로]이 나온다. 왼쪽에 덕수궁, 오른쪽에 경성부청이 보이고, 전찻길을 따라 계속 북쪽으로 걸어가면 흰 벽의 조선총독부 건물이 우뚝 솟아 있다. 그 바로 앞 우측에 있는 벽돌 건물이 경기도청이었다.

근무한 지 얼마 되지 않아 금세 가을이 지나가고 곧 겨울이 찾아왔다. 길을 걸으면 플라타너스 가로수의 커다란 이파리가 바람이 불 때마다 떨어졌다. 낙엽이 자신의 의지에 반해 보도 위에서 바람에 휘날리는 아침 풍경을 보며 나는 급격하게 다가온 겨울의 발소리를 들었다. 그리고 그 풍경은 나 자신의 슬픈 모습을 보는 것 같았다. 도청에서 맡은 일이 아무래도 순조롭게 진척되지 않았기 때문이다.

중국 대륙에서의 전황(戰況)은 교착상태인 것 같았다. 지지부진한 전황에 애가 타는 듯, 경성의 거리도 왠지 점차 어수선한 공기에 휩싸이기 시작했다. 방공연습, 국민복 제정. 지원병 제도…. 변화의 소리는 생활의 곳곳에서 들려왔다. 예를 들면, 내가 속한 부서의 창가에 서서 전방을 바라보면, 색 바랜 가로수의 가지와 잎 사이로 장중하게 솟아 있는 건물이 조선총독부인데, 흰 벽의 건물 정면에는 '내선일체(內鮮一體)' '일억일심(一億一心)' 등 전의(戰意)를 고양시키는 슬로건이 걸려 있었다.

'내선일체? 미나미 지로(南次郞)[1874~1955, 8대 총독]는 이 말을 꽤 좋아하는 것 같군.'

일이 잘 풀리지 않을 때, 나는 늘 창가에 서서 담배를 피우는 습관이 생겼다. 내선일체라는 말이 머릿속에서는 이해됐지만, 실제 일의 면에서는 아무래도 수긍이 되지 않았다. 담배를 입에 문 채로 먼 창밖을 바라보아도 풍경에서 아무런 감흥이 일어나지 않았다.

"타니(谷) 군!"

나를 부르는 소리에 뒤돌아보았다. 과장 목소리에는 무언가 꾸짖는 듯한 날카로움이 느껴졌다. 과장은 나를 싫어했다. 직원들 모두 국민복 차림으로 출근하는데도, 나만 언제까지나 부친에게 물려받은 양복을 입고 출근하는 것을 못마땅하게 바라봤다. 직원 누구에게 나를 비국민이라고 비난했다는 이야기도 귀에 들려왔다. 그러나 나는 출세욕 덩어리 같은 과장이 명치정(明治町, 메이지초)[명동] 카페의 여급을 은밀히 첩으로 두고 있는 것을 알고 있었다. 화가 친구에게 그 사실을 들었던 것이다.

창가를 떠나 담배를 비벼 끈 후에 나는 천천히 과장 자리로 걸어갔다. 자신이 불러서 내가 옆에 온 것을 알면서도 과장은 일부러 인상을 쓰며 서류를 들여다보고 있었다. 말해 주지 않아도 그것이 수원 군청에서 올라온 보고서라는 건 나도 알고 있었다. 나는 묵묵히 책상 앞에 서 있었다. '과장은 과원의 모범이며 항상 다망하다. 알고 있다, 잘 안다.'

"아, 타니 군."

과장은 그제야 나를 눈치챘다는 듯이 얼굴을 들었다. 작은 체구지만 거의 매일 밤 이어지는 연회로 얼굴 피부는 술에 찌든 빛깔이었다. 안경을 오른손 검지로 쓱 밀어 올리는 습관적인 동작을 하면서 과장은 눈썹을 찌푸렸다.

"일은 어떻게 되고 있지? 순조롭겠지. 응?"

각오는 했지만 이렇게 비꼬는 말을 듣자 화가 치밀었다.

"네, 대체로…"

"흠, 대체로…라고? 이 서류를 보면, 자네 담당 지역은 3할 7부[37%]라는 저조한 수치인데, 이걸 대체로 순조롭다고 말하는 것인가?"

"하지만 과장님. 창씨개명이라는 것이 어찌 하루아침에…"

"뭐라고? 자네는 하루아침이라고 하지만, 포천, 가평, 양주 3군을 담당한 와쿠다 군도 그렇고, 양평, 광주 2군을 맡은 니노미야 군도 모두 7할대의 성적을 올리고 있어. 자네만 3할 7부라는 건 도대체 어떤 사정인가. 응? 와쿠다 군의 지역은 하루아침에 창씨개명이 되었다는 말인가?"

상대방의 말에는 가시가 돋쳐 있었다.

"그거야 과장님. 와쿠다 군이나 니노미야 군은 강제적으로 하니까 그렇죠. 창씨개명은 어디까지나 자발적인 행위에 따라야 한다고 취지데도 명료하게 적혀 있습니다. 저는, 그들의 자발적인 행위를…."

"바보 같은 소리! 그래, 취지에는 그렇게 적혀 있지. 그러나 반강제로 하지 않으면 조선인은 따라오지 않아! 자네처럼 책상에 앉아 면사무소에 아무리 편지를 써 본들 창씨개명이 되겠나! 어떤 방식으로 해야 한다는 것은 요전번 회의에서 충분히 말하지 않았는가. 그러니 자네들은 틀려먹었어…."

'자네들'이란 화가 동료를 말하는 것 같았다. 명치정의 '도미노'라는 술집이 경성에 사는 젊은 화가들의 아지트였다. 최근에 친구 한 명이 '도미노'에 들어온 수상한 남자를 사복 헌병인 줄 모르고 술김에 시비를 걸어 하룻밤 유치장에 처박힌 사건이 있었다. 내가 그 친구의 신병을 인수하러 갔었는데, 과장은 누군가에게 그 정보를 들은 것 같았다.

"어쨌든, 내년 3월 말까지 10할의 목표를 달성하도록. 알겠나!"

나는 대답을 하지 않고 잠자코 머리를 숙였다.

…창씨개명이라는 말은 많이 들어봤을 것이다. 일본이 취한 식민지 정책의 하나로, 조선인과 대만인의 성명을 일본식으로 바꾸게 하여, 완전한 일본인으로 만든다는 정책이었다. 물론 내선일체의 정책에서 파생적으로 태어난 것으로, 조선총독부가 자랑하는 정책의 하나였다.

그러나 창씨개명이 진정한 의미에서의 내선일체, 즉 친국 강화라는 의지에서 탄생한 것이 아니라는 점은 그 정책을 강제적으로 추진하려고 하는 당국의 태도를 보면 명백히 알 수 있었다. 그런데 나는, 처음에는 창씨개명 정책에 그런 깊은 의도나 속셈이 숨어있을 줄은 전혀 눈치 채지 못했다. 솔직히 말해, 이 정책은 종래 부당하게 차별 대우를 받아온 조선인에 대한 일종의 은전(恩典)이라는 생각조차 들어, 일을 맡았을 때는 '이건 고사포 진지 만드는 사역을 하는 것보다 보람이 있다'고

감격했을 정도였다.

분명 생각이 부족했다. 내 부친은 관리였다. 내가 다섯 살 때 우리 가족은 경성으로 이주했다. 그래서 나는 소학교부터 중학교 3학년까지 경성에서 살았다. 그 후 우리 가족은 다시 내지(內地)[일본]로 돌아갔고, 나는 중학교를 졸업하고 미술학교에 들어갔다. 그래도 나는 왠지 조선의 풍경을 잊을 수 없어, 누님과 자형이 있는 경성으로 돌아왔다. 그러니 나는 어느 정도 조선인들의 삶을 알고 있다고 생각했다. 아니, 그렇기에 창씨개명이 일종의 은전이라고 생각했던 것인데….

이곳 조선에서 일본인은 지배자였다. 그리고 조선인은 노예적인 지위에 있었다. 나는 어린 시절, 이것에 별로 의문을 품지 않았다. 막연하게 그들이 불쌍하다고 생각한 적은 있었지만, 왜 조선인이 그렇게 되었는지는 생각한 적이 없었다. 일본이 조선을 침략한 때의 가혹하고 비열한 수단을 내가 알게 된 것은 미술학교에 들어간 후였다. 하지만 그것도 매우 피상적인 것에 불과했다.

'내선일체'라는 표어를 내걸고 있어도, 일본인(조선에서는 내지인이라는 말을 사용했다)에게는 지우기 어려운 조선인에 대한 멸시감이 박혀 있었다. 그것은 어린이들이 조선인 앞에서 입을 뾰족 내밀고 외치는 "요보 주제에!"라는 무심결의 말에도 분명히 드러나 있었다.

이 말은 당시 조선에서 전능한 힘을 발휘했다. 그 말 속에는 '조선인 주제에 일본인에게 말대답하지 마라'라든가, '건방진 말 하지 마' 등의 의미가 들어있었다. '요보'라는 것은 "여보세요"라는 말로 원래 다른 사람을 부르는 조선말인데, 일본인은 그것을 조선인 또는 노예와 비슷한 의미로 사용했던 것 같다.

그러니 그들을 창씨개명시켜서 일본 이름으로 부르며 대등하게 교제한다는 정책은 오래전부터 조선에 살았던 일본인으로서는 무언가 분에 넘치는 은전이라는 것이 공통된 생각이고 감정이었다. 이러한 멸시감은 이 땅에서 30년에 걸쳐 배양돼왔다. 식민지의 이와 같은 감정은 좀체 씻어 낼 수 없는 것이었다.

…그런데 내가 맡은 일은 경기도에서 창씨개명의 선전과 실시였다. 천성적으로 나는 정치 따위와는 거리가 멀었다. 나쁜 아니라, '도미노'를 아지트르 삼고 있는 동료 모두 정치나 경제 등의 문제에는 거의 무관심했다. 내가 징용을 피하려는 수단으로 도청의 '총력(總力) 제1과'에 근무하게 되었다고 말했을 때도, "흠, 김 상, 박 상이 가네다 상, 기노시타 상으로 이름을 바꾼다면, 내선일체가 되는가? 한심하군!" 하고 누군가 한마디로 정리했을 뿐이다. 동료들은 모두 차가운 눈으로 바라보았다. 깊게 생각해봤자 아무것도 바뀌지 않는다는 허무감 같은 것이 식민지의 술집 동료들 사이에 떠돌고 있었다.

근무를 시작한 지 한 달 후에 나는 하나의 임무를 담당하게 되었다. 시흥군, 수원군, 진위군 등 3군의 창씨개명을 실시하는 일이었다. 경기도를 5개의 지역으로 나눠, 5인의 과원이 각기 담당자로 지정되었다. 면적으로 보면 신참인 내가 가장 좁지만, 인구는 가장 많았다.

총력 제1과, 제2과에는 보통의 과와는 달리 조선인 사무원이 한 명도 없었다. 총무부 관할이지만, 명령은 총독부에서 도지사를 통해 내려왔다. 이것이 과장의 입버릇이고 또 자랑이기도 했다. 어째서 그런 조직 계통이 되었는지는 한 달 정도 근무하자 알게 되었다. 이 두 과는 조선인에 대한 정책을 은혜라도 베푸는 것처럼 어떻게 선전하고, 실시할 것인지가 임무였다.

예를 들면 창씨개명에는 다음과 같은 선전 문구가 사용되었다.

"바야흐로 세계에 으뜸가는 일본 국민으로서 어깨를 펴고 걷고 싶다는 것이 조선 민중의 절절한 바람이다. 또 내선일체는 일본인 모두가 진심으로 기대하는 것이다. 그러나 그 이름을 보면 반도인인 것을 알게 돼 위축될 수밖에 없다. 선조도 같으며 얼굴 생김새도 흡사한 내지인과 반도인이 단지 다른 것은 성명뿐이다. 지금까지 일본에 귀화하려면 어려운 자격과 절차가 필요했으나 이번에 총독부는 대영단을 내려 반도인 각위[각자]의 절실한 요망에 부응해 창씨개명을 실시한다. 이에 의해 내선(內鮮) 간에 가로놓인 최대의 장벽은 제거되고 과거의 차별 대우도 없어지며…운운."

그러나 창씨개명을 하면 일본인과 동등하게 대우한다고 표면적으로는 달콤한 먹이를 보여주면서 실제로 당국이 생각한 것은 무엇이었던가. 그것은 일본 국민이므로 완수해야 하는 의무, 즉 징병이며 징용이었다. 또 세금이며 공출이었다. 종래의 지원병 제도를 단번에 징병제도로 전환하기 위한 준비 공작이었다…. (그 증거로, 곧 방대한 병사를 필요로 하는 태평양 전쟁이 일어났다)

나는 그 사실을 알고 놀랐다. 그렇군, 정치란 이런 것인가 생각했다. 나도 전쟁에 나가는 것은 싫다. 조선 청년들도 같은 마음일 것이다. 하물며 그들은 결코 자신들이 원해서 전쟁을 일으킨 것이 아니다. 그런데도 창씨개명이 끝나는 순간, "너는 몸도 마음도 일본인이다"라는 딱지가 붙어서 "자, 징병검사다"라고 벌거숭이로 줄 세워지고, 영장을 받는다. 그들은 깜짝 놀라 비로소 창씨개명 정책에 숨겨진 날카로운 낚싯바늘을 보게 되리라. 일본인과 동등하게 대우한다는 의미가, 전장과 동의어라는 것의 속임수를 눈치채게 되리라. 나는 그것을 알게 되자 우울해졌다. 아무리 미사여구를 늘어놓아봤자 내가 사기꾼의 동료인 것에는 변함이 없었다.

"우리도 징병이 있으니까, 조선인도 창씨개명을 한 이상, 당연하지. 의무는 싫고 권리만 주장한다는 건 아주 이기적이지."

나와 함께 도청에 들어온 니노미야는 이렇게 분명하게 단언했다. 그렇군, 그것도 일리는 있다. 그렇다면, 달콤한 먹이뿐 아니라, 정정당당하게 낚싯바늘도 줄도 보여줘야 한다. 바늘도 줄도 감추고 있으니, 일본인은 "아무래도 총독부가 조선인을 너무 거만하게 만든다"고 비평하고, 조선인들은 "이제 차별 대우가 없어진다"고 감격한다. 나는 방법이 아무래도 공정하지 않다며 마음속으로 수치를 느꼈다.

그래도 조사해 보면, 당국은 이 정책을 실시하면서 꽤 신중했다. 소수의 친일 부호들에게 작위 같은 형태로 일본명을 선사한 것이 그 첫걸음이었다. 물론 부호들은 겸연쩍다는 표정으로 일본명과 조선명 두 개를 적은 명함을 사용했다. 신문도 일부러 '노다 헤이지로(野田平次郞) 씨(송병준 씨의 일본명)'라는 식으로 썼다.

조선 민중에게는 관존민비의 사상이 흐르고 있다. 당국은 교묘하게 이 사상을 이용해 일본명에 대한 동경심을 고조시키고, 이제 때는 왔다고 하며 창씨개명을 선전, 장려하기 시작했다.

민중은 처음에는 경계해 따르지 않았다. 그러나 다음에는 교묘한 수가 준비돼 있었다. 창씨개명을 한 조선인에게는 취직이나 입학에 특별한 대우가 부여되었다. 예를 들면 그해의 경성제대 예과에 합격한 조선인은 모두 일본 성을 가진 학생뿐이었다. 갑자기 창씨개명 희망자는 인텔리[지식인] 계급에서 증가했다. 대중은 늘 이익에 넘어가기 마련이다. 인기는 급등했다.

당국이 과거의 어정쩡한 태도를 버리고 강제적으로 창씨개명을 실시하는 방침으로 나서기 시작한 것은 그즈음이었을 것이다. 낚아 올린 물고기에게 먹이를 주는 바보는 없다. 당국 입장에서는 창씨개명이 조선 민족 스스로의 요망에 의해 이루어지고 있다는 분위기, 준비 공작이 완료되면, 그것으로 충분했다. 먹이에는 조선 총독 미나미 지로의 이름이 붙여져서 전 조선에 뿌려졌다. 지방의 창씨개명 희망자가 저조했기 때문이다. 도지사를 통해 각 도청 총력 제1과에 지령이 내려왔다. 이미 창씨개명은 자발적이 아니라 강제적으로 조선 각지에서 추진되었다.

연내에 8할, 내년 3월 말의 완전 실시가 과장이 제시한 목표였다. 그러나 계략을 알게 되니 일본인인 나는 동료들처럼 강제할 마음은 생기지 않았다. 하지만 그렇다고 해서 어떻게 일에서 벗어날 도리도 없었다. 그것은 법무대신이 사형집행서에 서명을 하고 싶지 않은 심경과 비슷했다.

괴로운 징용을 피하려면, 다른 직업을 찾지 않은 한, 이 일에 충실해야만 했다. 조선인들은 한밤중에 자다가 잡혀가거나, 논밭에서 일하다가 트럭에 실려 가거나, 강제로 홋카이도나 규슈의 탄광에 노무 징용자로 끌려가고 있다는 소문이 들렸다. 그냥 응모를 받기만 해서는 예정 숫자에 한참 미치지 못했다. 그래서 군청의 노무 담당이 그런 난폭한 수단을 취하고 있다는 것이었다. "일하지 않는 자, 먹지도 마라"라는 듯한 공기가 점차 경성의 거리에도 팽창하기 시작했다.

웃어넘길 일이 아니라고 생각했다. 직장을 떠났을 때, 누가 나를 징용하지 않겠다고 약속해 줄 것인가. 나는 젊고, 그리고 회의적이었는지도 모른다. 그래도 그 무렵 내가 가장 욕망했던 것은 아틀리에도 프랑스제 물감도 아니라 내 일에 대한 타성이었다. 열정도 의지도 없이 일에 매달리려면 무기력한 타성밖에 없지 않은가. 단지 타성뿐이지 않은가…

눈앞에 닥쳐오는 폭풍우를 피하려고 바위 밑에 몸을 숨긴 등산가는 과연 비겁자인가. 나는 전장에 끌려가거나 군수공장에 징용을 당한 동료들을 떠나보내면서 그렇게 자문자답했다.

내 담당 지역 중에서 특히 수원군의 창씨개명이 지연되고 있는 이유는 설진영(薛鎭英)[1]의 존재였다. 설진영은 그 지방의 대지주로 유서 깊은 가문의 사람이었다. 이른바 지역의 종갓집이었다.

그 때문이기도 했는지 설진영은 창씨개명을 승낙하지 않았다. 조상에게 차마 머리를 들 수 없으니 이것만은…이라는 것이 그 이유였다. 설씨 가문이 창씨개명을 하지 않으니 수원군의 몇만이나 되는 사람들도 창씨개명을 하지 않았다. 대지주 설가(薛家)도 하지 않는데 소작인에 불과한 우리가 어찌…라는 것이었다.

설진영이 반일적인 사람이거나 민족주의자라서 창씨개명을 하지 않는 것이라면, 이야기는 간단하다. 증오를 정의감으로 바꿔치기하는 곡예라도 나는 할 수 있었을 것이다. 그러나 그는, 아무렇지도 않다는 듯 2만 석이라는 엄청난 한 해의 소작미를 모두 조선군에 헌납한 친일파였다.

그것은 분경 중일전쟁 발발한 다음 해였다. 군량미가 부족하다고 하니 소작미를 헌납하겠다는 의사를 그는 조선군 사령부에 알렸다. 처음에는 사령부에서도 얼마나 하겠냐며 대수롭지 않게 생각했다고 한다. 그런데 다음 날부터 화차로 연이어 용산역으로 운반돼 오는 쌀가마니의 양을 보고 이하라 참모장도 무심결에 "와!" 하는 말을 내뱉고는 말

---

[1] 실존인물은 설진영(薛鎭永)이다. 저자는 설(薛)을 같은 일본 발음(hei)의 벽(薜)으로 바꾸고 永도 英으로 바꾸었다. 본서에서는 설(薛)로 쓴다.

을 잊었다. 2만 석이라고 하면 족히 3개 사단의 장병을 1년간 먹일 수 있는 수량이었다.

그 뉴스에 놀란 신문기자가, 1년분의 소작미 수입을 전부 헌납하고 어떻게 살아갈 셈인지 질문하자, 설진영은 웃으며 대답했다.

"수입미가 없어도 세금이나 생활비는 약간의 저금이 있으니 어떻게든 충당할 수 있소. 목숨을 걸고 병사들이 싸우고 있으니, 나도 다 털어서 봉사한 것일 뿐…."

설진영은 이처럼 대단한 친일파였다. 군청에서도 아무래도 설진영 씨만은 창씨개명을 강제할 수가 없어 미적지근한 태도로 방관하는 모습이었다. 나도 동료들처럼 굳이 집까지 찾아가서 설득할 마음은 생기지 않아 그대로 방치하고 있었다.

조상을 숭상하는 마음은 충분히 이해되었다. 조선인이 일본 성을 쓴다고 해도 과연 그들 자신이 행복할 것인지는 의문이었다. 만약 이것이 일본인의 경우라면 어떠할 것인가. 일본인은 기꺼이 이 씨, 박 씨가 되어 조선에 대한 충성을 맹세했을 것인가. 나라를 빼앗기고 말을 빼앗기고 나아가 성명까지 빼앗기게 된 민족의 감정은 과연 언제까지나 평온할 수 있을 것인가.

민족의 피와 감정은, 과장이 생각하는 이상으로 매우 심각한 것이다. 미나미 총독이 조선 노인들을 초청해 경로회를 열고 그 자리에서 스스로 한복까지 입고 신문사의 카메라 플래시를 받고 '몸으로 나타낸 내선일체' 등의 큰 제목의 활자에 기뻐하는 정도의 제스처만으로는 응어리가 풀어질 리가 없다고 생각했다. 한복 차림으로 경로회에 출석하고, 일본어를 쓰고 일본 성을 쓴다고 해서 그것이 '내선일체'는 아니다. 결코 아니다.

하지만 나는 슬프게도 이 민족의 피를 짓밟고, 그 정책에 가담해 그것을 선전하는 직무를 맡았다. 창씨개명이 초래하는 불행을 분명하게 예지하면서도, 일자리를 잃어버릴지 므른다는 불안을 느꼈다. 폭풍우를 피하려고 바위 밑에 몸을 숨긴 등산가는 그곳에서 뜻밖의 장애물을 발견한 것이다. 몸의 안전을 도모하려면 눈을 감고 장애물을 골짜기 밑으로 떨어뜨려야 한다….

달리 내게 죄가 있는 것은 아니었다. 나는 총력 제1과에서 일하고, 과장의 명령으로 움직이는 것에 불과했다. 그러나 역시 어딘가 석연치 않은 것이 있었다. 어두운 회의의 골짜기 사이를 헤매는 슬픈 양심의 반항이 있었다. 나는 강한 중압감을 느꼈다. 격류의 소리를 들었다.

격류에 휩쓸린 낙엽은 단지 거침없이 흘러갈 뿐, 멈춰 서서 생각하거나 뒤를 돌아볼 마음의 여유도 없었다. 바위에 부딪히지 않고자, 소용돌이에 빨려 들어가지 않고자 하며, 단지 몸의 평안을 바랄 뿐이었다. 과장을 만나고 난 뒤, 나는 급류에 떨어진 한 장의 나뭇잎을 상상했다. 그 흐름에서 벗어나지 못한다면 결국 나도 한 장의 나뭇잎이 될 것이었다. '설진영을 직접 만나 보자. 친일파라면 소통이 안 될 리가 없다.' 나는 그렇게 결심했다.

다음날, 나는 경성역에서 경부선을 탔다. 난생처음의 출장이었다. 설진영이 사는 읍으로 가려면 병점이라는 간이역에서 하차해 삼십 분쯤 포플러가 연이은 먼지 자욱한 국도를 걸어가면 된다. 나는 알려 준 대로 병점역에서 내렸다.

국도를 따라 시냇물이 흘러갔다. 푸른 숲이었던 제방도 포플러 가로수도 지금은 갈색으로 모습을 바꾸고 있었다. 빨래하는 아낙네의 손이 빨갛게 곱아 있었다. 마른 풀 위에 말리고 있는 흰 저고리나 치마는 초

겨울의 햇볕을 받으면서 왠지 추운 느낌으로 눈에 비쳤다.

길의 좌우에는 광활한 논이 있어 추수가 끝난 볏단들이 음산할 정도로 정연하게 끝없이 이어졌다. 나는 좀 더 일찍 왔으면 좋았을 걸 하고 생각했다. 저 멀리까지 황금색으로 물든 벼 이삭, 어지럽게 날아다니는 메뚜기와 고추잠자리. 그리고 들판을 스쳐 가는 아지랑이 빛의 가을 바람…. 그런 광경이 문득 머리 한구석을 스치고 지나갔던 것이다.

국도를 삼십 분 정도 간다고 들었는데, 실제로는 거의 한 시간 가까이 걸어야 했다. 계속 걸어가도 논이 보여서 점차 불안해지기 시작할 무렵, 오른쪽에 산이 보이고 그 기슭에 마을 같은 것이 보였다. 설 씨의 집은 마을 한가운데 있었다. 토담을 둘러친 아주 넓은 고택이므로 곧바로 알아볼 수 있었다.

가까이 다가가서 보니, 멀리서 토담처럼 보인 것은 안채를 둘러싼 모양으로 늘어선 방들[행랑]이었다. 문을 들어가니 긴 담뱃대를 입에 문 백발의 노인들이 방 앞 툇마루에서 햇볕을 쬐면서 묵묵히 하늘을 쳐다보고 있었다. 저택 안에는 보기 드물게도 수목이 심어진 샘물이 있고, 저택 뒤쪽에는 대추와 감이 나무에 아직 많이 매달려 있었다.

노인들은 손님이 들어온 것을 보고도 무릎을 세운 자세를 풀지 않고 유유하게 연기를 계속 내뿜었다. 부자 친척 집에 일족의 연고자가 기식하는 것이 조선의 풍습이었다. 행랑채는 이 목적으로 만들어졌다. 누가 들어와도 모른 척하는 식객들의 태도가 나는 흥미롭고 예스럽게 느껴졌다. 여기만큼은 전쟁의 돌풍도 불어오지 않는 조선다운 한가로움이 있었다.

오래된 문을 끼익 소리를 내며 열고 들어가 정면의 돌계단을 올라가니 안채가 나왔다. 나는 명함을 꺼내 마중 나온 집사 같은 남자에게 건네고 주인 어르신을 뵙고 싶다고 말했다.

설진영은 나이는 쉰 네다섯쯤으로 겉보기에는 온화한 모습의 남자였다. 둥그스름한 얼굴 생김새, 부드러운 언행으로 보아, 그가 대지주로서 인근의 신망을 받는 이유를 잘 알 법했다. 그럼에도 붙임성 있고 꽤 사교적이었다. 젊은 처녀가 인삼차를 들고 들어왔다.

"제 딸 옥순(玉順)이라고 하오. 올해 봄에 막 여학교를 나왔다오."

'실례이오만, 타니 상은 원래 화가가 본업이 아니오?'

딸을 소개하고 설진영은 내 명함을 들여다보면서 물었다.

용건을 꺼내기도 전이므로 그 말에는 내가 놀랐다. 내가 최근 이삼 년간, 꾸준하게 조선의 풍속을 그려서 선전[조선미술전람회]에 입선한 것을 그는 알고 있었다. 나는 좀 당황스러웠다. '총력 제1과, 타니 로쿠로(谷六郞)'라고 인쇄된 명함이 화가 나고 부끄러웠다. 기묘한 직함이 붙어 있는 현재의 자신에게 갑자기 정나미가 떨어지는 기분이었다.

설진영은 자신은 일본어가 서투니 막내딸 옥순에게 통역을 부탁했다고 웃으면서 말했다. 집의 외관은 조선 가옥이지만 안내돼 들어온 응접실에는 일류 호텔처럼 두꺼운 양탄자가 깔려 있고, 매우 비싼 가죽 소파 등이 놓여 있었다. 그럼에도 부녀의 조선옷은 묘하게도 방과 조화를 이루고 있었다.

"우리 옥순이가 그림을 좋아하고 또 여학교에서 그림을 가르쳐 준 히요시(日吉) 선생님도 이 아이를 잘 돌봐 주셔서, 덕분에 저 같은 사람도 자주 전람회에 따라갔다오. 분명 타니 상은 작년에 널뛰기 그림을…"

널뛰기라는 것은 조선 여성의 놀이인데 시소게임 같은 것이다. 짚단을 받침대로 하여 그 위에 기다란 널빤지를 얹고 널빤지의 양 끝에 서서 서로 탄력을 주며 뛰는 놀이다. 한자로는 '도판(跳板)'이라 쓴다. 설날 같은 날에 젊은 처녀가 화려한 옷을 입고 차가운 하늘에 치마를 펄럭이면서 뛰고 있는 풍경은 그 자체로 한 폭의 그림이다. 나는 이 풍경을 그려 출품했던 것이다.

"잘 알고 계시는군요…."

나는 기분이 좋아져서 옥순에게 말을 걸었다.

"히요시 상에게 배웠다면, F고녀를 졸업했군요."

히요시는 미술학교의 선배였다. 설진영은 반백의 머리를 손으로 쓰다듬으며 막내딸이 자못 사랑스럽다는 표정이었다. 거북했던 마음은 곧 풀어졌지만, 나의 일이 생각나서 다시 우울한 기분에 빠졌다.

나는 묵묵히 입안에 퍼지는 인삼차의 향기를 한동안 맛보고 있었다. 그러나 '총력 제1과, 타니 로쿠로'라는 명함을 건넨 이상, 이대로 돌아갈 수는 없었다. 나는 작은 소리로 "실은…" 하고 말했다. 쉰 목소리가 목에 걸려 제대로 나오지 않았다.

"실은, 오늘 창씨개명 건으로 부탁을 드리러 왔습니다."

설진영과 옥순은 내가 방문한 의도를 이미 파악하고 있는 눈치였다. 그들은 곧 내 말을 경청하려는 자세를 취했다. 나는 생각나는 대로 말을 이어갔다. 그러나 이때의 기억은 왠지 매우 희박해져서 내가 어떤 말을 했는지도 명료하게 기억하지 못한다. 아마, 긴장하였고, 상대를 설득하려는 의욕에 가득 찼기 때문이리라. 어쨌든 내게 준비돼 있는 것은 관제의 선전 문구뿐이었다. 품질이 나쁜 상품을 팔아치우기에는 나는 너무나도 마음 약한 세일즈맨이었다.

"흠, 흠" 매번 고개를 끄덕이면서 설진영은 듣고 있었다. 가만히 옆에 앉아 있는 옥순의 차분한 갈색 눈동자와 마주치자 나는 마음속이 투과되는 듯한 동요를 억누를 수 없었다. 나는 그 집의 주인에게만 시선을 두고 신에 들린 듯한 열변을 토했다. 그러나 아무래도 그것은 헛돈 일인극에 불과했던 것 같다.

열변을 토하면 토할수록, 내 마음은 깊게 금이 가서 커다란 균열을 만들어 갔다. 아무래도 나는 설진영에게 창씨개명을 설득시키려는 것보다는 나 자신을 설득시키려고 노력했던 것 같다. 유럽의 호텔에서는 중국인들까지 일본 이름으로 서명하며 일본인이라 칭하고 있다는 둥, 일본해[동해]가 함몰되었기 때문에 이민족처럼 생각되지만, 조상은 같아 우리에게는 같은 피가 흐르고 있다는 둥, 이름은 몸을 나타낸다고 하는 격언도 있는데 이제는 창씨개명을 조선인 모두 기뻐하고 있다는 둥…, 그것은 확실히 신들린 인간의 말투 그 자체였다.

"…타니 상 말씀은 잘 들었소. 그러나 아무리 말씀하셔도 창씨만은 할 수 없소. 설(薛)이라는 성만은 봐주시오. 아래 이름은 일본식으로 바꿔도 좋소. 그렇게 하면 안 되겠소이까? 내 대에서 설 씨가 끊어진다면 조상을 뵐 면목이 없으니…."

설진영은 일어나서 한 아름이나 되는 큰 궤짝을 들고 왔다. 뚜껑을 열자, 속에는 색 바랜 서류가 가득 들어있었다. 그것은 '족보'였다. 조선에서는 장남이 가계를 잇는다. 가계를 이은 사람이 일족의 혼인, 생사 등을 꼼꼼히 기록한다. 그것은 설 씨 일족의 계보이며 칠백 년의 기록이며 칠백 년 번영의 역사였다.

말로는 들은 적이 있지만, 나는 '족보'라는 것을 그때 처음 보았다. 그리고 칠백 년 동안 족보를 꼼꼼히 적어 왔고 또 앞으로도 적어갈 미래를 생각하니 설 씨 일족의 위대한 과거가 갑자기 커다란 모습으로 다가왔다.

이(李) 왕가도 5백 년의 역사에 불과하다. 그리고 그 귀중한 족보는 전란 중에 소실되었다고 한다. 이 궤짝에 보관된 것은 백오십 년 전까지의 족보인데, 창고 안에는 똑같은 궤짝이 네 개나 더 있다고 설진영은 말했다.

"이것 좀 보시겠소? 타니 상."

설진영은 나를 불렀다. 그가 열어서 보여준 것은, 자신이 장손이 된 이래의 가장 최근의 기록이었다.

"아시겠소? 타니 상. 저의 부친도 조부도 그리고 증조부도 모두 이 기록을 가문의 전통으로 자랑스럽게 보관하면서 계속 기록을 추가해왔다오. 그것이 나의 대 이후로 공백이 되는 것이오. 설 가문은 나의 대에서 끝나게 되오. 창씨개명을 하게 되면…. 그렇게 되면 조상에게 면목이 없소. 그러니 설 성만은 허용해 주시오."

"그래서는 창씨개명이라고 할 수 없습니다. 설을 그냥 놔두고 발음만 바꾸겠다는 것입니까?"

"일본 사람도 외자 성을 가진 사람이 있소. 타니 상, 당신도 한 글자죠? 설이라는 성만은 바꿀 수 없소이다."

"하지만 아마 통과되지 않을 겁니다. 타니를 창씨해 타니로 했다는 유머는 허용되지 않는 것이 관청의 일입니다."

"그럼, 나는 창씨도 개명도 할 수 없소. 타니 상, 당신에게는 바보처럼 보이겠지만, 나는 조상이 소중하오. 이 대에서 칠백 년 내려온 설가의 족보가 텅 빈 종이가 된다는 것은 있을 수 없소. 나는 싫소. 다른 일이라면 뭐든지 하겠소. 공출도 내겠소. 헌금도 하겠소. 하지만, 창씨개명만은 할 수 없소. 설가 칠백 년의 역사가 나의 대에서 단절된다고 한다면, 조상님들이 우실 것이오. 후손은 나를 원망할 것이오. 그것을 생각하면 아무래도 거절할 수밖에 없소. 거절할 수밖에…."

목소리가 갑자기 작아지는 듯싶더니. 설진영은 눈가에 큰 눈물방울을 떠올리며 연신 머리를 좌우로 흔들었다. 퇴색한 한지의 족보를 양손으로 품은 채로, 친일파 대지주는 울면서 고개를 흔들었다. 나는 말이 궁했다. '저렇게까지 생각하는 것을….' 나는 위로의 말을 하려다가 잠시 망설였다. 이 자가 창씨개명을 하지 않는다면, 마을 주민들과 소작인들도 창씨개명을 하지 않을 것이다. 나는 손바닥에 손가락을 갖다 대고 때를 미는 것처럼 비비면서 그것을 뜨엄띄엄 호스했다.

"알겠소. 타니 상. 우리 소작인들은 저가 잘 말해 보겠소. 분가 사람들에게도 창씨개명을 하도록 사정을 설명하겠소. 그러니 우리 종가만은 제발…."

설진영은 눈물을 훔치고 그렇게 말했다. 그러나 어떻게 하면 좋을지 나 자신도 판단이 서지 않았다. 그의 설득으로 소작인들이 창씨개명을 한다면, 이 지방의 사정에 밝은 군청 관리가 벌써 일찌감치 공작하였을 터이다. '이것 참 곤란하군.' 나는 마음속으로 말했다.

조상을 숭상하고 칠백 년의 귀중한 족보를 끝까지 지키려는 그의 진정은 잘 알 수 있었다. 그러나 그가 솔선하여 창씨개명을 하지 않으면, 이 지방에서는 누구 하나 개명할 자가 없는 것도 확실했다.

'이 사람이 정책의 암적 존재다.'

나는 설진영을 미워할 수밖에 없다고 결의했다. 생판 모르는 타인에게 동정은 금물. 살아간다고 하는 내 목적을 위해서는, 수단을 가릴 필요가 없다고 마음속으로 속삭였다. 비정한, 직무에 충실한 관리가 되라고 마음속으로 외쳤다. 나는 맹점을 덮어 감추는 자세로 가슴을 펴고, 고개 숙인 설진영의 옆얼굴을 노려보면서, '창씨가명은 당신들 조선인을 위해 만들어진 은전이다'라고 주문처럼 읊조려 보았다.

하지만 허사였다. 허세를 부리려고 생각해도 설진영을 앞에 두고 말한 장광설의 헛된 문구 하나하나가 주마등처럼 머리에 떠올라 화살처럼 몸 한가운데 꽂혀 버렸다.

타인을 속이고 자기를 속이고 그럼에도 나는 살아가야 하는 것인가. 여기에는 징용 이상의 정신적인 고통이 있었다. 창씨개명에 의문을 가지면서 그것을 선전하는 모순. 그 모순을 감히 저지르려고 하는 고통. 나는 비극의 골짜기에 한 걸음씩 다가가고 있는 것을 깨달았다. 깊은 울적함이 마음속에서 퍼지며, 광인처럼 아무 말이라도 닥치는 대로 절규하고 싶은 충동에 휩싸이는 나. …나는, 비참한 심정이었다.

갑자기 불이 켜졌다. 돌연 나는 맥이 풀렸다. 작은 한숨이 나도 모르게 입에서 흘러나왔다. 조선의 시골에서는 대부분의 민가가 정액등(定額燈)[전력부족으로 일정시간, 일정개수의 전등만 허용되었음]이었다. 불이 켜지면, 방 안까지 오히려 어둡게 되는 느낌이다. 나는 돌아가려고 했다.

설진영의 희망대로, 설을 일본식으로 '마사키'로 읽게 하고 일단 창씨개명의 절차를 밟게 할 셈이었다. 가계를 숭상하고 가명(家名)을 중요하게 여기는 집요할 정도로 완고한 그 뜻은 잘 알면서도, 나는 그렇게 결심했을 때, 문득 가슴속이 뒤얽히는 답답한 감정을 느꼈다. 패배감 같은 성질의 것이 아니라, 아마 통과하지 못할 것이라는 예감, 그리고 그 예감 때문에 묘하게 초조한 감정이 겹쳐졌다.

그가 창씨개명을 거부했을 때, 이미 비극은 전통 깊은 설가에 슬며시 스며들어와 병균을 뿌리기 시작했다고 할 수 있으리라. 그래도 취지의 조항에는 '창씨개명은 조선인들의 자발적인 행위에 의해'라고 기재돼 있었다. 나는 그것을 구실로 이미 상대에게 강요할 의지를 잃어버렸다. 그것은 내 그림을 은근히 인정해준 설진영 부녀에 대한 나의 최소한의 호의였다. 설을 '마사키'로 읽게 한다는 고육지책도 내 최대한의 반항이었을 것이다.

자리를 뜨려고 하자 설진영은 놀라서 만류했다. 어느새 모습을 감추었던 옥순도 나와서, "아무것도 없지만 드시기 힘든 음식이니 방에 조선 요리를 준비했으니"라고 말했다.

거절하고 돌아가는 것은 간단했으나, 거절하면 상대를 불쾌하게 할지도 모르겠다고 생각하고 또 무언가에 끌리는 마음도 있어 나는 접대를 승낙했다. 몹시 소심하고 사람들과의 교제가 부족하다는 말을 늘 들었던 나로서는 드문 일이었다.

안내되어 들어간 곳은 8조[약 4평] 정도의 온돌방이었다. 이미 상이 나와 있고 요리나 접시 등이 놓여 있었다. 술은 약주(藥酒)였다. 반 홉은 충분히 들어갈 만한 큰 잔으로 마시는 것이다. 나는 명태나 불고기 등을 젓가락으로 집어 먹으면서, 희고 시큼한 조선의 독특한 술을 거듭 마셨다. 깊게 쿡쿡 쑤시는 것처럼 취기가 돌았다.

온돌에 붉은 양탄자를 깔았을 뿐 아무런 장식도 없는 방인데, 설진영이 낮은 소리로 부르기 시작한 조선 민요에 넋을 잃고 귀를 기울이고 있자, 과연 조선이구나 하는 감동이 가슴속에서 절절하게 솟았다. '도라지'라는 유명한 민요로, 길경(桔梗)[초롱꽃과의 여러해살이풀]의 뿌리라는 의미라고 한다.

도라지를 한 줌 뽑아보니 뿌리에 많은 자식이 붙어 있었다는 듯한 노래의 의미를 옥순이 웃으면서 설명해 주었다. 노래의 가사는 별것 없지만, 노래의 곡조는 애조가 가득해 마치 나라 잃은 백성의, 유랑 민족의 음률 같았다. 그리고 그 노래는 공허한 내 마음을 흔들면서 취기를 온몸에 퍼지게 했다.

"아버님이 이러시는 거 드문 일이에요. 정말로 드문 일이에요."

옥순은 두려움이 없는 성격인 것 같았다. 밖에는 차가운 밤의 공기가 다가오는 듯하고, 데운 약주는 몇 병이나 계속 들어왔다.

"아버님을 괴롭히지 말아 주세요. 아버님이 불쌍합니다."

따스하게 데워진 약주를 따라주면서 갑자기 그녀는 중얼거리듯 말했다. 나는 돌연 채찍을 맞은 느낌으로 부친의 취한 모습을 흥미롭게 바라보는 옥순의 얼굴을 응시했다. 내가 괴롭히는 것은 아니다. 하지만 그런 경우, 뭐라고 대답하면 좋을 것인가.

나는 애매하게 "에에" 하고 고개를 끄덕였다. 그리고 당황하여 술잔을 단숨에 들이켰다. 그런데 조선의 민요는 어째서 이렇게 슬픈 울림에 가득 찬 것일까. 슬픈 선율은 이 민족의 운명을 상징하고 있는 듯했다…. 그런 것을 무심코 생각하는 동안에 내 마음은 뭐라 말할 수 없는 깊은 시름에 점령돼 갔다. '아버님을 괴롭히지 말아 주세요. 아버님이 불쌍합니다.' 그 깊은 시름의 덩어리는 서서히 부피가 커져 나를 배덕의 의식으로 괴롭히기 시작했다….

석 달쯤 지났다.

대륙의 겨울은 살을 에는 것처럼 춥다. 북한산에서 불어온 바람이 얼어붙은 도로에 무자비하게 휘몰아친다. 스토브 석탄을 절약하라는 지시가 내려왔기 때문에 사무실 안은 추웠다. 시린 발가락을 계속 꼼작거리면서 나는 과장 앞에 서 있었다. 과장은 또 평소의 모습으로 서류를 들여다보면서, 이마에 깊은 주름을 모으고 있었다.

"아아, 타니 군."

과장은 머리를 들고 떫은 표정으로 내 이름을 불렀다. 연극처럼 과장된 이 사람의 태도에도 나는 이미 화를 내지 않게 되었다. 적어도 요 몇 달, 나는 직무에 충실했다. 스케줄을 세우고 견사무소를 돌아다니며 격려하고, 지역 유지를 만나 설득했다.

"설진영도 창씨개명 신고서를 냈으니까요…."

이 말이 내가 설득 시에 쓰는 유일한 무기였다. 실제로, 그 사실을 말하면, 각 군의 지주나 면장은 군말 없이 창씨개명에 나서 주었다. 새해 1월이 되자, 내 담당 지역은 8할을 넘는 조선인이 창씨개명 신고서를 제출했다.

나는 모든 것에 눈을 감았다. 단지 목표를 달성하는 것에만 열중했다. 과장은 의외의 성적에 놀라, 내심 나를 다시 본 것 같았다. '봐라. 나도 마음만 먹으면 남들만큼 할 수 있다.' 나는 만족했다. 나로서도 기묘한 만족감이었다. 나는 과장 앞에 놓인 서류가 군청에서 올라온 보고서라는 것을 알고 있었다. 과장은 나를 치하하고 가일층의 노력을 하라며 칭찬할 게 틀림없다고 나는 짐작했다. 하지만 기대는 백팔십도 어긋났다.

"군청에서 이런 서류가 올라왔는데. 설진영… 알고 있는가?"

내 안색이 바뀌었다. 불길한 예감이 머리를 스쳤다. '역시 안 되었던가?' 창씨개명의 절차가 쉽사리 관문을 통과하지 못하리라는 것은 처음부터 알고 있었다. 그래서 나는 군청의 총무계장을 만나 특수한 사정을 말하고 은밀히 양해를 구했었다.

"알고 있습니다. 대단한 친일파입니다. 그 사람이 무언가…."

"물론 무언가 했지. 창씨개명을 하지 않았다."

"그럴 리가 없습니다. 분명 신고서를 냈을 것입니다. 필시 마사키 에이치(雪英一)로 개명했을 것입니다만…."

"그게, 창씨개명인가! 바보 같은 소리. 자네가 허가했던가?"

나는, 욕심이 많아 보이는 군청 총무계장의 표정을 떠올렸다.

"어쨌든 설진영은 이 지방 최고의 대지주이니까요. 병점에서 수원으로 갈 때까지 딴사람 땅을 밟지 않고 간다고 하는 대지주니까요."

분명 그는 그런 말을 몇 번이나 반복했다. 그것이었던가? 그것은 은밀히 소매 아랫자락을 슬쩍 보이는 말이었던가? 뇌물을 가져오면 적당히 처리해 주겠다는 의미였던가…. 나는 멍청했던 자신을 그제야 깨달았다. 나는 그것을 설가에 전달해야만 했던가.

과장은 묵묵히 나를 노려보더니 뭔가 말하려고 했다. 나는 당황하여 발언했다.

"과장님. 설가는 칠백 년이나 되는 대단한 족보를 갖고 있습니다. 조선은 대체로 대가족주의의 나라입니다. 대개의 지주가 가문의 역사를 꼼꼼히 기록해 장손을 통해 전하고 있습니다. 하지만 대부분이 '경장의 역(慶長の役)'[임진왜란] 때 이러한 귀중한 문헌이 소실되었습니다. 그러므로 설가처럼 칠백 년의 족보를 전승하고 있는 가문은 드뭅니다. 창씨개명을 하는 것은 그의 가문뿐 아니라 가문의 계보를 어둠 속에 묻어버리게 된다며 설진영은 반대하였습니다. 그것을 제가 집요하게 설득하여…."

"헤이(薛)를 고쳐서 마사키(薛)로 창씨했다는 것인가! 말이 되는가? 타니 군!"

"안 됩니까? 설진영이 반대하는 이유도 일리가 있어, 그 입장이 돼 보면 수긍할 점도 있어서 그런 창씨개명도 특례로 인정했던 것입니다만…. 일본인도 한 글자로 된 성이 있고, 일본식으로 읽게 하는 창씨개명도 좀 독특하게 재미있다고 생각합니다만."

"타니 군! 자네는 창씨개명을 뭐라고 생각하는가. 자네는 일본인인가 아니면 조선인인가. 어느 쪽이야! 독특하게 재미있다고? 흥, 농담 좀 작작해. 취미로 창씨개명시키는 게 아니야. 어서 바꾸라고 하게! 자네에게는 그런 권한은 없어. 알겠나!"

"네. …하지만 과장님. 이런 특례도 있으면 좋을 것이고…. 게다가 설진영은 2만 석의 헌납미로 조선군 사령부의 표창도 받은 인물이니…."

"무슨 말을 하는 건가! 특례라는 것은 총독이 인가하는 경우다. 이 보고서에 따르면, 부근의 소작인들 전부 '가네 하나코(金花子)'든가 '보쿠 고로(朴吾郎)' 같은 거로 했다! 지주가 잔꾀를 알려준 거다, 분명."

"…설마 그럴 리가. 설진영은 그런 사람이 아닙니다."

"그래? 엄청 두둔하는군. 애초 이런 비상시에는 가계도 혈통도 나발도 없다. 상관없어. 강제로 하게. 강제뿐이다!"

"하지만 과장님. 그들의 황제였던 이(李) 왕가도 분명 창씨개명은 하지 않은 거로 압니다만?"

"타니 군! 이 왕가는 그래도 황족이시다. 불경죄에 걸릴 말은 삼가도록. 나는 자네를 불경죄로 특고[특별고등경찰]에 보내고 싶지 않아. 설진영은 보통의 조선인이다. 친일파라면, 창씨개명을 하여 자신의 대에 새로운 족보가 만들어지는 것에 감사해야지. 곧바로 창씨를 시키도록. 알겠나?"

"네, 가급적…."

"허어, 몇 번 말해야 알겠나. 가급적이 아니야. 시키는 거다. 잘해주면 '요보'는 곧바로 기어오른다. 만만한 얼굴을 보이니 그런 거야."

"네, 알겠습니다."

나는 불쾌한 표정으로 고개를 숙였다.

"기다리게!"

과장은 날카롭게 외쳤다.

"이것을 보게!"

과장은 서툰 글씨체로 적혀진 한 통의 용지를 눈앞에 들이밀었다. 시흥군 안양의 면사무소에 제출된 서류였다. 내 담당 지역이었다.

"창씨개명 신고서입니다만, 이게 무언가…."

"읽어 보게, 그 이름을!"

"유센진(裕川仁). 히로카와 히토시죠?"

"자네는 화가인데도 의외로 둔하군. 잘 보게. 보통의 창씨개명이 아니야! 황공하게도 대원수 폐하의 존함을 써서 우롱하고 있다. 히로히토(裕仁)[일본 천황, 재위기간 1926~1989]의 존함 가운데에 천(川) 자를 넣어서 황실을 모욕하고 있다. 확실한 불경죄야!"

"하지만 과장님. 그렇게까지 생각할 수 있을지는 좀…."

"자네는 늘 '하지만'이군. '하지만'이라는 말은 쓰지 말게! 자유주의자만 쓰는 말이다. 자네는 지금부터 곧바로 헌병대로 가라. 알겠나?"

"헌…병…대, 말씀입니까?"

"그래. 헌병대다. 히로카와 히토시로 개명한 고얀 놈이 심문을 받고 있을 것이다. 참고인의 호출이 왔다. 과장님은 총독부 회의에 가고 없으니 자네가 대리로 왔다고 말하고, 우리는 전혀 몰랐으니 금후 이와 같은 불상사는 일으키지 않도록 하겠다고 정중하게 사과하고 오게."

"제가 사과합니까?"

"그래. 자네는 나의 대리이니까, 내가 사과하는 것과 같다."

"네, 알겠습니다."

"황실을 우롱했다고 매우 분개하고 있다고 하니 말을 조심하도록.

알겠나!"

"네…."

"알았으면 어서 가게."

"네…."

대답하면서 나는 헌병들의 거친 심군을 머릿속에 그렸다. 명치정 '도미노'의 단골이었던 친구의 신병을 인수하러 갔던 때의 광경으로, 친구는 반죽음의 모습이었다. 내 어깨에 축 늘어져서 피투성이로 말도 하지 못했다. 단지 헐떡거리기만 했다. 그 숨소리는 지금도 확실히 귓가에 남아 있고, 퉁퉁 부은 얼굴은 눈앞에 어른거렸다.

그때, 헌병들은 사상이 불온하니 살짝 담금질했을 뿐이라고 위압적으로 말했다. 그리고 나의 비난하는 시선을 오만하게 무시했다. …담금질. 그것은 심심한 헌병들의 놀이였다. 그 조선인도 심하게 담금질을 당하고 있을 것이 틀림없다. 주먹으로 닻고 발에 차여 정신을 잃었을지도 모른다.

혹독한 고문에서 벗어나려면, 그들이 말하는 대로 허위 자백을 할 수밖에 없다. 그러면 어둡고 차가운 감옥이 그를 기다린다. 설령, 헌병들이 기대한 만큼의 자백을 하지 않았다고 해도, 일본에 대한 충성을 맹서하는 증명으로써 강제로 지원병 신청서에 서명을 하게 되리라. 그러면, 두려운 전장이 죽음의 날개를 펴고 그를 기다린다….

…병점역에 내리자, 걸어가야 할 국도가 하얗게 얼어붙은 채 살을 에는 북풍 속에 차갑게 이어져 있었다. 포플러 가로수도 가지만 남은 벌거숭이 몸으로 떨고 있었다. 방한화를 신고 왔건만 발가락은 완전히 감각을 잃었다. 그리고 바람에 귓불은 찢어질 듯 아팠다. 바람은 약간의 틈만 있으면 목덜미나 외투 안쪽까지 들어오려고 했다.

두껍게 눈에 덮인 좌우의 논은 하얀 광야와 같은 느낌이었다. 또다시 눈이 내릴 것 같은 날씨였다. 묵직하게 낮게 드리운 납빛 하늘. 그것은 내 우울한 마음을 더욱 무겁게 하고, 잿빛으로 빈틈없이 칠했다. 과장은 헌병대에서 내가 돌아오자, 다시 출장을 명했다. 지금 가면 늦어져 돌아올 수 없게 된다고 내가 말했다. 그러나 과장은 소리쳤다.

"바보 같군. 상대가 응 하고 말할 때까지 며칠이라도 묵으며 설득해라. 응 하고 말할 때까지 돌아올 생각 마!"

나는 홧김에 무작정 열차를 탔다. 그리고 병점역에서 내렸다. 그러나 흰 광야의 외길을 계속 걸어가니 내 마음은 더욱 어둡게 가라앉기만 했다. 설진영과 얼굴을 마주해야 한다는 것이 나를 우울하게 했다.

'무엇 때문에 이런 고생을 해야 하나. 과장의 점수 따기를 위한 게 아닌가.'

무거운 발걸음을 억지로 끌고 가는 동안, 산기슭의 마을이 보이기 시작했다. 나는 멈춰 서서 잠시 생각에 잠겼다. 군청 총무계장의 얼굴이 천천히 떠올랐다. '그렇다. 그 남자가 분풀이로 충성을 가장한 얼굴을 하고 보고서를 보냈다.' 내가 눈치 있게 굴어서 그것을 설진영에게 말해 두었다면 칠백 년의 족보를 지키기 위해 그는 필시 필요한 수단을 강구했을 것이다. 고가의 선물도 화려한 접대도 하였을 것이다. 나는 알고 있으면서도 말하지 않았다. 아니, 말할 수 없었다. 그 결과가 이런 형식으로 복수를 당하고 있다. 나는 관청이라는 기구의 이상한 작용을 새삼 놀라서 다시 보았다. 그 기계의 톱니바퀴 사이에는 더럽게 썩은 쓰레기가 끼어 있다. 그런데 어느 부분에 황금색 기름을 살짝 넣으면 제품은 다른 컨베이어에 실려 버린다. 나는 술로 기름진 과장의 얼굴을 떠올렸다. 그 자도 톱니바퀴의 하나이다. 윤활유를 원하는 게 틀림없다.

설진영의 집에 도착했을 때, 해는 완전히 저물었다. 마을로 들어간 후, 아무래도 내 일이 신경이 쓰여 민가의 문패를 보면서 걸었다. 보고서대로, 모두 최(崔)라든가, 정(鄭)이라든가, 홍(洪)이라는 한 글자 성 그대로 두고 이름만 일본식으로 개명했다. 그중에는 '긴타로(金太郞)'라는 기묘한 이름도 있어 나는 쓴웃음을 지었다. 그것은 '가네 타로(金太郞)'라고 읽는 것 같았다. 나는 마을 사람들이 수상쩍게 나를 바라보는 것을 눈치채고 기분이 위축되었다. 가슴속에서 삐걱거리며 헛바퀴를 도는 톱니바퀴의 소리가 들렸다. 공회전. 삐걱거림. 톱니바퀴. 윤활유. 무언가 왜곡된 시대의, 왜곡된 풍경을 보는 기분이었다.

설진영은 감기로 누워 있어 옥순의 부축을 받으며 응접실에 나타났다. 닷새쯤 전에 도청에서 호출이 있어, 추운 복도에서 반나절 가까이 대기하였기 때문에 감기에 걸렸다고 했다. 그는 미소를 지으면서 그것을 말하고 연달아 크게 기침을 했다.

"그런데 건강은 어떠신지…."

"네, 이제 괜찮습니다. 내달은 이 아이의 혼례가 있으니, 감기가 물러나 준 것 같습니다."

설진영은 일본인처럼 그런 농담을 하고 웃었다. 옥순은 내달 시집간다고 한다. 조선에서는 조혼의 풍습이 있어, 양반 자제들은 태어났을 때부터 대부분 결혼 상대가 부모들 사이에서 정해진다. 옥순의 신랑은 친척뻘이 되는 의과대학생이라고 했다.

"타산적인 아이라 평소보다 정성껏 간병해 주었다오."

설진영은 기쁜 듯이 웃고 또 한바탕 기침을 했다. 따뜻하게 보이는 모피 조끼를 부친에게 입히면서 옥순은 얼굴이 빨개져서 설진영의 등을 쳤다.

화목한 부녀의 정경은 부러울 정도로 따스한 정이 감돌았다. 행복한 분위기는 내 마음을 자칫하면 둔하고 흐리게 하려고 한다. 그러나 말해야 한다. '나는 경기도청 총력 제1과의 인간이다. 화가 타니 로쿠타로가 아니다.' 나는 초조하게 말을 꺼낼 계기를 찾고자 했다. 괜한 동정은 금물이다. 그리고 이것은 설진영에게 도움이 되는 것이다.

"설 상."

나는 자세를 바로 하고 이름을 불렀다.

"설 상. 역시 통과되지 않았습니다. 마사키 에이치(薛英一)는 접수할 수 없다고 합니다. 과장에게 혼나서 다시 부탁하러 왔습니다. 창씨개명이 되지 않았다고 합니다."

"타니 상. 오셨을 때부터 이미 용건은 알고 있었소. 도청에 불려가서 나도 혼났다오…."

쉰 목소리로 그는 웃었다.

"창씨개명의 고통, 칠백 년의 계보가 끊어지는 고통은 잘 이해합니다. 그러나 그것은 관청의…저는 단지 일개 직원이라 아무런 힘이 없습니다. 강제할 의사는 전혀 없습니다만, 모처럼 서류를 제출하셨으니… 모쪼록 다시 한번 재고해 주시지 않겠습니까?"

나는 횡설수설했다. 군청 계장의 말이나 과장의 얼굴이 눈에 떠올라기가 꺾였기 때문이다.

"…그렇소이까. 역시…."

"댁의 특수한 사정도 과장에게 충분히 설명하였습니다만, 어쨌든 부근의 사람들이 모두 설 상의 흉내를 내서…."

상대는 한마디도 하지 않았다. 나는 이마의 땀을 닦으면서 너무 사태를 악화시키지 않도록 하는 편이 유리하다고 애매한 말투로 설명했다. 그러나 과장에게 확실하게 손을 쓰는 게 좋다는 말은 아무래도 입 밖으로 내지 못했다. 단지 가장 적은 피해로 이 상황을 타개해 주었으면 하는 것이 숨김없는 마음이었다. 하지만 그것도 필시 나의 비겁한 보신을 위한 것이 아니었던가. 내 가슴속에는 내가 길들이지 못한 한 마리의 짐승이 살고 있어, 그런 내 말과 태도를 차갑고 빈정거리는 눈으로 감시하는 것 같았다. 동정을 정의로 바꾸지 말라고 하며 그 눈은 나를 비웃었다.

"대학의 역사학 선생도, 제 집에서 전해오는 족보가 귀중한 문헌이니 소중히 보관하라고 말해 주었소. 타니 상, 이건 어떻겠소? 대학의 선생이 당신 과장님께 말을 전하게 하는 것이…."

그것도 하나의 방법이라고 나는 생각했다. 그러나 과장의 성격으로 보아, 그런 공작을 하면 역으로 외고집이 돼 설진영의 입장은 더욱 미움을 사서 불리하게 될 것은 불을 보는 것보다 뻔했다. 과장에게는 칠백 년의 역사나 족보도 한 푼의 가치가 없다. 과장은 단지 미나미 총독이 지령한 '창씨개명의 시급한 실시와 보급'에만 관심이 있었다.

겸허한 마음으로 나는 설진영과 마주했다. 비정한 인간이 되지 못하고, 역으로 허약한 인간을 나는 상대에게 보이고 있었다. 그것에 문득 울고 싶은 괴로움을 느꼈다.

"과장님은 설 상의 승낙을 받을 때까지 돌아오지 말라고 하였습니다."

그렇게 내가 말하자, 설진영은 잠깐 눈을 반짝였으나, 곧 평정한 얼굴로 돌아왔다. …그때, 나에게는 내선일체 정책에 대한 불만도 없고 창씨개명에 대한 회의도 없었다. 죄의식도 자기기만에 대한 혐오도 없었다. 단지 설진영에 폐가 되지 않는 최저의 선에서 마음을 바꿔 주기를 바랄 뿐이었다. 혹은 비열하지만, 실탄에 의한 정치공작으로 톱니바퀴의 움직임을 부분적으로 바꾸어 버리든가….

낮에 봤던 히로카와 히토시(裕川仁)라는 조선인의, 피투성이의 퍼렇게 부어오른, 그리고 구두에 밟혀 미간이 찢어진 얼굴이 또렷이 눈의 망막에 떠올랐다. 그것은 숨이 거의 끊어질 것 같은 무참한 모습이었다. 그 얼굴은 마주하고 있는 설진영의 온후한 표정에 겹쳐져, 왠지 피투성이의 부어오른 모습으로 보이기 시작했다. '이 자는 그 처참한 지옥의 고문을 받아도, 싫다고 끝까지 말할 수 있을 것인가?' 결국 나는 답답하고 괴로운 기분에 빠졌다.

그래도 설진영은 결코 창씨개명에 대한 마음을 바꾸지 않았다. 반일 감정 때문은 아니라고 그는 말했다. 애국자로서의, 일본에 협력하는 마음은 남들에 뒤지지 않는다고도 말했다. 그리고 이것만큼은 아무리 생각해도 조상과 자손에게 죄를 짓는 것이라고 머리를 숙였다.

"그러나 창씨개명을 하지 않는다는 이유로 어떤 재난이 내릴지도 모릅니다. 그것은 저도 상상할 수 있습니다만…."

나는 애타는 심정으로 그렇게 말했다. 나도 모르는 사이에 강한 말투가 되었다. 그러자 설진영은 의아하다는 듯이 나를 응시했다.

"나는 일본을 위해 충심을 다하고 있소. 창씨개명을 하지 않는다고 해서 일본 정부는 그런 일은 하지 않을 것이오. 재난이란 공출의 할당이 많아지는 것인가요? 세금이 많아지는 겁니까? 공출도 세금도 많아져도 괜찮소. 일본은 전쟁을 하고 있으니까. …게다가 창씨개명은 법률로 정해진 것도 아니니, 법률로 정해진다면 다시 생각해 보겠소만…."

빈정거린다고 생각될 정도로 차분한 말투였다. 나는 당혹감에 고개를 숙였다. 이 소박한 지주의 신뢰에 부응할 수 있는 것, 뭐 하나도 일본이 갖고 있지 않은 것을 알고 있었기 때문이다.

그날 밤, 나는 그 집에서 묵었다.

온돌방은 따뜻해 나는 얇은 이불만 덮고 잤다. 말을 많이 한 피로와, 모순된 감정을 감당하지 못해 축 늘어진 몸이었지만, 안채의 뒤쪽에서 들려오는 다듬이질 소리는 기분 좋게 나를 잠으로 유혹했다.

결국 나는 사흘쯤 그 집에서 신세를 졌다. 저녁 식사 때 얼굴을 마주할 때마다 은근히 압박하였지만 소용없었다. 결심은 흔들리지 않았다. 나는 포기했다. '곧 귀청 바람' 하며 과장의 전보가 온 것을 기회로, 다음 날 아침 우울한 기분으로 나는 집을 떠났다.

"다음에는 일이 아니라 그냥 놀러 오시오. 타니 상."

돌아갈 때, 설진영은 그렇게 말하고 내 손을 잡았다. 정말로 미안하다는 듯이 그는 머리를 숙였다.

저녁의 맑고 파란 하늘빛도 내게는 왠지 쓸쓸하게 보였다. 볏그루를 남기고 얼어붙은 논바닥에 바람이 불어와 때때로 포플러 나뭇가지를 차갑게 울렸다. 옥순은 역까지 전송한다며 따라왔다. 나는 몇 번이나 이제 됐다고 거절하면서 미끄러운 빙판길을 조심조심 밟으며 걸어갔다.

"아버님은 완고하십니다. 타니 상, 불쾌하게 생각하지 말아 주세요."

옥순은 언짢은 나의 안색을 살피면서 사과했다. 그러나 아버님의 생각은 바르다고 생각한다고 그녀는 덧붙였다.

"기다란 것에는 감겨라[힘 앞에 굴복하라]는 일본 속담을 알고 있습니까?"

가문의 성 대문에 창씨개명을 하지 않는다는 것이 이 경우에는 불리하다고 나는 설명했다. 조선총독부는 일본인으로 만들려고 한다. 창씨개명에 의해, 몸도 마음도 일본화할 수 있다고 생각한다. 어느 의미에서는 그런 족토나 조선인의 민족의식을 묻어버리기 위해 이 정책이 입안되었다고 할 수도 있다.

"당신은 아버님을 감옥에 넣고 싶습니까?"

창씨개명의 고통보다도, 거부함으로써 생기는 비극이 더 큰 것을 설씨 일족은 곧 깨닫게 되리라.

"감옥?"

옥순은 작게 중얼거렸으나 그것뿐으로 말없이 역까지 걸었다. '좋은 기회다. 그것을 그녀에게 말해야 한다. 과장에게 뇌물을 주어 공작하면 어쩌면 도움이 될지도 모른다는 것을!' 나는 몇 번이나 그렇게 마음속으로 속삭였다. 그리고 실제로 역에 도착하기 전에 계기를 만들려고 했다. 그러나 옥순은 계속 입을 다물고 있었다. 그것을 말하는 것은 고통이었다. 내가 뇌물을 바라는 것으로 오해받고 싶지 않았다.

"당신은 내가 무자비한 사람으로 보이겠죠. 근데 저도 이런 일을 하고 싶지 않습니다. 그러나 그림도 자유롭게 그릴 수 없는 시절입니다. …지금의 나는 멋진 작품을 하나 그리고 싶지만, 그건 불가능합니다."

나는 마음속 말과는 달리 그런 어리석은 말을 때때로 내뱉을 뿐이었다. 그리고 끝내 과장에 대한 공작에 관해서는 한 마디도 끄집어내지 못했다.

…돌아가는 기차 안에서 나는 멍하니 창밖을 바라보면서 마구 화가 났다. 신념을 굽히지 않는 설진영은 훌륭하다고 생각하면서도 나의 호의를 이해해 주지 않은 것이 묘하게 분했다. 나는 자조 섞인 미소를 지었다. 그 미소는 입술을 비틀어지게 하면서 강한 자기혐오로 이끌어갔다. 열차의 진동에 몸을 맡기고 있는데, 갑자기 나라는 존재가 사라지며 타니 로쿠로라는 인간의 껍데기만 좌석에 앉아 있는 것 같은 불안조차 느꼈다.

과장은 토고를 기다리고 있었다. 사흘 동안이나 묵으며 노력한 것에 관해서는 한마디의 치사도 없이 단지 결과가 없었다는 것을 듣고 안색을 바꾸고 호-를 냈다.

"뭐가 친일파야! 필시 민족주의자인 게 틀림없어!"

몹시 화가 난 과장은 계장을 불러 뭔가 상담한 후에 나에게 이렇게 명령했다.

'부장님에게 달해 금후의 방침을 정하도록 하겠다. 마침 좋은 케이스니까 일단 자네는 이 문제에서 손을 떼고 남은 일을 계속하게."

다치 나의 우유부단이 창씨개명을 막았다고 하는 듯한 말투였다. 솔직히 말해, 내심 나는 홀가분한 안도감을 느꼈다. 이제는 설진영을 만나지 않아도 된다고 생각했기 때문이다. 그러나 히로카와 히토시라는 젊은 조선인을 마구 때리던 헌병의 얼굴과 과장의 표정이 흡사한 것을 알았을 때, 나는 안도와는 별도로 컴컴한 두려움을 느꼈다.

무슨 이유어서인지 전 조선에서 창씨거명의 실시는 8할 쾌에 달하자 딱 덤추고 말았다. 창씨개명을 하지 않은 사람들은, 이것도 기묘하게도 지방의 지즈나 목사, 의사 등 유력자뿐이었다. 과장은 그래서 설진영의 경우를 '마침 좋은 케이스'라고 말한 것이었다. 창씨개명을 완수하기 위해, 과장은 설진영을 공격의 목표로 내세워, 창씨개명을 하지 않는 조선인들의 본보기로 삼겠다는 속셈이 틀림없었다.

…'상담 건이 있으므로 수고스럽지만 오는 2월 5일 정오 도지사실로 출두 바람'이라는 공문이 열흘쯤 후에 설진영에게 발송되었다.

조사 결과, 설진영은 경기도 내에서도 손꼽히는 대지주이고, 또한 오래된 격사를 가진 가문이라, 조선 민중에도 큰 영향력을 미치는 존재라는 점을 알게 되었다. 그래서 도지사가 직접 만나 설득해 보는 것으로 결정되었다. 파격적인 대우라고 하기보다는, 오히려 매우 당연한 조치였다. 아마도 과장은 설진영을 민족주의자, 반일파라고 지레짐작해 비밀리에 조사를 시킨 것 같았다. 하지만 그런 답이 전혀 나오지 않자 당황한 과장은, 특히 예의와 체면을 중시하는 조선인의 심리를 이용해, 지사를 통해 설득하면 창씨개명의 체면도 유지되리라 생각해 연극의 줄거리를 쓴 것이었다.

설진영은 한복 차림으로 도청에 찾아왔다. 드물게도 내게 면회인이 왔다고 하기에 복도에 나가 보니 그가 있었다. 차가운 바람 속을 걸어온 탓인지 온화했던 얼굴이 핏기가 없이 차갑게 보였다. 그는 이미 무엇 때문에 불려왔는지 알고 있었다. 나는 남의 눈에 띄지 않도록 일부러 1층의 사환실로 안내하고, 필사적으로 마지막 설득에 나섰다.

"설 상. 다시 한번 부탁드립니다. 창씨개명은 이제 법률과 같은 것입니다. 일본식의 두 글자 성으로만 하면, 모든 것이 원만하게 끝납니다. 족보는 그대로 기록해 가면 되지 않겠습니까…?"

이미 설진영의 몸을 덮친 비극은, 그 섬뜩하고 불길한 검은 그림자를 더욱 크게 펼치고 있었다. 나는 헛도는 건성의 말밖에 할 수 없었지만, 참으로 소박하고 선량한 이 조선인을 불행하게 만드는 것은 견딜 수 없었다. 그가 싸우면 싸울수록, 주위의 설 씨 일족은 더욱 큰 비극을 맞이할 것이었다.

"역시 그런 것이었군요."

설진영은 신음하듯이 작게 내뱉을 뿐이었다. 그리고 그의 눈동자는 이미 무엇에도 흔들리지 않겠다는 굳건한 결의가 드러나 있었다. 나는 그의 몸을 붙잡고 마구 흔들고 싶은 충동을 느꼈다. 그러면 안 된다고 소리치며 강제로라도 창씨개명 신고서에 날인시키고 싶은 기묘한 충동이 휩싸였다.

…그날, 설진영이 창씨개명을 승낙하지 않는다면, 세브란스의대 인턴학생으로 옥순의 약혼자인 가네다 호쿠만(金田北萬)을 정치사상범의 용의자로 병원에서 잡아 올 계획이었다. 그러나 그것은 설진영에게는 알릴 수 없는 비밀이었다. 그가 신뢰하는 일본인의 이름에 먹칠을 한다 해도! 나는 그날 아침 계장으로부터 그 계획을 들었다.

설진영은 도지사실에 정중하게 안내된 후에 다시 요정으로 안내돼 점심 식사를 하면서 지사로부터 이런저런 온갖 설득의 말을 들었다. 하지만 허사였다. 나는 결과를 예측하고 있었지만, 닥상 그 말을 듣자 이젠 다 틀렸다고 생각했다. 이미 일은 내 손을 떠났다. 방관하는 수밖에 방법은 없었다. '그러나 그를 불행하게 한 것은 나 자신이 아니었던가? 내가 세상 물정을 모르는 사람이기 때문이 아니었을까?'

으울한 나와는 달리, 4시 넘어 거나하게 취해서 돌아온 과장은 일이 잘 풀리지 않았음에도 왠지 매우 좋은 기분이었다.

"어쨌든, 친일파로서 평판이 높은 사람이니까 너무 고압적으로 나서서 군부가 괜히 간섭하게 되는 것도 좋지 않다는 게 지사님의 의견이다. 믹, 주위에서 차근차근 몰아가야지. 여러모로 작전도 세워놨으니."

계장을 바라보며 과장은 눈웃음을 쳤다. 매우 기쁜 듯했다.

"일개 과장의 신분으로 지사 각하와 친히 말을 나누게 된 것도 다 설진영 덕분이로군. 이번 건으로 지사 각하의 눈에 들었다. 오늘 밤 신정(新町, 신마치)[묵정동]에서의 회식에 동석하라고 하시네…"

과장은 방약무인하게 소리 높여 웃었다. 신정은 경성의 화류계이다. 그 말투에 나는 몹시 화가 치밀었다.

타인의 불행에는 관심 없고 자신의 입신출세에만 부심하고 있는 남자. 그것에 맞장구를 치며 아첨의 말을 떠벌리는 계장. 그 누구도 내 마음에 들지 않는 무리뿐이었다. 나는 손목시계를 보았다. 이제 곧 옥순의 약혼자인 가네다 호쿠만을 붙잡아 헌병대의 사이드 카에 태우고 있을 시각이었다.

'추운 취조실에서 옥순의 약혼자는 거친 대접을 받게 될 것이다. 게다가 있지도 않은 가공의 용의로.'

나는 끓어오르는 의분을 참기 위해 다시 창가로 걸어갔다. 그리고 총독부 건물의 뒤쪽에 우뚝 솟아 있는 북한산을 바라보았다. 산의 바위에는 미나미 총독의 발안으로 '내선일체'라는 글자가 크게 새겨져 있을 터였다. 그러나 창에서는 글자가 보이지 않았다. 거칠게 깎인 검은 절벽의 곳곳에 하얗게 쌓여 있는 눈이 보일 뿐이었다.

'무슨 놈의 지사 각하…. 뭐가 내선일체냐…'

벽에 양손을 갖다 대고 상반신의 무게를 팔에 얹으면서 나는 큰소리로 울부짖고 싶은 유혹을 참았다. 꼼짝할 수 없는 압박감이 온몸 구석구석의 말초신경까지 전해졌다. 바닥이 보이지 않는 깊은 늪에 빠져 발버둥 치는 것 같은 초조함. 모든 것이 막다른 곳에 다다른 듯한 불안. 고독감. 나는 도대체 무엇을 할 수 있단 말인가. 나는 설진영을 구할 힘이 없었다.

약혼자 가네다 호쿠만이 잡혀갔다는 소식을 듣고, 설옥순이 단신으로 상경한 것은 이틀 후인 2월 7일이었다. 헌병대에 출두하였으나 취조 중에는 면회가 되지 않는다는 냉정한 대답이었다. 물론 어떤 이유로 취조하는지도 듣지 못했다. 고민 끝에 옥순은 도청으로 나를 찾아왔다. 원래 흰 얼굴이 분노로 더욱 창백해지고 매우 흥분한 모습이었다. 그녀는 아무 말도 하지 않았으나 눈은 나를 질책하고 있었다. 나는 어찌할 도리가 없는 죄의식에 갈기갈기 찢어지는 심정이었다.

부친은 그제 밤부터 감기가 다시 악화돼 누워 있다고 그녀는 말했다.

"걱정하실까 봐 아버님에게는 알리지 않고 그냥 나왔습니다."

옥순은 헌병대에서 매우 심한 응대를 받았던 듯 거의 우는 소리로 말했다.

나는 아무런 말도 할 수 없었다. 진부한 말을 해봤자 그녀를 위로할 수 없다고 생각했기 때문이다. 나는 사무실로 돌아가서 계장에게 외출한다고 전한 후, 잠자코 외투를 입었다. 옥순은 복도에서 화롯불을 쬐면서 기다리고 있었다.

'제가 헌병대에 가보겠습니다."

나는 툭 던지듯이 말했다. 가봤자 어떻게 될 것도 없다. 그러나 옥순은 자신의 약혼자가 잡혀간 것이 창씨개명과 관계가 있다고 여성의 본능으로 눈치채고 있었다. 이대로 그녀를 내치는 것은 나까지 의심받게 된다. 그것은 참을 수 없는 굴욕이다. 그러므로 나는 그녀를 위한다기보다는 오히려 나를 위해 헌병대에 갈 마음이 생겼다.

물자 부족을 말하면서도 경성의 거리에는 아직 택시가 달리고 있었다. 나는 도중에 잠시 집에 들른 후에 오늘 밤은 숙부 집에서 묵겠다고 하는 그녀를 합정(蛤町, 하마구리초)[합동]까지 택시로 데려다주었다. 그리고 헌병대도 차를 달리게 했다. 용산역 앞에 위압감을 주는 적벽돌의 乙 담에 둘러싸인 병영의 한구석에 헌병대가 있었다. 여기에 오는 것은 세 번째였다. 모두 타인의 일로.

"가벼운 사상범이죠. 하하하…"

헌병은 내 명함을 보면서 의미심장하게 웃었다. 총력 제1과의 직원임을 알고 상대는 안심한 듯했다. 내가 가네다 호쿠만을 잡아온 사정을 잘 알고 있고, 그 때문에 협의를 위해 온 것으로 착각한 듯했다. 약혼자가 걱정하기에 사정을 살피러 왔다고 말하자, 상대는 내 앞으로 다가앉아서 대답했다.

"생각한 대로 가고 있죠. 내일 한 번 그 딸 앞에서 괴롭혀 주죠. 뭐, 간단합니다. 조선인은 피를 싫어하니까요. 남자 코피만 터지게 해도 '아이고' 하고 졸도할 겁니다. '아버님, 그 사람을 도와주세요…'라는 식으로, 부친도 간단히 넘어가죠."

나는 눈앞이 캄캄해졌다. 현기증이었다. 캄캄해진 망막에 이번에는 하얗게 찌르는 빛이 안개처럼 떠도는가 싶더니, 관자놀이 근처에 무지개 같은 색채의 소용돌이가 연달아 자욱이 끼기 시작했다. 배 근처에 무언가 비린내 나는 덩어리가 생기고, 그 냄새가 목을 타고 올라오는 것 같은 불쾌한 기분이었다. 나는 비틀거리면서 일어났다. 무지개 빛이 어른거리는 숨 막히는 현기증에서 어서 벗어나고자 했다.

"내일, 다시 찾아오겠습니다."

말소리가 목에 걸렸다. 현기증은 좀체 사라지지 않았다. 아니, 자리에서 일어나는 바람에 오히려 뒷머리를 마비시켜 둥근 무지개가 맹렬하게 눈에 어른거렸다. 인사를 하고 나는 천천히 걷기 시작했다. 더 이상의 잔혹한 말을 들으며 응대하는 것은 고통이었다. 걸어가면서 이마에 식은땀이 맺히는 것을 느꼈다.

"내일은 설진영도 찾아오겠죠. 오늘 가네다 호쿠만의 부친이 데리러 갔을 거요. 확실한 신병 인수인이 있으면 풀어주겠다고 했죠. 미래의 장인이라면, 확실한 신병 인수인이라고 말해 주니 가네다 부친은 아주 기뻐했다오. 하하…."

헌병은 자신만만한 표정으로 나를 방 밖까지 전송했다. 군인 특유의 거무스름한 피부 냄새에 속이 메슥거렸다.

"그렇습니까."

나는 대답하려고 했지만, 그것은 스리로 나오지 않았다. 나는 외투 깃을 올리고 세찬 북풍의 거리를 큰 걸음으로 척척 걸어갔다. 밖의 바람을 맞으니 현기증은 씻은 듯이 사라졌다. 경성의 거리는 다시 눈이 내릴 듯했다. 그을린 듯한 잿빛 하늘 아래, 거리는 무표정하게 이어졌다. 오가는 사람들의 얼굴도 내게는 매우 지친 모습으로 보였다. '꿈이 없다. 그러니 메말랐다. 피곤하다.' 나는 주문처럼 중얼거리면서 전차도 타지 않고 계속 걸어갔다.

…예정된 줄거리 그대로, 다음날, 설진영은 고열을 무릅쓰고 상경했다. 옥순과 가네다 호쿠만의 혼례가 일주일 앞으로 다가왔던 것이다. 곧바로 헌병대에 출두해 인수를 신청하고 서류에 서명했다. 헌병은 서류를 들여다보고 "일본명이 있을 터요. 공식 서류에는 일본명을 써 주시오." 하고 서류를 되돌려 주었다. 연극의 대본은 이미 완성돼 있었다. 창씨개명을 아직 하지 않았다고 설진영이 사정을 말해도 그건 곤란하다는 대답뿐이었다.

"당신도 사위는 소중하겠죠? 다행히 여기에는 신청 서류도 준비되어 있소. 여기서 창씨개명을 하시오. 그렇지 않으면 인수 절차가 진행되지 못합니다."

상대의 속셈이 확실히 파악되자, 설진영의 표정이 굳어졌다.

"하룻밤, 생각할 시간을 주시오."

한숨을 크게 쉬며 그는 일어났다. 다리는 납처럼 무거웠다….

그런데 그날, 나는 휴가를 냈다. 도청에 다시 설진영이나 옥순이 찾아올 것 같은 예감이 들었기 때문이다. 그러나 휴가를 내도 소용없었다. 점심이 지나 조카가 "삼촌, 손님이!" 하고 부르기에 현관으로 나가니 부녀가 어두운 표정으로 서 있었다. 나는 순간 숨이 막히는 기분이었다.

"도청에 가니 감기로 집에 계시다고 알려 주어서, 병중에 대단히 죄송하오나…."

설진영은 평소의 침착함을 잃고 죄송스럽다는 표정으로 주뼛주뼛 머리를 숙였다. 나는 현관 옆의 응접실로 안내하고 가스스토브에 불을 붙이면서 재판장에 끌려 나오는 죄인의 기분이 들었다. 그렇지만, 역시 찾아와 주셨는가 하는 기쁨도 가슴 한구석에 느끼고 있었다.

설진영은 무거운 말투로 헌병대에서의 대화 내용을 말하고, 사위를 구하기 위해서는 아무래도 창씨개명을 해야만 하는지 내게 물었다. 동정을 구하는 호소의 눈빛이었다.

"누군가 창씨개명을 한 사람 중에 신병 인수인이 될 사람은 없습니까?"

내 질문에, 가네다 호쿠만의 부친이 여러모로 손을 써 봐도 받아주지 않았다고 했다.

'그렇군. 그럴 것이야.' 나는 고개를 끄덕였다. 그를 잡아넣은 것도 목적은 설진영의 창씨개명이었으니까. 설진영은 경성제대의 역사학 교수에게 부탁해 미나미 총독에게 탄원서를 제출하였으나 전혀 대답이 없다고 말했다.

"타니 상. 이 문제로 당신은 정말로 친절히 대해 주었습니다. 게다가 이런 상담까지 하러 와서 죄송합니다. 하지만 아무래도 당신밖에 상담할 사람이 없어서…."

설진영의 그 말은 기뻤다. 그러나 사태는 이미 내 손이 닿지 않는 곳에 가 있다. 헌병대를 공작 동료로 끌어들인 이상, 아마 뇌물을 쓴다 해도 톱니바퀴의 움직임을 멈출 수는 없을 것이다. 나는 고개를 숙였다. '역시, 그것을 알려 주는 것이 진정한 친절이 아니었을까'라는 후회도 작용해 나는 용무가 없는데도 몇 번이나 부엌을 들락거렸다.

그러나 이 시점에도 창씨개명을 하지 않아도 되는 방법이 없지는 않다. 유일할 방법은 미나미 총독의 결재였다. 총독이 특례로써 설 씨 일족의 창씨를 면제해 주면 되는 것이다.

"그건 불가능합니다. 미나미 상은 지금 도쿄에 출장 중이죠? 결혼식까지는 시간이 없습니다…."

쓸쓸한 목소리로 설진영은 웃었다. 작년 11월에 처음 만났을 때보다 턱수염의 흰 털이 는 것 같았다. 고열 탓인지 때때로 어깨로 숨을 쉬는 것이 딱하게 보였다. 볼의 살이 홀쭉해졌다. 마음고생 탓이리라. 그러나 야위긴 했지만 칠백 년의 역사로 쌓아온 일종의 기품 같은 것은 전혀 흐트러지지 않았다.

"이제는 나 자신도 어떻게 하면 좋을지 모르겠소. …그래서 옥순에게 맡기려고 하오. 딸아이가 하자는 대로 할 생각이오. 허허…."

잠시 후 설진영은 결심한 듯 중얼거렸다. 옥순은 처음에는 작은 손수건을 눈에 대고 있었으나 부친의 말을 듣자마자 와 하고 쓰러져 울었다. 부엌에 있던 누님이 놀라서 응접실로 왔을 정도로 큰 울음소리였다. 흐느낄 때마다 옥색의 스웨터가 들썩이며 물결쳤다.

"옥순아. 북간(北萬)은 네 남편이 될 사람이다. 아버지와 북만, 어느 쪽이든 선택하라. 네가 말하는 대로 아버지는 해 주겠다."

설진영의 음성은 떨리고 있었다.

…그때, 이 친일파의 가슴속에 싹터서 불타오르기 시작한 것은 도대체 무엇이었던가. 조상을 생각하는 일념보다도 칠백 년의 족보보다도 더욱 소중한, 조선 민족의 긍지를 걸겠다는 마음은 작동하지 않았던 것일까? 일본 정부의 음험하고 비열한 조치에 대한 분노는 들어있지 않았던 것일까? 나는 소름이 끼쳤다. 괴롭게 흐느끼는 사랑하는 딸의 등을 설진영은 잠시 바라보는 모습이었으나, 그러나 내가 눈치채자, 그 눈동자는 공허에 휩싸이고 입술은 굳게 닫혀 있었다. 나는 자리가 어색한 기분으로 옥순의 작은 흐느낌을 들었다. 몸속 깊이, 날카롭게 찔러오는 흐느낌이었다.

가네다 호쿠만에 대한 고문은 날이 갈수록 심해졌다. 유도장에서 기절할 정도로 내던져지거나 매를 맞기도 했다. 가네다 호쿠만의 부모와 형제들은 설진영을 저주했다. 김 가는 전라북도 전주의 명문가로, 일찌감치 가네다로 창씨개명을 했다. 족보도 없었고, 그편이 병원 경영에 필요했기 때문이리라. 아들은 호쿠만 뿐이었다. 외아들 호쿠만을 죽일 셈인가 하고 모친은 정신을 잃을 정도로 울부짖으며 설진영에게 창씨개명을 압박했다. 그러나 가네다 호쿠만에게 구원은 없었다.

설옥순은 약혼자의 몸보다 부친의 가계를 선택했다.

가네다 호쿠만은 그저 성실하게 고이 자란 의과대학생에 불과했다. 자백하라는 말을 들어도 자백할 것이 없었다. 애초 죄가 없었던 것이다.

그러나 헌병들은 예정된 줄거리가 틀어진 것에 화도 나서, "너는 민족주의자이지! 조선의 독립을 원하고 있지!" 하고 돌아가면서 철야로 계속 괴롭혔다. 연약한 청년은 왜 갑자기 자신이 그런 혐의에 걸렸는지 알 수 없었다.

매를 맞고 목을 졸리고, 정신을 잃으면 다시 찬물을 뒤집어쓰면서 가네다 호쿠만은 단지 이제 제발 자고 싶다는 마음뿐이었다. 머릿속에 부패한 가스가 충만한 것 같아 이제 아무것도 생각할 수 없었다. 자고 싶은 욕망만이 그를 지배했다. 현실의 고통에서 벗어나고자 하는 마음 하나로, 그는 헌병이 내민 조서에 손도장을 찍었다. 온몸의 맥이 다 풀렸다.

그때 비로소 헌병은 그를 가련하게 여기는 듯한 호의를 보였다. 그리고 그가 설진영의 창씨개명을 위해 이용된 소도구에 불과하다는 것을 알려 주었다. 가네다 호쿠만은 설진영을 원망하고 옥순을 원망하고 헌병을 증오하고, 그리고 일본을 증오했다. 이렇게 하여 한 사람의 민족주의자가 탄생했다. 불기가 없는 차가운 독방에서 얇은 모포를 감싸고 덜덜 떨면서 가네다 호쿠만은 모든 일본인을 저주했다. 사실, 이때부터 그는 반일의 감정을 불태우기 시작한 것이 틀림없다. (석방된 그날 오후, 가네다 호쿠만은 경성 교외의 지원병 훈련소에 입소했다. 물론 강제 지원이었다. 그의 명부에는 붉은 동그라미가 표시돼 교관인 하사관들은 이 청년을 마음껏 괴롭혔다. 상처가 아물 사이도 없이, 가족 면회는커녕, 편지를 쓰는 것조차 허용되지 않았다. 그러나 가네다 호쿠만은 과거의 그가 아니었다. 같은 사상과 경험을 가진 조선 청년이 훈련소에 많이 있었다. 그가 동지들과 공모해 집단 탈출을 꾀하다가 체포돼 옥사한 것은 그로부터 훨씬 후의 일이다)

설진영에게는 제2차의 공작이 시작되였다. 막내딸이며, 아내를 잃은 후에 금이야 옥이야 하며 키운 옥순을, 그 무렵에도 드물었던 부녀자 징용공[여자 근로정신대]으로 인천 조병창에 강제 수용하려는 계획이었다. 물론 옥순 혼자만 특별히 지정할 수 없으니, 부수적으로 그 지역의 소작인 딸들도 징용공의 대상으로 끌려가게 되었다.

나는 그 계획을 우연히 알게 되었다. 계장의 부재 시에 서류를 제출하러 갔더니, '설옥순 이하 70명의 징용에 관한 시안'이라는 초안 문서가 눈에 띄었다. 내용을 읽지 않아도 알 법했다.

그날 밤, 나는 설옥순에게 속달 편지를 썼다. 어서 빨리 취직하는 게 좋겠다고 권했다. 그런데 그녀의 답장에는 취직할 데가 없다고 했다. 우물쭈물하고 있을 수는 없었다. 그래서 떠오른 생각은, 설진영이 소작미를 헌납한 육군창고였다.

육군창고에는 중학교 동창이 몇 명인가 근무하고 있었다. 찾아가서 상사를 소개받았다.

"실은 설진영의 딸이 육군창고에라도 근무하며 나라에 봉사하고 싶다고 합니다."

복잡한 속사정은 아무것도 설명하지 않았다.

"오, 2만 석을 헌납한 설진영 말인가!"

상대는 그를 기억하고 있었으므로 이야기는 수월했다. 일자리는 얼마든지 있다는 말이었다. 그날 중에 결정돼 옥순은 다음 월요일부터 근무하게 되었다. 박자가 잘 맞는다는 말이 있는데, 나는 이때만큼 기뻤던 적이 없다. 징용처로 예정되었던 인천 조병창에서는 38식 보병총을 제조하고 있다고 했다. 어떤 공장인지는 모르나, 창씨개명의 공작에 이용될 정도라면, 옥순 등이 일하기 힘든 직장이라는 점은 분명했다. 나 자신 열흘간의 징용에 비명을 지르고 도청에 취직했던 것이다. 그녀에게 그런 고통을 가해 일본의 비열한 조치에 원한을 품게 한다는 것에 참을 수 없는 가책을 느꼈다.

"어째서 기껏 이름 하나 때문에 그렇게 눈엣가시 취급을 하죠? 무언가 아버님이 나쁜 짓이라도 했단 말인가요?"

합정의 숙부 집에 기숙하며 육군창고에 다니던 어느 날, 그녀는 취직의 감사인사를 하러 와서 냉소적으로 내게 항의했다. 옥순의 말에 따르면, 다행히 그녀만은 육군창고의 사무원으로 취직해서 징용을 피할 수 있었지만, 다른 처녀들은 조병창에 끌려가, 허름한 기숙사와 식사와 피복만 주어지고, 익숙지 않은 일에 기름투성이가 되며 혹사당하고 있다는 것이었다. "병에 걸려도 집에 돌려보내 주지 않아요." 옥순은 자기만 편한 일을 하는 것이 미안하다는 말투였다. 자기집의 소작인 딸들이 자신의 부친 대신 희생되었다는 것을 그녀는 잘 알고 있었을 것이다.

그러나 나는 제2차 공작의 피해를 미연에 막아주었기에 왠지 가슴에 막힌 것이 쑥 뚫린 기분이었다. 조병창에 끌려간 여자 징용공 중에 설진영의 딸이 포함되지 않았다는 사실을 알게 되었을 때의, 과장과 계장의 놀란 얼굴. 그것을 떠올리기만 해도 나는 복수를 완수했다는 은밀한 쾌감을 느꼈다.

그 무렵, 창씨개명은 법률과 다름없는 것이 되었다. 그리하여 이 정책은 전 조선어 철저히 실시돼 경관들은 각 민가를 돌아다니며 문패가 바뀌어 있지 않으면, 감옥에 처넣는다고 지극 당연하게 말했다. 창씨개명을 주저하던 지방의 유력자들도, 하지 않으면 반일주의자의 라벨이 붙여져 공출이건 세금이건 모든 것에 불리하게 된다는 협박을 받으니, 체념한 듯이 문패의 이름을 바꾸었다. 설진영의 사위가 투옥되고 지원병 훈련소에 끌려갔다는 뉴스가 은밀히 퍼진 것도 큰 영향을 미쳤다.

그러나 설진영은 창씨개명이 아직 법률로 정해지지 않은 것을 잘 알고 있었다. 당국으로서는 설진영관을 위해 창씨개명을 입법화하는 것은 위신에도 관련되었다. 그것은 일본정부가 설진영에게 패배한 것을 의미했다. 따라서 끝내 입법화하지 않고 그에게 창씨개명을 시키는 데 필사적이었다. 창씨개명을 승낙하지 않는 것은 그 혼자만이 아니었다. 전북지사 손영목(孫永穆), 경북지사 김대우(金大羽) 등도 마지막까지 창씨개명을 하지 않았던 사람들이다. 하지만 그들은 설진영 같은 민간인이 아니라 행정관청에 근무하고 있었기 때문에, 교묘하게 특례를 인정받은 것에 불과했다. 불행하게도 그는 권력이 없는 민간인이었다.

…그즈음, 나는 때때로 살아 있는 자신이라는 존재에 강한 의문을 품게 되었다. 나 자신을 알 수 없었다. 모든 것이 막연하고 희망을 잃은 것 같았다. 마음의 지탱이 되는 것은 무엇 하나 없었다. 그렇지만 나는 징용되지 않고 살아 있었다. 묵묵히 있어도 세월은 흘러갔다.

나는 까다로운 서류를 만들면서 문득 얼굴을 들고 주위를 둘러보았다. 경기도청 총무부 총력 제1과 제3행정계. 그곳에 타니 로쿠로라는 남자가 앉아 있었다. 그리고 옆 책상의 남자도, 맞은편 책상의 남자도 같은 동료로서 나를 바라보고 있었다. 과장에서 계장으로, 계장에서 담당과원으로 전해오는 명령을, 무엇 하나 의문을 품지 않고 그냥 받아들여 기계처럼 일하고 있었다. 그러면서도 아무런 걱정이 없는 것처럼 보이는 것이 이상했다.

'나는 기계는 되지 않을 것이다.' 나는 그렇게 중얼거렸다. 이질적인 자신을 느꼈다. 하지만 나도 톱니바퀴의 하나가 돼 있었다. 이것은 도대체 어떤 의미일까. 역시 나도 훌륭한 기계인가. 나는 문득 예전의 현기증과 비슷한, 불쾌한, 낮게 고이면서 퍼진 검은 무지개색을 떠올렸다. 납처럼 무겁게, 격한 고통으로 내 주위를 둘러싸고 있었다. 검은 소용돌이. 나는 이 소용돌이에서 도망칠 수 없었다. 내 감정은 못에 박힌 채, 깊은 늪 속으로 빨려 들어갔다. '이런 시대에 생각하고 고뇌하는 쪽

이 이상한 것이다.'

　나는 그런 것을 멍하니 받아들이고 있었다. 생각하는 것, 비판하는 것, 그것들은 내 몸에 거꾸로 찔러오는 예리한 가시였다. 그러므로 터부[금기]인 것이다. 그 무렵, 내게 필요한 것은 일에 대한 완전한 타성이었다. 충실한 관리가 되기를 나는 바랄 정도였다.

　"금번 여식 옥순의 일에 관해 여러모로 부모도 하지 못하는 배려를 해 주시어 백골난망이로소이다. 귀하의 호의는 평생의 기쁨이라고 할 것으로 운운"이라는 한문체의 달필의 감사 편지와 함께 설진영이 복숭아 바구니를 보내 준 것은 6월 초였다. 옥순이 육군창고에 근무한 지 얼마 되지 않은 때였다.

　우리는 5월 말에 창씨개명의 일을 마치고, 이번에는 국어 상용운동이라는 임무에 임하게 되었다. 국민학교부터 조선어 교과서는 이미 없어졌으나, 다시 신문을 비롯한 모든 간행물을 폐지하고, 어디에서나 일본어를 사용한다는 운동이었다.

　조선어를 쓰는 자는 전쟁 비협력자이며 반일주의자이다. 황국신민은 마땅히 일본어를 상용해야 한다. …대체로 그런 일방적인 발상에서 '황국신민의 서사(誓詞)'라는 황당한 주문(呪文)이 만들어졌다.

　"하나, 우리는 대일본제국의 신민입니다. 하나, 우리는 마음을 합해 천황폐하에게 충의를 다하겠습니다. 하나, 우리는 나라를 위해 훌륭한 일본인이 되겠습니다"라는 문구는 아동용 '황국신민의 맹세'였다. 이밖에도 성인용의 서사가 있었다. "하나, 우리는 제국 신민이다. 충의로써 황국에 보답하련다." 등과 같은 3개 조의 문구였다.

　우리는 이 3개 조를 사람이 5인 모이면 이것을 제창하고, 모든 의식 전에는 전원 이것을 소리 내어 읽는 습관을 보급하라는 명령을 받았다. 이 주문을 읽는 동안, 일본어 상용의 열기가 높아지고 애국 사상이 철저히 침투된다는 것이었다. 이 또한 아무래도 나와는 맞지 않는 일이었다.

설진영의 편지를 읽으면서, 그가 그 후 어떻게 되었을까 생각했다. 그를 구할 수 있다면 구해주고 싶다는 마음은 여전히 마음 한구석에 있었다. 그러나 그 일에서 손을 뗀 일개 직원인 나로서는 상사가 어떠한 다음의 수를 쓰려고 하는지는 알 수 없었다. 알 수 없으니 나는 초조했다. 어릴 때, 교외에서 뱀이 산 채로 괴롭힘을 당하며 죽는 것을 목격한 적이 있었다. 산 채로 가죽이 벗겨진 뱀이 풀 위에서 괴롭게 몸부림치며 뒹굴었다. 그 처참한 광경. 그것이 떠올라 견딜 수 없었다.

지금의 설진영의 모습에서 나는 그 뱀을 연상했다. 그리고 가죽을 벗기는 데 도움을 준 것은 바로 나 자신이었다. 뱀은 풀 위에서 먼지투성이의 길로 떨어져 몸부림치면서 흙투성이가 돼 죽어갔다. 설진영은 지금 몸부림치고 있다. 주먹을 꽉 쥐고 숨을 죽인 채 꼼짝 않고 서 있었던 어릴 때처럼, 나는 설진영의 괴로움을 단지 방관하고 있었다.

그가 창씨개명을 승낙만 한다면, 일은 모두 원만히 해결될 것이다. 그러나 법률화되지 않는 한, 그에게 그런 의지는 없다. 설진영에게는 지금 칠백 년 설 씨 가문의 긍지가 있을 뿐이다. 그의 패배는 가문의 패배이며 조선 민족의 패배이다. 오천 년의 역사를 가진 민족의 역사가 없어지고, 삼천만 민중의 언어와 문자를 빼앗기고, 다시 그 성명까지 빼앗기게 되는 운명의 갈림길에 서 있는 것이다.

설진영은 고집스럽게 족보를 끝까지 지키려고 했다. "법률은 아니다. 그러니 나는 자발적으로 창씨개명을 할 마음이 없다"라는 것이 그의 주장이었다. 그러나 당국 입장에서는 그 주장이 당연한 말이기에 성질을 부리는 것이리라. 승패는 처음부터 뻔했다. 기적이 일어나지 않는 한.

…그렇다. 승부는 처음부터 눈에 보였다. 나는 설진영에게서 잿빛 죽음의 그림자가 서서히 그 색을 짙게 하며 이윽고 검은 상장(喪章)으로 변하는 것을 막연하게 느꼈다. 그는 애초부터 살릴 수 없는 중증 환자였다. 나는 수술을 주장했다. 하지만 환자는 수술을 싫어했다. 나는 강심지 주사를 계속 놓으면서 단지 그 생명을 간신히 연장시킨 것에 불과했다. '하지만 나는 강제로라도 수술을 했어야 하지 않았나?'

내 예감은 불행하게도 적중했다. 의외로 빨리 그것은 적중했다.

'브친 사망. 6일 장의. 설(薛)'

전보는 아침 일찍 배달되었다. 1941년 10월 2일 아침이었다. 나는 잠이 덜 깬 눈을 비비면서 자형이 건네준 전보를 받아들었다. 그리고 전문을 읽으면서 불길한 예감에 왠지 손이 떨렸다.

"6일에 장례식이 있다는 건데 전보까지 보내기는. 뭔 소란이지?"

자형은 웃으면서 그렇게 말했다. 나는 대답을 하지 않고 일어나 커튼을 열었다. 창밖에는 비가 내리고 있었다. 여름이 끝나 경성의 거리는 한숨을 돌린 때였다. 관사의 뜰에 심어진 포도가 커다란 파란 열매를 매달고 시원하게 비를 맞고 있었다. 지난번 만남 이후, 옥순의 연락도 없었고, 한여름에 설진영이 진귀한 성환 참외와 20세기 배를 보내 주었기 때문에, 어떻게든 잘 마무리되지 않았을까 하는 생각도 했다.

'아니, 병이겠지.'

나는 불길한 공상을 떨치면서 나 자신에게 말했다. 그렇게 굳은 의지의 남자가 자살할 리가 없다. 자살했다고 해도 그것은 창씨개명 탓은 아닐 것이다. 만약 그렇다면, 아버지를 죽인 무리에 속한 내게 옥순이 전보를 칠 리가 없다….

그날, 비가 내리는 가운데 나는 평소처럼 누님이 싸준 도시락을 자형의 헌 손가방에 넣고 출근했다. 오후에 나는 학무과 직원과 국어보급의 강습회를 위해 개성으로 출장할 예정이었다. 10시경에 과장은 숙취가 남은 얼굴로 출근했다. 출장 예정표에 도장을 받고, 여비를 받기 위해 전표를 들고 과장 앞으로 갔다.

"수고가 많네, 타니 군."

과장은 솔로 도장을 닦으면서 평소와 달리 미소를 보였다. 그리고 으스대는 손놀림으로 서류에 도장을 찍더니, "아, 참!"하고 나를 향해 턱을 추켜올렸다. 과장은 의자 등받이에 머리를 기댔다. 그것은 그가 자신의 공훈담을 부하에게 들려줄 때의 포즈였다.

"네?"

"자네가 애를 먹었던 그 남자 있잖나…. 그, 헌납미의."

나는 귀를 의심했다. 과장이 그의 죽음을 알고 있으리라는 것은 생각지도 못했다.

"설진영 말씀입니까?"

"응, 그래. 그 설진영. 결국 9월 30일에 창씨개명을 했다고 하네. 어제 낮에 도청으로 보고가 올라왔다. 참으로 애를 먹였군. …이로써 경기도는 완전하게 10할 목표를 달성하게 되었네."

"그가, …창씨개명을 했다고요?"

나는 목으로 침을 꿀꺽 삼켰다. 그런 어이없는 일이 있을 리가 없다. 옥순에게서 죽었다는 전보를 이제 막 받지 않았는가!

"어, 놀랐지? 과장인 내가 적극 나서서 지사 각하가 직접 출마하시게 하였지. 타니 군. 자네는, 나도 할 수 없는 일이라고 생각했는가?"

과장은 슬쩍 미소를 지었다. 그리고 급사가 가져온 차를 마셨다. 나는 다시 현기증이 났다. 당황하여 나는 과장 책상에 양손을 짚었다.
"아니, 그럴 리가 없습니다! 설진영은 죽었습니다."
"뭐, 죽었다고?"
상대는 자못 놀란 듯 상반신을 급히 앞으로 내밀었다 표정이 굳어졌다.
"자네, 그게 정말인가? 원인은 뭐지? 자살인가?"
과장은 급한 말투로 물었다. 상대의 당황한 표정을 보았을 때, 나는 모든 사정을 알 것 같았다. 그 말을 들은 계장이 달려왔다.
'설진영이… 정말인가?'
계장은 목소리를 낮추고 말했다. 그리고 혼잣말처럼 중얼거렸다.
"설마…."
"죽은 건 사실입니다. 그런데 병 때문인지 사고인지는 모릅니다."
나는 두 사람을 바라보았다. 나도 모르게 거센 말투가 되었다. 두 사람은 얼굴을 마주 보고 순간적으로 불안한 기색을 띠었다. '그렇다. 이 자들이 죽였다.' 나는 직감했다. 무언가 다음 공작의 수를 쓴 것이다. 이놈들이. 아까 내 눈은 질타하는 거센 빛을 발했을 것이다. 과장은 코끝으로 흥 하고 비웃는 듯한 동작을 하고 내 시선을 되받아쳤다. 그리고 다시 의자의 등에 머리를 기대고 천장을 쳐다보면서 말을 내뱉었다.
"그런 비국민이 죽어봤자 향불 하나 올리기 아깝지. 그렇지? 계장."
나는 머리에 피가 확 치솟았다. 분노로 인해 몸이 떨렸다. 몸 주위에 섬광이 번뜩이는 느낌이었다. 격양된 심정에 나도 모르게 꽉 쥔 주먹이 와들와들 떨렸다. 아무래도 과장이 지금 한 말은 용서할 수가 없었다.
"과장님! 그 말은 취소해 주시죠. 설진영은 어느 일본인보다도 훌륭한 사람입니다. 적어도 우리보다는."

감정이 격해져서 소리가 점차 커지는 것을 아무래도 나는 억제할 수 없었다. 과장은 순간 화난 표정으로 변했다.

"타니 군. 우리라는 것은, 나도 포함되는 것인가?"

"…죽은 사람을 모독하는 것은 삼가시죠. 그는 비국민이 아닙니다."

너무나도 격한 내 위세에 직원들은 놀라 자리에서 일어났다. 과장도 다소 당황해 엉거주춤한 자세가 되었으나, 이윽고 다시 진정을 찾은 듯 회전의자에 털썩 앉았다. 그리고 비아냥거리는 미소를 지었다. 침착함을 가장하기 위해 무리하게 지은 웃음이었다. 이마에 새파란 핏줄이 불거지고 입술이 바르르 떨리고 있었다.

"흥! 그런 훌륭한 인간이 왜 창씨개명 같은 것으로 생고생을 시켰을까. 훌륭한 인간이란 그런 건가?"

나의 분노를 얼버무리려는 말투가 분했다. '화를 내서는 안 된다. 그런 말을 해서는 안 된다.' 마음 한구석에서 누가 나를 열심히 말리는 것을 알고 있었다. 지금, 내가 하는 행동이 매우 좋지 않은 영향을 초래하리라는 것은 잘 알고 있었다. 하지만 과장 등이 설진영에게 창씨개명을 시킨 이상, 그리고 실제로 그가 죽었다는 전보가 온 이상, 그것에는 내가 알 수 없는 음모가 작용했다는 점은 분명했다.

그것을 나는 지적하고 싶었지만, 그것은 말로 잘 표현되지 않았다. 과장은 직원들을 힐끗 쳐다보더니, 나를 무시하는 것처럼 손수건으로 안경알을 꼼꼼히 닦기 시작했다. 나는 다시 불쾌한 현기증을 느꼈다. 눈앞이 캄캄해지고 후두부에서 급격하게 피가 아래로 빠지는 느낌이었다.

"과장님은 창씨개명에만 집착하고 그 집의 족보를 보지 않았으니 그런 말을 하는 겁니다. 도대체 그의 어느 구석이 비국민입니까? 부탁받지도 않았는데 비국민이 1년분의 소작미를 헌납한다는 말입니까? 비국민이라는 건, 이런 비상시국에 명치정의 여급을 첩으로 두거나 하는 인간을 말하는 겁니다. 그런 비열한 출세주의자에 비하면 설진영은 훨씬 훌륭합니다. 나는 그렇게 말했을 뿐입니다."

"무슨 말을 하는 건가, 타니 군!"

계장은 안색을 바꾸고 내 몸을 밀치면서 작은 목소리로 제지했다. 그리고 계장은 과장 쪽을 불안하게 엿보았다.

'아아, 말해 버렸다'라고 나는 생각했다. 자조 섞인 웃음이 치밀어 올라왔다. 하지만 이 직장을 버릴 결심이 서자, 어느새 현기증이 사라지고 냉정함이 돌아왔다. 나는 계장의 손을 천천히 뿌리치고, 핏기를 잃고 벌떡 일어나서 할 말을 필사적으로 찾는 과장의 얼굴을 바라본 후, "계장님!" 하고 불렀다.

"계장님은 무언가 오해하고 있군요. 제가 언제 과장님이라고 말했습니까? 혹시나 계장님은 과장님이 명치정의 여급을 첩으로 둔 비국민이라고 말씀하시는 겁니까? 과장님은 그럴 분이 아니죠. 조선군에 2만석의 쌀을 헌납한 사람을 비국민이라고 감히 단정하는 분이니까요. 대단히 훌륭한 분이 아니라면 그런 말은 할 수 없죠. 그렇죠?"

생각 외로 말이 술술 잘 나왔다. 계장만은 과장의 비밀을 아는 듯했다. 조소 가득한 내 반격에 눈동자가 흔들렸다. 과장의 얼굴은 보이지 않았다. 그러나 이마에 핏대를 세우고 말도 하지 못하고 주먹을 바들바들 떠는 모습은 눈치로 알 수 있었다.

"어쨌든 저는 설진영의 집에 가보겠습니다. 오늘은 결근으로 처리해 주시죠."

나는 어느 쪽도 바라보지 않고 꾸벅 고개를 숙이고 내 자리로 돌아왔다. 그리고 책상 서랍을 정리하기 시작했다. 계장은 멍하니 선 채로 어떻게 사태를 수습할까 하는 모습으로 불안한 시선을 내게 보내고 있었다. 과 전체는 쥐 죽은 듯 조용했다.

"타니 군!"

증오가 담긴 소리로 과장이 말했다. 나는 미소를 띠었다.

"알겠습니다. 과장님. 저는 오늘을 마지막으로 여기에 오지 않을 셈입니다. 당신을 욕했으니 비국민이다, 비국민이니 사직하라는 말씀이겠죠?"

"어서 사과하게!"

계장이 옆으로 달려와서 작은 소리로 말했다. 나는 머리를 가로저었다. 갑자기 눈물이 나오려고 했다.

"사물은 전부 정리하였습니다. 개성 출장은 니노미야 군이라도 대신 가라고 하시죠."

손가방을 들고 나는 사무실 문을 밀었다. 그리고 천천히 계단을 하나씩 밟으며 내려갔다. 바보 같은 짓을 했다는 자조적인 감정이 나를 감쌌다. 나는 애써 매달렸던 동아줄을 내 손으로 끊어버렸다. 그러나 내 무게를 지탱하지 못하고 언젠가는 툭 끊어지리라는 것을 나는 알고 있었다. 그때까지 미련을 버리지 못하고 밧줄에 매달려 있기보다는 이쪽이 좋을지도 모른다. 나는 자신을 위로했다.

도청을 나온 후에 나는 천천히 빨간 벽돌의 건물을 되돌아보았다. 지금쯤 도청의 인간들은 나를 바보 같은 놈이라고 수군거리고 있을 것이다. '그렇다. 나는 바보 같은 놈이다!' 하지만 이상하게도 속은 시원했다. 모든 것을 잃었다기보다는, 어깨의 무거운 짐을 내려놓은 기분이었다. 나는 비를 맞으면서 광화문 거리를 터벅터벅 걸어갔다. 비는 조용히 거리를 적시고 나뭇잎을 적시고 아스팔트를 적시고 있다. 나는 언젠가 옥순이, "북만과 아버지 어느 쪽이든 선택해라"라는 말을 듣고 엎어져 울던 광경을 떠올렸다. 그녀가 선택한 부친이 급사했다. 그녀가 슬퍼하는 모습을 상상하니 마음이 흔들렸다. 이윽고 비는 내 마음을 적시며 어둠 속으로 깊이 가라앉았다.

…설진영의 죽음은 예상한 대로 자살이었다. 창씨개명이 죽였다고 하는 것 외에 달리 설명할 도리가 없었다. 눈물을 흘리는 옥순에게 그가 자살하게 된 사정을 듣는 동안, 내 얼굴은 분노로 일그러졌다. 내 자신이 일본인이라고 뻔뻔스러운 얼굴을 하고 있는 것이 심히 부끄러웠다.

제3차 공작의 대상으로 선택된 것은 설진영의 다섯 손자들이었다. 학년은 다르지만, 손자들은 각기 국민학교에서 급장이나 부급장을 맡고 있었다. 어떤 식으로 손을 썼는지 모르지만, 당국은 교사를 이용해 손자들을 괴롭혔다. 그것은 일종의 신경 전술이라고 할 수 있었다.

"어? 이 학급에는 아직 일본인이 되지 않은 학생이 있네?"라는 말부터 시작돼, 끝내는, "창씨개명을 하지 않는 자는 일본인이 아니다. 내일부터 학교에 오지 않아도 돼!"라는 식으로 교단 위에서 자근자근 조여갔다. 아무것도 모르는 다른 학생들은 교사의 말에 힘을 얻어 설진영의 손자들을 늘려댔다. 대지주의 손자들이니, 이런 기회라도 없으면 괴롭힐 구실이 없었다.

손자들은 귀가하자마자 조부의 방으로 달려가, 왜 창씨개명을 하지 않는지 불만스럽게 물었다. 처음에는 설진영은 하지 않아도 괜찮다고 말했다. 그런데 울면서 귀가하게 되고, 결국에는 아침에 학교에 가지 않겠다고 투정을 부리며 울기까지 했다. 이유를 물어보니, 선생님이 창씨개명을 하지 않은 아이는 학교에 오지 말라고 했다는 것이다. 이삼일은 어르고 달래서 학교에 보냈다. 그러나 마지막에는 모든 아이가 놀려대서 절대 학교에 가지 않겠다고 울었다.

철이 없는 아이들이었다. 조부의 의지도 족보의 소중함도 몰랐다. 손자들은 그저 조부가 창씨개명을 하지 않는 것이 잘못이라고 생각했다. 또, 그렇게 학교에서 배웠다. 완고한 설진영도 다섯 손자들의 공격을 받으니 심한 신경쇠약 증세가 나타났다. 매일 다섯 손자가 돌아가면서 읍소, 탄원했다. 이래서는 신경이 아프지 않은 것이 오히려 이상할 정도였다. 그에게는 귀여운 손자들이 그렇게 울고불고하면서 조부를 원망하니, 학교에서의 박해가 어떠하다는 것은 상상하고도 남음이 있었다. 손자들이 사흘이나 학교에 가지 않은 것을 알게 되자, 그는 밤새 자지도 않고 무언가 정리하는 듯했다. 다음 날 아침, 손자들을 불러 이렇게 말했다.

"그래, 너희들 말대로 해 주마. 그러니 이제 학교에 나가도록 해라!"

손자들이 매우 기뻐하며 등교하는 것을 바라본 후에 설진영은 면사무소로 갔다. 그리고 '쿠사카베(草壁)'라는 일본 성으로 창씨개명의 절차를 마쳤다. 면사무소의 직원이 서류를 보자, 어쩐 일인지 신고자인 그의 일본 명은 기입돼 있지 않았다.

"설 상. 당신은 쿠사카베 뭐라고 바꾸지 않습니까?"

직원이 물었다. 신고자의 이름을 공백인 채로 놔둘 수는 없었다. 설진영은 손사래를 치며 웃었다.

"내 이름은 아직 생각하지 않았습니다. 오늘 밤에 생각할 것이니 가족만 우선 접수해 주시오."

쓸쓸한 발걸음으로 그는 집으로 돌아와 그대로 방에 틀어박혀 저녁

때까지 나오지 않았다. 유서를 쓰고 있었을 것이다. 저녁 식사 후, 설진영은 가족들과 평소처럼 즐겁게 담소하고 손자의 응석을 받아주며 단란한 시간을 보냈다. 잠자리에는 평소와 같은 시각에 들었으나, 한밤중에 설진영은 일어나서 새 옷을 입었다. 그리고 안채의 뒤편에 있는 오래된 우물에 돌을 품고 몸을 던졌다.

사체는 다음날 아침 발견되었다. 집의 개가 우물 주위를 빙빙 돌며 짖어서 가족에게 이변을 알렸다. 옥순을 비롯한 자식들에게 전보가 갔다. 달려온 옥순은 차가운 부친의 몸을 부둥켜안고 몸부림치며 통곡했다. 가족이 유품을 뒤져보니 내 앞으로 남긴 유서가 한 통 섞여 있었다. 내게도 전보가 온 것은 그 때문이었다.

옥순과 가족 앞에서 나는 설진영의 유서를 개봉했다. 지금 나에 대한 관결문을 읽는다는 기분에 무릎이 미세하게 떨렸다. 그런데 유서의 내용은 뜻밖이었다. 우선 생전의 짧은 교의에 감사하고 어리석게도 조상에게 몸을 바치는 자신을 비웃어달라고 쓴 후에, 그는 이런 내용을 내게 부탁했다.

"…나의 대에 전통 있는 설 씨 가문의 족보도 쓸모없는 것이 되어 실로 유감이지만, 그렇다고 해서 이 자료를 소각하기도 어렵다. 따라서 깊은 이해자인 귀하에게 처리를 일임하고자 하오니, 가능하다면 경성제대에라도 기증해 주신다면 그 이상 다행은 없으리라 생각하오며…"

한문을 판독해 일본어로 고치면 대략 이런 글이었다. 즉 설진영은 내가 족보에 감동하고, 그를 위해 뒤에서나마 애써 준 것을 이해해 주었다. 그리고 족보를 경성제대에라도 기증해 주기를 부탁하고 죽었다. 나는 뜨거워진 눈자위를 눌렀다. 콧등이 짜릿해졌다.

"1941년 9월 29일. 일본 정부, 창씨개명을 강제한 것에 의해 이것으로 단절. 종손 진영, 이를 수치로 여겨 자손에게 사죄하며 족보와 함께 스스로의 명을 끊다."

이것은 족보의 마지막에 그가 기입한 한글이었다.

유해는 제단에 안치돼 사흘간의 장의가 조선식으로 장엄하게 치러졌다. 꽃마차처럼 꾸며진 상여를 소가 끌어가고, 사람들은 수레 위에서 춤추며 망자의 영을 위로했다. 그리고 묘지를 향해 개미행렬처럼 느리게 나아갔다. 삼베 줄을 머리에 동여매고 '아이고'를 연발하는 무당의 모습이나, 삼베옷을 입고 상여를 따라가는 가족들의 모습은, 함께한 조문객에게 깊은 슬픔을 자아냈다. 기다란 뱀처럼 구불구불하게 줄지어 상여를 따라간 이들은 6천 명을 넘었다. 근래 드물게 보는 성대한 장례라고 동네 노인들이 말했다. 신문은 작게 설진영의 죽음을 보도하고, 입을 맞춘 듯 사인은 신경쇠약으로 처리되었다.

장례식 후, 나는 부탁받은 대로 뒤처리를 돕고 그날 밤은 설가에서 묵었다. 나는 과장이 장례식에 참석하지 않는 것, 도지사가 뻔뻔하게 조화를 보낸 것 등이 떠올라 좀체 잠이 오지 않았다. 누군가 뜰을 걸어 다니는 발소리가 들려, 일어나 나가 보니 옥순이 축 처진 어깨로 땅을 바라보며 우두커니 서 있었다. 낙담한 탓인지 많이 야윈 옆얼굴이 보였다.

"잠이 오지 않아요. 아버님이 너무 불쌍해서…"

옥순은 나를 알아보고 쓸쓸한 미소를 지었다. 나도 뜰로 내려가 도청을 사직한 것 등을 띄엄띄엄 말했다. 별로 변호할 마음도 없었다. 그러나 옥순은 그 말을 듣자, 화난 듯한, 아니, 이를 악문 듯한 말투로 내뱉었다.

"이젠 늦었어요. 모든 것이 늦었어요."

약혼자를 빼앗기고, 부친의 죽임을 당한 조선 처녀의 격한 분노가 세차게 나의 몸에도 전달돼, 무어라 대답할 말을 찾지 못했다. 그렇다. 늦었다. 모든 것이 늦었다. 나는 신음하듯이 중얼거릴 뿐이었다. 가네다 호쿠만에게서는 아무런 편지도 없었고, 면회를 가도 만나주지 않았다고 옥순은 말했다.

"미우시겠죠. 저를 원망해 주세요."

나는 고개를 숙이고 창백한 옥순의 옆얼굴을 향해 입 밖으로 냈을 뿐, 달리 할 들이 없었다.

…나는 그르부터 석 달 후에 출정했다. 태평양 전쟁이 시작되었다. 누님 부부와 화가 동료에게 거창한 환송은 싫다고 말하고 나는 혼자서 열차를 탔다. 그리고 삼등차의 좌석에 우두커니 앉아 발차까지의 시간을 기다렸다. 창가에는 나처럼 영장을 받은 사람들이 가족과 직장동료에게 이별을 그하고 있었다. 나는 혼자였다. 이것으로 좋다고 생각했다. 별로 슬프지도 않았다. 오히려 속죄와 비슷한 후련한 기분조차 들었다.

이조잔영 李朝殘影

노구치는 붓을 들면서 어느새 자기 마음속 깊이 그 조선 기생의 모습이 강하게 각인돼 있다는 것을 깨달았다. 여학교의 교단에 서 있을 때도, 학급에 몇 명인가 섞여 있는 조선인 ∽학생의 얼굴을 보면, 문득 김영순의 투명하게 보이는 흰 귓불과 이지적인 코, 짙은 귀밑머리 등이 단편적으로 떠올랐다.

1

　노구치 료키치(野口良吉)가 경성의 화류계에서 별난 여자로 유명한 김영순(金英順)을 만나게 된 것은 1940년의 여름이었다. 무덥고 모기 많은 여름날의 비 내리는 밤이었다고 기억한다.
　김영순은 이른바 기생이었다. 일본의 게이샤(藝者)에 해당한다. 당시 경성의 화류계에는 게이샤와 기생의 두 직업이 공인받고 있었으나, 일본 게이샤와는 달리 기생은 매년 쇠퇴 일로에 있어, 종로에 몇 군데만 옛날의 흔적을 간직하고 있었다.
　게다가 한일병합 이후, 시대의 물결에 밀려 직업화되고 일본화돼 버린 기생들이 많았다. 즉 옛날 기생의 교양이나 격식 등은 시대의 흐름과 함께 사라지고 있었다. 어쩌면 김영순은 사라져가는 그러한 기생의 품격을 끝내 지키고자 홀로 반항한 여자가 아니었을까.
　이즈 시대 기생은 요시와라(吉原)[도쿄 유곽지]의 일류 게이샤도 미치지 못할 정도의 위치에 있어, 조선 민중에게는 귀족적인 존재였다.

예를 들어 노구치는 자신의 부친이 옛날 기생의 명함을 보여준 것을 기억한다. 군인 출신인 부친은 대단히 꼼꼼한 성격으로, 하루도 빼지 않고 일기를 쓰며 매일 만난 사람의 명함에 일시와 용건을 메모해 가지런히 스크랩북에 붙여놓는 습관이 있었다. 오래된 명함첩에는 '정3품 평양·월계(月桂)' '정4품 진주·옥란(玉蘭)'처럼 요상한 작은 명함이 붙어 있었다. 그것은 기생의 명함이었다.

"진주나 평양은 옛날 기생의 산지(産地)였지. 첫째가 평양이고 둘째가 진주라고 했는데, 둘 다 대단한 미인이었지."

술에 취해 기분이 좋아진 노구치의 부친은 아직 중학생이었던 노구치에게 설명해 주었다.

'정3품, 정4품'이라는 것은, 위계훈등(位階勳等)의 일종으로 정3품은 군수와 같은 품계였다. 즉 조선 시대 기생은 그 정도의 사회적 지위를 지닌 존재였다. 게이샤가 일본에서 품계를 받았다는 말은 아직 한 번도 들어 본 적이 없다.

조선에서는 일찍이 관기(官妓)제도를 실시해, 내의원(內醫院), 혜민원(惠民院)의 여의(女醫), 상의원(尙衣院)의 침선비(鍼線婢)라는 이름으로 삼백여 명의 기생을 대궐 안에서 육성했다. 바느질을 담당하는 궁녀를 침선비라 했다.

이조는 고려의 악극을 이어받아 예악(禮樂)[예법과 음악]을 국정의 최우선 순위로 삼았기 때문에 궁중의 연회에는 여악(女樂)[궁중에서 연회를 베풀 때 여기(女妓)가 악기를 타고 노래를 부르며 춤을 추던 일. 또는 그 음악과 춤]이 필요했다.

관기들은 궁중에서 주연(酒宴)이 열리면 고관들에게 술을 따르고 가

무음곡으로 흥취를 더했다고 문헌에 기록돼 있다. 즉 국정을 좌지우지하는 사람들의 목덜미를 꽉 잡고, 안색을 살피며 뒤에서 간접적으로 정치를 움직이는 지위에 있었다고 할 수 있다. 취직이나 소송 등에서 그녀들이 큰 영향력을 가졌으리라는 점은 상상하기 어렵지 않다.

기생의 산지라고 불리는 평양, 진주에는 기생을 양성하는 학교까지 있었다. 가무·음곡·독서·습자는 이른바 필수과목으로, 시나 회화까지 가르쳤다고 한다.

둘론 기생에도 계급이 있었다. 일패(一牌), 이패, 삼패의 세 단계가 있어, 삼패는 준(准)기생으로도 불렸다. 성적이나 품행에 따라 이패로 진급을 하거나 삼패로 떨어졌다. 그리고 일패는 대부분 궁중에 출입할 수 있는 관기로, 분별없이 아무에게나 몸을 허락하지 않았다는 정설이 있다

기생과의 교제도 절차가 까다로웠다. 어느 기생이 마음에 들면, 화류계에 정통한 소개자를 찾아야 한다. 그리고 예의를 갖춰 소개자와 동반해 기생의 집에 몇 번인가 놀러 간다. 얼굴을 익히게 된 즈음에 이윽고 소개자를 통해 넌지시 기생의 의향을 확인한다. 만약 가차없이 거절을 당하면 그것으로 끝이었다.

상대가 승낙하면 그것도 아주 큰일이였다. 돈은 물론이고 새로 지은 옷을 몇 벌이나 기생에게 보내고, 상대가 싫다고 할 때까지는 관계를 끊지 못한다. 이른바 서방이 되는 셈으로 비용은 모두 남자의 부담이었다.

준기생으로 불리는 삼패급을 상대할 때도, 유흥을 나누면 닷새나 열흘 기간을 정해 그동안은 기생의 집에 들어박혀 기거를 함께하는 것이 관례였다. 그러므로 기생은 대중에게는 그림의 떡과 같았다. 손이

닿는 대상이 아니며, 또 기생들도 긍지를 갖고 있었다.

그러나 시대의 흐름은 기생의 지위도 기예도 그리고 품격도 타락시켰다. 그림의 떡이었던 기생은, 갈보라고 불리는 천박한 매춘부와 같은 존재로 변해 버렸다.

김영순은 그것을 한탄하고 있었을 것이다. 적어도 처음에는 노구치 료키치는 그렇게 생각했다.

그녀가 밥벌이로 삼고 있는 조선 시대의 궁중 무용을 노구치가 처음 보게 된 것은 분명 만세 사건[3·1운동]과 인연이 깊은, 종로 인사동의 요정 '홍몽관(紅夢館)'에서였다.

미술학교 동창 다와라 하루유키(俵春之)가 만주에 새로 생긴 영화사의 미술부 조수로 부임하는 길에 경성에 들러 준 것이 계기가 되었다.

노구치의 부친은 남산 기슭의 '치요다루(千代田樓)'라는 여관 주인의 딸과 결혼해 1920년에 제대하고 여관업에 전념하고 있었다. 노구치는 둘 사이에서 외아들로 태어났다.

부친은 육사나 해사를 원했으나, 다행히 노구치는 근시가 심해 자신의 바람대로 미술학교에 진학할 수 있었다. 그리고 학교를 졸업하자 경성에 돌아와 사립 여학교의 미술 교사로 일하면서 자신이 좋아하는 유화를 그리며 지내고 있었다.

그즈음 그가 화제(畵題)로 선택한 것은 흥미로운 조선의 풍속이었다. 일본화되면서 조선의 풍속은 하나둘 사라지고 있었다. 예를 들면 설날에 조선의 남자들은 '윷놀이'라는 도박을 즐기고 부녀자는 '널뛰기'를 즐겼다.

윷놀이는 둥근 나무 두 개를 세로로 잘라 네 개로 만들어 이것을 던져서 뒤바뀌는 다섯 종류의 경우로 승부를 겨루는 게임이다. 이것은 조선의 독특한 놀이였다.

널뛰기는 짚단, 가마니 등을 놓고 그 위에 널판을 놓는다. 그리고 널판의 양 끝이 한 사람씩 서서 교대로 뛰어오른다. 말하자면 시소 같은 것이나, 젊은 여성이 화려한 옷차림으로 신춘의 하늘에 치마를 날리는 풍경은 실로 한 폭의 그림 같았다.

그러나 근년에는 그 계절에 농촌에나 가야 간신히 윷놀이나 널뛰기를 볼 수 있다. 노구치 료키치는 그것을 아쉽게 생각하였다.

경성은 주위에 백악·낙타·인왕·목멱의 산들이 둘러싸고, 남으로는 한강 줄기를 바라보는 천연의 요새라 할 만한 도시다. 그리고 조선의 태조와 4대 세종 때 쌓은 길이 16km, 높이 10m의 성벽, 8개의 누문(樓門)으로 수호되는 도시이기도 하다.

성벽을 쌓는 데 소요된 인원은 총 42만 9,870명, 그 외 석공이 2,211명이었다고 문헌에 남아 있다. 5백여 년간 비바람을 견뎌온 경성의 상징이었던 성벽도 한일병합 이후에는 도시의 발전에 따라 파괴돼 누문도 단지 남대문과 동대문의 두 문만 남게 되었다.

…1940년 8월의 어느 날, 노구치 료키치는 친구 다와라오 낮에는 스케치북을 껴안고 성벽을 돌아다녔다. 그리고 밤이 되기를 기다려, "오늘 밤은 조선의 정서가 가득한 곳으로 안내하지" 하면서 제법 조선통 같은 말을 하면서 다와라 하루유키를 종로로 데려갔다.

노구치는 광화문에서 동대문으로 뻗은 종로 거리의 풍경이 좋았다. 전찻길에는 조선의 옛날 분위기가 남아 있었다. 일본의 긴자(銀座)와 닮은 본정(本町, 혼마치)[충무로]과는 전혀 대조적인 조선인의 거리였다.

종로 입구에 있는 화신백화점. 그 건너편 남쪽 구석에 큰 종을 매단 보신각. 13층의 대리석 탑이 있는 파고다 공원. 그리고 거리에 처마를 나란히 한 상점들….

　노구치에게는 어릴 때부터 친근한 종로의 풍경이었다. 그는 이 거리에서 조선에 관해 많은 지식을 얻었다. 지식의 종류는 잡다했다. 일례를 들면 점포의 명칭을 들 수 있다. 조선에서는 시치야(質屋)를 '전당포(典當鋪)'라 부른다는 것, '오방재가(五房在家)'라는 건 잡화상이며, '마미도가(馬尾都家)'라는 이름의, 말의 갈기와 꼬리를 도매하는 기묘한 가게를 알게 된 것도 스케치를 하러 종로에 왔을 때였다.

　온돌방 바닥에 붙이는 노란 장판을 파는 지물포, 말린 명태, 말린 대구 등을 쌓아놓고 파는 어물전, 문방구를 파는 필방, 조선 고유의 곤돌라 같은 나막신, 고무신을 진열한 신발가게. 종로에 오면 의욕을 자극하는 신기한 풍경이 즐비했다. 노구치가 특히 좋아했던 것은 도로를 왕래하는 행상인들의 모습이었다.

　커다란 가위를 짤깍 짤깍 울리며 돈이 없어도 고철을 받아주는 엿장수. 손님의 물건을 등에 지고 운반하는 지게꾼. 거리를 다니며 석유통 가득한 물을 3전(錢)에 파는 물장수. 갓이라는 독특한 모양의 모자를 쓰고 두루마기를 걸치고 긴 담뱃대를 입에 물고 느긋하게 손님을 기다리는 약초 장수. 여름에는 참외, 겨울에는 군밤을 쉰 목으로 외치며 파는 과일 행상….

　헤아리자면 그야말로 끝이 없었다. 노구치 료키치는 종로 거리의 풍물을 통해 조선인의 생활을 알고, 해마다 사라져 가는 조선의 풍속을 알게 되었다.

　…사실 종로에는 조선의 냄새가 있고 습관이 있고 색채가 있었다. 사라져 가는 민속의 풍물시(風物詩). 그와 같은 것이 아직 거리에 남아 있었다.

그래서 그는 미술학교 졸업 작품도 종로를 무대로 선택해 파고다 공원에서 휴식을 취하고 있는 조선의 노인 부부를 그렸다. 졸업 후에 다시 경성에서의 생활이 시작되자, 노구치는 일종의 집념에 휩싸여 조선의 풍속을 찾아다녔다.

경성의 번화가인 종로에서는 거리에 서서 스케치를 하고 있어도 적의를 느낀 적이 없었으나, 교외로 한 발만 들어서도 노구치는 조선인들의 시선이 자신의 몸에 차갑게 와 닿는 것을 느꼈다. 적의가 가득한 시선은 그와 동년배인 조선인 청년들에게서 특히 강하게 느꼈다. 그것은 그의 옆얼굴을 찌르고 등에 달라붙고, 때로는 스케치 연필을 쥔 손가락의 움직임을 멈추게 했다.

'왜 그럴까?'

노구치는 처음에는 별로 마음에 두지 않았으나, 점차 조선인들이 왜 적대시하는지 의문을 품게 되었다.

조선인을 "요보!"라고 멸시하고, 노예처럼 대하는 일부 일본인이 있는 것은 분명했다. 그러나 노구치는 경성에서 태어났고 경성에서 자랐기에 조선인에게 친밀감을 품고 있었다. 호의를 갖고서 인간을, 조선의 풍물을 찾아다니는 자신을, 왜 증오의 눈으로 바라보는가…. 그는 아무래도 이해가 되지 않았다.

김영순이라는 조선의 무희는, 노구치에게 그 이유를 알려 준 여성이기도 했다. 이런 생각이 들자 노구치는 그날 밤의 일이 숙명적으로 느껴졌다.

노구치는 종로 거리를 4정목(町目, 초메)[가]까지 걸어간 뒤 2정목의 뒷골목에 있는 '술치비[술집. 이하 술집]'라고 불리는 주막으로 다와라 하루유키를 데려갔다. 조선 요리와 조선의 술을 맛보려면 이 허름한 술집이 가장 좋았다.

전찻길에서 종로 뒷골목으로 들어가자 갑자기 세상이 바뀌어 축축한 습기가 확 다가왔다. 그것은 길가에 갈겨진 소변에서 나는 악취와 불결한 하수 냄새가 뒤섞이고, 어두운 골목이 미로처럼 구불구불 이어져 있는 탓이었다.

건물은 기와지붕이지만 처마가 낮고 창이 작아서 초라한 모습으로 늘어서 있었다. 민가와 함께 상가도 있었다. 술집이라는 것을 알려주는 것은 입구의 붉은 기둥과 함련(頷聯)이다.

함련이란, 입구 좌우 기둥에 붙여진 연구(聯句)[한문으로 된 구절. 주로 한시에서 따온 구절이 많다]로, '수여산부여해(壽如山富如海)'라든가 '거천재내백복(去千災來百福)' 등 상투적인 문구가 적혀진 것을 말한다. 노구치가 몇 번이나 갔던 2정목의 주막에는 다음과 같은 풍류적인 함련이 걸려 있었다.

화영옥호홍영탕(花映玉壺紅影蕩)
월규은옹자광부(月窺銀瓮紫光浮)
(옥빛 항아리에 비친 꽃은 붉은 그림자 가득하고
은색 그릇에 비친 달은 보랏빛 가득하도다)

이 함련은 그가 주막을 찾는 표지였다. 휘어진 처마 끝과 붉은 기둥을 보면서 가게 안으로 들어가자 넓은 마당이 나왔다. 그리고 정면의 한 단 높은 위치에 작은 부뚜막이 두 개 있었다. 부뚜막 앞에는 두 남자가 묵묵히 앉아 있었다. 가게 안에는 고기를 굽는 연기와 마늘이 타는 냄새가 훅 다가왔다. 다와라 하루유키는 역시나 콜록콜록 기침을 하며 놀란 듯이 그를 보았다.

"심한 곳이로군…."

"술집은 이런 곳이야. 이 가게는 그래도 나은 편이지. 시골에 가면 더 심한 가게도 있네."

노구치는 자신의 지식을 자랑하듯이 말했다. 주막의 막(幕)이라는 글자는 오두막이라는 의미이고, 술에는 막걸리·약주·소주의 세 종류가 있고, 창부가 있는 집을 색주가(色酒家), 단지 술만 제공하는 가게를 내외주점(內外酒店)이라고 하는 것 등등….

'그렇군. 노구치는 조선통이로군…. 그런데, 이렇게 연기가 많으니 더워 죽겠군!'

다와라는 이마의 땀을 닦으며 웃었다

마당 왼쪽에는 돼지와 소의 머리가 매달려 있었다. 그리고 아래 평상데는 정체를 알 수 없는 붉은 고깃덩어리와 흰 내장이 각각 소쿠리에 담겨 있었다.

마당 한가운데에 나무 테이블과 벤치가 있어 7, 8명의 손님이 조선말로 웃으며 대화를 나누고 있었다. 두 사람은 입구 가까운 테이블에 앉았다.

"요리는 뭘 할까?"

노구치는 친구에게 물었다. 이 집에서는 약주를 주문하면 고기나 국 같은 요리가 하나 따라 나온다. 그것은 술집에서의 관례였다.

"뭐가 있는게?"

"대표적인 것은 곰탕이라는 국과, 늑골을 구운 건데 '갈비'라고 하지."

그는 손가락으로 가리키며 알려 주었다.

오른쪽의 요리장에는 커다란 부뚜막이 있어 두 아름쯤 되는 큰 가

마솥에서 흰 김이 모락모락 오르고 있었다. 이것은 돼지의 족발이나 소의 내장을 끓여서 만든 국이었다.

왼쪽의 소와 돼지의 머리 옆에는 활활 타오르는 숯불이 있고, 그 위에 걸쳐진 석쇠에서는 냄새가 좋은 연기가 피어올랐다. 소의 갈비나 내장을 굽는 것이었다.

"갈비라는 걸 먹어 보겠네. 그리고 김치도."

다와라 하루유키는 연기 때문인지 눈을 끔벅거리면서 기운 좋게 말했다.

"유감스럽지만, 김치는 여름에는 없네. 쉬어버린 깍두기 정도야."

노구치는 그렇게 설명하고 가게 여주인에게 약주와 갈비를 주문했다.

손님이 주문하자 부뚜막 앞에 앉은 두 남자는 동시에 일어나서 항아리 뚜껑을 열고 국자로 술을 퍼서 냄비로 옮겼다. 접시 같은 얄팍한 냄비였다.

왼손은 기계적으로 움직여서 마른 솔잎을 한 움큼 부뚜막 밑에 던져 넣었다. 불씨가 있었는지 곧바로 붉은 불길이 피어올랐다. 사내들은 국자로 냄비를 덜그럭거리기 시작했다. 약한 불로 천천히 휘저어 알맞게 데우기 위해서였다.

느릿느릿 약주를 데우는 모습은 과연 대륙을 느끼게 했다. 그것은 문득 노구치로 하여금 중국 대륙에서 전쟁이 일어난 것을 잊게 해 주었다. 그러나 성격이 급한 다와라는 느릿한 정경이 오히려 애가 타는 듯 "어이, 술 아직 멀었소?" 하고 몇 번이나 재촉했다.

술과 안주가 나오자 다와라의 기분은 금세 풀어졌다.

살이 붙은 갈비를 양손에 들고 다와라는 원숭이처럼 아랫니를 드러내고 갈비와 격투하기 시작했다. 그리고 맵다고도 하고 맛있다고도 하며 계속 감상을 늘어놨다.

　여행자에 불과한 친구에게는 보는 것, 먹는 것, 모든 것이 진귀하고 즐겁겠지만, 노구치는 그들 두 사람이 일본어로 말하기 시작하자마자 먼저 온 칠팔 명의 손님이 갑자기 입을 다물어 버린 것이 마음에 걸렸다. 두려운 느낌도 들었다.

　세 번째 잔은 막걸리를 마시기로 하여, 안주로는 흰 내장을 구워달라고 했다. 그즈음에는 다른 손님들의 모습은 거의 사라지고 흰색 모시 양복을 입은 신사 한 명만이 맥주를 마시고 있었다.

　"어? 모두 사라졌네?"

　다와라는 의아스럽다는 듯이 말했다.

　그때 노구치는 친구가 군인처럼 머리를 바싹 밀어버린 것이 눈에 들어왔다. 머리털이 적어 이미 대머리 경향이 있는 다와라는 미술학교 시절에도 늘 머리를 짧게 깎고 다녔다.

　"군인 같은 머리를 한 자네가 일본말르 크게 떠드니까 모두 겁나서 도망간 것이네."

　쓴웃음을 지으면서 노구치는 말했다.

　"내가 군인 같나?"

　"그래. 사복 헌병이라고 생각했겠지."

　"그것참, 실례했군."

　술을 먹고 들뜬 다와라는 갑자기 막걸리가 들어간 사발을 잡고, 혼자 맥주를 마시고 있는 신사의 테이블로 걸어갔다. 그리고 "당신은 내가 군인으로 보이는가요?"라고 질문했다. 노구치는 당황해 친구 옆으로 갔다.

　"어이, 조용히 혼자 드시고 있는데 방해하면 안 되지!"

그러자 양복 신사는 웃으면서 유창한 일본어로 노구치에게 말을 걸었다.

"이 가게는 처음입니까?"

20년 넘게 경성에 살다 보면 쳐다만 봐도 한눈에 조선인과 일본인의 구별이 가능하게 된다. 또 말을 들으면 백발백중이었다. 조선인은 일본말의 탁음, 반탁음 발음이 서툴렀기 때문이다.

'어?'

노구치는 신사를 바라보았다.

주막에서 양복을 입고 넥타이를 맨 남자의 모습을 보는 것은 결코 드물지 않았다. 그런 사람들은 모두 좋은 가문의 자제로, 조선의 인텔리였다.

그러므로 그는 흰색 모시 신사도 그러한 부류의 사람이라고 생각했다. 하지만 유창한 일본어를 듣자, '혹시 일본인일지도…'라는 의문이 머릿속을 스쳤다.

"이 사람은 처음입니다. 저는 네 번째입니다만."

내가 대답하자 상대는 고개를 끄덕였다.

광대뼈가 튀어나오고 하관은 네모졌다. 수염은 다와라 하루유키처럼 적었다. 조선인의 얼굴이었다.

"당신들이 군인이나 경관이 아닌 것은 한눈에 알겠습니다. 자, 한잔 드리죠…."

마흔쯤 된 조선 신사는 고시정(古市町, 후루이치초)[동자동]에 있는 세브란스의과대학에서 교편을 잡고 있고 이름은 박규학(朴圭學)이라 했다. 내민 명함에는 이미 창씨개명을 한 것으로 보여, 작게 '기노시타 게이고(木下奎五)'라는 일본명이 인쇄돼 있었다.

"조선에서는 약주를 마실 때 잔에 남은 찌꺼기는 땅에 버려서 바커스[술의 신]에 바치는 풍습이 있습니다. 또 막걸리의 사발은 양손으로 받쳐 들고 마십니다. 이것을 대포(大匏, 큰 잔)로 마신다고 합니다. 이것이 술을 마실 때의 예법입니다…."

조선의 인텔리답게 박규학의 이야기는 과연 모든 것이 귀에 새롭고 흥미로웠다.

"옛날부터 경성에서는 남주북병(南酒北餅)이라는 속담이 있습니다. 옛날에는 남산 기슭에 맛 좋은 술을 빚는 술집이 있었다고 합니다. 그리고 북쪽에는 맛 좋은 떡집이 있고…."

"아하. 내 집이 남산 기슭입니다."

세브란스의대의 박 조교수는 노구치의 집인 '치요다루(千代田樓)'의 이름을 알고 있었다. 외조부인 노구치 규베(野口久兵衛)가 치요다루를 경영하기 시작한 것이 1894년이었으니, 역사가 오래된 여관이라는 이유도 있을 것이다. 이것을 계기로 말은 고리를 물고 활기를 띠어, 그날 밤 박규학은 노구치와 다와라 두 사람을 인사동에 있는 '홍몽관(紅夢館)'으로 데려가 주었던 것이다.

2

박규학이 노구치에게 흥미를 보인 까닭은 분명 그가 그림 소재로서의 조선이 점점 사라져간다는 취지의 말을 했기 때문일 것이다.

"당신은 화가시죠?"

"그렇습니다. 저는 종로를 사랑합니다만, 예를 들면, 처마 끝에 종달새 조롱을 매달고 있던 이발소는 이제 하나도 남아 있지 않고… 왠지 슬픕니다."

"잘 알고 계시네요."

"네. 중학교 귀갓길에 매일 지나다녔으니까요…."

"그림의 소재 말씀입니까…."

박규학은 잠시 생각에 잠기더니 곧 눈동자를 빛내며 문득 두 사람에게 말했다.

"당신들은 춤에 흥미가 있습니까?"

"춤이요? 어떤 춤이죠?"

"오래된 궁중 무용입니다만."

"아, 네…."

"조선 시대에 궁정에서 일하던 기생이 췄던 것입니다. 지금은 거의 사라져버렸지만, 정통 춤을 전승했다고 할 수 있겠죠. 어쨌든 춤을 출 수 있는 기생이 한 사람 있습니다."

"아아, 최승희 같은…."

노구치 료키치는 고개를 끄덕였다.

"그렇습니다. 최승희의 춤은 발레화 된 것입니다만, 기본은 궁중 무용입니다. 이 춤에는 조선의 미가 있습니다."

"흥미롭군요."

그가 끄덕이자 다와라도, "기생이라도 보통 기생이 아닌 점이 흥미롭지 않은가!" 하고 별난 방식으로 찬성해 주었다.

'홍몽관'은 정원이 있는 순수한 조선 가옥이었다. 문을 들어서면 정원이 있고, 그것을 둘러싸고 'ㄷ'자 모양으로 몇 개의 방이 연달아 있었다. 각방으로의 왕래는 처마 아래를 복도 대신에 사용하는 구조였다. 정원에는 나무가 없어 메마르고 스산해 보였다. 하지만 조선의 정원은 대개 이런 식이었다.

　박규학의 말에 따르면 경성에 이런 요정이 생긴 것은 메이지시대(1868~)에 들어선 이후로, 그 이전에는 기생이 각기 자기 집을 갖고 있어 손님이 기생의 집을 찾아갔다. 경성에서의 요릿집의 효시는 바로 가까운 곳에 있는 '명월관(明月館)'이었다.

　안내된 곳은 문을 들어서서 오른쪽에 있는 방이었다.

　조선의 가옥은 겨울 추위에 대비하는 구조로 돼 있다. 목조로 된 단층집에, 외벽은 흙과 돌을 섞어 두껍게 바르고, 내벽은 흙벽에 종이를 두 겹 바른 형태가 많다. 문은 어른이 몸을 굽히고 출입할 수 있을 정도의 크기이고 창은 거의 없다. 바닥은 온돌이다. 겨울철의 보온에는 적합하나 채광이 좋지 않고, 도코노마(床の間)[일본 가옥에서 객실에 주로 꾸민다. 벽을 움푹 파서 바닥을 방바닥보다 높게 만들고, 벽에는 족자를 걸고 바닥은 꽃병 등으로 장식한다]도 벽장도 없어 일본인이 생활하기에는 부적합하다. 구조로 보면 여름은 더울 듯한데, 의외로 시원한 것은 바닥의 온돌이 차갑기 때문이다.

　6조[약 3평] 정도의 온돌방이 두 개 있고 안쪽에는 조선 돗자리가 깔려 있었다.

　박규학이 하녀에게 조선어로 뭔가 말하자, 곧 선풍기와 맥주를 방으로 들고 왔다. 그리고 작고 네모난 상 위로 요리 접시가 연이어 들어왔다.

　요리는 모두 절 음식처럼 담백한 맛 일색이었다. 기름으로 튀긴 다시마, 고사리와 콩나물 조림, 가늘게 찢은 도라지 초무침, 두부에 은행과 채소를 넣어 끓인 국, 마른 명태를 두들겨 풀어서 굽고 깨 간장에 절인 것 등. 하나하나 조선의 풍미를 지니고 있었다. 맥주와 요리는 계속 들어오는데, 기다리는 기생은 전혀 모습을 드러내지 않았다. "그녀가 늦는군요." 노구치가 기다림에 지쳐 말하자, 박규학이 빙긋 웃었다.
"걱정 마세요. 지금 두세 집 전의 요릿집에 와 있습니다. 순서가 있으니까…."

노구치는 부친이 군인 출신인 탓에 경성에서는 한 번도 이런 홍등가에 발을 들여놓은 적이 없었다.

술과 담배를 배운 것도 우에노의 미술학교에 들어간 이후였다. 중학교 동창들은 미생정(彌生町, 야요이초)[도원동]이나 신정(新町)의 유곽에 다니거나, 초음정(初音町, 하츠네초)[오장동] 언덕 중간에 있는 갈보 소굴에 출입하였으나, 노구치는 그렇게 할 수 없었다. 여학교 교사가 되었을 뿐 아니라, 집이 여관이어서 요릿집에서 술을 마셔도 곧바로 부친의 귀에 들어갔기 때문이다.

어쩔 수 없이 품행이 방정한 사람이 된 그도, 박규학이 안내해 준 홍몽관이 의외로 고급 요정이며, 무희를 부르는 것은 인기 게이샤를 부르는 것 이상으로 어렵다는 것을 잘 이해할 수 있었다.

두 시간쯤 기다리니, 내리기 시작한 빗소리에 섞여, ㄷ자 모양의 정원 건너편 방에서 슬픈 통소 소리가 들려왔다.

"아, 왔군요."

박규학은 그 소리를 듣자마자 입구의 장지문을 밀어서 열고 밖을 내다보았다. 그러자 건너편 방에 불이 들어오고, 검은 그림자가 흔들거리고 있었다.

"비를 맞아서 옷을 갈아입거나 악기를 조율하고 있을 겁니다."

박규학은 무엇이든 잘 알고 있는 모습이라 때로는 얄미울 정도였다. 그의 말대로 조금 후 악기를 든 사람들이 방으로 들어왔다.

모두 60세를 넘은 노인으로, 검은 옻칠을 한 갓을 쓰고, 흰 적삼 위에 검은색 비단 두루마기를 입고 있었다. 두루마기란 일본의 하오리(羽織)와 비슷한 것이다.

조선옷은 상의와 하의로 구성된다. 남자는 그 위에 두루마기를 걸치고, 여자는 하의 위에 치마를 두른다. 모두 겹옷, 솜옷, 홑옷이 별도로 있다. 저고리는 겨울의 상의, 바지는 겨울의 하의를 말한다. 적삼이란 홑겹의 여름 상의로, 홑 하의를 고의(袴衣)라고 한다. 남자 복장으로 갓을 쓰고 두루마기를 입는 것이 예의이다.

노인들은 가야금이나 퉁소, 장구, 생황(笙簧)[아악에 쓰던 관악기. 바가지처럼 파인 통을 대나무 관들이 둘러싼 모양으로, 관을 불어 소리를 낸다], 징 등 처음 보는 악기들을 각기 손에 들고 있었다. 그리고는 악기를 구석에 나란히 놓고 두 무릎을 세운 자세로 앉아 무언가 기다리는 표정이었다.

'이런 분위기라면, 무희는 쉰 넘은 할머니겠군!'

맥주를 마시면서 노구치는 그런 것을 공상했던 것을 기억한다. 하지만 그의 예상은 빗나갔다.

장지문을 들어와 모습을 드러낸 인물은 20대의 젊은 기생이었다.

금속 장식이 달린 관을 쓰고, 청잣빛 넓은 소매의 옷을 입고, 가슴 위로는 폭이 좁은 금실로 된 비단띠를 매고서 겨드랑이로 늘어뜨렸다. 발에는 발끝이 부리처럼 위로 휜 하얀 버선을 신고 있었다.

"이 사람입니다. 궁중 무용을 출 수 있는 건…"

박구학은 아는 사이인 듯 조선말로 그 기생과 대화를 나눈 후에 그들에게 통역해 주었다. 그녀의 이름이 김영순이라는 것도 그때 소개받았다.

"처음에 추는 것은 권주가라고 하는데요, 조선의 주연에서는 맨 처음에 꼭 불러야 하는 중요한 노래입니다. 그것을 춥니다."

노구치 등은 박규학이라는 멋진 풍류객이 자신들을 홍몽관에 데려와 준 것에 감사했다.

김영순은 춤을 추며 낭랑하게 노래를 부르는데, 도대체 무엇을 부르고 있는지 전혀 알 수 없었지만, 박 조교수가 하나하나 통역해 주었다. 그것은 술의 공덕을 칭송하고 서로의 장수와 부귀를 기원하는 노래였다. 직역하면 다음과 같다.

"불로초로 술을 빚어 만년배(萬年盃)에 가득 따르네. 잔을 들 때마다 남산의 장수를 비나이다. 이 잔을 잡으시면 만수무강하리라. 잡으시오, 잡으시오, 이 술잔을 잡으시오. 이 술은 술이 아니라, 한(漢) 무제(武帝)의 승로반(承露盤)[하늘에서 내리는 장생불사의 감로수(아침 이슬)를 받기 위해 대궐에 설치한 구리 쟁반]에 받은 이슬이로다…."

한문이 섞인 어려운 가사로, 권주가는 계속 이어졌다.

빗소리는 더욱 거세졌다. 옆방에는 네 명의 노인이 무표정하게 아악의 음률을 연주하고 있었다. 두 박자와 세 박자의 미세한 바뀜으로 복잡한 리듬이 만들어져 더욱 우아하게 마음을 죄는 슬픈 음악이 김영순의 가무와 함께 방 안에 가득 퍼졌다.

"흐음…."

노구치는 낮은 신음 소리를 냈다. 태어나서 처음으로 듣는 조선의 궁정 아악이었다. 그것은 일본의 아악과 비슷했으나 어딘가 애절한 울림이 더 강했다. 그러나 그가 특히 감동한 것은, 아악의 우아한 음률이 결코 아니라 춤추고 있는 김영순이었다.

노구치는 맥주잔을 손에 든 채로, 단지 그녀의 춤사위에 홀린 자신을 느꼈다. 그리고 약간 벌게져서 잔을 상에 내려놓았다. '권주가' 다음에 그녀가 보여준 것은 '춘앵전(春鶯囀)[봄 꾀꼬리 소리]'이라는 가곡이었다. 노구치는 '춘앵전'에 완전히 마음을 빼앗겼다. 화가로서의 본능이 자극되면서 일거수일투족이 눈 안으로 쏙쏙 들어오는 느낌이었다.

어쨌든 움직임이 아름다웠다. 물색 얇은 소맷자락이 휘날리는가 싶더니 공간에는 간드러지게 아름다운 선이 흘러갔다. 그것은 매화나무 가지 사이를 날아다니는 꾀꼬리의 모습을 모사한 것이겠지만, 발놀림이 작은데도 방 가득 춤추고 있는 듯한 천의무봉(天衣無縫)의 완벽함이 느껴지는 것도 흥미로웠다. 노구치는 일본의 노(能) 동작을 연상했다. 움직임이 작은데도 큰 동작을 느끼게 하는 노가쿠(能樂)를….

봄 햇살을 받아 희희낙락 노니는 꾀꼬리들. 그리고 봄을 구가하듯 계속 지저귀는 꾀꼬리의 모습.

김영순의 춤에는 그러한 정서가 선명하고 아름답게 표현돼 있었다. 홀린 듯 바라보는 노구치 료키치의 가슴에는 찌릿하게 올라오는 강한 것이 있었다. 무엇인가 가슴 깊숙이 그의 감정을 흔들기 시작했다. 감동이라기보다는 두말없이 단지 "이거다!"라고 외치고 싶은 성질의 것이었다. 말을 바꾸면, 그림으로 그리고 싶다는 욕망인지도 몰랐다. 미지의 세계, 미지의 화재(畵材)에 접했을 때의 강한 감흥. 그것이 끓어오르면서 그를 사로잡기 시작했다.

김영순은 그 후 '무산향(舞山香)'이라는 춤을 추고서 자리를 떴다. 시간으로는 40분 남짓이었다.

"어떻습니까?"

박구학은 미소를 띤 채 두 사람에게 물었다.

"대단한 미인이군요!"

다와라 하루유키는 솔직하게 무희에 대한 감상을 말했다 노구치는 곧바로 말을 꺼내는 것이 내키지 않아 잠자코 있었다. 그러나 다와라의 말을 듣자, 조금 전 방에서 사라진 김영순의 흰 얼굴이 눈앞에 떠올랐다.

'눈썹이 짙은, 자존심 강한 기생이로군!'

그는 그렇게 생각하고 다음으로는, 왜 저 기생의 표정에서 묘한 그늘이 보이는지 의아하게 생각했다. 아무래도 예리한 느낌을 주는 얼굴이었다. 콧날이 오뚝 솟고 눈썹이 짙은 탓일지 모른다. 그러나 칠흑의 귀밑머리와 희고 투명하게 보이는 엷은 귓불에는 왠지 어두운 그늘 같은 것, 불행한 운명의 여성이 가진 그런 분위기가 감돌았다.

"노구치 상은 어땠습니까."

세브란스의대의 조선인 조교수는 말했다.

"처음으로, 숨겨져 있던 조선을 본 듯한 기분입니다. 슬픈 듯하지만, 사람의 마음에 호소하는 아름다움이군요."

그는 그런 애매한 대답을 한 것을 기억한다. 노구치의 그 감상은 사라져버린 조선의 궁중 무용을 칭찬하는 동시에, 묘한 매력을 가진 무희 김영순의 아름다움을 칭찬하는 말로도 들렸다.

이것이 김영순과의 첫 만남이었다. 박규학은 그날 밤은 자신이 낸다고 하며 두 사람을 위해 택시까지 불러 주고 "일본의 젊은 사람 중에도 조선의 미를 이해해 주는 분이 있군요. 감사의 인사입니다"라고 말했다.

두 사람은 비를 맞으며 달리는 택시 안에서, 모기에 물린 목덜미와 손발을 긁으며 다소 흥분된 기분으로 김영순에 관해 이야기를 나누었다. 박규학을 칭찬하는 말도 나누었다.

다음 날, 눈을 뜨자 다와라 하루유키는 어젯밤의 일을 까맣게 잊은 듯했으나, 노구치 료키치의 머리에는 김영순이 보여준 '춘앵전'의 아름다운 몸의 선이 아직 숨 쉬고 있었다. 그리고 다와라가 경성을 떠나간 후에도 그 인상은 사라지지 않았다. 사라지기는커녕 더욱 강해지기만 했다.

'조선무용의 아름다움을 일본인은 모른다. 나는 그 아름다움을 캔버스에 그려야 한다.'

어느덧 시간이 지남에 따라 그의 머릿속에는 하나의 에스키스[밑그림]가 완성되었다.

…어스레한 홍몽관의 한 방.

그 방의 한구석에서 연주되는, 낮게 깔리는 듯한 우아한 궁정악. 리듬을 타고 춤을 추는 영순의 무심한 흰 얼굴과 손에서 어깨로 이어지는 아름다운 곡선. 천장에서는 영락(瓔珞)[구슬을 꿰어 만든 장신구] 같은 램프가 매달려 있다. 높은 창에서 내리쬐는 빛은, 앉아서 장구를 치는 노(老)악사의 옆얼굴을 창백하게 비추고 있다….

대체로 이와 같은 구도였다. 그러나 과연 그는 궁정 무악(舞樂)의 음률과 아름다운 무용의 곡선에 마음이 끌렸던 것일까. 아니면 김영순이라는 기생에게, 그녀가 가진 차가운 그늘의 부분에 마음이 끌렸던 것이 아니었을까.

그것은 자신도 잘 알 수 없었다. 그러나 그가 다와라를 만주로 떠나보내고서 2주일 후에, 다시 홍몽관의 문을 들어선 것은 써 두어야 할 것이다. 물론 그 혼자였다.

하녀에게 부탁하자, 역시 세 시간 정도 기다린 후에 김영순은 모습을 드러냈다. 그리고 세 곡을 춘 후에 빙긋도 하지 않고 모습을 감춰 버렸다. 그림의 모델이 돼 달라고 머리를 숙이고 부탁할 셈이었던 노구치는 늙은 악사들의 보호를 받으며 퇴장하는 그녀에게 차마 말을 걸지 못했다.

　세 번째로 영순을 만났을 때 그는 말해 보았다.
　"춤은 괜찮으니, 술 상대를 해 주지 않겠소?"
　그녀는 한쪽 볼만으로 웃더니 일본어로 대답했다.
　"다른 기생을 부르시죠."
　"하지만 당신도 기생이 아니오?"
　그는 이상하게 생각하며 물었다.
　"그렇죠. 저도 기생. 하지만 저는 춤만. 다른 건 하지 않아요."
　영순은 순간 눈썹을 움찔거리더니 화가 난 듯이 대답했다.
　그림의 모델이 돼 달라는 그의 제안을 그녀는 단칼에 거절했다. 그리고 그날 밤에는 춤도 추지 않고 분개한 표정으로 후다닥 일어나서 방을 나갔다. 영순의 말투나 태도에는 일본인 화가의 유혹 따위는 어림도 없다는 반발심이 또렷하게 드러나 있었다.

3

　노구치 료키치는 오기가 생겼다. 스물네 살 때였으니 혈기 왕성한 나이이기도 했다. 게다가 자신을 오해하고 있는 조선의 무희가 왠지 괘씸했다. 억지로라도 그녀를 모델로 세우겠다고 그는 결심했다. 나 혼자만이 그녀의 아름다운 춤을 표현할 수 있다고 내심 안타깝게 생각했다.
　두 달 정도의 기간에, 열 번쯤 홍몽관에 계속 갔던가. 노구치는 마침내 돈이 바닥나기 시작했다. 여학교에서 받는 80엔의 월급으로는 세 곡에 25엔 하는 김영순의 무용은 단 세 번밖에 볼 수 없었다. 월급은 한 푼도 집에 갖다줄 필요가 없었다. 그런 의미에서, 부모의 신세를 지고 있는 노구치는 혜택받은 사람이었다. 그렇다고 해도 네 명의 악사와 한 명의 무희로 구성된 한 시간쯤의 춤에 25엔이라는 요금은 너무 비쌌다.

　모친은 외아들인 그를 애지중지했다. 그러므로 조르기만 하면 10엔, 20엔의 용돈은 준다. 그 이상이 되면 엄격한 부친의 눈이 번쩍거렸다. 그렇지 않아도 부친은 어느 날 "료키치, 요즘 밤의 놀이가 과한 것 같은데…" 하고 주의를 주었다.

　돈을 마련할 방법이 궁해졌지만, 그는 끝내 미련을 끊을 수 없어, 어느 날 세브란스의과대학에 전화를 걸었다. 박규학의 도움을 청해보려고 생각했다.

　"오호. 그렇게나 반했습니까!"

　조교수는 기쁜 듯이 웃고, 조만간에 경순을 만나 모델이 되도록 권해 보겠다고 약속해 주었다.

　"하지만 경성에서 가장 별난 여자라고 불리는 김경순이니까요. 내가 말해도 받아줄지는 모르겠습니다."

　"모델료는 줄 생각입니다. 1시간 25엔에는 한참 미치지 못하지만…."

　"그렇습니까. 어쨌든 말해 보죠."

　일요일 밤이던가, 박규학은 그와의 약속을 잊지 않고 전화를 해 주었다.

　"지금, 인사동의 홍몽관에 있습니다만, 그녀는 아무래도 싫다고 합니다."

　노구치는 수화기를 붙들고 늘어졌다.

　"기다려 주시죠. 제가 지금 그리로 가겠습니다."

　택시를 달려서 종로까지 가서 홍몽관으로 들어가자, 박규학과 김영순은 방에서 단둘이 술을 마시고 있었다. 노악사들도 오늘 밤은 손님이 돼 옆방에서 떠들썩한 기색이었다.

노구치는 자신이 권한 잔을 한 번도 받으려고 하지 않았던 그녀가, 박 조교수와 친밀하게 술을 서로 따라주는 장면을 보니 질투가 일었다. 그 질투에는, 일본인인 나를 무시한다는 마음이 작용한 것도 사실이었다.

노구치가 방에 들어가자, 영순은 한쪽 무릎을 세우고 앉은 자세로, 화가 난 듯이 얼굴을 옆으로 돌렸다.

"여러모로 당신에 관해 설명했습니다만, 모델이 되는 것은 싫다고 합니다. 그러나 그녀가 춤을 추고 있을 때, 크로키를 하는 정도라면 상관없다고 합니다."

박규학은 부드러운 목소리로 말했다. 그녀로서는 그것이 최대한의 양보이며 협력이라고 했다.

"예전에 지사 각하가 사진을 찍으려고 하니까, 들고 있던 부채를 내던져버렸을 정도로 별난 여자니까요. 뭐, 그 정도로 양해해 주시죠."

원만하게 중재하려는 박 조교수의 유창한 일본어를 들으면서, 노구치는 얼굴을 돌리고 있는 영순의 옆얼굴을 보고 있었다. 윤곽이 뚜렷한 코의 생김새가 얄밉게 보였다. 조선 민족에는 코가 높은 여성은 드물다. 그러기에 그녀의 옆얼굴은 더욱 차갑게 그의 눈에 비쳤다.

"그럼, 스케치하는 정도라면 괜찮다는 말이군요."

"그렇습니다. 같은 자세로 오랫동안 견디는 것은 중노동이니까요."

"잘 알겠습니다. 조언해 주시어 대단히 감사합니다."

노구치는 의대의 조교수에게 감사를 표했다. 만족스럽지는 않지만, 그것만이라도 고마웠다.

어느덧 경성의 거리에도 가을이 슬며시 다가왔다. 가을이 되자 아침저녁으로는 싸늘해졌다. 얼마 후에는 곧 삼한사온의 대륙성 기후를 가진 겨울이 찾아올 것이다.

홍몽관을 나온 후, 박규학은 낙심한 그를 예전의 주막으로 데려갔다. 그리고 약주를 들면서 김영순에 관해 이것저것 말해 주었다. 그 말에 따르면, 김영순은 "절대로 남자와 자지 않는다'고 공언했다고 한다. 기생 중에서도 별난 부류였다. 나이는 노구치보다 세 살 연상으로 27세일 거라고 했다.

왜 그녀가 기생이 되고, 어디서 궁중 무용을 배우고 익혔는지는 아무도 몰랐다. 종묘가 있는 원남동에서 모친과 함께 사는 것만은 알려졌다. 아직 독신으로, 늙은 악사들도 그녀의 집 가까이 살고 있었다. 그녀가 평판이 높은 것은 미인이라는 이유보다도, 전통이 쇠퇴해 가는 조선의 무악을 정확하게 전승하고 있다는 이유에서였다. 특히 조선 양반들, 즉 쿠호들에게 각별한 대접을 받고 있었다.

또 영순이 권력에 아첨하지 않고, 오로지 기예 한 길을 걸어가려고 노력하는 태도에, 일부 일본인들도 후원을 아끼지 않고 있다고 했다.

그러나 노구치의 귀에는, 그녀가 남자와 자지 않는다는 것은 일본인 남자에게 몸을 허락하지 않는다는 의미며, 권력에 아첨하지 않는다는 것도 일본의 고위관리나 군인들을 냉정하게 대한다는 의미로만 들렸다. 박규학의 말에는 어딘지 모르게 그런 뉘앙스가 느껴졌다.

"그건 그렇고, 그녀의 그림을 그려서 어떻게 할 셈입니까?"

조교수는 약주의 찌꺼기를 땅바닥에 버리면서 물었다.

"선전(鮮展)[조선미술전람회]에 출품할 생각입니다."

"아아. 일전(日展)[일본미술전람회]에 대항해 만들어진 전람회 말이군요."

"마감일이 내년 1월 말이니까, 만약 출품하려고 한다면 별로 여유가 없습니다."

"그렇군요. 입선 발표는 2월 말입니까?"

"네. 입선한다면, 보러 와 주시죠."

두 사람은 이런 대화를 나누고 밤 10시가 지나서 헤어졌다.

그러나 1941년 1월 마감의 선전에는 그 무용 그림을 출품할 수 없었다. 영순이 병에 걸렸기 때문이다. 노구치는 머릿속에 구도가 완성되었지만, 한 번도 크로키를 하지 않고서 배경이 되는 네 명의 노악사를 캔버스에 옮길 자신은 없었다.

할 수 없이 그는 강원도의 외금강에 가서, 이름도 없는 쓸쓸한 산사에서 스케치를 한 풍경화를 출품했다.

외금강은, 여성적인 내금강과는 달리 호방하고 웅대한 산악미와 계곡미를 자랑하는 경승지이다. 노구치가 방문한 10월 하순에는 이미 단풍이 지기 시작했고, 계곡 여기저기도 얼기 시작했다.

단지 이때의 추억은, 이틀쯤 체재한 산사에서 '이강주(梨薑酒)'라는 기묘한 맛과 냄새를 가진 조선의 술을 처음 마신 것이라고나 할까. 듣건대 원료가 진남(鎭南)[평안남도 서남부에 있는 항구도시] 부근에서 산출되는 극상(極上)의 소주라고 했다.

이 소주 한 말에 배 다섯 개, 생강 50돈쭝[1돈쭝=3.75g], 계피 5돈쭝, 울금[강황 뿌리를 말린 약재] 5돈쭝, 설탕 4근을 섞어서 옹기에 넣고 열흘쯤 밀폐한다. 그 후, 청결한 모시 주머니로 거르면 담녹색의 조청 같은 색을 띤 혼합주가 생긴다.

이강주는 입에 넣는 순간, 싸한 향기가 확 코를 찔렀다. 그것은 그윽하게 만발하는 서향화(瑞香花)처럼 강하며, 북풍이 계곡을 지날 때와 같은 매서운 향이었다. 그렇지만 맛은 입에 녹을 듯 달콤했다. 혀의 표면을 부드럽게 감싸는, 말하자면 감주처럼 튀지 않는 단맛이었다. 감주 같은 달콤함과 브랜디 같은 강한 향기를 가진 기묘한 술. 그것이 이강주였다.

불알이 거세된, 일견 비구니 같은 산사의 승려가 그에게 권해 주었는데, 노구치는 일본 술을 마시듯 단숨에 마시려고 하다 갑자기 향기에 사레가 들렸다.

'향은 블루 계통의 울트라마린 색이로군. 그리고 맛은 알리자린 레이크 같은 강렬한 적색이다…'

맛과 냄새를 문득 색채로 바꾸어 보면서, 노구치는 왠지 김영순의 표정을 마음 한구석에 떠올렸다. 물론 이강주와 그녀는 아무런 관련이 없었다. 그러나 기묘한 술인 점에서는 공통점이 있었다. 둘 모두 노구치를 애태우게 하는 존재였다.

'하지만 반드시 나는 그리고 말테다!'

노구치는 승방 앞의 툇마루에 양반다리로 앉아 외금강의 변화무쌍한 반상복운모(斑狀複雲母)[점무늬 흑백 운모] 화강암의 절벽을 투지를 불태우면서 스케치를 계속했다….

「외금강의 만추」라고 제목을 붙인 12호 크기의 유화는, 다행히 처음으로 입선해 그의 부친을 기쁘게 했다.

"뭐, 군대로 말하자면, 소위 임관이라 할 수 있겠군. 어쨌든, 잘했다!"

부친은 이제야 외아들에게 재능이 있다는 것을 인정한 말투였다. 그러나 노구치는 첫 입선의 기쁨보다도, 눈이 녹음과 동시에 김영순이 홍몽관에 건강한 모습으로 나타난 사실이 더욱 기뻤다.

그는 용돈이 허락하는 범위에서 인사동의 요정에 나갔다. 그리고 절음식 같은 요리를 맛보면서 무희의 순서가 오는 것을 기다리다가 장구 소리와 함께 스케치북을 들었다.

여전히 영순은 말이 없고 태도는 쌀쌀했다. 그녀의 쌀쌀함은 자신이 일본인이기 때문이라고 생각돼 어느 때는 답답하고 어느 때는 화가 나고 원망스러웠다.

그렇게 그린 몇 장의 크로키를 기초로 삼아 6월부터는 습작에 착수했다. 그림이 막히면, 다시 홍몽관의 붉은색 문으로 들어갔고, 다시 돌아와 아틀리에에 틀어박혀 물감을 풀었다.

이런 생활의 반복으로 근무처인 사립 여학교가 여름방학에 들어가기 직전에는, 이 정도면 충분하지 않을까 생각되는 에튀드(étude)[습작]가 그럭저럭 완성되었다. 노구치는 영순의 아름다운 춤의 선을 표현하기 위해 마지막 힘을 다 쏟고 있었다.

7월 초의 어느 일요일, 그는 습작 그림을 소중히 품에 안고 오전 10시경 자기 집을 나섰다. 원남동에 사는 영순의 집을 수소문해 찾아가려고 했다.

거대한 냄비 바닥 같은 경성의 거리에는 벌써 강렬한 한여름의 태양이 머리 위에 군림하고 있었다. 남산정[남산동], 왜성대 두 곳은 남산 기슭에 발달한 동네이다. 왜성대에는 조선 총독 관저도 있고, 언제부터인가 해군무관부도 생겼다.

소나무가 많은 남산정의 언덕길을 터벅터벅 내려가고 있을 때는 아직 어느 정도 서늘했다. 그러나 번화가인 본정(本町)을 가로질러 명치정(明治町)으로 갈 즈음에는, 일요일이라 사람이 많이 나온 탓도 있어, 노구치의 와이셔츠 등 부분이 축축이 땀에 젖었다.

본정 입구에는 조선은행, 미쓰코시백화점, 중앙우편국, 식산은행[산업은행] 등, 석조나 붉은 벽돌조의 큰 건물이 광장을 둘러싸고 우뚝 서 있었다. 노구치는 땀을 닦으면서 동대문행 전차를 타고 황금정(黃金町, 고가네초)[을지로] 4정목에서 갈아탔다.

여기에서 북쪽으로 종로를 가로질러 동물원, 식물원이 있는 창경원 앞까지 전차가 개통돼 있었다. 원남동은 창경원의 남쪽에 위치했다.

전찻길의 파출소에서 '궁중 무용을 하는 기생'이라고 말해도 모른다고 했으나, '너 명의 노인 악사와 함께 일을 다니는 기생'이라고 설명하자, 영순의 집을 곧 알게 되었다.

원남정이라는 이름의 정거장에서 조금 남쪽으로 걸어간 후, 왼쪽 길을 돌아서 10분쯤 걸었다. 그러자 이미 주위는 흙과 돌로 만들어진 가옥이 밀집돼 있고, 일종의 독특한 냄새가 나는 조선인 동네였다.

공동 우물이 있고, 흰옷을 입은 주부들이 익숙한 솜씨로 방망이로 빨래를 두드리며, 와자지껄하게 큰 소리로 떠들고 있었다. '빨랫방망이를 두드린다'고 말하는데, 흰옷을 상용하는 조선 주부의 가장 큰 일은 빨래라고 해도 과언이 아니었다.

냇가나 우물가는 물론, 작은 물웅덩이 같은 더러운 연못 옆에서도 돌 위에 흰옷을 놓고, '팡팡' 하고 빨랫방망이로 때렸다. 그리고 빤 옷은 파란 풀 위에 펼쳐서 햇빛에 말리는 것이 가장 좋다고 했다.

노구치는 순사가 알려 준 대로 걸어갔다고 생각했다. 그런데 표지가 되는 대추나무는 보이지 않았다. 언제부터인지 자연발생적으로 형성된 촌락이 그대로 동이 되었으므로, 작은 미로 같은 길이 복잡하게 얽혀 있었다.

그는 일본어를 아는 소학생을 붙잡고 김영순의 집을 물었다. 위 확

장인지 배만 불룩하게 튀어나온 아이였다.

한자로 이름을 써도 상대는 머리를 갸웃거렸다. 노구치는 문득 생각이 나서 옆구리에 낀 습작 그림의 덮개를 벗기고 그녀의 모습을 아이에게 보여주었다.

"아아. 그 사람이라면 알아요!"

아이는 갑자기 그를 존경하는 듯한 눈빛으로 바뀌어 앞장서서 안내해 주었다.

하룻밤에 몇 번이나 희망하는 손님이 있어 상당한 수입이 예상되었으므로, 노구치는 양반이 살 법한 기와지붕에 흙담을 두른 집을 상상했다. 그러나 실제로 그녀가 사는 곳은, 중류 이하의 아담한 초가지붕의 조선 가옥이었다. 노구치는 허름한 문을 열고 안으로 들어갔다.

작은 뜰이 있고, 초가지붕 아래에 가려진 대추나무가 잎을 무성하게 펼치고 있었다. 한 노파가 우물에서 물을 긷고 있었다. 그가 말을 걸자, 노파는 겁에 질린 표정으로 황급히 집안으로 뛰어 들어가는 것이 아닌가. 기댈 언덕도 없다는 것이 바로 이런 상황을 말하는 듯했다.

그림을 껴안은 채로 당혹스럽게 좁은 뜰에 서 있자, 곧 문밖에는 이웃 사람들이 몰려와서 수군대는 소리가 들려왔다. 노구치는 집을 잘못 찾았는가 생각했으나, 어두운 부엌을 겸한 마당 입구에 김영순이라는 문패가 걸려 있어 마음이 놓였다.

"실례합니다!"

"실례합니다…"

그는 몇 번이나 소리쳤다. 네 번쯤 소리쳤을 때, 영순이 난처하다는 듯 노여움을 띤 굳은 표정으로 밖으로 나왔다.

"아… 느닷없이 죄송합니다만…"

노구치 료키치는 겸연쩍은 듯 이마의 땀을 닦았다. 거의 한 시간 가까이 집을 찾아 돌아다녔기에 셔츠는 땀에 젖어 있었다.

낮에 보는 그녀의 얼굴은 문득 딴사람 같은 느낌이었다. 흰 분을 바르지 않은데다가, 눈부신 햇살 아래에서 봤기 때문이리라. 적어도 밤에 봤을 때의 차가움은 없었다. 또, 겹겹의 춤옷을 입고 있을 때와는 달리, 보통의 처녀처럼 물색의 짧은 적삼을 입고 연분홍 치마를 입고 있어 한층 더 아름다움이 빛났다.

"무슨 용무죠?"

꾸짖는 듯한 위압적인 태도로 영순은 소리쳤다. 양손을 허리에 짚고 있었는데, 그것은 조선의 부인들이 말싸움할 때의 포즈였다. 노구치는 당혹스러웠다.

홍몽관에서는 쌀쌀하게 대하는 그녀지만, 이렇게 방문하면 조금은 따스하게 인간미를 보여주지 않을까 그는 낙관적으로 생각했다. 그러나 나중에 알게 되었지만, 영순이 꾸짖는 말을 한 것은 당연했다. 조선에서는 옛날부터 남녀의 구분이 엄격했다. 부부 동반으로 외출하는 것도 수치를 모르는 행위로 비난받았다. 그러므로 '남녀유별'하여, 아무리 부부라고 해도 하층민이 아니라면 방을 따로 썼다. 일반적으로 부인은 남자 손님을 접하는 것을 치욕으로 생각하는 풍습이었다. 따라서 아무리 남편이나 가족의 친한 사람이 찾아와도 대면을 피하고, 어쩔 수 없는 경우에는 데면데면한 태도로 응했다. 하물며 노구치처럼 여성만 있는 집에 성큼성큼 들어가는 것은 예의를 모르는 정도가 아니라 상대를 모욕하는 것과 다름없었다.

노구치는 어두운 집 안의 마당에서 아까의 노파가 딸을 보호하려는 듯이 적의를 품고 그를 노려보는 것을 보았고, 허름한 작은 문밖에 사람들이 모여 있는 것도 알아챘다.

"아, 예. 완성된 그림을 보여드리고 비평을 좀 받을까 해서…."

그는 15호 정도의 습작 그림을 꺼내 영순에게 보여주었다.

"지금 여의치 않으면 놓고 가겠으니… 다음에 가게에서 만났을 때…."

입속으로 어물어물 말하고, 그는 그림을 영순에게 건네주었다. 영순은 가만히 그림 속 자신의 모습을 바라보았다. 그는 작별 인사의 표시로 한 손을 들어 보이고, 문 앞에 모여 있는 사람들을 헤치고 그녀의 집에서 도망쳤다.

조선인 마을에서 스케치하고 있을 때 항상 느끼는 불안. 그것은 문득 자신만이 동떨어진 이질적인 인간, 즉 이방인이라는 불안이었는데, 그것을 영순의 집에서도 예민하게 느꼈다.

'그녀는 그림을 찢어 버리지나 않을까?'

원남정의 정거장에 웅크리고 앉아 흠뻑 흘린 땀을 닦을 때, 그런 불안이 그의 마음속에 퍼져갔다. 습작 그림이니 영순이 태워버려도 미련은 없지만, 최근 몇 달 동안, 영순의 춤추는 모습과 마주했던 만큼, 고생의 결정이 참혹하게 처리되는 것은 불쾌했다.

다음 날, 집에서 십 미터쯤 떨어진 작은 아틀리에에 있을 때 전화가 왔다고 하녀가 부르러 왔다. 전화를 한 사람은 세브란스의대의 박규학이었다.

"모레 밤에 홍몽관에 와 주지 않겠습니까? 시간은… 아, 이른 편이 좋겠군요."

"무슨 용무라도 있나요?"

"아뇨. 아주 좋은 일입니다. 그럼 여섯 시쯤에…."

박규학은 아무 말도 하지 않고 전화를 끊었다.

노구치는 탁규학의 용건이 김영순에 관한 것이라고 생각했다. 달리 생각나는 것이 없었다. 그날, 여섯 시 정각에 노구치는 홍등관의 붉은 문으로 들어갔다.

얼굴이 익숙해진 하녀가 그를 보자 왠지 싱글거리며 평소와 다른 방으로 안내해 주었다. 의아스러워 고개를 갸웃거리며 노구치는 방의 장지문 앞에 멈칫 섰다. 어서 들어가라는 듯한 몸짓을 하고 하녀는 자리를 떴다. 아직 밤은 완전히 경성의 거리를 점령하지 못한 듯, 정원을 가로질러 가는 하녀의 흰 조선옷이 유령처럼 눈에 비쳤다.

방으로 들어가자 김영순이 안에서 기다리고 있었다. 노구치는 박규학의 모습을 찾았으나 아직 오지 않은 듯했다. 전등 스위치를 켠 후에, 노구치는 영순과 마주 앉았다. 영순은 아직 춤옷을 입지 않고 목 위로만 하얗게 화장한 상태였다.

"지난번에는 미안했소…."

그는 형식적으로 머리를 숙였다. 영순은 살짝 미소를 지었다. 처음 보는, 별난 기생의 미소였다.

"그림을 돌려드립니다…."

영순은 보자기로 싸여 벽에 세워진 그림을 손에 들고, 조선 풍습에서는 여자만 있는 집에 독신 남자가 찾아오면 이웃의 오해를 받는다고 말했다.

"아, 그건 몰랐소. 그저 그림을 보려면 낮의 광선이 좋다고 생각해서…."

"그림은 봤어요."

"어떻습니까. 그림은 괜찮습니까. 아니면?"

영순은 잠시 생각에 잠긴 모습이었으나, 갑자기 도전하는 듯한 시선을 그에게 보냈다.

"노구치 상. 당신은, 조선의 춤을 그리고 싶나요?"

그녀는 단도직입적으로 물었다.

"아니면, 나를 그리고 싶나요? 도대체 어느 쪽이죠?"

날카로운 말투에 노구치는 일순 위축되는 기분이 들어 눈을 내리깔았다. 그리고 더듬거리며 대답했다.

"내가 그리고 싶은 것은 궁중 무용도, 당신 자신도 아니오. 춤 속에 혹은 당신 속에 숨겨진… 뭐라 표현하면 좋을지 모르지만, 조선의 아름다움이오. 사라져가는 조선의 풍속, 그것이 가진 슬픈 아름다움을, 나는 그리고 싶소…."

후에 영순은 이때 그가 말한 '사라져가는 것의 아름다움'이라는 표현에 마음이 움직였다고 말했으나, 노구치의 말은 그대로 진실을 전달했던 것일까? 그것은 의문이었다.

조선의 아름다움이란, 노구치로서는 자신보다 세 살 연상의 김영순이라는 여성의 아름다움이 아니었을까. 일본인 남자와는 자지 않는다고 선언하고, 모든 권력에 반항하는 기생이 김영순이었다. 이강주처럼 불가사의한 냄새와 맛을 지닌 조선의 여자…. 그것이 바로 김영순이 아니었던가. 노구치는 아름다운 춤의 선보다도, 조선 민족에는 드물게 윤곽이 또렷한 얼굴보다도, 그녀가 가진 그늘진 부분, 왜 그런 차가운 태도를 보이는가 하는, 어두운 과거의 부분을 찾아내고자 한 것은 아니었을까.

역으로 말하자면, 그래서 경성의 화류계에서 명물이 된 것처럼, 영순이라는 기생의 차가운 표정, 차가운 눈매에 노구치는 마음이 끌린 것이 아니었을까. 그러나 노구치로서는 그런 심리적인 고찰은 필요하지 않았다.

"당신의 이 그림 속의 춤은 죽어 있어요. 그 이유는 이렇게 작은 온돌방이니까…."

그녀는 이렇게 비평하고 웃었다. 즉, 영순의 말에 따르면, 조선의 궁중 무용은 매우 너른 방이나 해가 비치는 광장에서 추는 것이다. 그러므로 밝은 해 아래에서 춤을 춰야 그 아름다움을 포착할 수가 있다. 3평 정도의 어두운 온돌방에서는 춤의 아름다움이 죽어 버린다는 것이었다.

"그럼, 어디에서?"

"가장 좋은 곳은 경복궁의 경회루죠."

영순은 단언하듯이 대답했다. 경복궁은 조선의 태조 이성계가 경성으로 도읍을 옮긴 후에 백악산[북악산] 남쪽 기슭에 쌓은 궁전이다. 그 후, 전쟁의 화재로 황폐하게 된 것을 1867년 섭정 대원군이 재건했다.

당시의 궁정은 대지 13만 평, 성벽만 3km에 이르렀다. 정문은 광화문이라 하여 저명으로 남아 있다. 그리고 건물도 근정전, 사정전, 경회루 등 외에는 파괴되고, 조선총독부의 커다란 흰색 건물이 과거의 궁전 대신에 우뚝 솟아 있었다.

경회루는 총독부의 북쪽 뒤에 높이 4.5m의 석주 48개로써 지탱되는 큰 누대였다. 동서 34m, 남북 27m나 되고, 상하층은 군신의 연회장으로 사용되었다.

노그치도 두 번쯤 견학한 적이 있는데, 넓은 연못 중앙에 떠 있는 섬처럼, 웅대한 용마루의 전각이 하늘을 찌르며 사방을 내려 보는 모습에는 버리기 아쉬운 조선의 풍취가 있었다.

"그곳에서 춤을 추고 싶어요…. 그때라면, 모델이 되죠. 제가!"

김영순은 이렇게 말했다. 노구치는 기쁜 마음에, 무릎을 세우고 앉은 그녀의 흐르는 듯한 물색 치맛자락에 입을 맞추고 싶은 충동에 사로잡혔다.

4

과거 왕궁의 연회장이었던 경회루에서 춤을 추는 그녀를 스케치하는 것은 예삿일이 아니었다. 어쨌든 총독부의 부지 안이므로 월요일을 제외하고 매일 오전 11시, 오후 1시 반, 오후 3시로, 하루 3회의 입장 시간이 정해져 있었다. 안내인은 일정한 코스를 일정한 시간에 걸쳐 안내했다. 그리고 들어온 인원과 나간 인원의 숫자가 다르면 난리가 났다. 이런 상황이니, 장구, 통소, 가야금, 생황, 징 등을 들고 와서 경회루 이 층에서 '춘앵전' 등을 연주하고, 영순이 춤을 춘다는 것은 불가능에 가까웠다.

노구치는 영순과 상담해 무대를 태평통에 있는 덕수궁으로 옮기기로 했다. 덕수궁은 고(故) 이 태왕 전하[고종]가 양위 후에 거주한 궁으로, 과거 9년간, 경운궁이라 칭하며 왕궁이었던 적도 있다. 그런 의미에서 궁정 무악에 어울리는 유서 깊은 장소였다. 덕수궁은 이왕직(李王職)[이(李)왕가의 업무를 전담] 관할로, 성인·소인 모두 5전의 입장료를 받고 일반에 공개하고 있으므로 적합한 곳이라 할 수 있었다.

…이렇게 하여 김영순은 여름방학 동안 매일 오전 한 시간씩 춤옷을 입고 덕수궁의 푸른 잔디 위에 서 주었다.

캔버스 앞에 앉은 그는 편했지만, 양팔을 뻗고 똑같은 자세로 서 있는 영순은 편치 않았다.

　오후에는 한 시간 1엔의 모델료를 받으러 네 명의 노악사가 찾아왔다. 노구치는 네 명의 악사를 궁전 앞의 잔디에 앉히고 그림의 배경을 그렸다. 때로는 영순도 오후까지 남아서 그를 위해 포즈를 취해 주는 일도 있었다.

　그녀는 비 오는 날을 제외하고 꼬박 15일간, 노구치를 위해 모델이 돼 주었다.

　어느 날, 그녀가 춤옷을 입었을 때부터 비가 내렸는데 개일 낌새가 보이지 않아 할 수 없이 덕수궁 대문 앞에서 택시를 타고 그의 아틀리에까지 돌아간 적도 있었다.

　외아들인 그는, 자기 집인 치요다루의 바로 가까이에 집 한 채를 빌려 아틀리에도 만들고 그곳에서 살았다. 식사와 목욕을 할 때만 여관인 자기 집으로 갔다. 영순은 아틀리에의 내부에 흥미가 끌렸는지 이런저런 질문을 했다.

　"이거, 무엇?"

　"뭐에 쓰는 거?"

　"어떤 식으로?"

　영순의 말은 항상 짧았다. 그것은 일본어가 능숙하지 않기 때문이 아니라, 일본어를 거부하려고 하니 그렇게 튀어나오는 것이었다. 당연히 이것도 나중에 판명되었다.

　전에 없이 친밀하게 그녀가 말을 걸어 주는 것이 기뻐서 노구치는 그림의 도구나 사용법에 관해 이런저런 설명을 해 주었다.

　비 내리던 그날, 아틀리에에서의 몇 시간은 그때까지 두 사람 사이에 가로막혔던 거대한 흙벽을 단숨에 무너뜨렸다. 영순의 눈빛, 말씨에서는 과거의 쌀쌀함은 사라지고 어느덧 박규학과 둘이서 홍몽관에 있던 때처럼 허물없는 태도로 일변했다.

노구치는 완성된 스케치를 기초로 30호의 유화에 착수했다. 여름방학이 끝나고 다시 2학기 수업이 시작되었으므로 노구치가 캔버스를 마주할 수 있는 것은 일요일과 공휴일뿐이었다.

노구치는 붓을 들면서 어느새 자기 마음속 깊이 그 조선 기생의 모습이 강하게 각인돼 있다는 것을 깨달았다. 여학교의 교단에 서 있을 때도, 학급에 몇 명인가 섞여 있는 조선인 여학생의 얼굴을 보면, 문득 김영순의 투명해 보이는 흰 귓불과 이지적인 코, 짙은 귀밑머리 등이 단편적으로 떠올랐다.

'그 조선 기생을 사랑하고 있는 것일까?'

'세 살이나 연상인 그 무희를?'

그는 자문자답했다. 그리고 그런 자신을 웃어넘기려고 했다. 그러나 마음에 깃든 영순의 영상은 아무래도 쫓아낼 수 없었다. 쫓아내기는커녕, 매일 그의 가슴속에 호흡하며 계속 부피를 키우고 있었다….

아무래도 견딜 수가 없어 홍몽관에 가기도 했다. 그러나 덕수궁에서 포즈를 취하고 그의 아틀리에로 왔을 때와는 달리, 영순은 춤추는 동안에는 이전보다 더 차가운 느낌조차 들었다. 노구치는 실망하면서도, 다시 한번 그녀의 미소가 보고 싶어 애를 태웠다.

9월 말의 일요일이었다. 돌연 세브란스의대의 박규학이 여관 하녀를 따라 그의 아틀리에로 찾아왔다. 그가 치요다루에서 살고 있다고 생각해 그쪽으로 잘못 찾아간 듯했다.

"어젯밤, 오랜만에 홍몽관에 가서 그녀에게 이런저런 이야기를 들었습니다. 결국 모델이 돼 주었다고 하더군요…."

박규학은 아틀리에로 들어오자마자, 제작 중인 30호의 캔버스 앞에 서서 그림을 살펴보았다.

"반쯤 완성하였습니다."

노구치는 부끄러운 듯 말했다. 박 조교수는 손목시계를 보고 "아직, 그녀는?" 하고 물었다. "에, 그녀?" 노구치가 말하자, 상대는 미소를 지으며 "둘이서 노구치 선생을 격려할 겸 그림을 구경하러 가자고 했습니다만, 여기서 만나기로 했습니다."

"아하. 그것 참."

그는 박규학의 마음 씀씀이가 매우 고마웠다. 종로 2정목의 술집에서 만나, 홍몽관에 하룻밤 초대해 주었을 뿐인 인연이, 김영순을 중심으로 발전해 이처럼 친밀하게 되었다. 사람의 교제란 알 수 없는 것이다. 노구치는 집까지 달려가서 모친에게 아틀리에까지 와 달라고 전했다. 집을 나오자, 보랏빛의 얇은 치마를 휘날리면서 과일바구니를 든 영순이 파라솔을 쓰고 남산정의 언덕을 올라오는 모습이 보였다.

"아아. 박 선생님은 벌써 오셨소."

그는 싱글벙글 웃으며 말을 걸었다.

"아, 힘들어. 요전번에는 차를 타고 와서 금방이라고 생각했는데…."

영순의 하얀 이마에 땀방울이 가득 맺혔다. 고추잠자리가 날아다니는 계절이 왔지만, 경성의 거리는 아직 늦더위가 기승을 부리고 있었다. 여름에서 곧바로 겨울로 건너뛰는 느낌이었다.

"그거… 제가 들죠."

노구치는 영순의 손에 들린 과일바구니를 받아들고 이웃의 눈을 꺼리면서 큰 걸음으로 길을 올라갔다. 바로 가까운 언덕의 집에 제자가 살고 있었기 때문이다.

언덕을 오른쪽으로 돌아, 가장 구석 쪽이 그가 빌린 집이었다. 4평의 서양식 거실과 3평의 일본식 방, 거기에 현관과 부엌이 딸린 작은 집이었다. 서양식 거실이 아틀리에로 사용되고 있었다.

"저기서 그녀를 만났습니다."

노구치는 박규학에게 보고하고 방 쪽에 방석을 준비했다.

"노구치 상. 이 노인들의 얼굴은 좀 슬픈 듯하네요. 무언가 의미가 있습니까?"

박 조교수는 캔버스 앞에 영순을 남기고 3평의 방으로 들어왔다.

"의미는 없습니다. 단지 네 명의 악사 모두 연주하고 있을 때, 무언가 옛날을 그리워하는 표정이었으니까요. 그래서 무언가 슬프고 그리워하는 표정으로 그려 보았습니다…."

노구치의 모친이 인사를 하러 오자, 영순은 일본식으로 무릎을 꿇고 앉았다. 노구치는 두 사람을 모친에게 소개했다.

"아아, 이 분…. 모델이 돼 주신 분이네요."

모친은 곧 알아챈 것 같았다. 때때로 아틀리에로 청소를 하러 와서 그녀의 얼굴 스케치를 보았기 때문이리라.

"잘 부탁합니다…."

5분쯤 있다가 모친은 곧 돌아갔다.

박규학은 의대에서 조교수를 하는 만큼, 꽤 교양이 있어 회화에 관해서도 지식이 풍부했다. 노구치와 박규학만 서로 대화를 나누었다. 주인공 김영순과는 여름방학이 끝나 이제 휴일에만 그릴 수 있다는 말을 했을 뿐이었다.

그 후, 세 사람은 명치정으로 나가 이른 저녁 식사를 하고 헤어졌다. 헤어질 때 영순은 미소를 지으며 말했다.

"제 얼굴 그림이 걱정되니 때때로 와 볼게요."

…단지 그것뿐이었으나 노구치는 갑작스러운 그녀의 방문이 얼마나 기뻤던가! 그 밤, 그는 마음이 들떠서 잠을 이루지 못했던 것을 기억한다.

영순이 돌아갈 때 한 말은 거짓이 아니었다. 다음 일요일 오후, 그녀는 대구의 첫 사과를 들고 찾아왔다.

여름의 햇빛과 초가을의 햇빛은 꽤 다르다. 노구치는 덕수궁에서 본 그녀의 살빛과 아틀리에서 본 살빛이 매우 다른 것을 보고 놀랐다. 가을의 부드러운 햇빛 쪽이 궁중 무용에 어울렸다. 노구치는 그것을 그녀에게 말하고, 얼굴을 그리기 위해 일요일마다 시간을 꼭 좀 내 달라고 부탁했다. 약간은 구실 같다는 켕기는 마음을 느끼면서….

어쨌든 그는 영순과 단둘이 만나는 시간을 만들고 싶었다. 그리고 의외로 그녀는 선선히 승낙해 주었다.

일요일은 그로서는 애타게 기다려지는 즐거운 날이 되었다.

일요일마다 기생이 아틀리에를 찾아온다고 하여 모친은 이웃의 소문을 염려했으나, "그림 때문"이라고 말하면 그리 노구치를 반대하지 않았다. 목적은 그녀의 얼굴뿐이었으므로, 영순은 아틀리에로 들어오면 의자에 단정히 앉아 있었다. 그것만으로는 심심하리라 생각해 노구치는 화집이나 자신의 사진 앨범을 그녀에게 건네주었다.

한 시간쯤 앉아 있다가 잠시 휴식하고 다시 삼십 분쯤 앉는다는 약속이, 세 번째에는 삼십 분쯤 앉은 후에 나머지는 잡담하고 헤어지는 형태가 되었다.

잡담이라고 해도 그녀는 자신이 적극적으로 말하지 않으므로, 노구치 쪽에서 기생의 생활에 관해 이것저것 질문했다. 영순은 자신들의 생활에 관해서는 솔직하게 말해 주었다.

"한 시간 25엔이라면, 기생 중에서도 최고의 화대겠죠?"

"화대가 아니에요. 5인 1조. 춤을 보여주는 요금이죠."

"그렇게 많은 돈을 받는데도 어째서 그런 집에 살죠?"

"글쎄요. 25엔 받는 것은 양반과 일본인만…."

아주 당연하다는 듯이 그녀가 대답했다.

노구치는 그녀의 응답으로 기생 세계의 속사정과 기생의 역사를 알게 된 것이 흥미로웠다.

영순의 말에 따르면, 한 시간 25엔의 요금은 일본인 손님과 조선의 부자들에게 요구하는 금액으로, 실제로는 예를 들면 박규학처럼 궁중 무용을 사랑해 주는 조선의 인텔리에게는 단지 5엔으로 봉사했다. 일본인과 양반의 경우에만 10엔을 권번[券番, 일제 강점기에 기생들의 조합을 이르던 말]에 납부하고 남은 15엔을 균등하게 5명이 분배했다. 1인당 3엔이 된다. 봉사 요금의 경우에는 1인당 1엔이다. 이 계산으로 하면, 하룻밤에 일본인이 세 번 정도 그녀를 불러 주면 겨우 9엔의 수입이었다.

"하룻밤에 단 1엔일 때도 있죠. 단, 팁은 전부 내 것…."

노구치는 한여름에 늙은 악사들이 덕수궁에 부리나케 찾아온 속사정을 그제야 알 법했다. 김영순은 노악사들에게 정통의 궁중 무용을 배웠기에 그 은혜에 보답하는 것이었다.

11월에 들어서자, 경성의 거리는 벌써 겨울 준비를 시작했다. 눈발이 날리기 시작하는 것은 이달의 하순부터였다.

아틀리에에 연탄난로를 들여놓고, 그 일요일 오후도 노구치 료키치는 얼굴의 마지막 수정 작업에 매달려 있었다.

캔버스에는 덕수궁을 배경으로 노악사들이 아악을 연주하고, 그 앞에서 우수를 띤 조선의 무희가 가을하늘을 쳐다보며 춤추는 구도가 그려져 있었다. 노인들은 옛날을 그리워하는 듯, 어떤 사람은 눈을 깜박이고, 어떤 사람은 황홀하게 영순을 바라보고, 어떤 사람은 눈을 내리깔고 있었다.

그리고 영순은 희미하게 옆얼굴을 보이고 자신의 흰 오른손을 응시하고 있었다. 오른손을 응시하는 영순의 눈빛이 아무래도 생각한 대로 잘 그려지지 않았다.

노구치가 물감을 팔레트에 섞고 있을 때, 앨범을 보고 있던 영순이 문득 말을 걸었다.

"이 사람… 누구죠?"

"네?"

그는 건성으로 대답했다. 부모 방에 있던 앨범을 가져와서 영순에게 건네주었던 것이다. 앨범을 보여주기 위해 영순은 일어나서 다가왔다.

"이, 이 사람…."

노구치는 들여다보고 쓴웃음을 지었다. 그녀가 가리킨 사람은 군인 시절의 그의 부친이었다.

"아아. 제 부친이오."

"당신… 아버지? 이 사람이?"

왜 그럴까? 영순의 목소리에는 이를 악다문 듯한 긴박한 느낌이 있었다.

"조직 군인이었소. 내 어머니와 결혼하고서는 제대하였지만…."

영순은 손에 들고 있던 앨범을 갑자기 완성 직전의 그의 캔버스에 내던졌다. 짝 하고 손바닥으로 뺨을 치는 듯한 소리가 났다.

"뭐, 뭐하는 거요!"

이젤이 기우뚱 기울어지자 캔버스가 옆으로 꼬꾸라져 바닥에 떨어졌다. 엉거주춤 일어난 노구치는 서둘러 그림을 손으로 받으려고 하다가 의자에서 굴러떨어졌다.

그림은 다행히 무사했다.

그녀는 왜 부친의 옛날 사진을 보고 그런 행동을 했던 것일까. 완성 직전의 그림에 정신을 빼앗겨 간신히 한숨을 돌리고 둘러보자, 현관문이 열려 있고 영순의 모습은 보이지 않았다.

"어이, 도대체 왜!"

그는 맨발로 뛰어나갔다. 그러나 언덕길까지 나가자, 남들의 눈도 있고 하여 영순을 쫓아갈 수가 없었다. 궁중 무용으로 유명한 별난 기생은 보랏빛 치마를 나부끼면서 잔달음질로 언덕을 내려가고 있었다.

5

김영순을 모델로 한 그림은 완성되었다.

그러나 홍몽관에 찾아가도 그의 방에는 "갈 수 없다"는 말만 전해올 뿐, 영순은 모습을 드러내지 않았다.

흐느끼는 듯한 퉁소의 소리, 애조 가득한 장구의 소리를 찾아, 그는 영순을 만나고 싶은 마음 하나로 다옥정(茶屋町, 차야초)[다동]에서 종로 일대를 방황했다. 어느 요정에서 나온 노악사 일행을 발견하고 교섭했으나, 영순은 요정 안에 숨어서 나오려고도 하지 않았다.

그녀가 자신을 미워한다는 것은 그도 알 수 있었다. 그러나 그가 알고 싶은 것은, 그를 미워하는 이유였다.

원인은 그날의 앨범 사진에 있었을 것이다. 그리고 자신의 부친이 관련되었다는 것은 알았다. 사진은 결혼 전의 부모가 교외에서 나란히 서서 찍은, 그러니까 약혼 중의 사진이었다. 모친은 기모노를, 부친은 장교 제복을 입고 군도를 차고 있었다.

'그 사진의 어디가 마음에 들지 않았을까. 그녀는 군인을 미워하는 것일까.'

노구치는 그렇게 생각했다. 영순을 만나서 이유를 들으면 모든 것이 확실해지겠지만, 그녀가 만나주지 않으니 그는 분노의 이유를 추측하는 수밖에 없었다.

모친에게 앨범의 사진을 보이고 물어보았다.

"아마, 수원 근처에 피크닉을 가서 찍은 사진인 것 같은데."

모친의 기억은 정확하지 않았다.

그러면 부친의 기억에 기댈 수밖에 없었다. 노구치의 부친은 여관조합장을 하고 있어 평소 외출이 잦았다. 그러므로 밤에라도 물어봐야 했다.

…잊을 수가 없다.

그때는 태평양 전쟁이 시작되기 전날 밤, 즉 12월 7일 밤이었다.

노구치는 부친 고헤이(荒平)가 여관 입구 사무실에 있는 것을 보고, 앨범을 갖고 들어갔다.

"아버님. 좀 묻고 싶은 것이 있습니다만."

"무지?"

고헤이는 지배인에게 장부를 돌려주면서 그를 보았다.

"이 사진입니다만."

"어느 거?"

부친은 돋보기를 쓰고 힐끗 보더니, 지배인 앞에서 쓴웃음을 지으면서 앨범을 닫았다.

"어머니와 함께 찍은 것은 아마 이 사진이 처음이겠죠?"

"응. 더 오래된 게 없으면 그렇겠지."

"이 사진을 찍은 장소는?"

"글쎄, 잊어버렸구나…."

"어머니는 수원 근처던가 말했습니다만…."

부친 고헤이의 말투는 갑자기 엄해졌다.

"어이, 료키치."

"네…."

"오래된 이 사진이 무슨 관계가 있나?"

"좀, 중요한 일입니다."

"중요한 일?"

"네. 경치가 좋은 것 같아서 학생들을 데리고 사생 여행을 가려고…."

"이 추운 12월에?"

"아뇨, 봄이 되면요. 내년 계획표를 만들고 있습니다."

그는 거짓말을 했다. 여학교 선생이라는 점을 이용했다. 그의 말을 듣자, 부친은 다시 돋보기를 걸치고 앨범을 들췄다. 그리고 전등 빛에 비추어 보았다.

"수원인가…."

부친 고헤이는 중얼거렸다.

사진의 배경에는 낮은 구릉이 보이고, 왼쪽에 목조로 된 면사무소 같은 것이 보였다. 노구치의 부친은 기억을 더듬고 있는 모습이었는데 "아아!" 하고 작게 말했다.

"이것은 발안장(發安場)이다."

"발안장?"

"지금은 발안리(發安里)라고 하지. 오산에서 서쪽으로 쭉 들어간 곳인데 뭐 그리 경치가 대단한 곳은 아니야."

고헤이는 돋보기를 벗었다.

"왜, 이런 곳에?"

"응, 옛날에 수비대가 있었지. 사과나 배를 따서 먹을 좀 네 어미가 놀러 왔을 때의 사진일걸."

부친의 말에는 아무런 주저가 없었다.

노구치는 낙담했다. 무언가 부친의 말에서 김영순이 분노한 이유의 힌트라도 얻고자 했으나 허사였다.

"복숭아나 포도가 아니었나요?"

"옛날에는 사과나 배, 살구 등이 많았지. 발안 수비대는 상당히 공을 많이 세운 수비대였다. 만세 소동 때…"

노구치는 눈을 반짝였다.

"만세 소동이란 뭐죠?"

"네가 아직 태어나기 전일걸…. 아니, 태어난 해였던가?"

부친은 아사히 담배 봉지에서 물부리가 붙은 담배를 끄집어냈다. 그리고 빨갛게 타고 있는 스토브의 연통에 그것을 갖다 댔다.

"조선인들이 만세, 만세! 하고 소란을 피운 사건이다. 종로 파고다공원에 조선 학생이 모여 독립선언문을 낭독했지…. 이것이 저기가 돼 전 조선에 큰 소동이 일어난 사건이다."

"그런 일이, 있었습니까?"

노구치는 처음 듣는 일이었다.

"있었지. 3월 1일에 일어나서 육군에서는 '3·1 소요'라고 했다. 이것 때문에 팸플릿까지 나왔을 정도야. 앞으로의 일에 대비하라는 의미로."

"그렇다면, 이 사진의 수비대는…."

"어. 폭도를 진압했던 거지. …이제 그만. 바쁘다!"

노구치는 사무실을 나왔다. 치요다루의 건물은 エ 자형으로 만들어져서, 현관을 들어가 왼쪽 계단 아래가 하녀 방, 2층이 부친의 방이었다.

그는 곧바로 부친의 서재로도 사용되는 거실로 들어갔다. 고헤이는 꼼꼼한 성격으로, 벽에는 선반을 짜서 명함첩, 일기장, 숙박명부 등을 연도별로 정리해 놓았다. 그리고 한쪽 선반에는 군인 시절의 장서와 여관 주인이 된 후에 사서 모은 책 등이 진열돼 있었다.

노구치는 주저 없이 옛날 시절의 선반을 하나하나 뒤졌다. 책등 표지가 헤진 팸플릿류를 뒤지자 『조선소요경과개요(朝鮮騷擾經過槪要)』라는 표지의 활자가 눈에 들어왔다.

손에 들고 첫 페이지를 펼쳐 보자, '3월 1일, 약 3, 4천 명의 학생은 예정대로 파고다공원에 집합하여 독립선언서를 낭독하고 시위 행동을 개시하자 군중은 이에 따라…'라는 첫 문장이 눈에 들어왔다.

'이거로군!'

그는 그것을 주머니에 집어넣고 시치미를 떼고 자신의 성인 아틀리에로 도망쳤다.

옛날 1919년경의 군대식 문장이라 한자가 아주 많아 노구치는 읽기 괴로웠으나 군데군데 건너뛰면서 읽어갔다.

평화로운 조선에서 이십몇 년 전에 이러한 일대 소요 사건이 발생했다는 것은 도저히 믿을 수 없었다. 그러나 이렇게 경과개요까지 발행된 것을 보니 틀림없는 사실 같았다.

그리고 당시의 조선에서는 이 사건은 역사 교과서에도 실리지 않고 한일병합 이래, 단지 평화스러운 모습만이 강조되고 있었다.

…그 경과개요에 따르면, 독립운동의 주모자는 천도교도, 기독교도들로, 거기에 일부 학생들이 참가했다. 독립선언문을 기초한 것은 역사학자 최남선이었다.

3월 1일, 학생들은 동맹휴교를 하고 파고다공원에 모였다. 최초의 계획으로는 천도교주 손병희가 독립선언문을 낭독하고 조국의 독립 만세를 삼창한 후, 데모 행진을 할 예정이었다.

그러나 파고다공원에서 열광하는 학생들을 본 어른들은, 폭동을 우려해 직전에 장소를 인사동의 '명월관'으로 변경했다. 그리그 명월관에서 선언문을 읽고 그들만 만세를 삼창하고 경무총감에게 전화를 걸어 자수했다.

혈기 왕성한 학생들은 이러한 어른들의 배신을 알고 분개했다. 그리고 최초의 예정대로, 선언문을 군중에게 나눠주고 등서로 나뉘어 데모 행진을 했다… 이것이 약 9개월, 조선 반도를 뒤덮어 계속 타오른 불길의 발화점이었다.

파고다공원을 나온 것은 수천 명의 학생이었다. 작은 개천과도 같은 물줄기였다. 그러나 만세를 연호하면서 학생들이 이 태왕 전하의 영구(靈柩)가 안치된 덕수궁으로 밀려들었을 때, 작은 개천은 이미 큰 강을 이루고 있었다.

"조선 독립 만세!"

군중의 노한 외침은 이윽고 냄비 바닥 같은 경성의 거리를 뒤흔들어, 도시 전체는 곧 홍수의 소용돌이에 휩싸이기 시작했다.

그날 중에 평양, 원산으로 번지고 다음 날에는 황주, 진남포, 안주, 다시 사흘 후에는 개성, 겸이포, 사리원, 선천, 함흥 등의 식으로 번져 갔다.

군에서는 황급하게 전 조선에 계엄령을 발포했으나 이미 때는 늦었다….

'하지만 김영순은 3·1운동과는 관계가 없지 않은가!'

노구치 료키치는 팸플릿의 경과개요에서 3월분의 내용을 읽은 것만으로 몸서리를 쳤다. 그에게는 과거에 그러한 사건이 있었다는 사실 자체가 신선한 놀라움이었다. 그는 그날 밤, 잠이 오지 않아 머리맡의 스탠드를 켜고 잡지를 읽고 있다가 문득 생각이 떠올랐다. 김영순이 분노를 드러낸 것은 부친이 아니라 배경이 된 발안장의 수비대이다….

그는 팸플릿을 들춰보았다. 소요의 경과는 월별 및 도별로 기록돼 있었다.

4월 폭동 항목의 경기도 부분으로 눈을 옮긴 그는 갑자기 벌떡 일어났다. 그리고 놀라서 눈을 크게 떴다. 그곳에는 다음과 같은 냉혹한 문장이 적혀 있었다.

"…경성부 내에서는 관헌 및 군대의 엄격한 경계로 인해 소요가 잦아들었다. 표면상의 질서를 유지하였지만, 지방에서는 치열한 소요의 영향으로 4월 상순에 극히 창궐해 군청, 면사무소, 경찰관서, 헌병 주재소의 습격, 민가 및 면사무소의 파괴, 방화, 교량의 파괴, 소각 등 모든 폭행을 감행할 뿐 아니라 약 2천 명의 폭민은 수원군 우정면 화수리 경찰관 주재소를 습격해 이를 포위, 폭행하기에 주재순사는 발포로 응전하였으나 중과부적하고 탄환이 떨어져 이윽고 참살되고 그 사체는 능욕되었다.

　상황이 위와 같이 거의 내란과 같은 상태가 돼 동 지방의 내지인 등은 위험을 무릅쓰고 부녀자를 일시 타지에 피난시켰으나 인심은 흉흉하고 형세는 혼돈했다. 당시 도착한 발안장 수비대장은 현황을 판단해 폭동 주모자를 토벌할 필요를 인정한 바, 4월 15일 부하를 이끌고 제암리에 이르러 주모자로 인정된 예수교도, 천도교도 등을 모아 20여 명을 살상하고 촌락의 대부분을 태워 버렸다…"

발안장 수비대가 등장한 것은 단지 이 한 부분이었다.
'주모자로 인정된 예수교도, 천주교도를 모아 20여 명을 살상하고…'
노구치는 그 활자를 바라보고 멍해졌다
군대식의 간결한 문장이었다. 그러나 한 사람의 순사가 피살된 보복 수단으로는 너무나도 가혹했다. 이건 학살이었다.
모인 이십여 명을 살상했다는 것으로 보아, 기관총으로 일제사격이라도 한 것일까. 그 후 마을까지 태워 버렸다는 것은 무슨 생각에서였을까?
노구치는 이불 위에 앉아서 팔짱을 낀 채 추위도 잊고 무미건조한 활자를 계속 응시했다. 제암리라고 하는 자신이 모르는 작은 마을, 그곳의 주요 사람들이 한데 모여서 불안에 떨고 있는 광경이 그의 눈에 떠올랐다. 갓을 쓰고 흰옷 위에 두루마기를 걸친 마을의 장로들. 그들이 실제로 화수리의 주재소를 공격한 주무자였는지는 알 수 없다. 또, 아무런 관계가 없는 독실한 기독교, 천도교 신자였는지도 모른다. 그러나 20여 명의 조선인들은 '폭동의 주모자를 토벌' 한다는 목적으로, 폭동 후 며칠에 걸쳐 '살상'되고, 마을은 '소각'되었다.

'혹시 그 당시, 수비대장이 부친이 아니었을까?'

노구치는 그런 생각에 두려워졌다. 부친이 그런 무법의 살육을 저지를 사람으로는 생각되지 않았다. 그러나 그때의, 분노로 가득 차 이글거리는 김영순의 눈빛을 떠올리면, 그녀는 부친의 얼굴을 보고 무언가 분개한 것이 틀림없었다.

…다음 날, 일본은 태평양 전쟁에 돌입했다. 경성의 거리는 진주만 공격 뉴스와 승전 소식에 들끓고 있었다. 전승을 기원한다며, 노구치가 근무하는 여학교 학생들도 남산에 있는 조선신궁의 참배에 동원되었다. 384 계단의 넓은 돌계단에는 참배하려는 소학생, 중학생들이 끊임없이 왕복했다. 그러나 노구치는 일본의 전쟁보다도 김영순이 더 마음에 걸렸다.

참배 후, 그는 전화번호부에서 경성 '예창기조합(藝娼妓組合)' 사무소를 찾아 김영순의 호적에 관해 문의했다.

여사무원이 응대했으나, 잠시 기다려 달라는 말만 하고 좀체 진척되지 않았다. 노구치는 5분쯤 기다렸다. 다음으로 수화기로 들려온 것은 남자의 목소리였다.

"지금 바빠서 찾기 힘드네요. 어쨌든 전쟁도 나고…."

어벌쩡하게 거절하는 말투였다. 노구치는 화난 소리로 다그쳤다.

"여긴 헌병대야! 어서 서두르지 않겠나!"

그의 위세에 놀라 상대는 곧바로 기생 김영순의 페이지를 찾아서 읽어 주었다.

그녀의 호적은 노구치가 혹시나 우려했던 대로 경기도 수원군 향남면 제암리였다.

'수고 많았소.'

전화를 끊었다. 노구치 료키치는 겨울인데도 이마에 진땀이 배어 나왔다.

'역시, 그랬던가….'

집에 돌아와서 지도를 펼쳐 보니, 발안리의 바로 옆 마을이 제암리였다. 호수는 54호라고 하니 마을로서는 작은 편이었다.

조선의 읍·면은 일본의 초·무라(町·村)에 해당하고, 리(里)는 읍, 면에 속한 마을을 가리키는 말로 일본의 아자(字)에 해당한다.

'영순은 3·1 사건으로 일본군의 학살이 있었던 마을에서 출생했다…. 게다가 1916년 출생이므로 그때는 네 살이었다. 기억할 만한 나이였다!'

노구치는 소름이 끼쳤다. 동시에, 자신의 부친이 부당하게 죽임을 당했다고 한다면, 그 원한은 평생 사라지지 않으리라는 생각이 들었다.

제암리와 발안리는 눈과 코의 거리다. '네 아비는 발안리 수비대가 죽였다'라는 모친의 말을 들었다면, 자라나면서 수비대 병사들을, 그리고 수비대 건물을 증오하게 된다. 아니, 발안리의 경치 자체도 증오의 대상이 되는 것이다….

'영순은 사진의 배경을 보고 장소가 어디인지 알았다. 그리고 그곳에 군복차림으로 웃으며 서 있는 노구치 고헤이를 보고, 자기 부친을 죽인 자가 바로 이 군인이라고 생각한 게 아니었을까…. 즉 노구치 료키치의 부친이 죽였다고….'

노구치는 문득 그녀가 일본인 남자와는 자지 않는다고 선언했다는 의미가 갑자기 어떤 커다란 중량감이 있는 것으로 느껴졌다. 혹시 그녀의 부친이 제암리에서 살상된 이십여 명의 '주모자'의 일원이었다고 한다면, 일본인을 증오하는 기분도 노구치 그림의 모델이 되고 싶지 않다는 마음도, 충분히 이해할 수 있었다.

춤을 보여주고 일본인에게 비싼 요금을 받는 것도, 도지사에게 부채를 내던진 것도, 그 모든 것이 이해되는 것이 아닌가.

부친의 돌연한 죽음에 의해 그녀의 일생이 불행하게 된 것은 상상하기 어렵지 않았다. 그 증거로, 원남동의 초라한 집에 모친과 둘이 살며, 한 시간 1엔이나 기껏 3엔의 수입을 얻으며 살아가고 있었다.

…이런저런 번민 끝에, 노구치는 영순을 만나 확실한 말을 듣고 싶은 마음이 갑자기 끓어올랐다. 그러나 만세 사건 당시, 그의 아버지도 군인이었다. 그리고 발안장 수비대 앞에서 어머니와 사이좋게 사진을 찍은 것을 보면, 전혀 무관계하다고는 단정할 수 없는 검은 두려움이 노구치를 무겁게 덮쳤다.

'그 무렵, 부친이 수비대장이었다면, 어떡하지? 그리고 영순의 아버지를 죽인 장본인이었다면?'

노구치 료키치는 어떤 양심의 가책을 느껴 날이 갈수록 우울한 교사가 돼 갔다.

6

노구치 료키치는 김영순을 그린 30호의 유화를 '이조잔영(李朝殘影)'이라는 제목을 붙여 선전에 출품했다.

노구치는 이 그림만큼은 자신이 있었다. 영순을 알게 된 지 벌써 일 년이 지났다. 그리고 지난 일 년은 모두 그녀의 춤추는 모습에 대한 집념으로 응축되었다고 해도 과언이 아니었다. 미술관에 반입한 것은 새해의 초순이었다. 그리 서둘 필요는 없었으나 아틀리에의 구석에서 그림 손의 영순이 먼지를 뒤집어쓰고 있다고 생각하니 왠지 우울했다.

그는 내성적인 성격이었다. 뭐든 끙끙거리며 고민하는 타입이었다. 부친에게 3·1 소요 사건의 당시 사정을 확실하게 물으면 좋을 텐데도 차마 그러지 못했다. 발안장 수비대에 관해 분명 부친 고혜이가 "상당한 공을 세운 수비대였다"고 표현한 것을 기억하고 있었다. 공을 세웠다는 것은, 부친 자신이 제암리 살육으로 수원군의 폭도가 진압되었다고 믿고 있다는 증거였다. 그리고 그것은 타인의 공이었다는 말로도 해석되었다.

그럼에도 노구치는 아무래도 쿠친이 사건에 관련된 것도 같아 끝내 말을 꺼내지 못했다. 왜냐하면 폭동이 진압된 후, 무고한 민중을 살상한 죄는 군대라도 추궁되었을 것이 틀림없다고 짐작되었기 때문이다. 그리고 부친 고혜이는 3·1 소요 직후인 1920년에 육군 보병 대위의 계급 그대로 제대했다.

'부친의 제대와 제암리 사건은 관계가 있지 않을까?'

노구치는 그런 생각을 하면 가슴이 답답했다. 그리고 부친의 사진을 보고 얼굴빛이 갈라진 영순의 굳은 표정이 늘 그의 가슴을 바늘로 찔렀다. 홍몽관으로도 발길이 나아가지 않았다.

3·1 소요 사건과 제암리 살상사건을 알기 전이라면 몰라도, 영순이 분노한 이유를 어렴풋이 상상할 수 있는 현재로서는 얼굴을 마주하는 것도 괴로웠다. 그런데도 만나고 싶은 마음은 견디기 힘들었다.

'뭐지? 기껏해야 조선의 기생이 아닌가!'

노구치는 자신에게 그렇게 말했다. 자기 그림의 모델이 돼 주었을 뿐,

손조차 잡은 적이 없는 기생이다. 연상이고 게다가 조선인이고, 아비 없는 기생이고… 하며, 김영순의 결점을 하나하나 꼽아 보았다. 그는 영순을 잊으려고, 생각하지 않으려고 나름대로 노력했다.

거리에는 경쾌한 군함행진곡을 전주곡으로 하여, 시시각각 일본 육해군의 전과가 보도되었다. 그리고 그 공격의 결과는 참으로 눈부신 것이었다.

말레이 해전에서는 최신예를 자랑하는 영국의 2함대를 격침시키고, 1월 3일에는 마닐라시(市) 점령, 2월 15일에는 싱가포르 함락으로, 숨 쉴 틈도 없는 강습(强襲)으로 경성 부민들을 전승 기분으로 휩싸이게 했다.

그러나 노구치는 김영순이 머리를 떠나지 않아 들뜰 여유가 없었다. 수라야바 해전[1942년 2월 27일부터 사흘간 당시 네덜란드령이었던 인도차이나 자바섬에서 일본군과 연합군 사이에 벌어진 전투]의 전과가 보도된 2월 말이었다. 노구치의 직장인 여학교에 경성일보 기자가 돌연 그를 찾아왔다.

'무슨 일이지?'

그가 교장실로 가자, 교장이 싱글벙글 웃고 있었다.

"축하하네!"

"무슨 일이죠?"

노구치는 어안이 벙벙해 카메라맨과 기자의 명함을 보았다. 기자는 웃으면서 말했다.

"당신 그림이 특선의 제1석이 되었습니다. 감상을 들려주시죠."

그는 곧바로 갱지를 펴들고 적을 준비를 했다.

"특선입니까?"

"'이조잔영'을 출품한 노구치 료키치 상, 맞죠?"

"그렇습니다만…."

"그럼, 틀림없습니다."

그는 수상의 감상을 말하고 카메라맨은 얼굴 사진을 찍었다. 뉴스를 듣고 교무실 동료들도 모두 축하의 말을 해 주었다.

'그 그림이, 특선에!'

자신의 기쁨보다도, 먼저 김영순에게 알려 그녀를 기쁘게 하고 싶다는 마음이 앞섰다. 하지만 과연 그녀가 순순히 기뻐해 줄 것인지 생각하면, 노구치는 알리러 가는 것이 망설여졌다. 결국 노구치는 귀가할 때까지 자신의 집과 세브란스의과대학으 박규학에게만 그것을 전화로 알렸다.

3월 5일부터 선전은 공개되었다. 총독부 미술관에서 약 한 달간 전람회가 개최되었다. 노구치도 여학교 학생들을 데리고 사흘째인가에 보러 갔다.

특선 제1석의 '이조잔영' 앞에는 과연 관람객이 많았다. 그는 여학생들 앞에서 별로 대단치 않다는 표정을 지으면서도 내심 자랑스러웠다. 그리고 모델 김영순과 함께 자신의 그림을 보러 오지 못한 것이 몹시 슬프고 쓸쓸하기 그지없었다.

'이조잔영'이는 25세인 그의 모든 것이, 심혈이 투영돼 있었다. 일 년 가까이 영순을 만나러 홍몽관을 들락거린 집념이 30호 크기의 유화라는 결정체로 나타났다. 군인을 그만둔 이래 명예욕이 강해진 부친 고헤이는 특선 수상을 누구보다 기뻐해 주었다.

"이것으로 료키치도 어엿한 화가로서 세상의 인정을 받았군!"

고헤이는 치요다루에 숙박 중인 모든 손님에게 아들을 소개하려고 했다. 화가보다는 군인이 더욱더 훌륭하다고 굳게 믿었던 부친으로서는 생각지도 못한 변화였다. 박규학은 축하선물로 도미를 보내 주었다. 일본의 풍습을 잘 알고 있는 사람이었다. 그 밖에 학부모나 이웃, 친구, 동료가 축하선물이나 축전을 보내 주었다.

그러나 기쁨은 순간이었다.

개최 후 8일째에 조선군 참모장인 다자와 기이치로가 견학하러 와서 그의 '이조잔영'을 보았다.

"이건 기생 김영순이 아닌가…."

그는 옆의 참모에게 불만스럽게 말했다.

"넵. 많이 닮았군요."

참모는 맞장구를 쳤다.

"많이 닮은 정도가 아니야. 이건 그녀다. 조사해 봐."

다자와 중장은 어느 날 밤에 김영순의 춤을 보고 그녀에게 반했다. 참모는 상관의 속을 간파해 여러모로 주선했으나, 기생 권번 쪽에서도 손을 저어 어찌할 도리가 없었다.

참모장은 자기 뜻을 따르지 않는 기생이 화가 따위에게 희희낙락하며 모델이 된 것이 괘씸했던 것일까. 그날, 오후 수업 시간에 수채화를 지도하던 노구치에게 돌연 헌병이 찾아왔다.

교장실에서 마주 앉자 상대는 느닷없이 물었다.

"바로 묻겠습니다만, 그림의 모델은?"

"조선의 여성입니다."

그는 헌병의 모자 테두리에 흰 선 하나가 그려진 것[하사관 표시]을 보며 대답했다.

"그걸 보면 바로 압니다. 주소, 성명은?"

"주소는 정확히 모릅니다. 원남동이라고 생각합니다. 이름은 김영순입니다….”

"그럼, 기생이로군?"

갑자기 헌병은 말투를 바꿨다.

노구치는 발끈하여 말했다.

"그렇습니다."

"흠. 적어도 학교 교직에 있는 자가 기생을 모델로 한다는 건 매우 비상식이야!"

"비상식입니까?"

"당연하지. 이 비상시에 무슨 경거망동인가! 일본은 지금, 전쟁을 하고 있다."

헌병 얼굴에는 잔인한 분노가 흘러넘쳤다. 노구치는 이상하다는 표정으로 그것을 바라보았다.

"하지만 모델이 된 것은 작년인데요?"

"변명하지 마라!"

"하지만 정말입니다."

"어쨌든, 가자고. 이것저것 묻고 싶은 것이 있으니."

수업을 중지하고 노구치는 헌병대 자동차에 태워져 용산의 헌병사령부로 끌려갔다. 그리고 저녁때까지 혼자 방치된 상태에 놓였다.

공복에 추위까지 겹쳐 그는 점점 화가 나기 시작했는데, 얼마 후 스토브가 타고 있는 취조실로 안내되었다. 중위 견장을 찬 남자가 책상 앞에 앉아 있었다. 그는 꾸벅 인사를 했다.

"앉으시게…."

장교라서 그런지 태도는 정중했다.

중위는 '이조잔영'이 언제쯤부터 그려졌는지를 묻고, 이어서 영순과 그의 관계에 관해 꼬치꼬치 질문했다. 하지만 그의 대답은 하나밖에 없었다.

"흠. 그럼 자네와 김영순 사이는 결백하다는 말인가?"

"그렇습니다. 왜 그걸 자꾸 묻습니까? 어서 돌려보내 주시죠."

노구치는 화를 내며 말했다.

"용건이 끝나면 보내 주겠소. 그런데 자네는 어떤 생각으로 그런 제목을 붙였는가? 그것을 들려주시죠."

"글쎄요…. 그저, 아무 생각 없이."

"아무 생각 없이?"

"네. 제가 다룬 주제가 조선 시대의 궁중 무용이니까…"

"아무 생각이 없어서라고. 그런데 조선이 형태를 남기고 있다는 말이라면, 일반 민중에게는 아직 조선이 살아남아 있는 인상을 주지. 게다가 장소는 덕수궁이니 더욱더 당신의 의도가 느껴지는 것 같은데?"

"무슨 말입니까?"

"시치미 떼지 마!"

중위는 일어나서 테이블을 주먹으로 쾅 내리쳤다. 강약을 섞어서 심문하는 종족의 상투적인 협박이었다.

"시치미 떼는 거 없습니다."

"거짓말 하지 마! 이건 뭐지!"

내민 흰 표지의 팸플릿을 힐끗 보고 그는 "앗!" 하고 작게 외쳤다. 그것은 부친의 서재에서 꺼내 온 『조선소요경과개요』였다.

"네 아틀리에를 수색하니 이 책이 나왔다! 이래도 작품에 의도가 없다고 주장할 건가!"

"그, 그것은… 그림과는 관계없습니다."

"그럼, 왜 아틀리에에 있지?"

"글쎄요. 언제부터였는지 저도 기억이 나지 않습니다만…."

본능적으로 노구치는 자신의 부친을 보호하려고 했다. 과거 군인이었던 부친이 소장하고 있던 팸플릿이다. 그래도 헌병에게 그것을 말하는 것은 왠지 부친에게 피해가 미칠 것 같은 생각이 들었다. 심문은 이어졌다.

날짜는 잊었지만, 팸플릿을 근처 소학교의 교정에서 주웠다고 노구치는 거짓말을 했다. 헌책방에서 샀다고 하면, 헌책방을 수색하리라 생각했기 때문이다.

밤 10시경에 심문은 끝나갔다.

공복과 분노로 노구치는 뿌루퉁한 얼굴을 하고 있었다.

"자네 부친도 군인 출신이라고 하니, 오늘은 그냥 넘어가도록 하지. 이런 과거의 일을 들추어서 흥미를 가지는 건 잘못된 거야. 알겠나!"

"네."

"그리고 앞으로 절대로 게이샤나 기생을 모델로 그림을 그리면 안 돼!"

"네."

"마지막으로 그림의 제목 말인데, 곧바로 바꾸도록 하게!"

"제목을 바꿉니까?"

"물론이야. 민족주의자가 아니라면 제목을 변경하는 것쯤은 어렵지 않을 터인데…."

노구치는 분개했다. 일개 군인이 제멋대로 즉흥조으로 권력을 등에 업고 난폭한 요구를 하는 것이 불쾌했다. '이조잔영'이라는 제목을 보고, 아직 조선이 계속되고 있다고, 살아남아 있다고 느끼는 것은 헌병들 뿐 아닌가.

"어떻게 할 거지? 변경하나 안 하나."

"…할 수 없군요. 제목은 바꾸겠습니다."

"좋아. 자발적으로 그렇게 하겠다는 거지."

노구치는 다시 발끈했다. 자신이 강요해 놓고, 내가 승낙을 하자, 자발적으로 변경을 제안했다는 말로 바꾸어 버렸다. 제멋대로도 유분수가 아닌가.

그러나 그는 어서 집으로 돌아가고 싶었다.

"네. 그렇게 하겠습니다."

"좋아. 그럼 새로운 제목은?"

"붙이지 않겠습니다."

"뭐라고?"

"굳이 붙인다면, 무제(無題)라는 제목으로 충분합니다."

무엇에 화가 났는지 헌병 중위는 벌떡 일어나자마자 노구치에게 주먹을 날렸다. 주먹은 코끝을 세게 스쳐 미지근한 피가 콧구멍에서 흘렀다.

"뭐라고!"

일어나려는 노구치는 다시 볼에 주먹을 맞고 의자와 함께 쓰러졌다. 도수 높은 안경이 바닥에 떨어져 렌즈가 소리를 내며 깨져 흩어졌.

"무제라는 건 무슨 말이야! 너는 빨갱이로군! 제국 군인을 모욕하면 어떻게 되는지 알려 주마!"

그날 밤, 노구치는 추운 헌병대 유치장에서 덜덜 떨면서 보냈다. 3월 중순이 되었건만 조선은 아직도 겨울이다. 그는 기껏 그림 모델과 제목 때문에 때리고 감금하는 헌병의 난폭함을 참을 수 없었다. 노구치는 제암리 학살사건, 그리고 방화 사건도 일본 군대에서는 일어날 수 있다는 것을 직접 몸으로 체험했다.

'영순. 나도 이런 가혹한 처사를 당하고 있소! 맞고 밥도 못 먹고 콘크리트 벽의 유치장에서 떨고 있소!'

단 한 장의 모포를 감싸고 이빨 부딪히는 소리를 내면서 노구치 료키치는 김영순의 하얗고 투명하게 보이는 귓불과 오똑하게 솟은 코 등을 계속 떠올리고 있었다.

다음날 아침, 노구치는 다시 취조실로 불려갔다.

허리띠를 압수당했기에 바지를 양손으로 붙잡고 노구치가 복도를 걸어오자, 부친 고헤이가 벤치에 앉아 있는 모습이 언뜻 보였다. 신병을 인수하러 온 듯 같았다.

"어떤가, 노구치! 제목은 어떻게 할 생각이지?"

어젯밤의 준위는 즐거운 표정으로 당번병이 내민 뜨거운 녹차를 맛있게 마시고 있었다.

"네…."

"모처럼 특선 제1석을 쓰레기로 만들 마음은 없겠지? 응?"

"네…."

"자네 부친께서는 3·1 소요 때 무훈을 세우셨다. 팸플릿은 자네 부친 거지!"

"네?"

"왜 숨기려고 하나. 계속 숨기니까 유치장 신세를 지는 거야. 발안장 수비대장으로서 무훈을 세운 군인의 아들이 굳이 부친의 공을 숨길 필요는 없지 않은가."

노구치는 놀라서 귀를 의심했다.

"아버지가… 그… 수비대장…."

"그렇다. 몰랐던가."

중위는 불효자를 바라보는 표정이었다. 그리고 '호코루(譽)' 담배를 하나 빼서 물었다. 그 동작에는 어젯밤과는 전혀 달리 그에 대한 친밀감이 배어 있었다.

"당번병! 차 한 잔 더!"

중위는 그렇게 명령한 후에 노구치를 보았다. 그리고 놀라는 표정으로 그를 응시했다.

노구치의 뺨은 눈물로 젖어 있었다. 울고 있었다. 그가 가장 두려워했던 것은 역시 사실이었다. 자신의 부친이 영순의 아버지를 죽였던 것이다….

"자, 제목은 뭐라고 붙일 건가?"

당번병이 노구치 앞에 김이 오르는 녹차를 들고 왔다. 그는 그것에 손을 내밀고 싶은 충동을 참으면서 가만히 머리를 흔들었다.

"역시… 바꿀 수 없습니다. 아니, 바꾸고 싶지 않습니다."

"뭐라고?"

중위는 성난 표정을 지었다. 노구치는 다시 한번 머리를 흔들고 천천히 대답했다.

"그 대신, 특선을 취소해 주셔도 괜찮습니다…."

다음 순간, 그의 몸은 옆으로 나자빠졌다. 하지만 그의 피부에 가해진 고통은 결코 단순한 고통이 아니었다.

김영순의 얼굴이 환영처럼 눈앞에 어른거렸다.

성욕이 있는 풍경 性慾のある風景

아아, 소가 되고 싶다. 나는 숨을 헐떡이며
설령 죽음과 등을 마주해도 상관없다, 나는 반드시 알고 싶다고 생각했다.
오늘 아침의 소처럼 씩씩하게 수치도 버리고 자유분방하게 미지의 것을 눈으로 보고,
손가락으로 만지고 관능에 몸을 맡기고 싶다…. 나는 망상의 세계로 끌려가고 있었다.

종전의 날, 즉 1945년 8월 15일의 기억을 떠올리면 지금도 나는 내심 부끄러움을 금할 수 없다.

왜냐하면, 학우들은 모두 자신들이 동원된 공장에서 소식을 듣고 놀라서 멍해지거나 까닭 없이 흘러넘치는 눈물로 당황하고 있을 때, 나는 동원에 나가지 않고 한가하게 한강에서 보트 놀이를 즐긴 후, 패전 사실도 모른 채 영화관의 어둠 속에서 콧구멍을 후비던 괘씸한 학생이었기 때문이다. 게다가 나는 주제넘게도 귀갓길에 일본의 무조건항복을 알려 준 순진한 친구를 비국민이라고 욕하며 때리기까지 했다.

어째서 나는 그때 갑자기 흥분해 친구 히사다케(久武)를 때렸던 것일까. 십몇 년 전의 일이었으니 기억이 또렷하진 않지만, 붉은 석양이 소화통(昭和通り, 쇼와도리)[퇴계로]의 도로를 비추고, 뒤로 나자빠진 히사다케의 창백한 얼굴이 보이는 그 장면만은 아직 뇌리에 또렷이 각인돼 나를 자책하게 만든다.

상식적으로, 일순간 일본의 패전을 믿을 수 없었던 것이 폭행의 동기라고 해석해 보았지만, 애국자를 가장한 이 변명은 다소 타당성이 부족했다. 실은 그날 아침, 어렴풋하게나마 나는 전황이 최종 단계로 몰리고 있다는 것을 알고 있었다. 한밤중, 아마 오전 3시경이었다고 생각하는데, 총독부 관리인 부친을 찾는 전화가 왔다. 내 방은 전화기 위치에서 가장 가깝고, 하녀는 잠에 빠져 있는 듯 아무도 전화를 받으러 나오지 않아, 나는 전화를 받고 2층으로 부친을 부르러 갔다. 모포를 뒤집어쓰고 다시 잠을 청하고 있는데 드문드문 들려오는 부친의 응답에는 놀라움이 배어 있었다. 잠시 후 자동차가 부친을 데리러 왔다. 현관에 배웅을 나간 어머니와 나에게, 부친은 굳은 얼굴로 "큰일 났다"라는 한마디만 남기고 황급히 나갔다.

당시 기록에 따르면, 조선총독부가 포츠담 선언을 수락하는 항복문서 전문을 도메이(同盟)통신[1936~1945] 경성지국을 통해 수신한 것은 8월 15일 오전 0시였다. 물론 오전 12시의 중대 발표 시각까지는 일본의 무조건항복은 기밀이었다. 철저한 원칙주의자인 내 부친은 이 중대한 뉴스를 가족에게도 알리지 않고 "큰일 났다"라는 말로만 표현했다. 그러나 평소 냉정하고 과묵한 부친이 평소와 달리 허둥대는 거동으로 짐작할 때, 심상치 않은 사태란 것을 민감하게 느낄 수 있었다. 그래서 히사다케의 입에서 일본이 졌다는 말을 들었을 때, 나는 순간적으로 멈칫했으나, 별로 놀라지도 않고 동요도 하지 않았다.

나는 중학 시절부터 연파(軟派)에 속했다. 여학생에게 연애편지를 보낼 정도의 용기는 없었으나, 영화관에 출입하고 담배를 피우는 정도의 불량기가 있었다. 그러나 싸움 등의 완력 사건을 일으키는 것은 철두철미 싫어했다. 중학 시절, 머리 나쁜 경파(硬派) 무리가 걸핏하면 우국지사를 자처하며 동급생의 흠결을 잡아내 철권제재를 가하며 쾌재를 부르는 야만적인 풍조를 나는 불쾌하게 생각하였다. 그렇다면, 히사다케를 때린 것은 분명 달리 그럴만한 사정이 있었을 것이다.

어쩌면, 동원에 나가지 않았다는 배덕적인 양심의 가책을 그러한 거친 행위로 얼버무리려고 한 것은 아니었을까. 혹은 히사다케에 대한 개인적인 원한이 분노를 폭발시켰던 것일까. 아무래도 그렇게 생각하는 쪽이 설득력이 있는 것 같지만, 당시의 실제 상태로써 뇌리에 떠도는 것은, 이러한 기유가 아닌 다른 차원의 이질적인 충동이었던 것 같다. 그 충동이 무엇에 근거를 둔 것이었을까. 아무런 생각이 떠오르지 않은 채, 나는 지금껏 초조함 속에 지내 왔다. 물론 불쾌한 기억을 되살리고 싶지 않은 인간의 슬픈 습성이 초조한 시간을 지금까지 연장해온 것이었으나.

그런데 최근, 정신분석에 흥미 있는 친구와 연상시험이라는 놀이를 할 때, '종전'이라는 단어가 나오자 나는 순간적으로 '소(牛)!'라고 대답했다. 이 놀이는 단어가 제시되면 최초의 연상을 말하고, 5초 후에 연상하고 있던 최후의 단어를 대답한 후, 최후의 답과 최초의 연상과의 사이에 어떤 이행심리가 작용하고 있는지 추리해, 희답자의 메모와 비교하는 놀이다. 물론 출제에서 연상된 최초의 답이 추리를 진행해 가는 열쇠가 되는 것인데, 돌발적으로 입에서 나온 내 말에 친구는 껄껄 웃으며 이렇게 물었다.

"어째서 소를 연상하였지? 종전과 소가 연결되는 요소가 있는가?"

의도치 않은 연상은 나 자신으로서도 다소 뜻밖이었지만, 그래도 덕분에 나는 그날 저녁 히사다케를 때렸을 때의 충동. 그 묘하게 개운치 못한 어두운 충동을 마침내 떠올릴 수 있었다. …원인은 소였다.

종전 즈음, 우리가 학도동원으로 나간 곳은 경성 교외의 노량진역에서 약 1리 정도 떨어진 산의 기슭에 있는 S활공기(滑空機)[글라이더]제작소였다. 그 해 봄에 건설되었다는 글라이더 공장은 '육군성 지정'이라는 간판은 그럴듯했으나, 대지만 엄청 넓고, 바라크[막사] 몇 동이 늘어서 있을 뿐인 빈약한 공장이었다. 적기의 눈을 속이기 위해, 갈색이나 녹색 위장이 함석지붕에 덮여 있어, 그 경박한 지붕 모양이 우선 우리의 노동 의욕을 앗아갔다.

지각이나 조퇴를 신고하러 가는 감독관의 방에는 '死中求活(사중구활)[죽음 속에서 삶을 구함]'이라는 편액이 걸려 있었으나, 몇 번의 시험 제작 후, 이윽고 양산 체제에 들어간 신형 활공기는 조립해 보니 뱀이 개구리를 성급히 삼킨 듯한, 아무리 좋게 말해도 경쾌하다고는 할 수 없는 흉물스러운 모양으로, 과연 이것이 죽음 속에서 삶을 구하여, 전황을 호전시키기에 충분한 비밀병기가 될 것인지 걱정스러웠다.

듣자 하니, 적재량 0.5톤의 활공기는 금붕어 똥처럼 몇 대가 함께 줄줄이 예항돼, 적의 진지를 폭격하거나, 우군에게 식량을 투하하는 성능을 가져, 본토 결전이 시작되면 대단한 공헌을 하게 된다고 했다. 그러나 불행하게도, 육군이 자랑하는 이 신병기는 태평양 전쟁사를 장식하지 못하고, 모처럼 생산된 7대의 글라이더도 헌납 기념식 하루 전, 한밤중에 남조선을 습격한 폭풍우로 무너진 조립공장 아래에 깔려 어이없게도 무참한 사체를 드러냈다. 그리고 우리는 다음 날부터 종전일까지, 무너진 조립공장을 뒷정리하는 사역에 동원되었다.

조선인 징용공과 함께 공장의 골조나 글라이더의 잔해를 운반하면서 우리는 경계경보의 사이렌을 은밀히 기다렸다. 넓은 공장의 한구석에 문어 잡는 항아리 모양의 방공호가 패어 있어, 동원 학도들은 경보와 동시에 대피할 수 있는 특전이 주어졌다. 여름풀이 무성한 그곳에서 포복 전진해 철조망을 빠져나가면 참외밭이 나타나는 것도 매력적이었다.

둔어 항아리 안은 무더웠으나, 예비역에서 복귀한 노(老)대위의 호통 소리를 들으며 일하거나 휴게시간에 『엽은(葉隱)』[1716년 무렵에 나온 수양서]의 정신교육을 듣는 것에 비하면 훨씬 즐겁고 유쾌한 시간이었다. 그러나 그즈음의 나에게 고통스러웠던 것은 뜨거운 햇빛 아래에서의 육체노동이나 정신교육이 아니라, 공장과 집을 왕복하는 거리였다. 신당정 언덕 위에 있는 우리 집에서 노량진역까지 순조롭게 가도 1시간 40분은 족히 걸렸다. 옛날에는 장충단공원까지 버스가 다녔으나, 그 버스도 목탄에서 아세틸렌으로 바뀌더니 곧 폐지돼 버렸다. 그뿐 아니라 장충단과 황금정 6정목[을지로6가]을 연결하는 단선 전차도 운행이 중단되었다.

나는 매일 아침 6시에 기상해 그야말로 밥알을 씹으며 발목에 각반을 차고 잡낭을 낚아채듯이 들고 집을 뛰쳐나왔다. 30분 걸려 도착한 황금정 6정목의 정거장에는 이미 기다란 줄이 뱀처럼 늘어져 있었다. 그리고 비 오는 날을 제외하면 정거장에서 10분 이상 기다려야 간신히 전차를 탈 수 있었다.

만원 전차에 한 시간 남짓 흔들리며 가는 것은 상상 이상의 고통이었다. 나는 심심풀이로 몸뻬 차림의 F고녀[고등여학교] 학생을 곁눈질로 훔쳐보거나 잡낭에 넣어 둔 콩자반을 남모르게 씹어 먹는 기술을 익혔다. 단지 난처했던 것은 조선인 공원[공장노동자]의 도시락에서 발산되는 마늘 냄새였다. 겨울이라면 몰라도 이리저리 밀리는 초밥 상자 같은 전차 속에서는 코앞에 그것이 있으면 도망갈 수도 없었다. 노량진행 전차에는 특히 공원과 노무자가 많아, 냄새만으로도 나는 맥이 빠져 버렸다.

노량진역 앞의 집합 지점에 오전 8시까지 대기하지 않으면 두 가지 징벌이 주어졌다. 정각 8시가 되면 트럭이 와서 1리 앞의 공장까지 덜컹대며 동원 학도를 운반했는데, 집합 시간에 늦은 자는 벌칙으로 구보로 한적한 산길과 호박밭 사이를 달려 8시 반까지 공장에 도착해야 했다. 운 나쁘게 8시 30분이 지나 공장 문을 들어가면 큰 고생이 기다렸다. 원인이 설령 전차의 고장이었다고 해도, 책임감이 부족한 탓이라며 노대위로부터 진땀 나게 당했다. 지각자에 대한 또 하나의 징벌은, 3시의 휴식에 지급되는 조스이(雜炊)[채소 된장죽]을 받지 못하는 것이었다. 주접스러운 말이지만, 우리는 온종일 배가 고팠고, 소금기 있는 조스이는 정말로 맛이 좋았다. 단지 지각했다는 이유로, 콧등에 땀방울을 맺히며 조스이를 후루룩 들이키는 급우들의 모습을 우두커니 바라보아야만 하는 원통함은 이루 말할 수 없었다.

역 앞의 조선인 마을을 지나가면 저 멀리 산 쪽으로 새롭게 뚫린 붉은 점토질의 도로가 나타났다. 비 오는 날은 특히 미끄러워지기 쉬운 급경사의 산길은, 트럭의 타이어 흔적을 따라 천천히 선회하면서 산의 중턱을 빠져나간다. 맑은 아침에는 정말로 상쾌한 기분이었으나, 길 양쪽의 소나무 숲에서 매미의 합창이 시끄럽게 들려와 지각자의 부아를 건드렸다. 매미는 마치 노대위가 파견한 독촉꾼 같았다. 나는 화가 나서 자갈을 주워 소나무 숲으로 던졌다.

매미 때문에 괴로워하면서도 한적한 산길을 헐떡거리며 넘어가면, 이번에는 광활한 호박밭이 끝없이 펼쳐져 있었다. 호박밭 끝에 있는 산기슭에, 이제부터 뛰어가서 닿아야 하는 S활공기제작소가 있다는 걸 생각만 해도 우울해질 정도로, 기복 많고 엄청 넓은 호박밭이었다.

솔직히 말해, 쨍쨍 내리쬐는 8월의 태양에 목덜미를 태우면서 똑같은 모양의 조선호박이 가득한 단조로운 외길을 흙먼지를 피우면서 달려가는 기분은 정말로 괴로웠다. 외로움을 넘어서 그것은 참을 수 없이 슬픈, 가슴속에서 치올라오는 비참한 기분이었다.

더위나 몸의 피로, 노대위의 설교가 마음의 부담이 된 탓도 있겠지만, 호박밭의 외길을 걸어가는 동안, 계속 괴롭힘을 당하리라는 슬픔, 비참함 등의 방대한 용적을 상상하기만 해도 나는 어디론가 도망치고 싶었다. 그리하여 나는 동원을 빼먹는다는 안이한, 다른 한편으로 어딘가 영웅적인 넘새조차 풍기는 배덕의 수단을 결국 선택해 버렸다.

…또 하나, 나를 불성실한 동원 학도로 만드는 것에 박차를 가한 것은, 부친의 서재 벽에 붙어 있던 5만분의 1의 경성 주변 지도였던 것을 고백해 둔다.

어느 일요일, 담배를 훔치러 서재로 들어간 나는 우연히 지도를 바라보고 문득 의외의 발견을 했다. 지도를 보니까, 매일 아침 고생하며 다니는 S활공기제작소의 위치가 글쎄 우리 집에서 직선으로 뒤편에 있는 게 아닌가. 자로 거리를 재어보니 지도상으로 불과 4킬로도 되지 않았다. 이때의 놀라움은 내 몸에서 모든 힘이 빠지는 듯했다. 즉 나는 일직선으로 가면 닿는 지점을, 'ㄱ'자의 세 변을 왕복하며 다녔던 것이다.

쓸데없는 낭비를 억지로 하게 만든 원흉은, 경성부의 중앙에 우뚝 솟아 위용을 뽐내고 있는 남산공원이었다. 그러나 나는 여전히 'ㄱ'자의 세 변을 왕복할 수밖에 없었다. 지름길이라고 생각되는, 지도상으로는 4킬로 이내의 직선 사이에는 표고 천 미터의 대현산²과 푸른 물 가득한 한강이 존재하고 있었기 때문이다.

---

2 대현산(大峴山): 역문은 大硯山으로 오기. 일본어 독음은 같다.

이 발견은 나를 실망하게 하여, 왠지 불평이 쌓여만 갔다. 트럭 시간에 늦었을 때, 호박밭을 눈앞에 두고 뒷걸음질을 쳤을 때, 내 변명은 이미 결정되었다.

'내 잘못이 아니다. 경성부의 지형이 나를 지각하게 만들었다. 그리고 오늘 내가 나가지 않는 것쯤이야 일본의 전황에 아무런 영향도 미치지 않을 것이다!'

그런데 나는 8월 15일 아침에 결코 지각하지는 않았다. 오히려 두 시간이나 일찍 노량진의 집합 장소에 모습을 나타냈다. 물론 여기에는 내 나름의 이유가 있었다.

이날 정오를 기해 고금미증유의 중대발표가 있다고 하는 뉴스는 이틀 전부터 신문과 라디오에서 예고되었다. 내가 좀 더 어른이었다면, 아마 어떤 의미를 생각게 하는 고금미증유(古今未曾有)[지금껏 있어 본 적이 없음]라는 형용사에서 일본의 패전을 알아챘을지도 모른다. 그러나 우리는 소학생 때부터 전쟁 분위기 속에서 자라나, 신국불멸이나 팔굉일우(八紘一宇)[세계가 하나의 집] 등, 일본을 신격화하는 유희에 길들어져, 그런 기괴한 습성이 우리의 뼛속까지 스며들어 있었다.

그날 아침, 부친이 슬쩍 언급한 말에, 나는 혹시나 하는 어둡고 막연한 불안을 품었으나, 큰일 났다는 것이 곧 일본의 무조건항복이라는 답까지는 도출하지 못했다. 또 마음 한구석에 그런 사고 혹은 공상을 거절하려는 이상한 노력 같은 것이 잠재했던 것도 부정할 수 없는 사실이었다. 오키나와섬의 옥쇄(玉碎)[명예를 위해 깨끗이 죽음], 히로시마와 나가사키에 작렬한 신형폭탄, 그리고 소련의 만주 침입 등, 하나하나 열거하면 한없이 비관적인 재료가 갖춰졌음에도 나는 아직 군함행진곡의 전주곡으로 시작되는 대본영 발표의 낙관적인 뉴스를 기대하고 있었다.

'특공대가 워싱턴을 폭격했다는 걸까 아니, 본토 결전의 중대 지령이겠지. 소련이 북조선까지 들어왔다는 것일까?'

전날 하굣길에, 우리는 그런 분별없는 예상을 서로 말했다. 일본의 패전을 예상한 친구는 없었다. 신국(神國) 일본의 패배라는 것만은 우리의 계산에서 제외되었다. 일본의 패배를 입 밖에 내는 것이 금기이고, 헌병대에 끌려갈 우려가 있어 그런 것은 결코 아니었다. 생각하는 것을 두려워했을 것이다. 우리는 충실하게 사육된 개이며, 마치 맹점과 같은 위치에 일본의 패배가 존재하고 있었다.

"어쨌든, 고금미증유의 중대 발표라는데, 도대체 뭘까?"

산부인과 의사의 차남인 나나지마(七島)가 그렇게 말하고 내 얼굴을 엿보았을 때, 내 마음속에는 '고금미증유'라는 말이 기묘한 감동을 동반하면서 파문을 넓혀 갔다.

나는 전차 안에서 대나무 손잡이에 몸의 무게를 기대면서 문득 어떤 계획을 떠올렸다. 나는 지각상습범으로서 이미 동료들의 정평을 얻고 있었으나, 내일 아침에는 누구보다 일찍 집합지에 도착해 내 재치를 자랑하고 싶었다. 아마 급우들은 일착으로 온 내 모습을 발견하면, 눈을 크게 뜨고 야유인지 놀림인지 모를 인사말을 던질 것이 틀림없다. 그것을 예상한 계획이었다. 그때, 나는 가슴을 펴고 의연하게 그들에게 응수한다. 즉 '고금미증유'라고….

내 대답은 실로 시기적절한 뛰어난 경구가 돼 동료들의 갈채를 받고, 타교생들에게도 일약 나의 존재를 돋보이게 하는 데 도움이 될 터이다. 계획은 서서히 형태를 갖추기 시작해, 영락정(永樂町, 에이라쿠초)[저동]

에서 나나지마와 헤어질 때는 완전히 나를 몰두하게 만들어, 그의 집에 들러 분만 사진을 본다는 약속도 까맣게 잊어버렸다. 옛날, 와카(和歌)[일본에서 예로부터 내려오는 정형화된 단가] 한 수에 진실성을 부여하기 위해 고심참담(苦心慘憺)[몹시 마음을 태우고 애를 쓰면서 걱정함]했던 스님이 있었다고 하는데, 우습게도 나는 그 스님을 흉내 내려고 했다. 기고만장해진 나는 그날 저녁밥을 먹고 곧바로 이불 속으로 들어갔다.

한밤중에 부친이 관청의 호출을 받아 집을 나섰다는 매우 드문 장면은 있었으나, 그 덕분에 나는 평소보다 한 시간이나 일찍 집을 나설 수 있었다. 아침 공기는 차갑게 상쾌했다. 나는 황금정 6정목까지 달려갔다. 평소라면 긴 행렬로 꽉 찬 정거장도 오늘 아침은 한산해 음산할 정도였다. 그리고 노량진에 도착했을 때, 태양은 그제야 관악산 정상을 연보라색으로 물들이기 시작했다.

노량진의 집합 지점은 조선인 마을의 입구에 있는 커다란 느티나무 아래였다. 나는 느티나무에 기대어 시시각각 변화하는 아침 햇빛을 황홀하게 바라보기도 하고 땅에서 활동을 개시한 검은 개미의 움직임을 바라보면서 동료들이 나타나기를 기다렸다.

만원 전차 속에서는 금세 지나가 버리던 시간이 어쩐 일인지 느티나무 밑에서는 심술궂게도 전혀 흘러가 주지 않았다. 소학생 때, 집합 시간을 잘못 알고 불안 속에서 마냥 기다렸던 기억이 문득 떠오르기도 하여 나를 더욱 불안하게 만들었다. 참을 수 없게 된 나는, 손목시계가 정확한지 확인하기 위해 역 구내까지 뛰어가 보기도 했다. 일곱 시가 돼도, 아직 아무도 모습을 드러내지 않았다. 나는 속 타는 마음에 다소 후회도 하면서 그 옛날의 노우인(能因)[헤이안 시대 중기의 가인. 여기서는 앞에서 거론한 스님을 가리킨다] 스님의 고통을 직접 몸으로 체험했다.

태양이 붉은 몸을 다 드러내 조선인 마을의 초가지붕을 비추고, 빨래를 바구니에 담은 노파가 한강 쪽으로 걸어가는 모습이 보이기 시작한 때였다. 견디기 힘들 정도로 심심한 내 시야에 듬우로 보이는 사람의 형체가 나타났다. 곧바로 나는 원기를 회복했다. 그러나 느티나무를 향해 걸어오는 그를 주시하는 동안, 나는 들뜬 기분이 사그라지는 것을 느꼈다. 그는 벽창호라는 별명의 가네모토 고쇼쿠(金本甲植)였다.

가네모토 고쇼쿠는 부호의 아들로 조선에서도 명문가에 속했다. 체격은 보통 이상으로 크고, 입학시험 때 영어에서 만점을 받은 단 한 명의 유명한 인물이었다. 망토나 게다의 착용은 허용되지 않았으나, 낡은 옷과 모자를 착용하며 괴이함을 뽐내는 이른바 만(蠻)칼라[서양식 유행을 따르던 하이칼라의 반대] 취미가 유행하는 환경 속에서, 그만은 모자와 제복을 신품 그대로의 모습으로 깔끔하게 착용하고 다녔다. 그런 반듯한 복장을 보면 나는 가슴이 답답했다. 땀을 닦을 때, 그만은 허리에 수건을 매달지 않고 바지 주머니에서 꺼낸 손수건으로 꼼꼼히 얼굴과 목을 닦았다. 내가 어학과 교련을 못하는 반감도 있어서인지 솔직히 말해 그날 아침까지 나는 가네모토를 멸시하고 있었다.

'이 벽창호 놈에게는 해학의 가치도 반감한다!'

나는 크게 낙담해 갑자기 인색한 기분이 돼 준비한 대사를 집어넣고 말았다. 그리고 나는 가네모토 고쇼쿠를 향해 한층 불쾌한 표정을 짓고, 단지 "어이!" 하고 말했다. 가네모토는 미소를 지으면서 다가왔다. 그는 키 큰 남자 특유의 멋쩍은 듯한 눈짓을 하고 나를 바라보면서, 내 가슴속을 마치 꿰뚫어 본 듯이 거침없이 말했다.

"매우 일찍 왔군. 이런 걸, 고금미증유라고 하지?"

순간 나는 귀를 의심하고 크게 당황했다. 이야기의 전개가 완전히 반대가 아닌가. 뭐 하러 나는 한 시간이나 일찍 일어나 노량진에 왔던가! 이렇게 될 것이라면 대사를 아낄 필요는 없었다.

붙잡으려는 상대가 교묘하게 몸을 피하는 바람에 그대로 모래판에 엎어진 씨름선수가 당황하며 미련스럽게 고개를 갸웃거리는 비참한 광경이 떠올랐다. 고지식하고 융통성도 없어 유머도 모르는 놈이라고 내심 무시하던 상대였으니, 가네모토의 불의의 일격은 내 자존심에 심한 상처를 주었다. 눈앞이 캄캄해지고, 분한 나머지 목덜미가 떨렸다.

멍해진 내 얼굴을 가네모토는 이상하다는 듯이 바라보고, 천천히 느티나무 밑동에 앉았다. 그리고 소형 영일사전을 윗도리에서 꺼냈다. 나는 분한 마음으로 가네모토 고쇼쿠의 건장하게 보이는 넓은 어깨를 노려보았다. 무언가 통렬하게 응수하지 않으면, 온종일 불쾌한 기분으로 지낼 것 같은 예감조차 들었으나 나는 아무래도 타이밍을 놓쳤다. 승부는 완전히 가네모토 고쇼쿠의 것이었다. 하나도 흠잡을 데가 없는 완벽한 승리….

나는 화가 났다. 초조함 속에 나는 외쳤다.

"집어치워라! 적성국의 영어 공부 따위."

가네모토는 놀라서 의아한 시선이었다.

"안 되는가?"

"그래, 꼴같잖군. 근로동원까지 와서 영어 공부라니."

고압적인 내 말투에 가네모토는 당황한 듯했지만, 순순히 사전을 윗도리에 집어넣었다. 그러자 이번에는 내가 매우 무미건조한 기분에 빠져들었다.

가네모토 고쇼쿠는 내가 일본인이라서 대항하지 않고 불합리한 요구를 받아들인 게 아니었을까. 완력에서 나는 가네모토의 적수가 되지 못했다. 그리고 내가 분노하는 원인을 그는 알 수 없었다. 같은 조건에 서라면 나는 순순히 상대의 말을 따를 수 있을 것인가. 그는 자신이 조선인이라는 부담감에서 지배계급인 나에게 저항하지 않으려 했던 것이리라.

가네모토가 나에게 좀 더 저항하는 태도를 보였다면 그렇게 혼란스러운 기분은 되지 않았을 것인데, 잠자코 그가 따라 주었으므로 왠지 기분이 나쁘고, 또 내가 일본인이라는 부분에 부담을 갖고 있다는 생각이 들었다. 그들에게 조선인이라는 건 모든 것에 마이너스를 의미했다.

식민지에서 자라난 우리 일본인 자제들에게는 "조선인 주제에!"라는 상용어가 준비돼 있어, 태평양 전쟁이 시작되는 즈음까지 그 말은 모든 장면에서 전능한 위력을 발휘했다.

내선일체라든가 일시동인(一視同仁)[모든 이에게 평등하게 인애를 베풀다] 등이 선전되고 있었으나, 어릴 때부터 양성된 조선인에 대한 멸시의 감정은 김씨와 박씨가 창씨개명을 해 가네모토(金本)와 기느시타(木下)가 되어도 좀체 지워지지 않았다. 게다가 우리는 일본이 얼마나 비열한 수단으로 조선을 침략했는지도 모르고, 그들이 얼마큼 가혹한 착취를 당하고 탄압을 받았는지도, 전혀 배우지 못한 채 성장했다.

진학이나 취직에서도 그들은 분명히 일본인에 비해 차별 대우를 받았다. 내가 같은 일본인이라고 배운 그들에게 의식적인 동정을 느끼게 된 것은 중학생이 된 후였다. 그것은 분명 '청소년학도에게 내리는 칙어' 봉재(奉戴)[삼가 받음] 기념식 날이었다.

그날, 조선총독부 앞의 광장에는 소학생을 제외한 경성의 모든 학생이 교기를 선두에 정렬하고 있었다. 칙어 봉재 후, 우리는 남대문까지 분열 행진을 하고, 남산 중턱에 있는 조선신궁에 구보 참배를 하고 해

산하는 스케줄이었다.

단상에 오른 조선총독에 대하여 "받들어총!"의 호령이 나왔을 때, 나는 일본과 조선 사이에 확실히 구분된 차별대우의 모습을 똑똑히 보았다. 우리가 손에 들고 있던 것은 묵직하고 거무스름한 철제로 된 38식 보병총이거나 최소한 기병총이나 무라타총[1880년 무라타 츠네요시(村田経芳)가 개발한 일본 최초의 국산소총]이었는데, 옆 열의 조선인 중학생이 들고 있던 것은 끝에 솜뭉치가 달린 목총뿐이었다.

이렇게 쇠와 나무가 뒤섞인 받들어총은 정말로 우스꽝스러웠다. 우리들 사이에서는 소리 죽인 웃음의 빛이 퍼졌다. 그리고 그들은 모두 창피하다는 듯이 어깨를 펴지 못했다. 나는 가슴이 찔려 급우들의 표정을 엿보았다. 동료들은 우월감을 노골적으로 얼굴에 드러내고 일본인이라는 특권을 과시하는 듯 가슴을 펴고 어깨에 힘을 주고 있었다. 나는 그때, 어찌할 수 없는 침울한 감정에 휩싸였다. 그날 귀가한 후 나는 부친에게 물었다. 부친은 "바보 같군. 그놈들에게 총을 쥐여 주면 당장에 폭동이 일어나지 않는가!"라고 말했다. "하지만, 같은 일본인이 아닙니까?" 내 질문에 부친은 이상한 대답을 했다. "일본은 지금 전쟁 중이야."

관심을 갖기 시작하자 이러한 모순은 계속 눈에 띄었다. 내가 무수히 경험했듯, 가네모토 고쇼쿠 또한 무수한 굴욕에 이를 깨물었던 경험이 있을 터였다. 그러나 나는 결코 늘 그들을 동정하지는 않았다. 동정이란 본래 물이 아래로 흐르는 것처럼 상대보다 우위에 서 있어야 베풀어지는 것이다. 그러므로 예를 들어 조선인 하녀가 친숙한 나머지 버릇없는 말을 하거나, 부친을 찾아온 조선인 손님이 거만한 말투로 부친과 말을 나누는 경우, 나는 내심 거북한 마음에 반드시라고 해도 좋을 정도로 반감을 품었다. 물론 그것은 상대가 단지 조선인이라는 이유 때문이었다.

가네모토 고쇼쿠가 순순히 사전을 집어넣었을 때, 내 가슴속에 싹튼 것은, 그러한 이유에서 발생한 자기혐오의 느낌이었다. 무릎 위에 턱을 괴고 하릴없이 허공을 응시하는 가네모토의 모습을 곁눈으로 의식하면서 나는 자책감으로 괴로워했다. 두 사람 사이에 감돌기 시작한 어색함은 이윽고 굳어져 가는 듯했다. 그래도 나는 굳게 입을 다물고 느티나무에 기댄 채 동료들의 모습이 나타나기만 계속 기다렸다.

신설된 군용도로를 사이에 두고 조선인 마을은 둘로 나누어져 있었다. 군용도로를 가로질러, 조선인들이 종종걸음으로 오른쪽 마을로 들어갔다. 그 숫자가 시간이 지남에 따라 점점 늘어나는 것을 나는 눈치챘다.

"무슨 일일까?"

혼잣말처럼 중얼거렸다. 가네모토는 땅의 개미를 손가락으로 희롱하고 있었다. 나는 다시 한번 "무슨 일이라도 일어났나?" 하고 말했다. 가네모토는 눈을 들어 마을 쪽을 바라보았으나 흥미 없다는 듯 시선을 돌리고 묵묵히 있었다. 어색한 분위기는 최고조에 달했다. 가네모토의 반응이 나에 대한 분노에 뿌리내리고 있다고 해석하자 나는 갑자기 마음이 가벼워져 천천히 발을 옮겨 산기슭의 마을로 걸어갔다. 가네모토 옆을 떠나고 싶다는 마음과, 마을로 빨려들어 감으로써 내심 구원된 마음이 되고 싶다는 바람을 감추면서 나는 가급적 천천히 발을 옮겼다. 마을에 갔다 와도 충분히 트럭 도착 때까지는 여유가 있다는 것을 손목시계로 확인하면서.

산기슭의 너른 계곡 사이에 있는 마을은 의외로 깊숙이까지 이어졌다. 마을 사람들이 모여 있는 곳은 안쪽 깊숙한 농가 앞이었다. 나는 발돋움해 둘러싼 사람들 안을 들여다보았다. 급조된 울타리 같은 것이 있고, 울타리 안에 불그스름한 가축이 숨을 헐떡이며 심하게 서로 몸을 부딪치고 있었다. 처음에 나는 소싸움인가 생각했다. 그러나 소싸움과는 다소 모습이 다른 느낌이었다. 나는 군중의 뒤를 돌아서 사람이 적은 곳으로 끼어들어 다시 들여다보았다.

 …그것은 참으로 늠름하고 씩씩한 광경이었다. 육박전이라는 말이 있는데, 꼭 그런 말에 어울리는 광경이었다. 평소에는 느릿느릿 수레를 끌며 진득한 침을 흘리며 천천히 되새김질을 계속하는 느릿한 동작에만 익숙한 나로서는, 울타리 안에서 정신없이 뛰어다니는 소 두 마리의 모습이 신기했다. 암소는 몸 어디에 그런 민첩함과 노회한 지혜를 감추고 있었던가.

 암소는 토끼처럼 뒷다리로 풀쩍 풀쩍 뛰어 공격을 피하면서 두툼한 발굽으로 배후에서 덮치는 수소의 목이나 가슴을 찼다. 한편 수소는 암소에게 채여서 고통을 받으면 받을수록, 오히려 성욕이 더욱 자극돼 투지가 타오르는 것 같았다.

 암소의 냉담한 거절은 끊임없이 수소에게 가해졌다. 그러나 수소는 전혀 굴하지 않고, 불뚝 경직된 음경을 오로지 계속 쑤셔 넣으려고 했다. 수소는 지쳐 갔지만 암소는 지극히 냉정했다. 군중의 한 사람이 큰 소리로 수소에게 성원을 보냈다. 그 조선말은 아무래도 외설스러운 의미인 듯 군중은 크게 웃었다. 그 소리에 수소는 놀라서 암소에게 달려들다가 발굽으로 옆구리를 크게 차이곤 했다.

 나는 귓불이 뜨거워졌다. 묘한 수치심, 그리고 시선이 못 박혀 떨어지지 않는 이른바 호기심에 대한 반발이 동시에 나를 괴롭히기 시작했다. 처음에는 때때로 손목시계를 들여다보았으나, 오묘한 흥분을 불러일으키는 울타리 안의 투쟁에 정신을 빼앗겨 시간 따위는 까맣게 잊고 마른 침을 삼키며 주시할 뿐이었다.

조숙한 나는 성에 대한 지식은 풍부했으나 이런 장면에 맞닥뜨린 것은 난생처음이었다. 나는 주먹을 꽉 쥐고 숨이 막히는 것을 참고 있었다. 정수리에 피가 솟구치고 오장육부는 독이 퍼진 듯 마비되고 오줌을 지릴 정도로 막바지에 몰린 기분이었다. …그러자, 어떻게 되었던가. 어느새 나는 자신이 수소로 변해 집요하게 암소를 공격하고 육박하고 있는 듯한 기괴한 환상에 빠져들었다.

가슴팍에 암소의 일격을 맞자, 그 고통은 그대로 내 가슴의 피부로 전달돼, 굴욕으로 피가 튀었다. 암소가 교묘하게 몸을 피하면 내 몸은 앞으로 엎어지고, 핏줄이 뻗친 눈으로 상대의 모습을 바라보며 숨을 헐떡거렸다. 놀리는 것도 적당히 해라! 농락을 당하는 것에 지쳐버려 눈이 아찔해지고 나도 모르게 이를 갈았다.

'다시는 놓치지 않겠다.' 나는 결심했다. 그러나 심장의 고동은 소의 피부처럼 크게 파도치고 발걸음조차 비틀거렸다. 그런 나를 야유하고 도발할 셈인지, 암소는 일부러 땅바닥에 드러누워 몸부림치는 동작을 보였다. 나는 불끈했다. 몸이 크게 떨리며 내 머리는 완전히 혼란 상태가 되었다. 미친 듯한 격한 충동이 모든 것을 잊게 했다. 다른 아무것도 생각나지 않았다. 그리고 "쿵" 하는 일발.

'각오해라! 아무리 발버둥 쳐도 너는 내 것이다!'

트럭 시간은 이미 머릿속에서 사라지고 야릇한 흥분만이 나를 지배했다. 허탈한 자세로 나는 눈물겹고 웅장한 교미의 풍경을 탐욕스러운 시선으로 계속 바라보았다. 그리고 수소가 이윽고 정복자의 지위를 차지했을 때, 나는 가랑이 사이로 뜨거운 통증을 느끼고 얼굴을 붉혔다.

왠지 나 자신이 천박하게 생각되었으나 흥분은 금세 가라앉지 않았다. 나는 군중 속을 떠나면서 다리가 꼬이는 느낌이 들었다. 놀리거나 응원의 고함을 지르는 자는 이제 없고, 군중은 음산할 정도로 조용해졌다. 그리고 짐승의 흥분된 숨소리만이 거칠게 공기를 휘저으며, 몽유병자와 같은 내 발걸음을 뒤따라왔다.

머릿속에서는 끈적끈적한 영상이 겹쳐서 뒤엉켰다. 현기증조차 느껴져 나는 멈춰 서서 숨을 가누었으나, 가슴속에는 정념을 불태우는 검붉은 덩어리가 계속 빛을 발했다. 그 덩어리를 떨쳐내려고 나는 충동적으로 달려갔다. 빨리 달리면 달릴수록 끈적거리는 망념이 옅어지는 느낌이 들어, 나는 열심히 계속 달렸다.

집합 지점에 도착해 느티나무에 기대어 다리를 뻗어도 여전히 흥분에서 깨어나지 않았다. 나는 잠시 후, 동료들 모습이 하나도 보이지 않는 것을 깨달았다.

'트럭은 떠나버렸다!'

나는 당황했다. 손목시계는 정확히 8시 15분을 가리키고 있었다. 그리고 오늘의 무더위를 예고하듯, 태양은 맑은 하늘에서 눈부신 광선을 발하며 느티나무의 검은 그림자를 땅바닥에 드리우고 있었다. 나는 고통 속에 혀를 찰 수밖에 없었다. 이것이야말로 고금미증유한 지각의 모습이라고 마음속으로 익살을 부리기도 했지만, 기분은 나아지지 않았다.

다시 나무 밑동에 주저앉은 나는 의기소침해 한동안 움직일 힘도 없었다. 아무도 나를 보지 못했다면 모르지만, 융통성 없는 가네모토와 얼굴을 마주친 이상, 나는 동원에 빠질 수는 없었다. 이글거리는 열을 더하는 태양을 쳐다보면서 나는 지금부터 걸어가야 하는 호박밭 길의 더위를 떠올리고, 이렇게 우스꽝스러운 배우의 지위로 나를 떨어뜨린 것은 바로 가네모토 녀석이라고 생각하고 이를 갈았다.

한 시간이나 일찍 일어나서 고심을 거듭해 발휘하려고 계획한 나의 소중한 재치를 예고 없이 툭 뱉어 버린 놈, 가네모토 고쇼쿠. 모두 그놈 탓이다. 아주 건방진 놈. 나는 마음속으로 가네모토를 욕하면서 일어날 기력도 없어 양손으로 머리를 감쌌다.

"트럭, 떠난 것 같군."

그런 태연한 소리가 머리 위에서 들려왔을 때 나는 놀라서 올려다보았다. 얼굴을 볼 것도 없이 사투리 섞인 그 말은 지금까지 계속 원망하던 가네모토 고쇼쿠의 목소리였다. 한낮의 꿈이라도 꾼 것 같은, 여우에 홀리기라도 한 듯한 기분으로 나는 급하게 눈을 깜박거렸다.

놀라움을 감추면서 나는 물었다.

"너도 소의 그걸 보고 있었나?"

"응, 뭐 그렇지."

가네모토는 어매하게 말을 흐리고 얼굴을 살짝 붉혔다. 그것을 보자 나는 온몸에 기쁨이 휘몰아쳐 폭발하는가 싶었다. 쿡쿡 웃으면서 나는 기분 좋게 외쳤다.

"자, 이 고금미증유의 지각을 기념해 보트나 저으러 가자고!"

우리는 휘파람을 불며 한강 대철교를 향해 걸어갔다. 나는 유쾌했다. 벽창호로 알려진 가네모토를 오늘의 공범자로 얻은 기쁨이 은밀히 가슴을 들썩거리게 했다. 그것은 신성한 것을 모독하는 매우 잔인한 쾌감조차 있었다. 상대의 수치심을 드러냄으로써 즐거운 공범자로 만들기 위해, 나는 일부러 아까의 교미 풍경을 노골적으로 묘사했다. 그러나 그것은 쓸데없는 노력이었다. 가네모토는 상상 이상으로 말이 통하는 친구였다.

보트에 타자마자 가네모토는 윗도리 속주머니에서 담배를 끄집어내 멋지게 성냥을 켰다. 그리고 담배를 깊게 빨더니 눈을 가늘게 뜨고 말했다.

"맛있군, 첸멘(前門)은…."

첸멘이라는 것은 중국산 고급 담배로 우리 손에는 닿지 않는 물건이었다. 가네모토는 중학생 때, 학교 배속장교의 복장 검사를 받았을 때, 첸멘을 소지하고 있었지만 교묘하게 속인 이야기를 들려주었다. 그는 태연하게, 부친이 진귀한 담배니까 배속장교님에게 드리라고 해 가져왔다고 주장했다. 그러자 배속장교는 싱글벙글하며 "그런가? 좋아!" 하고 곧바로 석방해 주었다.

"이것도 첸멘의 장점이지, 다른 담배라면 그렇게 하지 못해…."

나는 가네모토의 교묘한 기지에 감탄했다. 발견된 담배로 도깨비보다 무서운 배속장교를 매수한 것이니 대단한 수완이었다. 그렇다면, 그의 고지식한 복장도 교사의 눈을 속이는 도구 같은 것이라고 판단되었다. 가네모토 고쇼쿠는 내가 상상한 것 이상의 악한이었다.

"나는 말이야, 나쁜 짓을 할 때는 대개 혼자 실행하지. 단독범이 가장 발견되기 어려우니까. 내가 담배를 피우거나 학교 빼먹고 영화관에 간 걸 아무도 모를걸!"

내 유도 신문에 갑자기 능변이 돼버린 가네모토 고쇼쿠를 지켜보면서 나는 열린 입을 다물지 못했다. 그동안 꽉 막힌 벽창호로만 알고 있었다. 그의 설에 따르면, 경성 안에서 가장 감시가 소홀한 곳은 창경원이라고 했다. 과연, 그렇게 넓은 이(李)왕가의 정원이라면 남의 눈을 피할 수 있고, 게다가 동물원이나 박물관 등의 시설도 있어 심심치 않을 터였다. 나는 가네모토를 새로운 눈으로 바라보았다.

그러나 감탄만 하고 있으면 체면이 서지 않았다. 그래서 나는 그의 높아진 코를 꺾기 위해 교활하게 웃으면서 물었다.

"여자 맛을 알아?"

가네모토가 모른다고 말하면, 나는 모든 지식을 드러내고 허풍을 떨며 열등감을 떨칠 생각이었다. 그런데 예기한 반응이 나타나지 않았다. 가네모토는 잠자코 싱글거리며 웃었다. 멋쩍은 것인지 부끄러운 것인지 알 수 없는, 이상하게 그늘진 웃음이었다. 나는 얼굴빛을 바꿨다. 본능적인 민첩함으로 나는 그가 이미 알고 있다는 것을 눈치챘다.

나는 부러운 나머지 숨이 막혀 자신도 모르게 할 말을 잃었다. '이놈은 뭐든지 다 알고 있다!' 그것은 부러움보다는 질투에 가까운 감정이었다. 나는 물끄러미 상대의 얼굴을 바라보았다. 응시하면 할수록 자신이 넘치는 가네모토 고쇼쿠였다. 그에게는 나와 같은 성의 고민도 미지에 대한 집요한 동경도 발견할 수 없었다.

'이놈은 어른이다…'

나는 얼굴을 붉히고 말을 더듬으면서 비굴하게 물었다.

"매춘부인가, 아니면…"

그러자 가네코토는 눈을 반짝거리고 힘없이 웃으며 우울한 말투로 내뱉었다.

"우리끼리의 말인데, 나는 이미 아내가 있어."

거짓말이 아니라 정말로 그에게는 부인이 있는 듯했다. 물론 호적에는 올라가지 않는다. 조선의 풍습상의 부인이다.

조선에서는 귀족을 양반이라고 칭했는데, 양반 집안에서는 장남은 출생 전부터 첫 번째 아내가 정해지는데 가네모토도 그러한 숙명을 지고 태어났다. 결혼하지 않는 남자는 총각이라고 하여 어른 취급을 받지 못하는 이 나라에서는 조혼의 풍습이 강해 그는 13세 때 18세 여자를 아내로 얻었다. 즉 첫 번째 아내는 소학교 6학년의 남편을 정숙하게 섬겨야 했다.

담담하게 말하는 가네모토 고쇼쿠의 입을 응시하면서 나는 선망과 질투의 노예가 되었다. 군침이 고이면서도 목구멍이 바싹 마르는 기분이었다. 그리고 가네모토의 몸은 갑자기 눈부시게 부풀어 올라 나를 위압하는 것 같았다.

"그럼 동정을 잃은 것은 언제?"

"이제, 그만하지. 그런 이야기…."

가네모토는 따분하다는 듯 아무렇게나 내뱉는 말투였다. 19세로는 보이지 않는 침착한 행동에는 미지의 세계를 탐험한 어른만이 가진 묘한 권태감이 풍겼다. 애원하듯이 다시 질문의 화살을 쏜 나를, 그는 불쌍하다는 눈빛으로 쳐다보더니 조용히 쓴웃음을 내뱉고 두 번 다시 상대해 주지 않았다.

정오가 지난 후 용산역 앞에서 나는 가네모토 고쇼쿠와 헤어졌다. 노를 많이 저었기 때문에 매우 피곤했다. 전차로 본정 입구까지 와서 나는 땀을 닦으면서 상점가를 지나 희락관(喜樂館)[명동 밀리오레 자리]이라는 영화관에 들어갔다. (여담이지만, 내가 이 극장의 손님이 된 것은 이날이 마지막이었다. 왜냐하면 후일 희락관에 소년 항공병이 비행기와 함께 떨어져 자폭하는 바람에 극장이 날아갔다. 가네모토와도 그날이 마지막이었다. 친일가의 부호로 알려진 그의 일가는 종전 후 폭도의

습격을 받고 착살되었다)

　극장 내부는 평소와 달리 한산하였고 그 때문에 서늘한 것은 좋았지만, 전압이 낮은 탓인지 영화는 몇 번이나 끊기며 상영되었다. 영화는 에도 시대 말기의 떠돌이 무사의 이야기였다. 그러나 나는 가네모토의 의미 있는 미소나 소의 격한 투쟁이 눈에 어른거려 순순히 영화에 몰입할 수 없었다.

　어둠 속에서 나는 문득 오늘 아침 목격한 암소와 수소의 생생한 정욕을 떠올렸다. 그러자 눈에 선명하게 찍힌 장면 하나하나가 빠른 속도로 회전하더니, 어느새 대뇌의 주름을 적시고 머리칼을 끈적끈적하게 적시기 시작했다. 이윽고 그 장면은 가네모토가 연상의 아내에게 애무를 받는 음란한 공상으로 이어졌다.

　영화가 중단될 때마다, 나는 마구 달라붙는 망념의 노예가 돼 아예 의자에 깊숙이 앉아 눈을 감고 순순히 몸을 맡겼다. 퇴학 처분도 도덕도 법률도 그리고 수치도 없이 단지 본능이 향하는 대로 자유롭게 행동하는 짐승의 세계, 나는 당장 내 몸에 가법사의 지팡이가 닿아 소로 변신이 되기를 진심으로 바랐다.

　짐승의 거친 숨결이 고막 안에서 헐떡이고 있었다. 교활한 교태를 드러낸 암소의 치부가 칠흑의 어둠 속에서 붉은 꽃잎을 벌리고, 정신을 빼앗는 유혹의 달콤한 향기를 발하고 있었다. '아아, 알고 싶다!' 그것은 미지의 세계이기에 그리고 금단의 과실이기에 내 정념은 활활 타올라 내 몸속 깊이 고통을 주었다. …정념은 온종일 나를 붙잡고 놓아주지 않았다. 그것은 언제건 어디서건 내가 놓여 있는 환경과는 무연한 세계로 나를 유도해 깊은 고민의 함정으로 던져 넣었다. 나는 자신의 건강한, 그리고 남보다 욕망이 강한 몸을 주체하지 못해 내 몸을 저주했다.

그러나 생각해 보니, 나의 경우, 번민의 정체는 육체적인 것이 아니라, 오히려 내가 기꺼이 유혹돼 가는 망념의 세계에서 잉태된 것이었다.

나는 여체를 동경했다. 그것은 마치 굶주린 늑대처럼 탐욕스러운 욕망이었다. 내일이라도 우리는 전장에 끌려갈지 모른다. 소이탄을 맞고, 한 시간 후에 즉사하지 않는다고 누가 장담할 수 있단 말인가. 이미 소련군은 북만주를 점령했고 관동군은 고전을 거듭하고 있다는 소문이었다.

오늘 아침에 황급하게 집을 나선 부친이 구둣주걱을 손에 들면서 내뱉은 말이 떠올라, 나는 그 큰일이 소련군의 만주 점령이라면 어떻게 하지? 하고 막연히 생각했지만, 내 상상은 초조함에 기름을 부은 결과가 되었다. 수염이 많고 우람한 체구와 용모를 가진 소련군. 공상의 세계에서 그들은 코사크 기병 같은 검은 털모자를 쓰고, 은색의 긴 칼끝에 붉은 피를 묻히고, 그리고 사나운 말의 울음과 발굽 소리와 함께 등장했다.

'그렇다. 시간이 없다!' 새롭게 하나의 정경을 떠올리면서 급작스럽게 심해진 초조함 속에서 나는 속으로 말했다. 그것은 군인들이 매음굴 앞에 줄을 서 있는 광경이었다….

본정 5정목에서 동사헌정(東四軒町, 히가시욘겐초)[장충동 1가]로 빠지는 언덕 위에, 고야산별원(高野山別院)[불교의 한 종파인 진언종의 분원]의 큰 절과 조선인 매음부가 사는 홍등가가 등 마주하고 존재했다. 절과 매음굴이라는 아이러니한 대조에서 언제부터인가 이 언덕을 극락재(極樂坂)라고 속칭한 것 같은데, 그것은 어느 일요일 오후, 내가 헌책방을 돌아보던 때의 일이었다. 극락재에는 여느 때처럼 군인들의 행렬이 이어졌다. 그리 드문 일이 아닌 지극히 익숙한 풍경이었으므로 나는 아무 생각 없이 고개를 내려가고 있었다. 그런데 나는 행렬의 후미에 섞여 있는 한 남자를 발견하자 강한 충격을 받고 나도 모르게 멈춰 서서 눈을 떼지 못했다.

그는 갈색 점퍼를 입고 흰색 면 목도리를 대충 목에 두르고, 반장화를 신고 의기양양하게 팔짱을 끼고 있었다. 그는 소년 항공병이었다. 나이도 나보다 두셋 아래로 보이고, 빨간 장미를 연상시키는 뺨의 빛깔이 소년이라는 것을 그대로 드러내고 있었다. 그는 야스쿠니 특별공격대의 기지인 김포 비행장에서 이곳을 찾아온 게 틀림없었다. 군복을 촌스럽게 걸친 중년의 보충병들로 가득한 행렬 속에서, 혼자 씩씩하고 늠름한 모습을 갖춘 그에게는 어처로울 정도의 젊음이 흘러넘쳤다.

나는 순간적으로 반감을 느꼈다. 어른들 무리에 끼어들어 태연하게 매음부를 사려고 하는 소년 항공병의 당돌한 자세에 부러움과 반발을 동시에 느꼈다. 나는 심하게 동요했다. 그런 내 기색을 눈치챘는지 그는 문득 도전적인 시선을 내게 보냈다.

입술에는 두려움 없는 미소를 짓고 일순 싸움이라도 걸 것 같은 거친 눈빛이 되었으나, 내가 시선을 돌리고 걸어가자 그는 행렬에서 돌연한 발 빠져나와 행렬의 맨 앞쪽을 향해 외쳤다.

"오이. 뭐 하는 거야! 좀 더 빨리 해라. 빨리!"

그의 말에 대답하는 듯 맨 앞쪽에서 야유 섞인 말이 크게 들려왔다.

"나이를 먹으면 오래 걸립니다."

행렬의 보충병들은 크게 웃었다. 음란한 웃음소리 속에는 자신에 대한 비웃음과 겸연쩍음이 섞여 있었다. 그리고 소년 항공병 쪽을 쳐다보았을 때, 그는 맨 앞쪽을 향해 달려가려는 자세를 취했으나 곧 발을 멈추고 울분이 가득한 표정을 등으로 드러내면서, 이를 가는 듯한 말투로 절규했다.
"에이 씨, 시간이 없단 말이야!"
소년 항공병의 항의는 다시 내 발을 붙들었다. 우리는 결코 그를 보고 웃을 수 없었다. 그것은 감동이라고 하기보다는 소름이 끼친다는 표현이 정곡을 찌르는 것이리라. 타는 촛불이 남은 힘을 다 쏟아 커다란 불꽃으로 환히 빛나며 마지막을 장식하듯, 항공병의 몸에서는 필사의 발버둥 같은 슬픈 빛줄기가 발산되는 듯했다.
'…저 항공병은 아직 동정일까.'
어둠 속에서 나는 그의 도전적인 눈빛, 두려움 없는 미소, 젊음을 상징하는 뺨의 빛깔, 그리고 절규를 되새기고 있었다. '시간이 없다.' 그것은 그와 나의 공통된 말이 아니었던가. 시간 속에 희뿌옇게 떠오르는 영사막을 응시하면서 나는 초조함을 견딜 수 없었다.
나는 총을 들고 죽음에 직면하는 것이 전혀 두렵지 않았다. 죽음에 관해 사유를 거듭하거나 의미를 찾는 일은 하고 싶지 않았다. 나는 죽음을 한 줄기 바람처럼 생각했다. 눈을 감으면, 바람이 몸속을 통과해 영혼을 휩쓸어 가는 것 같았다. 이상하게도 내가 죽음을 고민할 때, 고민의 뒤편에는 꼭 여체의 야릇한 전율이 느껴졌다. 내 잠재의식 속에는 소년 항공병의 언동이 어느새 스며들어, 극락재의 매음굴에 줄을 서는 것을 나는 은밀히 바란 게 아니었을까.
시시각각 악화되는 전황에 나는 거대한 소용돌이를 느끼고 있었다. 거대한 전쟁의 소용돌이에 빨려 들어가 떠밀려 내려가는 나뭇잎 같은 존재인 우리가, 소용돌이의 성격이나 방향을 분석해봤자 필시 헛수고라는 것을 나는 본능적으로 깨달았다. 소용돌이를 정지시키거나 방향을 바꿀 수 없다면, 보다 적은 피해를 바라고, 남은 생명에 향락을 부여하는 쪽이 더 현명하지 않을까. 그리고 나에게는 아직 경험하지 못한 것이 산더미처럼 많이 남아 있었다. 이성에 대한 미련, 아니, 집착은 그 중에서도 가장 큰 것이었다.

그러나 우리 시대에는 연애에서 시작하는 자연스러운 정규 코스는 허용되지 않았다. 그렇다면, 남은 것은 감정을 무시한 가장 손쉬운 길 뿐이었다. 사념 속에서는 매우 충동적인 빛을 띠는 극락재의 매음굴도, 막상 결의하고 나가보면, 나를 두렵게 해 그냥 지나치게 할 뿐이었다. 등화관제로 어두컴컴한 매음굴에서는 불결한 냄새가 풍겨와 내 부푼 기분을 위축시켰다. 아마도 내가 소년 항공병과 같은 상태에 놓이지 않는 한, 용기와 결단은 생기지 않을 것이다. 그런 상태의 도래는 다소 두려웠지만, 용기가 생겨 미지의 세계를 체험하는 쪽이 더 가치 있으리라 생각되었다.

앞 의자에 발을 걸치고 눈을 감은 채, 나는 그때 전개될 장면을 가급적 농도 짙게 그려 보았다. 그러나 어느 선까지 가면 상상력은 중단되고 어디로 갈지 방향을 잃어버렸다. 그리고 추상적인 상념만이 나를 지배했다. 그것은 칠흑의 어둠 속에서 형태가 불명확한 붉은 주름 같은 것이 숨 쉬며 불꽃처럼 흔들리는 상념 같았다. 아아, 소가 되고 싶다. 나는 숨을 헐떡이며, 설령 죽음과 등을 마주해도 상관없다, 나는 반드시 알고 싶다고 생각했다. 오늘 아침의 소처럼 씩씩하게 수치도 버리고 자유분방하게 미지의 것을 눈으로 보고, 손가락으로 만지고, 관능에 몸을 맡기고 싶다….

영화가 중단될 때마다 나는 이성의 힘으로는 도저히 제어할 수 없는 망상의 세계로 끌려가고 있었다. 귓속에서 수소와 암소의 거친 숨결이 진동하고, 가네모토 고쇼쿠의 어른스러운 표정이 눈앞을 스쳐 지나갔다. 벽창호 가네모토도 여자를 알고 있지 않은가. 나는 자신도 알 수 없는 초조한 감정에 휩싸여, 지금 당장 극락재의 매음굴을 찾아가야겠다고 생각했다. 결의는 점차 더욱 견고해져, 영화관을 나왔을 때는 움직이기 어려운 지상명령처럼 내 마음에 굳게 자리 잡았다. 다행히 공습 등의 비상시에 대비해 모친이 건네준 백 엔 지폐가 정기권 지갑 속에 있었다. 소련군이 침입한다. 내일이라도 우리는 강제로 소집될 것이다. 더 이상 주저할 수 없다. 의기양양하게 눈썹을 치켜뜨고 극락재로 가서 줄을 서야 한다. 펄펄 끓어오르는 정욕에 지배된 내 마음은 저녁 해에 붉게 물든 극락재의 풍경 속으로 달려갔다.

영화관을 나왔을 때 나는 짐승처럼 거친 남자로 변모했다. 지나치는 통행인 아무에게도 과감히 어깨를 부딪치고 싶은 충동을 나는 몇 번이나 참았다. 전장으로 나가는 병사처럼 나는 비장한 기분으로 주머니의 백 엔 지폐를 꼭 쥐고 어깨에 힘을 주고 걸어갔다.

바로 그때, 소화통[퇴계로]의 길목에서 히사다케와 만났던 것이다.

"어이, 오늘은 어땠나?"

내 짧은 인사말 속에는 잡다한 의미가 포함돼 있었다.

난처한 모습을 얼버무리면서 나와 가네모토의 악행이 드러나지 않았는지도 묻고 있었다. 그러나 히사다케는 인사에는 대답하지 않고 잠자코 나를 흘겨보았다. 그 눈을 보자 나는 멈칫했다. 히사다케의 표정은 불쾌한 기억을 떠올리게 했다.

히사다케와 내가 졸업한 중학교에서는 점심시간에 알몸 체조를 하는 유명한 전통이 있어, 전교생은 물론 교장까지 팬티만 입고 15분 동안 운동했다. 히사다케와 같은 반이었던 3학년 가을이었다. 알몸 체조가 끝나고 해산 호령이 떨어지자, 히사다케가 싱글거리면서 급우들의 귀에 들릴 정도의 큰소리로 외쳤다.

"어이, 모두 들어라. 이놈 어젯밤 몽정했다!"

나는 당황했다. 건강한 중학생이라면 누구라도 겪는 생리현상이지만, 공개적으로 알려지자 아무래도 부끄러웠다. 히사다케는 알몸 체조 중간에 내 팬티를 살피고 예리하게 어젯밤의 흔적을 발견했을 터인데, 사실 나는 그 부끄러운 오점을 아무에게도 보이지 않으려고 꽤 주의하며 15분을 보냈다. 그렇지 않아도 그날 저녁에 더럽혀진 속옷을 세탁 바구니에 넣어야 한다는 생각에 나는 아침부터 울적하였으므로, 히사다케가 오점을 지적했을 때, 내 당황스러움은 정점에 달해 분노로 바뀌었다. 나는 사납게 외쳤다.

"야, 히사다케 놈은 몽정을 안 하나 보다! 히사다케를 해부해라."

급우들은 재미있어하며 도망치는 히사다케를 뒷산의 사격장까지 쫓아가서 버둥거리며 저항하는 그를 강제로 해부했다. 상반신을 누르고 있는 내 팔 밑에서, 문득 저항을 멈춘 히사다케는 분노에 불타는 눈으로 나를 노려보았다….

히사다케는 나를 노려보고 잠시 말을 하지 않았다. 그의 입장에서는 일본의 패전도 모르고 한가한 질문을 던진 나에게 화가 났을 것이다. 그의 얼굴은 창백했다. 그리고 눈은 충혈돼 있었다.

"너 같은 놈이 있으니 일본이 지는 거다!"

잠시 후 히사다케의 입에서 나온 말에 나는 적잖이 놀랐다.

"뭐라고? 다시 한번 말해 봐."

나는 교활하게 웃는 표정을 지으면서 말했다. 악질적인 농담이라고 생각했다.

"땡땡이만 치니 이런 중요한 소식도 알 리 없지! 전쟁은 끝났어!"

히사다케의 말이 끝나기도 전에, 나는 왠지 사나운 돌풍을 맞아 눈앞이 빨갛게 작열하는 것 같았다. 헛소리처럼 "비국민!"이라든가 "뭐가 끝나!"라는 말을 나는 순식간에 내뱉었던 것 같았다. 나로서는 그때, 일본이 전쟁에 졌다는 청천벽력 같은 사실보다도, 전쟁이 끝났다는 상황이 더욱 아쉬웠다. 그것은 오늘 아침의 이상한 견문에서 비롯돼 영화관의 어둠 속에서 방자한 망상을 거듭 펼쳐, 단호한 결의까지 나를 몰아세운 어떤 계획의 좌절을 의미했다.

내가 혼란에서 깨자, 히사다케는 길바닥에 벌렁 자빠져서 왼손을 턱에 갖다 대고 있었다. 아마 내가 그를 때린 것 같았다. 석양이 플라타너스 가로수의 그림자를 길게 포도에 드리우면서 히사다케의 창백해진 옆얼굴을 섬뜩하게 부각시켰다. 나는 다시 혼란에 빠졌다. 나는 사정도 모르고 "야, 너!" 하고 외쳤지만 다음 말이 떠오르지 않았다. 나는 당황해 다시 한번 "야, 너!" 하고 말하고는 입을 다물었다. 히사다케는 나자빠진 자세로 꼼짝도 하지 않았다. 분노가 담긴 눈빛이 빛날 뿐, 흥분 때문에 말도 하지 못하는 모습이었다. 나는 어깨를 으쓱거리며 히사다케를 노려보고 간신히 말했다. "전쟁이 끝날 리가!"

그러나 말끝은 약하게 떨렸다. 부친이 중얼거린 '큰일'의 정체가 고금 미증유의 중대발표라는 의미가, 순순히 이해되었기 때문이다. 하지만 일본의 패전이라는 사실을 알았어도, 나는 동요도 느끼지 않고 슬픔도 전해오지 않았다. 모든 것이 끝났다는 안도 같은 감정이 둑을 무너뜨리며 밀려오기는 했으나, 묘하게 기회를 잃었다는 애석함이 끓어올라 나를 공허 속에 계속 머물게 했다. 낮에 그렇게 나를 계속 괴롭힌 어두운 정염의 불길이 꺼지고 미련이 남은 듯 연기는 나를 맴돌고 있었다. 수

소의 거친 숨결기 또렷하게 귀에 들려왔다. 암소의 거친 발길질을 가슴과 다리에 느끼고 있었다. 나는 극락재의 매음굴을, 그리고 가네모토와 소년 항공병의 얼굴을 떠올리고 중얼거렸다.

"전쟁은 결코 끝나면 안 돼!"

그러나 그 소리는 얼마나 작았던가!

무지개 속 霧の中

따스한 안개가 낀 창공의 이루 말할 수 없는 감촉은, 어딘가 카지의 옥순에 대한 애정과 닮았다. 왠지 걷어낼 수 없는 안개가 두 사람 사이에 떠도는 듯했다.
안개는 두 사람의 감정이나 성격에서 흐르는 것이 아니라, 오히려 민족이나 나라 등 두 사람의 힘이 미치지 못하는 계곡에서 솟아나고 있었다.
안개를 걷으려고 하면 할수록 슬픔이 몸을 태웠다.

1

이강주(梨薑酒)라고 불리는 조선의 술을 알고 있는가.

입에 머금는 순간, 싸한 향기가 콧구멍으로 진하게 감돌아, 문득 옷깃을 여미고 싶어지는 그윽한 술인데, 그러나 맛은 입에 녹듯 달콤하고 혓바닥에 달라붙는 부드러움으로, 실로 두어라 표현하기 어려운 기묘한 술이다.

색은 노란색보다는 담갈색에 가깝다.

어느 시대부터 만들어진 술일까. 그 연대는 확실히 모른다. 조선의 태조인 이성계가 경성을 도읍으로 정했을 때, 면포 천 필과 이강주 열 항아리를 진상한 자가 있다고 문헌에 기재돼 있는 것을 보면, 아주 옛날인 사오백 년 전부터였을 것이다.

소주를 원료로 이용한다고 한다.

소주도 진남포 부근에서 산출되는 것에 한하고, 소주 한 말에 배 5

개, 생강 50돈쭝[1돈쭝=3.75g], 계피 5돈쭝, 강황 5돈쭝, 설탕 200돈쭝을 섞어 옹기에 넣어 밀폐한다. 그렇게 2, 3일 방치한 후에 여과하면 향기로운 이강주가 얻어진다고 한다.

1940년 가을, 강원도 외금강 근처의 고적한 산사에서 카지(梶)는 이 술을 처음으로 맛보았다.

언뜻 보아 고환을 제거한 비구니처럼 보이는 노승이 정중하게 작은 토기에 따라 권해 주기에, 카지는 아무 생각 없이 입에 넣었다가 깜짝 놀랐다. 노승은 이가 없는 주름진 입술을 오므린 채 웃더니 "맛이 있습니까?[한국어]" 하고 물었다.

카지는 눈을 크게 뜬 채로, 네, 네 끄덕이며, 한동안 싸하고 향기로운 맛을 목 깊숙이 확인하고 있었다.

소나무의 새순을 따서 술에 담근 송순주(松筍酒)도 권해 주었는데, 그것은 송진이 입안에 가득 맴도는 것 같아 오히려 불쾌한 느낌이 남았다.

저 멀리 서쪽 하늘에는 저녁놀에 붉게 물든 구름이 가득했다. 금강산의 봉우리들이 핏빛으로 물드는 게 아닐까 의심될 정도로 하늘은 타오를 듯 검붉었다. 멋진 노을의 경치를 황홀하게 바라보면서 카지는 안내인에게 이강주의 유래 등도 물으며 네댓 잔을 더 마셨다. 취기가 돌았다.

손때 묻은 바리때[승려의 공양 그릇]는 손으로 파서 만든 것인데, 술안주용인 듯 그 지방 명물인 잣이 담겨 있고, 검고 작은 그림자를 승방의 가장자리에 드리우고 있었다.

저녁 해를 받아 선명한 그림자에 시선을 빼앗기고 있자, 술이 온몸 구석구석까지 스며드는 것이 느껴져 '취했군' 하고 생각했다. 분명 카지는 취했다.

문득 눈을 들자, 깎아지른 듯한 험준한 절벽이 머리 위로 덮쳐올 것만 같았다.

전신에 석양을 받는 기암괴석은 장엄한 보랏빛으로 보였다. 절경이다. 넋을 잃고 바라보는 카지의 뇌리에는 문득 '돌올(突兀)하다[우뚝 솟다]'는 형용사가 떠올랐다. 중학 시절, 한문 선생님이 동북 지방 사투리로 음독한 말투도 떠올랐다.

'돌올하다'라는 형용사 그대로의 풍경이었다. 두려울 정도로 당당한 대자연의 박력에 압도된 채로 잣을 깨물고 이강주를 마신 그때의 추억은 각별했다.

그것은 때때로 가슴을 가볍게 찌르는 그리움으로 되살아났다. 그것은 아지랑이처럼 카지의 가슴 속에서 퍼져갔다. 찌르는 듯한 아픔으로 퍼져갔다. 그리고 곧바로 카지의 마음에는 여지없이 설옥순(薛玉順)의 모습이 떠올랐다. 그녀의 투명하리만치 흰 귓불과 오똑한 코 등의 모습이 뚜렷하게 마음속에서 되살아났다.

물론 이강주와 설옥순은 아무런 관련이 없었다. 하물며 금강산 등에도 그녀를 연상할 만한 것은 없었다. 그러나 종종 이강주의 달콤하고 강렬한 미각이 그리워질 때면, 이상하게도 꼭 그림자처럼 뒤따라 떠오르는 설옥순의 모습에 카지는 괴로워하며 이것을 어떻게 해석해야 할지 알 수 없었다.

그것은 왠지 막연하게 가슴에 꽉 차오르는 듯한 안타까움이었다. 무엇 때문에 이 둘이 서로 끌어당겨서 끝없는 연상을 불러일으키며 짙은 구름 속을 떠도는 것일까.

카지는 이강주와 설옥순의 관련성을 애써 찾아내려고 했다. 그러나

이 둘을 묶는 실은 좀체 발견되지 않았다.

그런데 최근, 달콤하지만 톡 쏘는 향을 가진 이강주의 미각 속에, 설옥순의 성격이 그대로 깊이 침전된 게 아닌가 하는 생각이 문득 들었다. 조선 동란[6.25]의 기사 등을 읽고 문득 옥순은 어떻게 지내고 있을까 회상하는 때가 많아졌는데, 그런 때, 그녀는 꼭 이강주 같은 여자였다고 단언할 수 있을 것 같다는 기분이 들었다. 그러나 그것도 이른바 견강부회에 불과한 것이 아니었을까.

2

설옥순은 조선의 여자다.

그녀의 부친은 일본 헌병에게 암살되었다고 하는데, 그 때문인지 설옥순은 한없이 일본인을 미워했다. 이를 가는 듯한 격한 말투로 "당신, 일본인이라 싫어요! 미워요"라고 귓불에 뜨겁게 신음하듯이 말하고 카지의 목덜미에 파란 멍이 생길 정도로 잇자국을 남긴 적도 있었다.

쾌락의 극치에서도 여전히 증오를 잊지 못하는 것에 순간적으로 카지는 피가 얼어붙는 듯한 생각에 휩싸였지만, 그런 때, 옥순의 얼굴을 붙잡고 바라보면, 어둠 속에서 젖은 눈이 슬프게 빛나고 있었다. 오랜 세월 경성에서 자라난 그로서는 조선인이 일본인에게 호감을 느끼지 않는다는 것을 알고도 남음이 있기에, 더욱 옥순의 사소한 말 하나 하나에도 그의 몸은 고통을 받는 느낌이었다.

그러나 "일본인이니까 싫다"라는 표현은 뒤집어보면, 의외로 치졸한 조선 여자의 구애였을지도 모른다. 하지만 그런 속뜻을 눈치챌 여유도 없을 정도로, 무심한 그녀의 말은 카지의 가슴을 깊숙이 찔렀다. 도저허 견디기 힉든 기분이었다. 그리고 그가 옥순을 사랑한다는 자신의 감좇을 깨달앗을 때, 그것은 더욱더 짙은 응어리를 괫었다.

민족이라는 것이 그렇게 소중한 것일까. 때때로 카지는 푸른 하늘의 색어 눈을 빼앗긴 채로 깊은 생각에 빠지는 경우가 있었다. 경성의 봄 하늘은 엷게 안개가 자주 끼었다. 따스한 안개가 낀 창공의 이루 말할 수 없는 감촉은, 어딘가 카지의 옥순에 대한 애정과 닮았다. 왠지 걷어낼 수 없는 안개가 두 사람 사이에 떠도는 듯했다. 안개는 드 사람의 감정이나 성격에서 흐르는 것이 아니라, 오히려 민족이나 나라 등 두 사람의 힘이 미치지 못하는 계곡에서 솟아나고 있었다. 안개를 걷으려고 하면 할수록 슬픔이 몸을 태웠다.

조선인에게 일본인은 어디까지나 조국의 침략자이며 이민족일 뿐이다. 표면적으로도는 일본의 정치에 따르면서 그들의 마음 깊이 흐르는 것은 조국의 독립이며, 1919년 만세 사건의 굴욕이었을 것이다. '만세 소동'이란 조선인들이 거족적으로 일본 정브에 반항해 투쟁한 역사적 사건이었다.

"저 아버님도 참가했어요. 만세 사건에."

자신도 그리 흥미 있는 것처럼 보이지 않는데도, 그것을 조모에게 들었다며 그녀는 갑자기 무엇에 홀린 듯한 열성으로 집요하게 말하기 시작했다. 카지가 괴로워하는 것을 즐기는 듯한 모습이었다. 허공을 응시한 채로 문득 초점을 잃고 자기 가슴속의 상처를 계속 파고드는 슬픈 허무에 가득 찬 옥순의 눈동자는 카지의 마음에 깊이 새겨졌다.

'…왜 이 여자는 내게 이런 말만 들려주려고 하는 것일까.'

카지는 내심 의아하게 생각하면서도 옥순의 홀린 듯한 말투에 끌려갈 뿐기었다.

한일병합에 관해서는 여러 시각이 있다손 치더라도 그것이 실질적으로 한국에 대한 침략이었다는 점은 부정할 수 없다.

오랜 세월 중국의 속국이었지만 이제 속국의 형태를 벗어나 일본의 통치 하에 놓이자, 일본과 조선의 인종적 혹은 문화적 차이가 강한 반발을 낳았다는 것은 상상하기 어렵지 않다. 하물며 일본은 이 나라를 빼앗기 위해 동양의 클레오파트라는 별명까지 얻은 민비를 암살하는 간책을 부렸다. 아무리 한일병합의 형식이 갖춰졌더라도 이러한 근본적인 응어리를 풀지 않으면 필시 잘 나아갈 리가 없었다.

그러므로 배일 운동도 왕성했다.

광무 11년(1907) 헤이그 만국평화회의 밀사 파견, 외교 고문 스티븐스의 참살, 하얼빈 역에서의 이토 히로부미 암살, 수상 이완용 습격 사건 등 합병 전후의 피비린내 나는 음모 사건은 일일이 셀 수 없을 정도로 사료가 많았다.

옥순의 부친은 한일병합에 반대해 최후까지 배일 운동을 계속한 독립운동의 지사였다. 융희 3년(1909), 일진회라는 친일 단체의 백만인 서명운동에 항쟁하여 독립운동의 소용돌이 속에 몸을 던졌다. 그러나 운동의 보람도 없이 다음 해 8월 말, 한일병합은 실현되었다.

옥순의 부친 등은 북조선에 잠시 몸을 숨겼다가 다시 경성으로 돌아와 은밀히 동지를 규합했다. 초대 총독 데라우치 마사다케의 철저한 무단통치에 분격한 이유도 있었다.

조선인 중에서 한일병합을 진심으로 원한 자도 적지 않았다. 그러나 그런 친일파들에게도 이런 무단정치는 의외였다. 이래서는 마치 노예 취급이었다. 병합이 아니라 점령이 아닌가. 이러한 불만은 조선 인사들 사이에 점차 쌓여갔다. 그뿐인가, 역으로 독립의 기운을 강하게 증대시

컸다. 그 기운을 눈치챈 관헌은 더욱 억압에 박차를 가했으나 아이러니하게도 역효과를 낳고 있었다.

종래의 국지적인 혹은 특정 집단적인 정치 소요는 결코 효과를 거둘 수 없다는 것을 옥순의 부친 등은 깨달았다. 독립운동을 전 조선으로 확대하고 집요하게 지속하면서 국제적인 반향과 원조를 기다려야 했다. 그렇게 하는 것 외에는 독립으로 이끌 방도는 없다.

몇 번의 비밀 회합에서 그러한 결론이 나왔다. 조선 각지에 동지가 흩어져 운동의 준비를 갖추었다.

발화점은 경성. 경성에서 데모가 일어났다는 소식을 들으면 곧바로 각지에서 운동을 전개한다. 낮에는 데모 행진, 밤에는 산 능선을 따라 횃불로 위협, 함께 함성을 올린다. 결코 사람을 살상해서는 안 된다. 살상 문제를 조선인 측에서 일으킨 경우, 국제적인 동정을 잃게 되므로 철저히 주의한다. 그러한 지령이 전파되었다.

옥순의 부친은 경성에서 비밀 계획에 참여했는데, 당시 젊은 나이여서 혈기가 왕성했다. 젊은 동지들은 계획이 만반의 준비가 돼 이제 실행에 옮길 시기라고 생각해, 나이 든 신중파들과 대립했다. 대립을 계속하면서 한쪽은 더욱 신중한 냉정함으로, 한쪽은 더욱 애타는 열광으로 치달았다.

1919년 3월 1일.

옥순의 부친 등은 파고다공원에 모여 궐기했다.

2대 총독 하세가와 요시미치가 부임하고 얼마 되지 않은 때였다. 만세 사건을 이태왕[고종]의 장의[장례]에 관한 서투른 정치적 조치가 재앙이 돼 돌발한 민족 데모라고 역사가들은 보고 있으나, 그것은 하나의 표면적인 원인에 불과했다.

그날, 경성 종로의 파고다공원에는 군중이 열광하고 있었다. 옥순의 부친 등은 미리 준비한 독립선언문을 발표, 일본의 정책을 탄핵하고 한국 독립 만세를 외쳤다. 군중은 따라서 독립 만세를 외치고 경성 시가에서 데모 행진을 전개했다. 그것은 열광한 민족의 꽃이었다. 꽃의 난무였다. 군중심리는 사람들의 눈을 이상한 흥분으로 빛나게 했다.

일본 관헌은 곧바로 무력 진압에 나섰다. 궐기한 젊은 동지들 몇 명이 그날 중에 주모자로서 체포되었다.

그러나 암묵의 계약서는 이미 서명돼 있었다. 원산, 평양, 의주, 안주 등은 그날 중에, 데모는 요원의 불길처럼 반도 전체를 덮어 버렸다. 조선 민족은 일어났다. 옥순의 부친은 준비한 횃불을 들고 민중을 지도, 산 능선 가득히 사람들을 이끌고 아래의 경성 거리를 내려다보며 조선 독립 만세를 선창했다. 다른 산봉우리에서 메아리처럼 만세! 소리가 돌아왔다. 독립 만세! 라고 소리를 지르며 옥순의 부친은 얼마나 조국의 독립을 바랐던 것일까.

저 아래의 경성 시가지는 완전히 겁먹은 듯이 등불을 끄고 침묵 속에 잠겼다.

능선에서 능선을 따라 함성과 함께 흔들리는 횃불은 마치 묘지를 떠도는 도깨비불 같았다.

일본 사람 돌아가라!

만세의 외침 속에서 그런 소리도 들려왔다. 그렇다. 일본인은 돌아가는 것이 맞다. 조선은 조선인의 것이다.

명백하게 계획적인 민족운동은 4월 말까지 약 두 달간 이어졌다. 옥순의 부친 등이 성공리에 끝날 것이라고 예상한 데모 소동은 역시 시

기상조였던 것인지 비참한 결과로 끝났다.

마지막 독립의 기회라며 조선인들의 결속도 강하였고 이윽고 국제적인 반향이 일어나 영미의 신문이 논진을 펴기 시작한 즈음, 흥분한 민중이 관청과 일본인 가옥을 습격해 투석, 파괴, 약탈을 일삼고, 더군다나 방화, 살육, 강간 등의 폭거를 하기에 이르러, 독립운동에 대한 지지와 원조는커녕 해외 여론은 오히려 비판적이 돼 버려 모든 희망은 끊어졌다.

이것은 그러나 조선의 애국자에게는 좋은 교훈이 되었다. "3·1을 잊지 말자"라는 말은 이 민족이 대단히 감정적이고, 조직적이지 못하다는 것을 가슴속 깊이 새기게 되었다는 것일까.

진압까지 약 두 달, 전 조선을 뒤덮은 민족 데모는 쌍방 사망자 561명을 내고 끝났다. 이것이 만세 운동의 전고였다.

폭동 직후, 많은 민족운동의 지도자들은 해외로 망명했다. 이승만도 그중 한 사람이었다. 그는 곧바로 상해로 날아가 대한민국 임시정부를 만들고 운동을 계속했다. 일본 관헌의 손이 상해 조계까지 미치게 되자, 미국으로 망명해 활동을 계속했다.[3]

중일전쟁이 확대되었을 때, 중경 정부와 연합해 조선인 사단을 편성, 항일전에 참가한 김구도 이때의 망명자이고, 동북항일군을 결성해 만주군을 괴롭히고 또 제2차 세계 대전에 소련 장교로서 독소[독일과 소련]전선에서 활약한 김일성도 그러했다.[4]

그런데 옥순의 부친은 애석하게도 망명 직전에 붙잡혔다. 검문을 피

---

3 사실과 다르다. O 승만은 1904년 미국으로 갔다. 1919년 4월 임시정부 설립 때도 계속 미국에서 활동하다가 1920년 12월에 상해로 와서 6개월 동안 대통령직을 수행하고 다시 미국으로 돌아갔다.

4 김일성은 1912생이니 7세 때인 1919년에 부모를 따라 길림으로 갔다. 이하 내용도 불명확하다.

하기 위해 도보로 두만강 월경을 기도했다. 이때, 옥순의 모친은 북어포를 뜯어 먹으며 남편의 손에 매달려 괴로운 망명길을 함께했다. 대동강을 거슬러 올라가 부전고원을 지나 길주로 나와, 다시 해변을 따라 청진, 회령을 거쳐 상삼봉에서 두만강을 건너는 코스는 대단한 고난의 길로, 3박 4일간 거의 먹지도 마시지도 못했다. 회령에 이르러 잠시 머물 때, 친일파 지주가 밀고했다. 옥순의 모친은 심문을 받지 않았지만, 부친은 헌병대로 호송된 후, 행방이 묘연해진 채로 소식이 끊어졌다. 헌병은 석방했다고 했으나, 지명수배된 사상범을 그렇게 쉽사리 석방할 리가 없으니 제반 사정을 미루어보아 고문 중에 암살된 것으로 추정되었다.

"우리 아버지는 결코 죄가 없어요. 모두 당신들 일본인이 나빠요."

옥순은 모친의 유품인 비취색 비녀를 만지면서 카지를 노려보았다. 카지는 대답이 궁해 입을 다문 채로 고개를 숙였다. 불행한 옥순을 위로하기 위해 일본인으로서 속죄하고자 하는 결의를 다질 뿐이었다.

3

설옥순은 종로의 요정에서 처음 만났다. 카지는 미술학교 시절의 친구가 경성에 왔을 때, 마치 조선에 정통하다는 듯, 조선 정서가 가득한 곳을 견학시켜 주겠다며 친구를 종로로 안내했다. 경성에 살면서도 카지는 종로에 간 적이 별로 없었다. 그곳은 순수한 조선인 거리로, 혼자 걸어가면 왠지 아주 불편한 감정에 휩싸였다. 극언하자면 좀 두렵기도 했다. 조선인들은 일본인에게 결코 적의를 보이지는 않았지만, 알 수 없는 차가운 것이 그대로 카지에게 전달되는 느낌이었다.

소변의 악취와 대변 냄새가 뒤섞인 음침한 분위기의 뒷골목에 조선의 선술집이 늘어서 있었다. 문을 밀고 들어가면, 고기 굽는 연기가 훅 하고 다스하게 몸을 감쌌다. 뒷골목다운 분위기였다. 손님은 걸상이나 온돌에 한쪽 무릎을 세우고 앉아 약주가 든 사발을 양손에 받들고 마셨다. 대화하고 노래하는 조선말이 들려오니 과연 타향에 왔다는 느낌이었다.

　늑골을 구운 '갈비'라는 요리를 친구는 원숭이처럼 흰 치아를 드러내고 대우 맛있게 뜯어먹으며 막걸리를 들이켰다. 카지도 기분이 들떠서 조선에 관한 설명을 하고, 모르는 조선 청년과 친하게 아리랑을 합창하기도 하였는데, 그 청년이 알려 준 홍몽관(紅夢館)이라는 요정을 찾아가느라 한 시간 가까이나 종로의 복잡한 뒷골목을 헤매고 다녔다. 조선 청년의 말로는, 조선 정서의 정수는 궁중 무용에 있다. 지금은 완전히 쇠퇴해 버렸지만, 단 한 사람, 그 춤을 전승하고 있는 무희가 있다. 거의 찾는 사람이 없으니 오늘 밤에도 있을지 모르겠지만, 홍몽관에 가보는 게 어떤가. 운이 좋으면 만날 수 있을 것이다. 그 말에 두 사람은 마음이 동했다. 기생이 노래하는 권주가나 그 밖의 민요를 질릴 만큼 많이 들었던 카지는, 친구에게 그런 요정의 분위기를 보여주고 싶지 않았으나, 궁중 무용을 보기 위해서라면 요정에 가서 기생을 불러서 노는 것도 좋겠다고 생각했다.

　찾아간 그 집은 별로 손님이 없는 듯 한적했다. 옛날 풍의 관(館) 자를 적은 붉은 사방등이 간판처럼 입구에 걸려 있었다.

　방으로 안내된 후에 물어보니, 그 무희는 오늘 밤 올 예정이라고 했다. 즉, 기생이 아니라 단지 무용으로만 밥벌이를 한다는 것이었다. 아름다운 치마를 입은 기생 둘이 격식에 따라 한쪽 무릎을 세우고 옆에 앉았다. 조선의 요리를 맛보며 청주를 마시고 있는데, 어딘가 가까이에서 물 흐르는 듯한 쓸쓸한 퉁소 소리가 들려왔다. 그것에 섞여 느릿한 북소리도 들려왔다. 술을 마시며 황홀하게 듣고 있자니 쓸쓸한 감정이 일어났다.

"옛날 조선 춤입니다. 손님, 보시겠어요?"

한 기생이 말했다. 카지는 고개를 끄덕였다. 끄덕이면서 과연 어떨지 하는 예감이 묘하게 가슴을 두근거리게 했다.

30분 정도 지난 후, 무희가 홍몽관으로 왔다. 네 명의 노인 악사를 포함해 모두 다섯 명이었다. 가야금이나 퉁소, 장구의 느릿한 곡조는 과연 우아함 그 자체로 궁중 무용에 어울렸다. 그러나 무엇보다도 카지를 기쁘게 한 것은 정숙하고 아름다운 춤의 선이었다. 어깨에서 팔로 이어지는 선은 부드럽게 흐르고, 발놀림은 깊은 정서 가득해, 바라보는 카지의 가슴에는 찡한 느낌이 솟았다. 그것은 감동이라고 부르기에는 어울리지 않는, 두말이 필요 없이 "바로 이거다!"라고 외치고 싶은 것이었다. 바꿔 말하자면, 그림이 된다고 하는 의욕적인 감흥이었다.

여하튼 이렇게 옥순을 처음으로 만났다. 젊은 두 일본인 화가의 응시를 전혀 신경 쓰지 않는 모습으로 옥순은 음악에 맞춰 아리따운 자태로 춤을 추었다. 카지는 처음으로 조선의 아름다움을 보았다고 생각했다. 진심으로 그런 생각이 들었다. 그것은 옥순이라는 무희의 아름다움이 아니라, 조선 춤의 아름다움이라고 생각했다. 그러나 춤이 끝나고 일행이 떠나가자, 카지가 혼자 도취하였던 것은 무악의 묘한 아름다움도 아니고, 춤 그 자체의 아름다움도 아닌, 설옥순이라는 작은 명함을 남기고 간 그녀의 아름다움이었다는 것을 깨달았다. 설옥순이라는 작은 명함을 받아 든 카지의 마음은 크게 흔들렸다. 무희를 기다리는 동안에 느꼈던 이상한 예감은 까맣게 잊어버렸다.

그로부터 며칠 후, 카지는 다시 홍몽관을 찾았다. 물론 혼자였다. 카지는 옥순에게 그림의 모델이 돼 달라고 부탁했다. 꼭 그림으로 그리고 싶었다.

어두컴컴한 조선의 독특한 방에서 낮게 깔리는 우아한 무악. 단조로운 울림을 타고 계속 춤추는 여자, 천장어 매달린 구슬 장식의 램프. 높은 창에서 들어오는 달빛이 장구 치는 노악사의 옆얼굴을 비치고 있다. 며칠 전의 그런 이미지를 카지는 가슴에 계속 품고 있었다.

젊은 화가의 제안을 옥순은 거절했다. 일본인의 그림 재료가 되고 싶지 않다는 마음이었던가. 그러나 카지는 그런 옥순에게 더욱 강하게 끌렸다. 오히려 제작의 의욕이 더욱 불타올랐다. 카지가 내미는 술잔을 받으려고도 하지 않고, 단정하게 고개를 옆으로 돌린 옥순의 오뚝한 코가 아주 차가운 느낌으로, 카지는 초조와 기움이 갑자기 커지는 기묘한 기분이었다. 그러나 카지는 포기하지 않았다.

몇 변인가 홍몽관의 문을 드나들었다. 그 무렵 궁핍한 화가였던 카지로서는 그러한 놀이의 장소에 발을 들여놓는 것은 괴로운 일이었다. 그러나 그는 이미 홀려 있었다. 매료된 그는 체면이고 뭐고 다 버리고 노예 같은 헌신을 바치고 있었다.

어느 밤, 옥순은 평소와 달리 카지의 술잔을 받으면서 이렇게 말했다.

"당신은 내 춤이 그리고 싶나요, 아니면 너가 그리고 싶나요, 어느 쪽이죠?"

내가 그리고 싶은 것은 춤도 옥순도 아니다. 춤 속어 혹은 옥순이라는 여자 속에 간직된 조선의 아름다움이다 조선 그 자체의 이름다움이다. 카지는 그런 말을 했다고 기억한다. 그러나 냉정하게 되돌아봐서,

그 말은 진실이었던가. 조선의 아름다움이라는 말에 마음이 움직였다고 옥순은 후에 말했으나, 그때 말한 조선의 아름다움이란 카지에게는 설옥순이라는 조선의 여자가 아니었던가. 하지만 그런 것은 아무래도 상관없었다. 어쨌든, 카지는 설옥순을 모델로 60호의 유화를 완성했다. 그리고 그것이 일전(日展)[일본미술전람회]에 특선으로 뽑히자, 그것은 두 사람을 급격하게 맺어주는 동기가 되었다. 카지는 심혈을 기울여 그렸다. 특선을 받은 기쁨보다도 미술관의 구매 대상이 된 명예보다도, 카지는 옥순이 더욱 소중했다. 일본인을 미워하는 조선의 무희가 나날이 자신에게 가까워지며 깊어가는 애정에 그는 기쁘기 그지없었다.

분명 옥순은 기묘한 점이 있는 여자였다. 조선인의 생활양식과 차이 등에 관해서는 카지는 경험도 많이 하고 이해도 충분하다고 생각했다. 그러므로 그는 항상 조선 속으로 들어가려고 했지, 결코 일본을 주장하지 않았다. 그런데도 옥순은 카지를 사랑하지만 일본인인 그에게는 마음을 열지 않았다. 결혼은 하지 않겠다고 말했다.

"당신을 미워하는 게 아니에요. 하지만 일본인이니까 미워요."

그런 말은 두 사람이 동거하게 된 후로도 여전했다. '그런가? 미운가…' 카지는 혼잣말을 하며 그녀에 대한 사랑 때문에 참을 수 없는 초조함을 느꼈다. 자신의 애정으로는 없앨 수 없는 피에 대한 증오에 어찌할 수 없는 실의를 맛보았다. 당신의 부친을 암살한 헌병은 일본인이었겠지. 당신 나라의 땅과 말을 빼앗은 것은 일본인이겠지. 분명 일본이 나쁘다. 그러나 그 증오를 나 혼자 받아야 하는가. 나 혼자 가시를 짊어지고 증오를 견뎌야 하는가. 모든 것을 팽개치고 설옥순이라는 한 여자에게 달려든 내가…. 당신을 사랑한다는 것은, 당신이 찌르는 증오의 상처를 참고 견딘다는 말인가.

입 밖으로는 내지 못하고 단지 잠자코 옥순의 몸을 껴안고 있는 카지의 눈에는 자신도 모르게 슬픔인지 무언지 모를 눈물이 흘러넘쳤다.

4

옥순과는 정식 결혼을 하지 않은 채로 카지는 전장에 나갔다. 1943년 여름이었다. 만약 살아서 돌아오게 된다면, 옥순과 결혼해 내지[일본]에서 살려는 생각이었다.

북만주의 경비대에서 근무하고 전쟁이 절정에 이른 1945년 봄에 평양의 부대로 배속된 후에 곧 종전을 맞았다. 화물열차로 개성까지 가서 군복을 벗고 도보로 경성에 닿았다. 경성에 일가친척은 없었지만, 경성에 돌아가야만 한다는 심정 때문이었다. 2년 만에 찾은 경성의 시가지에 달라진 모습은 없었다. 단지, 독립 만세라든가 미국 환영 등의 아치가 거리 곳곳을 장식하고 있고, 구 일본군의 물자가 거리에 범람하고 있었다.

카지가 살던 아파트는 강제 철거로 흔적도 없이 길로 바뀌어 있었다. 물론 옥순의 행방은 알 수 없었다. 거리는 매우 들떠 있는 분위기로, 소련군이 왕십리까지 들어왔다거나, 조선인들이 폭동을 일으켰다는 등의 유언비어에 일희일비하면서 일본인들은 탈출 준비에 여념이 없었다.

남들이 주의를 주기도 해 위험하다고는 생각했지만, 카지는 그런 가운데 종로에 가보기로 했다. 옥순을 만날 수 있을지도 모른다는 희망을 품고. 옥순의 집은 광화문 부근이라는 말을 들은 적이 있었다. 그러나 그곳에 갈 마음은 생기지 않았다. 옥순은 종로에 있을 것 같은 생각이 들었다.

친구 집에서 묵으며 귀국 열차의 순번을 기다리면서, 카지는 미친개처럼 경성의 거리를 헤매었다. 교외의 일본인 저택에는 떼강도가 트럭을 타고 와서 부녀자를 욕보였다는 소문도 들려왔다. 그런 소문은 너무나 많아 더는 사람들의 감정을 자극하지 못했다. 이윽고 미군이 상륙했다. 하지 중장이 이끄는 제8군인데 오키나와를 점령한 역전의 용사들이라고 했다.

미군이 입성해 진주 태세를 마치자, 아무래도 거리의 공기도 가라앉기 시작했다. 우후죽순이라는 표현처럼 거리의 곳곳에 정당이 생겼다. 한국청화(靑和)정의당이나 신한자유당 등 엇비슷한 이름의 간판이 여기저기 걸리고, 제복 같은 것을 차려입은 한국 청년들이 완장을 차고 활기차게 거리를 누비고 다녔다.

그런 어느 날, 카지는 옥순과 마주쳤다.

종로가 아니라 경성의 긴자라고 불리는 본정통이었다. 옥순은 네댓 명의 정당원 같은 청년을 이끌고 걸어가고 있었다. 카지는 프랑스 교회 뒤의 광장에 형성된 암시장을 둘러보고 있었다. 고추잠자리가 무리를 지어 하늘 높이 날아다니는 것을 쳐다보고 눈을 땅으로 옮기려고 할 때, 저 앞에서 걸어오는 옥순이 눈에 들어왔다.

매우 가까이 다가온 옥순에게 카지는 말없이 그리움의 눈을 반짝이며 응시했다. 옥순은 문득 카지를 알아본 듯, 멈춰 서서 그늘 있는 미소를 띠었으나 곧 미소를 거두고, 주위 청년들에게 무언가 조선말로 빠르게 말했다. 카지가 옥순에게 다가가려고 인파를 헤치려고 하였을 때, 옥순은 앗! 하는 날카로운 소리를 질렀다.

청년들이 갑자기 카지에게 달려들어 격한 혼잡 속에서 카지는 크게 비틀거렸다. 다시 등을 들이받힌 카지는 무참하게 땅바닥에 쓰러졌다.

'뭐 하는 거야!' 하고 일어나려는 카지의 눈에는, 고통으로 일그러지면서도 애써 웃음을 보이려는 옥순의 표정이 비쳤다. 후두부에 깊은 통증이 왔다. 카지는 그대로 땅바닥에 쓰러졌다.

…몇 시간이 지났을까.
카지는 어두컴컴한 방 안에 드러누워 있었다. 방의 어둠은 매우 음산해 어딘가의 움막이 아닐까 생각될 정도로 적막했다. 드러누운 채로 눈을 뜨고 있자, 그대로 움막의 슬한 공기 속에 가라앉아 앙금처럼 묻혀 버릴 것 같은 조막함이었다. 몸을 움직이려고 하자, 신음을 지르고 싶을 정도로 고통스러웠다.
미안해요…. 카지 상, 용서해요…. 멀리서 그런 소리가 들린 듯했다. 그러나 사람의 기척은 의외로 바로 옆에 있었다. 옥순이었다. 뺨은 눈물로 젖어 있었다. 카지의 몸을 꼭 껴안으면서 괴롭게 신음하는 숨결이 카지의 얼굴과 목에 계속 닿았다. 타는 듯한 그러나 부드러운 감촉을 마치 꿈속의 일처럼 느끼면서, 납이 박힌 듯 무거운 후두부에서 자욱이 피어오르는 짙은 무지개의 빛을 카지는 온 힘으로 견디고 있었다. 온 힘으로 견디고 있었다….

미군 진주 *米軍進駐*

밀쳐져 나동그라진 쿠니오는 자기 앞을 가로막고 서 있는 완장 찬 조선인 남자를 보았다.
이를 드러낸 청년이 비웃음과 증오를 담은 눈으로 쿠니오를 노려보았다.
피가 배어나는 무릎을 어루만지며 그는 일어났다.
대한민국자유독립신예당이라는 완장의 글이 망막을 천천히 스쳐지나가는 것을
쿠니오는 먼 세계의 일처럼 멍하게 느낄 뿐이었다.

1

'대한민국 자유독립신예당 당수'라는 요상한 직함의 명함을 들고 이연(李然)이 신당정(新堂町)[신당동] 사쿠라가오카(桜ヶモ)의 은가로 쿠니오(邦夫)의 부친을 찾아온 것은, 1945년 9월 2일, 미 제24군의 경성 진주가 발표되고 얼마 되지 않은 때였다.

미 제24군은 오키나와 공략의 무훈에 빛나는 귀신부대라는 소문이 자자했다.
—전후, 치안은 극히 불안해 거리에는 폭도가 설치고 다녔다. 사형수가 당당히 탈옥하고 방송국이 점령되거나 하며 경성브 내의 혼란상은 말할 수 없을 정도였다.
약탈이나 폭형은 일일이 헤아릴 수가 없고, 게다ᄀ- 대낮에 당당하게 벌어지는 소요 상태였으므로, 오키나와를 점령한 귀신부대가 진주

한다는 뉴스는 교외의 주택지에 또 하나의 새로운 불안의 씨앗을 던져 주었다.

죽어가는 일본군을 롤러로 깔아뭉개거나 사체의 넓적다리뼈로 페이퍼 나이프를 만들거나 할 정도의 야만적이고 잔학한 인종이라고 배운 미군 병사들.

파란 눈의 무성한 가슴 털과 짙은 노린내의 사나운 무리가 피범벅의 얼굴로 잔인한 승리의 미소를 지으면서 내일이라도 상륙한다는 것이었다.

…이 상상은 꿈속에서도 늘 처참한 장면을 한없이 펼치며 쿠니오를 계속 괴롭혔다. 쿠니오가 중학생 때, 학교의 배속장교는 신입생을 집합시킨 후, "만약 전쟁에 지면 너희는 남김없이 불알이 뽑히고 미국의 노예가 된다"라고 심각한 말투로 훈시했다. 중년 대위의 비장한 표정을 떠올리면서 쿠니오는 마침내 그 참혹한 형벌이 가해질 것이 틀림없다고 믿게 되었다.

그는 거세된 불쌍한 경마의 모습과 자신의 영상이 겹쳐지는 두려움에 몸이 떨렸다. 쿠니오는 밤새도록 가위눌리며 침체한 무거운 기분에 지배돼 매일 아침 식은땀을 닦아냈다. 적개심을 선동하기 위한 '귀축미영(鬼畜美英)[짐승 같은 미국과 영국]'이라는 표어는 지금은 거의 실제상황에 가까워져서, 어린 중학생을 창백한 두려움에 휩싸이게 하고, 가차 없이 꿈의 세계에서 유린했다.

이러한 일련의 불길한 꿈속에서도 특히 그를 몹시 당황하게 만든 것은, 도쿠미쓰(德光) 부인이 무참하게 살육되는 정경이었다.

기괴하게도 이 꿈만은 언제까지나 선명하게 기억에 남아, 온종일 문득문득 떠올라 은밀하게 쿠니오를 전율케 했다. 은가의 주인인 도쿠미쓰 부인은, 그와 부친을 숨겨 준 은인일 터인데, 왠지 쿠니오는 그 부인을 증오의 대상으로 삼으려고 했다. 그것은 차마 범하기 어려운 그녀의 미모 탓이었던 것도 같다.

사쿠라가오카는 경성 남쪽 교외에 위치한 신흥주택지였다.

화강암질의 흰 토양으로 혜택받은 이 주택지는 돌담을 쌓아 정연하게 구획된 대지에 높은 울타리가 둘러쳐 있어, 예를 들면 애국반의 방공연습 등에는 하녀나 운전수를 대신 출석시킬 정도로 사쿠라가오카의 사람들은 이웃과의 교제를 싫어하는 인종으로 알려졌다.

콧대 높은 사쿠라가오카의 긍지는, 밤손님의 일을 매우 편하게 만들어 주었다. 떼강도는 트럭을 몰고 휘파람을 불며 찾아왔다. 밧줄로 묶인 가족이 아무리 비명을 질러도 달려와 줄 이웃 사람은 없었다. 밤기운을 깨는 비명이 가까이 들릴수록, 사람들은 문단속을 엄중하게 하고 피해가 자신들에게 미치지 않기를 기도할 뿐이었다.

소나무 숲을 등진 사쿠라가오카의 고지에 일본과 서양을 절충한 화려한 도쿠미쓰 저택이 있었다. 넓은 부지에는 잘 손질된 양탄자 같은 잔디와 다양한 꽃이 만발한 화단이 있어 수수께끼 같은 도쿠미쓰 부인의 생활을 말해 주었다.

중학 1학년의 쿠니오까지도 징용에 동원된 시대에, 그녀는 조용히 꽃가꾸기에 정성을 들이고 있었던 것일까. 비국민이라고 단정하기에는 너무나도 젊고 아름다운 도쿠미쓰 부인이었다. 그녀는 무언가 헤아릴 수 없는 5색 무지개[적황녹청자, 옛날 동양식]의 세계에 사는 것 같았다.

희미한 의혹이 섞인 감정으로 쿠니오의 작은 머릿속은 터질 듯했다. 그래도 쿠니오는 부친이나 식모 할멈에게 아무것도 질문해서는 안 된다고 스스로 생각했다. 어린 본능이 냄새 맡은 어른의 세계는 쿠니오에게 슬픈 지혜를 심어주었다.

　불의의 침입자일 터인 그에게 유모 할멈은 아무런 주저도 없이 도련님이라고 불렀다. 또 할멈이 나리라고 부르면 태연하게 끄덕이는 부친을 바라보면서, 그는 은가 안에서 자신만이 붕 떠 있는 존재라고 생각했다. 서소문의 곰팡내 나는 관사의 단조로운 생활과는 정반대로, 도쿠미쓰가에는 밝고 따뜻한 공기와 가족적인 냄새가 감돌았다. 그러나 쿠니오를 숨 막힐 듯이 거북하게 만드는 것이 은가에 잠재된 것도 사실이었다. 쉽사리 융화되지 않는 자신의 기분에 초조해하면서도 소년은 기이한 외로움에 휩싸였다.

　총독부의 고관이었던 쿠니오의 부친은 은가의 사람이 된 후로, 사람을 기피하는 경향을 현저하게 드러냈다.
　그것은 다소 병적이고 우스꽝스럽게도 보였는데, 이 급작스러운 징후는 부친이 겁이 많기 때문이라고 쿠니오는 해석했다. 패전의 책임을 느껴 칩거한다는 것이 부친의 말투였으나, 그것은 필시 은가를 타인에게 들키지 않으려는 자기중심적인 구실이었다.
　종전 다음 날, 곧바로 사상범과 경제범은 석방되었다.
　전시 중에도 관사의 유리창에 돌이 날아오거나, 협박 같은 익명의 편지가 오기도 해 조선인의 증오를 샀던 그의 부친이 폭동의 기미에 민감한 것은 당연했다.
　폭도의 습격을 두려워해 새벽까지 전화에 달라붙어 있던 부친의 추태를, 그날 밤 건네준 회백색 분말의 마치 생물처럼 반짝이던 비소의 묘한 감촉과 함께 쿠니오는 잊을 수가 없었다.
　"내 목에도 5천 엔의 현상금이 걸려 있다고 하는구나."

어느 날 그의 부친은 드물게 초대한 손님이나 부인 앞에서 호탕한 소리로 웃은 적이 있는데 그는 부친의 이러한 속 보이는 연기를 경멸했다.

옛날, 등화관제를 무시할 정도의 대범한 인물이었던 쿠니오의 부친은 은가에서는 매일 밤 불안을 떨치지 못하고 자기 손으로 문단속을 하며 돌아다녔다. 이런 신경질적인 태도는 문득 취침 의식이라는 기괴한 동작을 연상시켰다.

조선의 여름밤은 후덥지근해 잠을 이루지 못할 때가 많다. 그런데도 새벽에는 감기에 걸릴 정도로 서늘해진다. 쿠니오의 부친은 감기에 걸릴지 모른다며 침실의 문을 잠근 후에는 잊지 않고 빈틈없이 방공 막을 쳤다. 전쟁이 끝난 후에야 방공 막의 존재를 깨달은 것 같았다.

대낮의 온기가 남아 있어 그렇지 않아도 무더운 6조[약 3평]의 침실은, 방공 막의 붉은 색조 때문에 한증막에 있는 느낌을 주었다. 한 발 들어서면, 호흡이 콱 막힐 듯한 방에서 쿠니오의 부친은 자기 옆에 아들을 자게 했다.

머리맡에 명장 라이쿠니도시(來國俊)가 만든 단검을 놓고, 부친은 괴로운 듯이 허덕이면서 왼손에 비단 부적 주머니를 꼭 쥐고 잤다. 부적 주머니에는 묘한 감촉이 가득한 극약이 들어있을 터였다. 즉, 쿠니오의 부친은 자신의 생명을 손에 꼭 쥐고서야 안도감에 간신히 잠들 수 있었다.

부친의 이러한 무대장치에 머리가 산만해진 탓인지 쿠니오는 좀체 잠이 오지 않았다. 고문을 받는 것 같은 괴로움으로 어둠 속에서 그는 몸을 뒤척였다. 모습이 보이지 않는 적과 대치하고 있거나 기둥에 묶여 있다는 착각에 빠지는 때도 종종 있었다. 동이 틀 무렵, 몽롱함 속에서 닭이 우는 소리를 들으면서 그제야 쿠니오는 부력을 잃고 얕은 잠으로 빠져들었으나, 후두부에 납덩이가 박힌 것 같은 혼탁한 피로감이 꿈의 세계에서 여전히 어지럽게 계속 춤추고 있었다.

2

문패도 없는 은가를 잘도 찾아온 이연에 대해 쿠니오는 경계를 풀지 말았어야 했다.
"도련님, 오랜만이군요."
포도넝쿨 시렁 아래의 등나무 의자에서 뒹굴며 우울한 낮잠을 탐하던 쿠니오는, 거리낌 없이 정원으로 들어온 이 조선인의 감개무량하다는 말투와 글썽이는 눈매에 마음을 누그러뜨리고 말았다. 멍청하게도 부친의 재택을 알린 후에 그는 심한 자책감을 느꼈다.
이연은 붉은 넥타이에 흰 모시 양복을 입어 몰라볼 정도로 말쑥한 신사의 모습이었다. 옛날과는 달리 긴 두발은 깔끔하게 매만진 기색이 있어, 가까이 다가오자 박하 기름 냄새가 진하게 코를 찔렀다. 멘소래담 냄새였다.
촉촉이 젖은 이연의 충혈된 눈빛은 아무래도 포마드 대용의 멘소래담 때문인 것 같았다. 쿠니오는 이연의 연극에 넘어가서 감쪽같이 덫에 걸렸다고 생각했다. 가슴을 펴고 명함을 건네고 안내를 청하는 그는 득의의 웃음을 숨긴 점잖은 표정을 지었다.
"이놈아. 조선인은 만나지 않는다고 그렇게 말했잖아. 없다고 거절해라."
부친은 평소와 달리 격한 말투로 쿠니오를 꾸짖었으나, 손님이 정원에 서 있는 것을 보자, 쓴 얼굴을 하고 나갔다. 테라스에서는 꾸민 듯한 부친의 높은 웃음소리가 곧 들려왔다.

옛날의 이연은 정문 현관으로는 방문한 적이 없는 겸손한 남자였다.

그것은 그가 조선인이기 때문에, 또 스스로 자신을 낮추어서 그런 것은 아니었다. 쿠니오의 부친에게 학비 원조를 받았다는 스소한 은혜에 구애된 하나의 포즈였다. 영리한 급사였던 이연을 부친은 그저 일시적인 기분에서 공부시켜 주었던 것 같다.

그러나 이연은 별로 근면한 학생은 아니었던 것 같다.

그는 불량학생 검거의 망에 걸려 특고[특별고등경찰]의 취조를 받게 되는 사건을 일으켰다. 이연의 수첩에 '외놈(倭奴)'이라는 한자가 있었다며, 그가 민족운동에 참여한 것이 틀림없다는 의심을 받았다. 왜놈이라는 것은 조선인이 일본인에게 부여한, 멸시하는 호칭이었다. 의심을 받아도 당연했다.

쿠니오의 부친이 보증인으로 출두해 이연은 보석이 되었으나, 이 소심한 조선인이 응접실에서 무릎을 꿇고 과장되게 소리 높여 울면서 부친에게 용서를 구하던 모습은 매우 불쌍하게 보였다.

쿠니오가 이 조선인을 확실히 기억하게 된 것은 분명 모친의 장례식 때였다. 모친의 배려로 간신히 학교를 마칠 수 있었던 은혜를 잊을 수 없었는지, 이연은 남의 눈도 꺼리지 않고 "아이고, 아이고" 하며 민족 독특의 통곡을 계속해, 그 대단한 슬픔의 모습이 조문객들의 시선을 끌었다. 그렇게 큰 소리로 울더니 언제 그랬느냐는 표정으로 이연이 부엌으로 들어왔을 때, 쿠니오는 그에게 특별한 흥미를 느꼈다.

이연은 부엌에서 일을 도와주는 사람들에게 자신이 설탕이나 참기름 등의 물자를 조달할 수 있다고 제안했다. 마침 많은 조문객을 접대하는 음식 재료를 어떻게 조달할지 걱정하고 있었으므로, 물물교환은 반드시 불리한 조건은 아니었다. 국민복에 각반을 차는 시대였으므로 쿠니오는 부친의 장롱에서 여름과 겨울 양복을 꺼내 와서 이연에게 건네주었다.

상대방이 양복을 원한다는 이연의 말을 받아들였던 것인데, 그는 양복을 굳이 거울 앞에서 입어 보며 "흠, 런던제로군" 하고 중얼거리며 만족스러운 미소를 지었다. 다음 날 아침, 약속한 물품을 들고 온 이연은 쿠니오의 손에 초콜릿을 건네주었다. 그 무렵에는 귀한 판초코를 먹으면서 쿠니오는 이연이 마술사 같다고 생각했다.

친한 동료들에게도 비밀로 한 은가를 냄새 맡고 찾아온 것만으로도 이연은 마술사의 솜씨가 있는 것 같았다.

소파에 깊숙이 앉아 여유롭게 무릎을 꼬고 있는 이연의 흰 양복이 설탕과 교환된 것임을 깨달았을 때, 쿠니오는 이연이 정말로 마술사라고 믿지 않을 수 없었다.

이연에게는 동반 손님이 있었다.

골격이 늠름하고 예리한 표정의 그 남자는 행동대장 겸 부당수 겸 총무위원 등 몇 가지 직함이 있었다. 행동대장은 응접실에 들어온 쿠니오에게도 아주 정중한 동작으로 명함을 건넸다. 눈썹을 찡그리며 쿠니오가 명함의 한자를 읽자, 그 남자는 "그런 사람입니다"라고 자신만만한 소리로 말했다.

이연은 기부금을 받으러 온 것이었다. 어렴풋하게나마 그것이 기부라는 명목을 빌린 공갈이라는 것은 이해할 수 있었다. 이연은 일본의 착취행위를 통렬하게 비판하려고 애를 썼지만, 빈곤한 어휘가 오히려 이연을 흥분시키는 것 같았다.

"참으로 일본인은 심했습니다. 조선말을 쓰면 안 된다, 일본 이름으로 바꿔라, 하그 돕시 괴롭히기만 했지 므엇을 우리에게 해 주었습니까? 세금은 많아졌고, 공출을 내게 하고, 남자는 징병, 여자는 징용, 뭐 하나 좋은 지 없지 않습니까? 반성을 해야죠. 반성을!"

반성은 기부와 동의어인가. 우국의 당수는 말 중간중간에 마구 상대에게 반성을 촉구했다. 이 남자가 과거 부친 앞에서 무릎을 꿇거나 모친의 관에 매달려 훌쩍이던 인물이라고는 좀체 믿을 수 없었다.

"흠, 내게 기부를?"

쿠니오의 부친은 망연한 표정이었다. 듣기에 따라서는 비아냥거림으로도 감탄으로로 받아들여지는 말이었다. 신호를 보내는 듯 이연의 슬리퍼가 행동대장의 발을 재빨리 밟는 것을 쿠니오는 훔쳐보았다. 그때까지 침묵을 지키며 천장의 샹들리에를 신기하다는 듯이 응시하고 있던 행동대장이 무슨 말인지 알았다는 듯 끄덕이더니 힘차게 말을 내뱉었다.

"기부하시죠! 당신에게 이득이요!"

이때, 도쿠미쓰 부인이 모습을 나타내지 않았다면 부친은 뭐라 대답했을까. 쿠니오가 보기에, 부친은 도쿠미쓰 부인의 등장에 힘을 얻은 것 같았다. 뜻밖에도 부친은 위엄을 차리고 "기부는 못 하네"라고 행동대장의 기세를 꺾었다.

"기부 못 한다고?" 귀를 의심하듯 행동대장은 입속으로 중얼거리더니 위협하려는 듯 양손의 손가락을 뚝뚝 소리 내 꺾으며 혀로 윗입술을 핥았다.

"5천 엔의 돈이 없다는 말입니까?"

행동대장은 테이블을 주먹으로 치며 무서운 태도로 위협했다. 쿠니오는 창백한 얼굴로 부친을 바라보았다. 도쿠미쓰 부인도 갑자기 노여움을 띠고 쿠니오의 부친을 바라보았다. 쿠니오의 부친은 일그러진 미소를 띠고 "이연 군" 하고 불렀다. 그렇게 생각한 탓인지 말끝이 떨린 것 같았다.

"이연 군. 땡전 한 푼 기부 못하네. 알겠나? 자네들의 말을 들어 보니, 나는 조선인의 적이라고 한다. 자네의 정당은 조선의 적에게서 돈을 받아 정치를 하는 건가. 내가 기부하는 것은 자네의 훌륭한 정치활동의 첫 페이지를 손상시키는 꼴이 되네. 그러니 기부는 하지 못한다는 말이네. 하지 않는 것이 아니라 할 수 없다는 말이네. 정치가는 출발이 중요하니까."

과연 맞는 말이다. 이연은 말이 막혔으나 이런 경우에 협박자가 취하는 수단은 한정된 것 같았다. 의미가 통하지 않는 조선말로 부친을 매도하기 시작한 행동대장을, 이연은 연극처럼 과장된 태도로 만류하고 협박 같은 말을 중얼거렸다.

"돈이 중요한지 목숨이 중요한지, 잘 생각해 보시죠."

이연의 몸 어디에 이처럼 무서운 어금니가 감춰져 있었던 것일까. 기르던 개에 손을 물린다는 속담을 떠올리면서 쿠니오는 두 명의 조선인에게 화가 났다. 부친이 어떤 나쁜 짓을 했단 말인가. 일본은 조선에게 패한 것이 아니다. 조선인도 함께 전쟁을 했다. 미군이 상륙하면 두려우니 조선인은 모두 일본인에게 죄를 전가하려는 것이리라. 왜 일본인이 조선인을 두려워하는지 쿠니오는 이해가 가지 않았다.

그는 부친의 왼손이 품속에서 무언가 만지작거리는 것을 눈치챘다. 부친의 목숨이다. 왼손에 비단 부적 주머니가 쥐어져 있다. 부친의 목숨은 그 손안에 있었다.

쿠니오는 차차 핏빛을 잃고 창백해졌다.

"당신들은 돈을 원하는가요. 아니면 목숨을 원하는가요."

도쿠미쓰 부인은 의외로 태연한 표정으로 적을 정면으로 바라보면서 이렇게 말을 꺼냈다. 무엇을 말하려는 것인지 쿠니오는 바로 이해할 수 없었지만, 이 한 마디가 도쿠미쓰 부인을 승자의 위치로 올려놓은 것은 부정할 수 없었다.

"돈인가요? 목숨인가요?"

어느 쪽도 드리겠다는 듯, 도쿠미쓰 부인은 미소를 지었다. 목숨을 원한다는 말을 들으면 어떻게 할 생각이었을까. 쿠니오의 눈동자는 부친의 왼손에 집중되었다. 유카타 속에서 부친의 손은 돌연 멈췄다.

"이연 군, 기부는, 할 수 없네. 다시 한번 말하겠네. 기부는 못 하네. 기부는."

"그럼… 기부 이외의 돈이라면 내겠다는 거군요!"

갑자기 행동대장은 얼굴을 풀고 얼빠진 사람처럼 소리쳤다. 소년의 긴장이 갑자기 풀어졌다. 그는 자신의 부친을 역시 겁쟁이라고 생각했다. 도쿠미쓰 부인과 아들 앞에서, 부친은 잠시 연극을 한 것에 불과했다. 왼손으로 담배 상자를 앞으로 당기면서 부친은 잠시 생각하더니 이렇게 말했다.

"이연 군. 배는 없겠는가?"

3

8월 25일 오전 0시를 기해 미군은 100톤 이상 선박의 운항을 금지했다.

경성 거리에는 '왜놈, 어서 돌아가라'라든가 '배가 없으면 헤엄쳐서 현해탄을 건너라' 등의 삐라가 붙어 있었지만, 모국으로 돌아갈 수 있는 발을 빼앗긴 일본인들의 관심은 밀항선을 빌려 불안한 이 땅에서 안전하게 탈출하는 것에 집중돼 있었다.

　실제로 많은 사람이 시도했지만 대부분 실패했다는 소문이 돌았다. 실패의 원인은 두 가지였다. 일본으로 귀환하려면 부산항으로 가야 하는데, 경부선은 불통 상태이므로 사람들은 화물 트럭을 이용했다. 그런데 화물을 만재한 트럭은 도로를 지키고 있는 폭도에게 예외 없이 습격당할 위험이 있었다. 또 하나의 원인은, 부산에 도착해도 곧바로 밀항선을 잡을 수 있을지 의문이었다. 그러므로 매우 운이 좋은 사람이라야 생명과 재산 두 가지를 안전하게 조국으로 옮길 수 있었다.

　8월 16일 오후부터 발생한 폭동은 군대의 출동으로 큰 재앙 없이 가라앉았으나, 미군 상륙은 일본군의 무장해제를 의미했다. 다시 폭동이 발생하리라는 것은 누구라도 예측할 수 있었다.

　쿠니오의 부친은 폭도에 붙잡혀 어느 회사의 중역처럼 물에 던져져 죽을지도 몰랐다. 눈썹이 타들어 가는 다급한 위험이 다가왔다. 생명과 재산 두 가지 어려운 조건을 만족하는 밀항 계획은 은가의 사람들에게는 가장 진지한 화제였다. 그날 밤, 도쿠미쓰 부인과 부친은 밤이 깊도록 계획을 검토하는 것 같았다.

　사쿠라가오카에서 산 하나를 넘으면 푸른 호수와 같은 한강이 나타난다. 50톤 정도의 기범선[동력과 돛으로 움직이는 배]이라면, 물때만 잘 맞추면 무난히 거슬러 올 수 있을 것이다. 이연이 말 그대로 밀항선을 주선해 준다면, 부친의 계획도 의외로 잘 진행될 것 같았다. 만약 바라는 대로 배가 준비된다면 이연은 그 대가로 도쿠미쓰 저택을 넘겨받을 예정이었다.

　부친의 입에서 아무렇지도 않게 집을 넘겨주겠다는 말이 나오자 쿠니오는 의아스럽게 생각했다. 이 집이 부친의 집이란 말인가. 아니, 그럴 리가 없다. 군패에는 도쿠미쓰라고 적혀 있는 것을 기억하고 있다. 문패는 겁 많은 부친이 어느새 떼어 낸 것 같았지만.

　다음 날부터 도쿠미쓰 부인은 분주하게 짐을 싸기 시작했다. 2층 방 가득히 화려한 의상을 펼쳐 놓고 이것은 무슨 원단이고 저것은 뭐라고 알려 주면서 하나하나 몸에 걸쳐서 보여 주었다. 옷을 가볍게 어깨에 걸치고 소매에 손을 넣었을 때, 부인은 먼 곳을 바라보는 황홀한 표정이 되었다. 그녀의 고상한 동작 속에서 쿠니오는 아름다운 가루를 뿌려대는 한 마리 나방을 떠올렸다.

　미군이 언제 상륙할 것인지 아직 기색은 보이지 않았다. 라디오도 신문도 없는 시대에, 사람들이 기댈 수 있는 것은 오로지 소문이었다. 미군이 좀체 상륙하지 않는 것은 조선인이 나쁜 계책을 제시했기 때문이라고 했다.

　"역시, 일본군이 무서운 게죠."

　은가에서는 할멈 혼자 쾌활했다. 총과 도검류를 모두 공출하라는 엄격한 미군의 통지가 드물게도 회람판으로 은가에도 돌아왔다. 미군에 건넬 바에는 하는 생각에 쿠니오는 부친이 애지중지하는 명검을 뒷산에 묻기 위해 밖으로 나갔다.

　산기슭의 소나무 숲에는 조선인 마을이 산재해 있었다. 산꼭대기에는 고사포 진지가 있어, 할멈의 말에 따르면, 조선인 탈주병이 자주 도망쳐 아랫마을로 내려온다고 했다. 숨을 헐떡이며 바위를 타고 나무에 매달리고, 억새에 손가락을 다치면서 산 아래로 내려오려고 필사의 노력을 하는 탈주병이 아직 산속에 숨어있는 듯한 느낌에, 쿠니오는 중턱 쯤까지만 올라가고 그 이상 오르는 것을 단념했다.

사방을 내려다보고 있는 굵은 적송이 한 그루 보였다. 나무 아래를 판 후, 문득 장난기가 생겨, 그는 나무의 굵은 몸통을 칼로 쳤다. 명검은 손잡이만 남기고 뚝 부러졌다. 쿠니오는 자신의 장난을 누가 보지 않았을까 귀를 기울였다. 산기슭에서 웅성거리는 소리가 바람을 타고 들려오는 듯했다.

처음에는 잘못 들었나 생각했으나 그것은 소나무에 부는 바람 소리가 아니었다. 분명 사람의, 게다가 꽤 많은 사람이 웅성거리는 소리였다. 쿠니오는 두려웠다. 조선인들이 그를 노리고 올라오는 것이 틀림없었다. 그는 울음이 터져 나오려는 듯 얼굴을 찡그렸다. 손잡이 위로 부러진 칼을 땅속에 묻고 몇 번 발로 다진 후에 쿠니오는 뛰어 내려갔다.

기슭의 계곡에서 웅성거리는 기색은 없었다.

쿠니오는 문득 탈주병의 모습을 머리에 떠올렸다. 바위 뒤에 몸을 숨기고 소년은 숨을 죽인 채 계곡 쪽을 몰래 살펴보았다. 저녁 안개가 끼기 시작한 숲에 흰옷을 입은 조선인들이 점점이 보였다. 사람들은 움직이지 않고 생각에 잠긴 모습으로 한 점을 응시하고 있었다. 시선의 중심에 한 마리 짐승이 보였다. 한 마리의 소가 나무에 매여 있었다.

짐승 옆에서 바쁘게 움직이는 반라의 남자들이 보였다. 한 남자는 땅에 말뚝을 박고 있었다. 다른 남자들은 돗자리를 깔거나 쇠사슬을 말뚝에 감고 있었다. 소는 무심하게 입을 계속 우물거리고 있었다. 쿠니오는 남자들의 작업이 무엇을 의미하는지 알 것 같았다. 하지만 쿠니오의 몸은 얼어붙은 듯 꼼짝할 수 없었다.

교묘하게 유도돼 쇠사슬로 몸의 자유를 빼앗기고서야 짐승은 심각한 상황을 깨갈은 듯했다. 소는 몸을 비틀면서 필사적으로 땅바닥을 찼다. 발굽은 무의미하게 땅을 긁었다. 늠름한 체격의 도살자는 땅에 굳건히 발을 딛고 쇠꼬챙이를 손에 들고 있었다. 비정한 흉기를 꽉 쥔 팔뚝은 알통을 불끈거리며 높이 올라갔다.

다른 남자가 장단을 맞추는 소리를 지르며 채찍 같은 소의 꼬리를 끌어당겼다. 뒷걸음치려고 애쓰던 소는, 후방의 적에 놀라 반사적으로 혼신을 다해 앞으로 굵은 목을 내밀었다. 그 순간, 재빠르지 큰 포물선이 소의 미간에서 떠오른 것처럼 보였다.

뼈가 깨지는 기분 나쁜, 그러나 관중의 뇌 속까지 전해오는 둔탁한 소리와 이 세상 것이라고는 생각되지 않는 비통한 짐승의 프효가 황혼 속에서 소용돌이치며 울려 퍼졌다.

주황색 피부가 물결치며 단말마의 고뇌가 남김없이 드러났다. 동물은 돌연 무릎을 꿇었다. 앞 다리의 쇠사슬이 풀어진 것이다. 도살자의 동작은 기민했다. 짐승의 큰 머리를 껴안고, 굵은 침을 상처 구멍에 찔러 넣고 잽싸게 도려냈다. 뇌수를 파괴하는 것이다.

돗자리에 가로누운 소의 네 다리는 학질에라도 걸린 듯 계속 떨렸다. 주위의 공기까지 떨리는 것 같았다. 쿠니오는 바위에 달라붙어 있었다. 눈앞이 캄캄해졌다. 몸은 얼어붙은 듯 자신의 의지를 무시하고 있었다.

큰 항아리가 놓이자 골짜기에는 이상한 행렬이 만들어지기 시작했다. 잘라진 소의 목에서 붉은 액체가 뜨거운 김을 피우면서 항아리에 쏟아졌다. 행렬의 사람들은 손에 든 흰 그릇을 한 사람씩 내밀고 붉은 액체를 받았다.

풀숲에 웅크리고 앉은 노파는 조심스럽게 입술을 그릇에 갖다 댔다. 아주 귀중한 것이라도 맛보는 듯 미소를 지었다.

골짜기에는 갑자기 입맛을 다시는 소리가 났다. 짐승의 신선한 피는 장수에 효험이 있다는 믿음이 있었다. 사람들은 소의 생명으로 자신의 생명을 구할 수 있다고 믿었다. 피비린내 나는 이 풍습은 쿠니오를 전율케 했다.

심한 현기증으로 소년의 무릎은 비틀거렸다. 마법에서 해방돼 그는 굴러떨어지듯이 산에서 뛰어 내려왔다. 피비린내가 바람을 타고 희롱하듯이 쫓아 왔다. 구토감에 가슴을 뒤틀면서 쿠니오는 자신도 모르게 "죽는다, 죽는다"라고 말했다. 정신없이 산을 내려온 그는 담에 달라붙어 열심히 기어올랐다. 정원으로 뛰어내린 쿠니오는 엉겁결에 우뚝 서서 2층을 올려다보았다. 부인의 침실에서 부친의 그림자가 어른거리고 있었다.

4

이연이 동분서주하여 72톤의 기범선을 빌렸다고 하자, 쿠니오의 부친이 기뻐하는 모습은 이루 말할 수가 없었다. 어디에서 이 비밀을 냄새 맡았는지 사쿠라가오카의 사람들이 앞을 다투어 도쿠미쓰가를 방문해 짐만이라도 실어 달라고 애원했을 때, 부친은 거만하게 고개를 끄덕였다.

의뢰객 중에 김성환(金星煥) 씨가 섞여 있어, 부친은 최초의 계획을 약간 변경했다. 김성환 씨는 사쿠라가오카 대궐이라고 불리는 거대한 저택의 소유자였다.

친일파 부호인 그는 전쟁협력자라는 명목으로 조국의 추적을 받고 있었다. 조국에 남는다는 것은 죽음을 의미했다. 조선인이면서도 조국에 살 수 없는 사람도 있다는 사실은, 쿠니오를 기묘한 감동으로 이끌었다. 김 씨는 일본으로의 망명에 힘을 보태 달라고 이마를 거의 바닥에 비빌 정도였다. 쿠니오는 겁먹은 두 어른이 서로를 위로하며 악수하는 모습을 바라보았다.

김 씨와 그 가족이 밀항의 동료로 가담한 것을 왠지 도쿠미쓰 부인은 덜떠름하게 생각했다. 부인은 배멀미가 심하다는 이유로 자신은 트럭을 타고 부산으로 가겠다고 주장하고 뜻을 굽히지 않았다. 노후한 기범선의 더러운 선창에서 지내는 것은 견딜 수 없다고 했다. 부산에서 기다릴 테니 들러서 자신을 태우고 가 달라고 부인은 토라진 안색으로 말했다.

인천항에서 일본으로 직행하는 계획은 다음과 같이 변경되었다.

김 씨와 그 가족은 화물과 함께 기범선에 탄다. 엿새 후에 배는 부산에 입항한다. 우리는 트럭으로 부산으로 직행해 배를 기다린다. 만약 부산 입항이 위험할 때는 그냥 모지(門司)[후쿠오카에 속한 항구]로 직항한다. 예정된 날보다 지체될 때는 모지로 직행한 것으로 판단해 부산에서 별도로 밀항선을 찾는다. 대략 이상과 같은 계획을 김성환 씨와 협의했다.

6일 이른 아침, 3대의 트럭에 화물을 가득 싣고 마포로 출발했다. 마포는 한강에 면한 지역이다. 기범선은 만조를 타고 오전 6시에는 마포에 모습을 나타낼 예정이었다.

어느 의미에서는, 김 씨의 존재는 이 계획의 순조로운 진행에 도움이 될 터였다. 왜냐하면, 김 씨는 분명 조선인이기 때문이다. 일본인이라면 몰라도 조선인이 일본으로 밀항한다는 것은 당시 아무도 생각하지 못했다.

"쿠니오, 아버지의 별명은 정밀기계라고 한다. 알고 있었나?"

쿠니오의 부친은 우쭐거리는 마음에 미소를 지었다.

정밀기계에 고장이 없다면 10일 오후에 한 대의 트럭이 은가에 올 예정이었다. 그러면 13일 밤에는 모지의 땅을 밟게 될 터였다.

어느 날, 쿠니오는 시내에 나가 볼까 하는 생각이 들었다. 시내에 나간다고 하면 분명 부친은 반대할 것이다. 하지만 그는 아버지의 충고를 무시하고 짜릿한 쾌감을 맛보고 싶었다. 시내는 위험할지도 모르지만 그러기에 더욱 쿠니오가 만족할 만한 무엇이 잠재하고 있을 것 같았다.

넓은 아스팔트의 언덕길을 끝까지 올라가면 무학정(舞鶴町)이 나왔다. 언덕 좌우에는 옛날의 성벽이 덩굴에 덮인 채로 흔적을 남기고 있었다. 박문사(博文寺)[신라호텔 자리] 앞에서 조선 아이들이 흰 자갈을 밟으며 짐수레를 밀고 있었다. 박문사에 있던 군대 창고에서 물자를 훔쳐내고 있는 것이었다.

동사헌정(東四軒町)에서 본정까지는 직선 길이었다.

도중에 고야산별원에서 쿠니오는 이상한 모습의 일본인을 보았다. 머리를 남자처럼 깎은 여학생들이었다. 소련 관할 지역에서 탈출해 경성에 도착한 불쌍한 가족들이었다.

전시 중에는 휑하니 쓸쓸하였던 본정통은 통행인으로 북적거렸다. 거리를 장식하고 있는 것은 대부분 일본군에서 나온 물자였다. 군화, 혁대, 방한복, 양말, 건빵, 수통이나 배낭까지 있었다.

화원(花園)시장[하나조노, 성동경찰서 자리]에는 통제가 풀린 백미가 작은 산처럼 쌓여 있고, 흑설탕이나 군용 통조림이 진열돼 있었다. 두툼한 소의 다리 살이 숲처럼 걸려 있었다. 이마에 쇠꼬챙이를 맞은 것 같이 근질거리는 느낌에 쿠니오는 당황해 시장의 인파 속을 헤치고 나갔다.

보이스카우트처럼 카키색 제복을 입고 행진하는 조선 청년들이 보였다. 정당의 완장을 찬 청년들은 일본 여성을 보면 일부러 어깨를 치며 웃었다. 노예와 주인의 지위가 역전된 절호의 기회를 맞은 노예로서는 필시 즐거운 일이었다. 전쟁에 졌다는 절실한 슬픔은 거리의 도처에 만연했다.

강제 소개로 철거된 건물의 공터에 노천시장이 생겼다. 흥미롭게도 길 한가운데에서 오른쪽은 조선인, 왼쪽은 일본인으로 자연스럽게 구분되었다. 조선인 측에서는 경매라도 열린 것인지 군중이 크게 둘러싼 가운데, 빠른 말로 값을 외치는 소리가 들려왔다.

군중의 후방에는 프랑스 교회의 건물이 우뚝 서 있었다. 고추잠자리가 가을하늘 높이 날아다녔다. 아직 늦더위가 남아 있지만 파란 하늘은 조선의 가을을 말해 주었다.

일본 측의 노천시장에는 각종 잡다한 가재도구를 돈으로 바꾸려는 사람들로 가득했다. 살 사람을 기다리며 멍하니 거리에 공허한 시선을 보내는 일본인에게는 어두운 그림자가 엿보였다.

누가 부르는 소리가 들려 쿠니오가 멈춰 서자, 동급생 이즈미(泉)가 손짓을 하고 있었다. 돗자리를 깔고 중국 책상이나 미싱 등을 늘어놓고 책을 읽고 있는 밀짚모자의 인물은 이즈미의 부친으로 보였다. 이즈미는 싱글거리며 다가왔다.

"아라카와 군이 죽었다. 알고 있나?"

아라카와는 본정의 유명한 화과자집 아들이었다. 8월 17일 밤, 폭도를 진압하러 온 헌병이 갑자기 발광해 아라카와를 등 뒤에서 베었다는 것이다.

"어깨부터 45도 각도로 단칼에 즉사했어. 사람 목숨, 한 치 앞을 알 수 없군."

갑자기 어른이 된 듯한 급우의 말투에 약간 놀라면서 쿠니오는 아라카와의 죽음을 믿지 않을 수 없었다. 이즈미는 급우 등의 동정을 잘 안다는 듯, 중학교의 배속장교가 양복을 입고 이틀 전에 이 시장에 있었다는 것, 불단(佛壇)가게였던 아사미의 집이 팥죽 가게로 바뀌어 장사가 잘된다는 것, 희락관이라는 극장 위에 소년 항공병이 비행기와 함께 자폭한 사건 등을 말해 주었다.

건너편 조선인 군중 속에서는 함성 같은 웃음이 넘쳤다. 군중의 울타리 한가운데에 서 있는 조선인이 무언가 야한 농담을 한 것 같았다. 남자는 단상에서 화려한 옷을 펼쳐서 군중에게 보여주고 있었다. 일본 기모노였다.

"여긴 도둑 시장이야. 강도에게 뺏기면 경찰서 가는 것보다 여기 오는 것이 빨라."

이즈미는 그때 쿠니오의 멍한 표정을 보고 "어이, 왜 그래?" 하고 물었다. 쿠니오는 군중의 머리 위로 춤추며 날아오르는 화려한 나비를 눈으로 쫓고 있었다. 단상의 남자는 "자, 얼마?"라는 말을 외치고, 기모노를 높이 머리 위로 들어 보였다.

틀림없었다. 그것은 도쿠미쓰 부인의 기모노였다. 금실은실로 수놓은 보물선과 거북의 무늬는 도쿠미쓰 부인이 애지중지하는 눈빛으로 몸에 걸쳐 보았던 기모노가 아닌가.

쿠니오는 백일몽을 꾸는 느낌이었다. 햇빛을 받아 기모노는 더욱 현란하게 아름다웠다.

저 기모노는, 짐짝 깊숙이 들어가 지금쯤은 김 씨 일가와 함께 목포 근처를 항해하고 있어야 했다. 쿠니오와 부친이 밧줄로 꼭꼭 묶은 짐짝. …그는 혼란스러운 기분으로 비틀거리면서 군중 쪽으로 다가갔다.

"여긴 일본인이 오는 곳이 아니야. 애들은 저리 가라!"

밀쳐져 나동그라진 쿠니오는 자기 앞을 가로막고 서 있는 완장 찬 조선인 남자를 보았다. 이를 드러낸 청년이 비웃음과 증오를 담은 눈으로 쿠니오를 노려보았다. 피가 배어나는 무릎을 어루만지며 그는 일어났다. 대한민국자유독립신예당이라는 완장의 글이 망막을 천천히 스쳐 지나가는 것을 쿠니오는 먼 세계의 일처럼 겅하게 느낄 뿐이었다.

그때, 거리에서 약간의 혼란이 일어났다. 미군이 상륙해 온다는 것이었다. 달려온 이즈미의 재촉에 쿠니오도 혼란스러운 가운데 달리기 시작했다. '도망쳐야 한다. 도망쳐야 한다.' 속으로 몇 번이나 도풀이하면서 울상이 된 쿠니오는 군중 속에 섞였다.

본정 입구는 남대문과 경성부청, 황금정을 연결하는 분기점이었다.

광장의 잔디를 둘러싸고 은행이나 백화점의 석조 건물, 붉은 벽돌조의 우체국 건물이 아름답게 솟아 있었다.

경인가도를 질주해 입성한 미군 부대의 일부가 광장으로 집결하고 있었다. 땅을 울리며 급정거하는 군용 트럭에서는 파란 야전복을 두툼하게 입은 무장 병사가 계속 튀어나와 광장을 가득 채우고 있었다.

도토에 흘러넘치는 군중을 경계하여, 자동소총을 들이댄 경비병이 먼지투성이의 데리한 표정으로 다치하고 있었다. 지프에 탄 장교가 지도를 들여다보며 허리의 무전기를 빼 들고 보고하는 모습도 보였다.

8월 16일, 소련군이 입성한다는 유언비어에 경성역 앞을 들끓게 했던 대단한 환영의 모습을 생각할 때, 이 입성은 음산할 정도로 조용했다. 환호의 소리도 환영의 미국기도 없었다. 군중은 숨을 죽이고 성난 파도와 같은 미군의 진주를 계속 바라만 보고 있었다.

쿠니오는 이즈미의 손에 이끌려 군중의 맨 앞으로 나갔다. 광장을 계속 경계하고 있는 젊은 미군이 장난삼아 이 중학생에게 자동소총을 겨누었다.

"미군이다!"

쿠니오의 두려움은 극으로 치달았다. 그는 갑자기 앞으로 쓰러졌다. 실신한 것이었다. 군중은 놀라서 두세 발 뒤로 물러났다.

도로의 플라타너스는 벌써 노랗게 물들기 시작했다. 시들어가는 계절의 느낌을 무심한 광장의 분수만이 하늘을 향해 노래하고 있었다.

…그날 오후 3시, 쿠니오의 부친을 태운 미군 지프는 서대문형무소로 달려가고 있었다.

밀항선 闇船

"일본인은 조선인에게 무엇을 주었습니까? 땅을 빼앗고 세금을 빼앗고, 창씨개명으로 이름을 빼앗고, 결국에는 조선말을 쓰지 말라며 말까지 빼앗지 않았습니까! 그렇죠? 그 대신에 준 것은, 남자는 징병, 여자는 징용. 뭐 하나 좋은 것이 없지 않습니까. 당신이 돈을 번 것은 조선 덕분이죠. 전부, 조선에 남기고 돌아가는 게 당연하겠죠?"

1

사쿠라가오카 제6애국반은 신당정의 산을 깎아 만든 고지대의 세 저택으로만 구성되었다. 애국반이란, 일본의 '도나리구미(隣組)'[제2차 세계대전 당시, 일본이 국민을 통제하기 위해 만든 최말단 지역 조직]를 말하는 것으로 왠지 조선에서는 그런 명칭을 즐겨 사용했다.

―경성부는 성벽의 도시였다. 그러나 매년 경성의 인구는 계속 늘어나 중일전쟁이 시작될 즈음에는 성벽을 타고 넘어 교외로 계속 발전했다.

사쿠라가오카는 지형적으로 말하자면 경성의 동남부에 위치했다. 과거에는 고양군 신당리라는 명칭으로 불렸고 묘지로 유명한 곳이었다.

어느 시대에도 머리 좋은 사람은 있기 마련인지라, 광대한 묘지의 면적에 주목해 묘지의 이전을 도모했다. 경성부 당국이나 군 관계를 움직여서 거의 강제적으로 이전시켰다. 아마 1935년경이었던가.

묘를 소중히 하는 조선인들은 이 행위를 비난했으나 권력자에게 반항할 수는 없었다. 세상일 뭐든 시간이 지나면 잊힌다는 생각에 1년쯤은 잠자코 손을 대지 않고 있다가 기회를 보아 택지 조성에 착수했다. 이렇게 탄생한 것이 사쿠라가오카 택지였다.

제1차, 제2차로 거듭 매각되었으나 마침내 정지 작업이 따라가지 못할 정도의 기세로 매각돼 태평양전쟁의 말기가 다가와도 택지 붐은 멈출 기미가 보이지 않았다.

제6애국반의 오구리 기하치(大栗喜八), 오카노 세이조(岡野淸蔵), 도야마 유조(外山祐三)의 세 집이 사쿠라가오카에 이사 온 것은 1943년 말로, 이미 택지는 대현산 기슭에서 중턱까지 올라가 조성되고 있던 시절이었다.

평지에 있는 집에서는 애국반 별로 방화훈련이다, 반상회다 하며 열심이었으나, 그곳에서 동떨어진 고지대의 세 집에서는 방화훈련은커녕, 반상회도 열린 적이 없었다.

아니, 세 명의 세대주가 얼굴을 마주한 적도 없었다. 곤란한 것은 배급을 받을 때뿐인데, 그것도 세 집의 하녀들이 받아서 적당히 분배해 해결했다. 게다가 세 집 모두 이른바 특권계급에 속하고 있으니 배급을 받지 않아도 전혀 곤란하지 않은 신분이었다.

신당정과 장충단을 연결하는 목탄 버스조차 폐지된 시국이었는데도 세 집에는 매일 아침 출근용 휘발유 차가 왔다.

사쿠라가오카 사람들은 대부분이 중산계급이었으므로, 흰색 화강암의 높은 돌담을 쌓고 분지를 내려다보고 있는 세 저택을 '비국민의 상징'이라고 매도했다. 실제로 같은 높이에 나란히 위치한 세 집은, 전시 중이라고는 생각할 수 없을 정도로 공들인 건축물로, 사쿠라가오카에 사는 아이들조차 '산속의 대궐'이라고 반쯤 두려워하며 불렀다. 때때로 총검을 든 군인이 고지대의 주택으로 통하는 기슭의 도로를 배회했기 때문이다.

같은 시기에 지어졌지만, 한 번도 얼굴을 마주친 적이 없는 세 집의 세대주가 어떤 필요에 따라 불가피하게 얼굴을 마주하게 된 것은, 기묘한 이야기이지만, 종전 이틀 후, 즉 1945년 8월 17일의 일이었다. 제안자는 오구리 기하치였다.

오구리 가에서 장남 하루히코(春彦)가 연락을 맡아, 두 이웃인 오카노 가와 도야마 가를 떨리는 목소리로 방문했다. 두 이웃이라고 해도 각기 높은 돌담을 쌓고 독립돼 있으므로, 일단 집 밖의 길로 나가 각각 집을 방문해야만 했다.

"아버님이 이웃의 인연으로 힘을 빌리고 싶다고 합니다. 곧바로 방문해 주시지 않겠습니까?"

오구리 하루히코는 현관 앞에서 그렇게 말했다.

"아, 나도 마침 그런 생각이었소. 곧바로 찾아가죠."

권총을 손에 쥐고 나온 오카노 세이조는 그 말을 듣자 창백한 얼굴을 풀고 그렇게 말했다. 현관에는 바리케이드로 만든 셈이었는지 이불이 산처럼 쌓여 있었다.

오카노 가와 달리, 도야마 가는 대문의 초인종을 눌러도 아무도 나오지 않았다. 게다가 집 안은 전등을 끄고 적막했다. '아무도 없나?' 하고 오구리 하루히코가 생각했을 정도였다.

그러나 문을 두드리며 "도야마 상! 도야마 상! 이웃집 오구리입니다"라고 외치자 그제야 문이 열렸다.

그가 찾아온 이유를 말하자, 서양풍의 응접실에서 그를 맞이한 도야마 유조는 무거운 어조로 말했다.

"이런 상황이니, 우리 세 집이 공동방어체제를 취해야 할 것이라고 절감하던 참이오. 곧바로 출석하겠소."

어떤 사정에서인지 그는 왼손에 비단 부적 주머니를 꼭 쥐고 있었다….

2

―오구리 기하치가 처음 경성 땅을 밟은 것은 1923년 봄이었다. 막 탄생한 장남과 처 가쓰코(勝子)를 데리고 일본을 도망치듯이 조선으로 건너왔다.

제1차 세계대전 후의 공황으로 사업에 실패해 과자회사의 영업사원을 했으나, 영 돈이 벌리지 않아 아무리 세월이 지나도 빚을 갚을 전망이 보이지 않는 사정이라, 아예 조선이나 만주에서 새로 사업을 일으켜 보자고 생각한 것이 동기였다.

"경성으로 오지 않겠는가?"

이렇게 권유한 것은 동향 친구 나카무라로, 그는 죽첨정(竹添町, 다케조에초)[충정로]에서 작은 토목건축청부업을 하고 있었다.

하지만 솔직히 말해, 부산에 상륙해 봉천행 열차를 탔을 때, 기하치는 암울한 기분이었다. 돈이 없으니 3등 칸에 탔으나 차내에는 일본인 같은 사람은 그의 가족뿐으로, 마늘 냄새가 코를 찌르는 가운데 사방에서 들려오는 조선말에 더욱 불안이 커졌다.

창밖으로는 황량하게 벗겨진 붉은 산만 보였다. 그리고 강에서는 흰 옷의 부인이 열심히 빨래 방망이를 두드리고 있었다. 갓을 쓰고 흰옷을 입고 긴 담뱃대를 입에 문 노인이 천천히 들길을 걸어갔다….

보는 것 듣는 것 모두 이상한 모습으로 인간의 세계에서 별천지로 떨어진 기분이었다.

"여보. 이런 곳에 살고 싶지 않아요! 내지로 돌아가서 일하는 게 낫지 않아요?"

아내 가쓰코는 대구에 도착하기도 전에 벌써 그런 비통한 말을 내뱉었다.

"바코 같은 소리. 오구리 기하치는 남자다. 이대로는 일본에 돌아갈 순 없어! 돌아갈 때는 빚을 다 갚고 비단옷을 입고 돌아가야 해!"

기하치는 아내를 꾸짖었다.

친구가 알려 준 대로 남대문 역에 내렸는데, 나카무라는 마중을 나와 주지도 않았다. 역전에는 기묘한 화물의 운반구를 옆에 두고 노동자가 땅바닥에 앉아 있었다. 그들은 '지게'라고 부르는 노동자들[일본인은 지게꾼을 지게라고 불렀다]인 것을 후에 알았다.

"어이, 파출소는 어디요?"

기하치는 큰소리로 물었으나 일본어로는 말이 잘 통하지 않아, 간신히 역 직원을 붙잡고 파출소 위치를 물었다.

한 시간 20전의 인력거에 짐을 싣고 죽첨정의 나카무라 집을 찾아갔는데, 글쎄 조선식 초가집이었다.

"기다리고 있었습니다. 자, 어서 들어오시죠."

친구의 아내가 상냥하게 맞이해 주었으나 손은 목과 겨드랑이 아래를 계속 박박 긁고 있었다. 그 의미는 한밤중에 알게 되었다. 온돌방의 장판 사이로 빈대가 줄줄이 기어 나와 피를 빨았다. 부부는 등불을 켜고 빈대 퇴치에 바빠 거의 한잠도 자지 못했다. 다음 날 아침에 고통을 호소하자 나카무라는 태연한 얼굴로 말했다.

"뭐, 조만간 익숙해질 걸세."

일자리를 구하려고 했으나 당시는 경성에 별로 회사도 없을 때라, 학력이 없는 기하치는 막노동 정도밖에 일자리가 없었다. 실업학교의 토목과를 졸업한 인텔리인 나카무라가 청부업의 간판을 걸었지만, 실제로는 조선인 노동자의 알선업으로 구전을 받아 먹고사는 시절이었으니 무리도 아니었다.

여기저기 연고를 찾아 돌아다니는 동안 어느 날 동대문의 아침 시장을 견학했는데 값이 매우 쌌다. 그리고 채소, 과일류가 일본인 가정에 건네질 때는 거의 시장의 두 배 값이 되는 것을 알았다. 익숙지 않은 몸으로 곧바로 과일 행상을 시작했다. 채소 가게보다 싸다고 소문이 나서 동대문에서 죽첨정으로 돌아오는 동안에 조심스레 구매한 과일이 모두 다 팔렸다.

어깨에 메고 다니는 멜대는 물건의 양이 적었다. 열심히 돈을 모아 중고 손수레를 샀다.

동대문에서 종로 4정목까지 똑바로 와서 남쪽으로 본정 5정목까지 손수레를 끌고 내려갔다. 그리고 본정대로, 앵정정(櫻井町, 사쿠라이초)[인현동], 약초정(若草町, 와카쿠사초)[초동], 영락정(永樂町)[저동], 명치정으로 돌아다니고, 남산정(南山町)[남산동], 욱정(旭町, 아사히초)[회현동] 근처에 오면 손수레가 텅 비었다.

명치정, 욱정의 여관과 식당에서는 매일 그가 오는 것을 기다렸고 다음 날 주문까지 해 주었다. 흥이 나서 돈을 벌어 모아 반년이 지났을 때, 나카무라 집에 얹혀사는 생활에서 벗어나 대화정(大和町, 야마토마치)[필동]의 작은 전셋집에 살 정도가 되었다.

조선은 과수 재배에 적합했는지 사철 각양각색 각지에서 과일이 경성으로 운반되었다. 사과, 배, 포도, 복숭아, 밤, 감, 수박, 참외 등, 모두 조선의 풍토에서 나왔다.

일 년이 지났을 때, 기하치는 생각했다.

'동대문의 아침 장에서 이 정도의 값이라면 산지는 더욱 쌀 것이다!'

시간을 내서 대구의 사과 과수원, 수원의 농원 등을 방문해 직거래를 교섭해 보았다. 양복 차림으로 등장한 기하치의 모습과 '오구리 상점 경성출장소장'이라는 명함에 상대는 왠지 압도되었다. 본점이 일본에 있다는 착각을 주었고, 경성 시내 대화정의 셋집은 출장소의 이름에 어울렸다.

조선에서 사과 재배가 갑자기 발달하기 시작한 것은 1904년경부터라고 한다. 주산지는 대구를 중심으로 하는 경상북도, 황주를 중심으로 한 황해도, 그리고 진남포의 평안남도이다.

종류도 국광, 홍옥, 왜금, 이와이(祝), 아사히(旭) 등이 있었다.

배는 경상남도, 전라남도, 경기도를 주산지로 하여, 장십랑(長十郞), 만삼길(晚三吉), 금촌추(今村秋), 20세기, 명월 외에 서양 배, 중국 배도 있었다.

포도는 경기, 경남, 전남, 경북의 4도에서, 캠벨이 압도적으로 많고, 복숭아는 경성 가까운 소사, 개성 등에서 재배되었다. 감은 중남부의 전 지역에 보급돼, 그중에서도 전북의 고산시(高山柿), 경북의 사곡시(舍谷柿) 등은 씨도 떫은맛이 없는 조선 특유의 재래종이었다.

그밖에 인천, 대구의 앵두, 성환 참외, 딸기, 수박, 평양 밤 등, 기하치가 조사해야 할 것은 무척 많았다.

차남이 태어난 해에 영락정에 가게를 빌리고 두 명의 조선인 점원을 두었다. 우재만(禹才萬)과 이연(李然)이었다. 자전거와 리어카[1921년경 일본에서 발명된 신형 손수레]를 2대 사들여 손수레보다는 기동력을 발휘할 수 있게 되었다. 두 점원은 오로지 요정의 주문을 받고 배달하는 담당으로 과일 외에 통조림, 꽃도 취급했다. 1927년의 일이었다. 기하치는 여전히 땀을 흘리면서 집집을 돌아다니는 행상을 계속했다.

'돈이 원수다. 돈 때문에 조선 촌구석까지 흘러왔다!'

기하치는 금전에 홀린 집념의 귀신이라도 된 듯, 부인 가쓰코도 한 푼의 낭비를 못하게 했다. 생활비도 극단으로 줄여서 쌀 6, 보리 4의 매우 퍽퍽한 보리밥을 먹고, "이게 영양이 많다"고 점원에게도 설교했다. 사실은 흰쌀의 경우 식사량이 많아지는 것을 알고 있었기 때문이다. 게다가 조선인들은 보리나 감자가 섞인 밥을 싫어했다.

반찬도 결코 매운 것은 만들지 않았다. 젓갈, 염장 다시마, 해초 절임, 연어 절임 등은 밥을 더 많이 먹게 된다고 하며 못 사게 했다.

아침은 4시에 일어나 동대문 시장까지 물건을 구매하러 갔다. 돌아와서 식사를 마치고, 가게를 열 때까지 시간이 있으면 헌 잡지를 사 와서 봉투를 붙이게 했다. 점원의 작업복도 고물상에 가서 상대가 질릴 정도로 값을 후려쳐서 겨우 사서 주었다.

그렇게 초 대신에 손톱에 불을 붙일 정도의 구두쇠가 된 기하치였지만, 전화나 자전거는 남보다 앞서서 샀다. 장사에 도움이 되는 것에는 대담했다.

5백 원의 저금이 생긴 것은 행상을 시작한 후 3년째였다.

"여보, 이것 봐!"

기하치는 우체국 저금통장을 보여주고 오랜만에 청주 한 병을 데워 달라고 했으나, 일본에 남기고 온 빚을 갚자는 말은 하지 않았다.

"흠 조선은 좋은 곳이야. 내가 경성에서 명사가 되었어! 본정통에 가게를 열거야!"

기하치는 오랜만에 축하주에 취했든지, 거듭 아내 가쓰코에게 자신의 야심을 말했다. 본정통은 도쿄의 긴자와 같은 번화가이다.

당시에 과실, 채소류는 생산자가 직접 시장까지 운반해 자기 손으로 파는 원시적인 방법으로 유통되었다. 별로 큰 과수원도 없었기 때문이다.

기하치는 무학이었지만, 지방별로 집하를 하고 이것을 품질별로 선별해 경성부 내의 채소 가게에 도매로 넘기면 이익이 크지 않을까 생각했다. 사실 그대로였으나 아무도 손을 대는 사람이 없었다.

화과자, 양과자와 달리, 그 무렵에는 아직 일반 가정에서 과일을 늘 먹는다는 풍습은 없었다. 즉 채소와 달리 별로 팔리지 않았고 세상의 관심도 없었다.

유통 구조가 정비되지 않았던 당시, 오구리 기하치가 전 조선의 과실류를 소규모라도 집하하고 직판해 이익을 거뒀다는 것은 특기할 만하다. 그뿐인가, 기하치는 사과, 밤 등의 일본 수요에 주목해 1928년에는 8만 관[貫=3.75kg, 300톤]의 사과를 오사카로 수출했다.

조선 전체에서 5백만 관[만9천 톤] 정도밖에 생산되지 않았던 시대였는데, 미증유의 풍작으로 천 관 530엔으로 내려간 사과를 어음으로 사모아서 일본으로 보내면 천 관 800엔에 팔렸다. '불로장수·조선 사과'라고 선전한 게 효과가 있었다. 불황의 와중에서 거금 만 엔이 넘는 순이익을 올렸다.

조선인 점원도 반년마다 한 명의 비율로 늘어갔으나, 고참이었던 이(李)라는 남자가 120여 엔의 외상매출금을 몰래 수금해 도망간 것도 그 무렵이었다.

"이놈들! 감히 주인을 속이다니!"

기하치는 죄도 없는 점원들에게 호통을 치고 경찰서로 달려가서 창백한 얼굴로, "꼭 잡아 주소!" 하고 이를 갈았다. 다행히 만 엔을 번 후라서 기분에 여유는 있었다.

수익금을 쏟아부어 기하치는 염원하던 본정통 진출에 나섰다. 폭 3칸[間=1.8m], 세로 5칸의 가게였으나, 단지 과일을 진열하는 것만으로는 아깝다는 생각에, 유리로 칸막이를 치고 찻집 분위기로 의자와 테이블을 놓고 얼음 수박을 팔아보니 이것이 들어맞았다.

'선물은 오구리의 과일'이라는 거창한 간판으로 사람들의 눈길을 끌었는데, 어느 대학생이 '팔러[parlour, 가게]'라는 영어를 가르쳐 주어 '팔러 오구리'라고 바꾸자 인텔리층의 반응이 좋았다.

프루트 펀치[Fruit punch, 화채], 미쓰마메(蜜豆)[삶은 완두콩이 섞인 디저트] 등의 조리법을 호텔 요리사에게 배워 메뉴에 추가하니 날개 돋친 듯 팔려 과일이 상할까 걱정하지 않아도 되었다. 조선에서는 감귤류는 나지 않았다. 겨울의 밀감[귤]은 전부 일본에서 들여왔다.

기하치는 태어난 고향인 야마구치 현에서 밀감을 들여오겠다고 생각해, 6년 만에 금의환향했다. 큰마음을 먹고 양복과 구두를 새로 맞추고, 아깝다고 생각하면서도 빚을 갚으러 돌아다녔다. 허세도 있어 쥐꼬리만큼의 이자도 붙여 주었다.

조선은 추워서 귤과 배가 얼어 버린다. 얼지 않게 하려면 왕겨를 넣은 나무상자로 수송해야 한다. 기하치는 포장비가 아깝다는 생각에 상자공장을 세우기로 했다. 질 낮은 송판을 사서 둥근 모터 톱으로 자르고 못으로 박기만 하는 작업이지만 의외로 어려웠다.

게다가 왕겨를 수집하는 것이 힘들었다. 그는 농업 조합에 왕겨를 사용한 포장 작업을 위탁하고 트럭으로 돌아다니며 수집하는 방법을 취했다.

경성에서도 서양식 호텔이 하나둘 생기기 시작해, 식당에서 과일을 대량으로 사용하는 것을 알게 되자, 매일 찾아가서 독점 납품을 허가해 달라고 졸랐다. 그리고 추가로 달걀의 독점 납품권도 땄다. 달걀도 왕겨로 안전하게 보호해 운송하는 점을 내세웠다.

용산역 근처에 백 평의 창고를 샀는데, 여름철에는 수박, 성환 참외 등 부피가 큰 것뿐이어서 창고에 다 넣을 수가 없었다. 매일 조금씩 산지에서 운반하게 되었다. 트럭을 구매한 것은 스피드업을 위해서였지만, 기하치는 트럭 짐칸의 좌우에 굵은 고딕체로 '팔러 오구리'라고 쓰고 온종일 즐겁게 경성부를 돌아다녔다.

"어떤가! 과일 가게에서 트럭을 가진 것은 나뿐일걸."

기하치는 웃었지만, 곧 '그런데 2,250엔은 너무 비싸군' 하고 쓴 얼굴을 했다.

그러나 트럭을 산 것은 기하치가 운송업에 눈을 뜨는 계기가 되었다. 나아가 농촌과 인맥을 맺게 된 후, 쓸모없다고 버려지던 볏짚에 주목해 다다미 제조에도 손을 댔다.

반슈 아코(播州赤穂)[효고현 아코시]에서 유능한 장인을 초빙했다. 조선의 벼는 뻣뻣해 새끼줄 등에는 부적합하였으나 다다미 바닥으로는 그럭저럭 쓸 만했다.

'팔러 오구리'는 이웃 점포까지 사서 증·개축하고 2층은 찻집, 1층은 과일 판매 외에 겨울에는 단밤, 여름에는 아이스케키[케이크]를 취급했다.

운송업이 돈이 벌리는 것을 알게 된 기하치는 트럭 2대를 새로 사서 용산에 영업소를 두고 운송업을 시작했다. 아내는 반대했으나 육군창고의 권유도 있어, "입 닥쳐! 나는 뜨는 해야!"라고 물리치고, 어느덧 군인들과 술을 마시며 돌아다니게 되었다. 명치정의 카페 여급에게 반하는 바람에 숱이 적은 머리를 감추려고 사냥모자[도리우치]를 늘 쓰고 다녔다.

중일전쟁이 시작될 무렵, 오구리 기하치는 청과업계와 운송업계에서는 유명인사가 돼 있었다. 다섯 명의 자식은 잘 자라났고, 남산정의 집에는 하녀가 셋이나 있고, 고향 야마구치 사투리도 조금은 표준말에 가깝게 되었다. 관록이 붙어 첩도 한 명 두었다.

태평양전쟁이 시작되었다.

이윽고 과일도 통제 품목에 추가돼, 다른 업자는 한숨을 지었으나 육군병원에 매년 과일을 헌납했던 기하치는 어느 날 참모장의 호출을 받았다.

"뭔가 공장을 하지 않겠나? 도와주겠네."

기밀 유지를 위해 군은 독자적으로 트럭을 보유하게 되었으므로, 기하치의 손실을 보전해 줄 셈이었다. 상자공장을 갖고 있다고 말하자,

"잘 됐군. 그럼 글라이더를 만들어 보게."

"해 보겠습니다!"

기하치는 대답했지만, 대규모의 공장부지와 공작기계가 필요했다. 그러나 참모장의 배려가 있으므로 손해 볼 우려는 없었다. 본정통의 점포를 매각하고 노량진에 3만 평의 토지를 샀다.

시제품 제1호가 완성된 날 밤, 그는 신정(新町)에서 군과 은행 관계자를 초대해 서른 몇 명의 게이샤가 나란히 앉은 자리에서 엎드려 절하고

눈물을 흘리며 말했다.

"모쪼록 오구키 기하치도 어엿한 남자로 만들어 주십시오."

나라에 충성을 다하겠다는 의미가 아니었다. 참모장의 말대로 글라이더를 만들었지만 팔 곳이 없다는 것을 뒤늦게 깨달았기 때문이다.

군에서는 전 조선의 중학교, 전문학교, 대학 등에 글라이더 부를 만들어 비행 훈련을 시행하라고 지시해 주고 은행도 돈을 융자해 주었다. 눈 깜쯕할 사이에 백 대, 이백 대의 주문이 쇄도해 기하치는 남자가 되었을 뿐 아니라 웃음을 멈추지 못했다.

'군수공장이 최고야!'

다다미 제조 공장을 곡류, 비료를 담는 가마니 공장으로 전환하고, 제분 공장을 매수해 군납 건빵 공장으로 지정받았다.

기하치는 어떤 사정인지 군인들의 호감을 샀다. 이것은 그의 성품 탓도 있지만, 밤마다 방탕에 돈을 아끼지 않았기 때문이다. 군부에 얼굴이 알려져 웬만한 무리는 다 통했다.

전황이 악화하고 수송 사정이 나빠지자, 군부에서는 비행기에 몇 대의 수송용 글라이더를 연결해 비행하는 것을 생각해냈다. 기하치에게 10만대를 납품하라고 명령했다. 1944년 7월의 일이다.

견적서를 내자 거의 말하는 가격 그대로 통과되었다. 게다가 연간 만 대는 구매해 준다고 했다.

'이건 찬스로군!'

기하치는 전 재산을 투입해 영등포에 10만 평의 토지를 사서 공장 건설에 착수했다.

제재, 건조, 기계공작, 조립, 도장의 코스로 흘러가는 작업으로 하루 평균 30대를 생산해야 연간 만 대를 납품할 수 있었다.

'글라이더만 나온다면!'

기하치는 징용공과 동원 학생들을 질타하며 하루라도 빨리 생산을 궤도에 올리려고 필사적인 노력을 했다. 그러나 1945년 7월 말, 남조선 지방을 강타한 폭풍우는 공장과 함께 납품 전의 글라이더까지 날려 버렸다.

공장을 재건하는 도중에 종전이 찾아왔다.

천황의 작은 음성은 잘 들리지 않았지만, 오후 3시경 무조건항복이라는 것을 알게 되었다.

"뭐라고? 종전? 그, 그럼, 우리 공장은 어떻게 되지? 글라이더 공장은!"

우는 소리로 전화에 매달렸다.

"내 전 재산을 쏟아부은 10만 평의 공장이다! 도대체 어떻게 해 줄 거야! 돈을 돌려줘. 돌려줘!"

그러나 경리부 장교는 상대하지 않고 백 대분만 납품한 것으로 하여 대금을 지불하겠다고 했다. 기하치는 털썩 주저앉았다.

3

8월 17일의 경성 거리는 어떤 의미에서 광란의 상태였다.

8월 15일은 패전의 쇼크로 일본인도 조선인도 낙담과 절망의 바닥에 떨어졌다. 16일, 일본인은 종전 처리로 분주했고, 조선인은 포츠담 선언을 어떻게 해석할지 고민했다.

즉, 조선, 대만 등 식민지가 향후 어떻게 될 것인지에 관한 고민이었다.

그 결과, 조선이 일본 통치의 손에서 벗어나 완전한 민족 독립을 지향할 수 있다는 해석이 확실하게 판명된 것은 종전 이틀 후인 8월 17일의 이른 아침이었다.

"조선 독립 만세!"

민중은 예기치 않은 기쁨으로 환성을 올렸다. 그리고 그 흥분은 과거의 만세 소요를 떠올리게 할 정도로 전후좌우로 연결돼 더욱 큰 열광으로 이어졌다.

'독립 만세'의 외침은 분지인 경성 시내에 메아리치고, 밤이 되면 횃불을 켜고 주위 산들의 능선을 타고 걸어가는 모습으로 바뀌었다.

그리고 입만 열면 "조선 독립 만세!"라고 절규하여, 그것은 조선인의 표어가 되었다.

…지금, 신당정 사쿠라가오카 주택지의 머리 위로 솟은 대현산의 능선에는 마치 묘지의 도깨비불처럼 언뜻 보였다가 사라지기를 반복하며 횃불이 산꼭대기로 향하고 있었다.

경성은 서남쪽 일부만 자루의 구멍처럼 약간 열리고 사방이 모두 산으로 둘러싸여 있었다. 북쪽에는 삼각산, 보현봉, 문수봉을 포함한 북한산이 솟아 있고, 남산은 이것과 마주했다. 북한산에 이어져 동쪽으로는 응봉, 낙타산[낙산], 서쪽으로는 인왕산이 있었다. 이러한 산들의 중턱을 타고 성벽이 둘러싸고 있었다.

대현산은 남산에 속하는 봉우리로, 꼭대기에는 고사포부대의 진지가 있었다. 그러나 병사들은 이미 하산했는지 혹은 두려워서 가만히 있는지, 횃불 행렬은 이미 산꼭대기 근처까지 이르렀다.

아니, 대현산만이 아니었다.

그날 밤, 옛 성내의 시가지에 살던 일본인들은 시내를 둘러싼 동서남북 모든 산의 능선에 횃불이 흔들리는 것을 보았을 터였다. 그것은 마치 오늘을 기해 예전부터 서로 약속한 행동처럼 보였다.

성벽과 능선을 따라 묘지의 도깨비불처럼 검은 산과 산에서 흔들리는 횃불. 그것만으로도 일본인들은 두려울 터인데, 일정한 간격을 두고 "와, 와아, 와"로만 들리는 민중의 외침이 메아리치며 골짜기의 시내로 내려왔다.

사람들은 "조선, 독립, 만세!"라고 끊어 외치고, 다음에는 "일본 사람은 돌아가라." 하고 저주의 말을 내뱉고 있었다….

산과 산으로 둘러싸인 분지인 경성은 전쟁이 끝났음에도 등불을 끄고 적막에 잠겼다.

식민지가 아니게 된 경성. 특권계급이 아니게 된 일본인. 그것과 반대로, 이제야 주권을 회복해 조국을 되찾은 서울과 조선인이, 아이러니한 대조의 모습으로 분지의 거리에 존재했다….

일본인들은 분명히 공포를 느꼈다.

옛날부터 살아온 사람들은 1919년의 '만세 운동'을 떠올렸다. 경찰과 군대가 있던 당시에도 7개월간에 걸쳐 저항을 계속해, 19,525명의 검거자와 사망자 7,909명, 부상자 15,961명을 낸 조선의 민중이었다. 그 시기의 조선에는 이미 용산과 나남(羅南)[함경북도 청진의 남쪽지역]에 2개 사단의 군대가 있었으나, 군부는 진압을 위해 히로사키, 야마가타, 신닛타, 시바타, 사바에, 히메지, 히로시마의 각 연대에서 일개 대대씩을 조선에 동원해야 할 정도였다.

토지를 약탈당한 농민들이 굶주림에 처하자, 총검에 의한 식민지 정책을 행한 일본인에 대한 증오가 높아져 폭동의 형태를 취했던 것이라고 역사학자는 보고 있다.

지금, 일본인은 위정자의 지위에서 한순간에 패전 국민이 되었다. 그리고 일본인의 생명과 재산을 보호해야 할 군대도 경찰도 권력을 잃었다….

즉, 일본인은 완전히 무력했다.

학대를 당해 온 조선 민중은 독립의 기쁨에 들끓어 지위가 전락한 일본인들에게 35년간의 증오를 퍼붓지는 않을까. 그것은 누구나 예상한 일이었다.

…오구리 하루히코가 두 이웃의 집을 방문하고 얼마 되지 않아, 두 사람이 발소리를 죽이고 오구리 가의 문으로 들어왔다. 두 사람 모두 기하치가 자랑하는 일본 정원을 감상할 여유조차 없는 듯했다.

기하치는 갖은 고생 끝에 성공한 사람의 모습이었다. 약간 천하게 보이는 히틀러 수염과 대머리가 교양이 부족한 인물이라는 느낌을 주었다. 그는 들뜬 태도로 다리에 가죽 각반을 차고, 연극에나 나오는 전국시대 무장 같은 모습으로 단정치 못하게 책상다리로 앉아 있었다.

"처음 뵙겠습니다. 오구리입니다."

기하치는 인사말을 했다. 처음 보는 이웃들이었다.

"오카노입니다."

상반신만 슬쩍 숙이고는 다시 되돌린 동작에는 군인의 냄새가 풍겼다. 하지만 마음이 산란한 기하치는 상대의 직업 따위 캐고들 시간이 없었다.

짧은 머리에 눈썹이 굵고 눈이 날카로운 남자라는 것이 인상에 남았다.

"늘, 신세가 많습니다. 제가 도야마 유조입니다."

말은 정중하지만, 도야마의 어조에는 상대를 낮춰보는 울림이 있었다. 비쩍한 몸에 넓적다리 부위의 살이 비거져 나오기나 한다는 듯 계속 오른손으로 그 부분을 긁고 있었다.

안경 속에는 약간 취한 듯 눈이 퉁퉁 부어 있었다. 기하치는 잠시 안경을 쓴 불도그를 떠올렸다.

신분이나 지위가 안정된 후, 자주 회합 등에 출석하게 되었는데, 기하치는 심심하면 출석자의 얼굴을 동물로 바꾸어 생각하며 시간을 보냈다. 그런 식으로 보면, 오카노 세이조는 털이 다 빠진 북극곰 같았다.

"네… 이웃에 있으면서도 일로 다망한 탓에 인사도 드리지 못해 실례가 많았습니다."

기하치는 인사를 하고 어두운 창밖을 쓱 바라본 후에 "후~" 하고 한숨을 쉬었다.

"그런데, 큰일이 났군요."

그의 목소리에는 가식 없는 속마음이 드러났다.

"네, 정말로 그렇습니다."

세이조도 맞장구를 쳤다. 세 사람은 함께 창밖을 보았다. 응접실에서는 보이지 않았지만, 지금 대현산 능선에는 붉은 횃불이 흔들리고 있을 터였다. 그 증거로 "와, 와" 하는 조선인의 외침이 파도 소리처럼 기슭의 주택지까지 밀려와 울려 퍼졌다.

그것을 들으면 그야말로 좌불안석의 기분이 되었다. 그리고 앞으로 어떤 일이 일어날지도 몰랐다. 예측할 수 없는 사태는 무제한의 가능성을 가졌기에 불안을 넘어 공포를 자아냈다.

세 사람은 잠시 침묵에 빠져 분지에 메아리치는 성난 함성에 귀를 기울였다. 하녀가 차가운 맥주를 들고 왔으나 입을 대는 자는 도야마뿐이었다.

"앞으로 어떻게 될까요, 일본은…. 아니, 우리 일본인은 어떻게 될까요?"

기하치는 두 사람의 얼굴을 번갈아 바라보았다.

어떻게 하면 좋을지 그는 판단이 서지 않았다. 신공장을 위해 사들인 10만 평의 토지나 시설은 어떻게 될 것인가. 그리고 18대의 트럭, 가마니 곳간, 제분 공장은. 군의 명령으로 군수공장을 건설했으므로 당연히 군이 되사주고 보상해 주지 않으면 곤란하다.

4

"포츠담 선언에 따르면, 일본의 주권은 콘토, 홋카이도, 규슈, 시고쿠, 그리고 트루먼과 처칠이 결정하는 섬들에 국한된다고 합니다. 즉, 조선, 대만, 사할린, 만주를 포기하라… 즉, 일본인은 내지로 돌아가라는 말이겠죠."

도야마는 부적 주머니를 손으로 만지작거리면서 두 사람에게 강의하는 말투였다. 그는 한눈에 두 사람이 교양이 부족하다는 것을 간파했다.

'응접실의 장식이 도대체! 갑옷과 불상, 미인화가 함께 진열돼 있군! 마치 고물상 앞에 앉아 있는 것 같군….'

만약 입지전적인 성공자의 이름을 들어 보라고 당시의 경성 부민에게 물어본다면, 필시 열 명 중 일곱 명은 도야마 유조의 이름을 댈 것이다.

그는 고등소학교[소학교 6년 후의 2년제 과정] 졸업의 학력밖에 없었다. 태어난 곳은 기타규슈(北九州)의 가난한 탄광촌이었다. 광부였던 부친은 낙반 사고로 사망해 모친이 선탄(選炭) 여공으로 일했다.

수재였으나 진학하지 못하고 누구의 소개로 도쿄 간다에 있는 변호사의 현관 당번, 즉 하인을 겸한 서생(書生)[일하며 공부하는 소년]이 되었다.

"출세하고 싶다면 고문[고등문관시험]을 수석으로 패스하는 거다. 그렇게 되면 운은 저절로 굴러온다."

그를 고용한 변호사는 어린 그에게 입버릇처럼 말했지만, 사실 그 자신은 고문에 떨어져 변호사가 된 사람이었다.

'그래, 두고 봐라! 무슨 일이 있어도 시험에 패스할 거다!'

유조는 집념의 화신이 돼 야학에 나가 4년간 중학 과정의 검정고시를 패스하고 다음 3년간 고문 시험을 칠 수 있는 자격을 땄다.

술도 담배도 하지 않고, 취미는 뭐든지 통째로 암기하는 것이었다.

독학자에게는 난관이라는 법률도 어학도 도야마 유조에게는 오히려 가장 자신 있는 분야처럼 보였다. 보통 대학 재학 중에 고문을 패스하는 자는 대단한 수재라고 평했다. 거의 독학을 한 유조가 대학 2학년과 같은 나이에 고등문관시험에 3등으로 패스하자, 큰 뉴스거리가 되었다.

신문은 도야마 유조를 젊은 영웅처럼 취급해 정부 각처에서 유리한 조건으로 취직 권유가 왔고, 변호사 부인은 딸을 아내로 맞아달라고 하며 저자세로 나왔다.

그러나 유조는 결혼 권유도 내지 관청의 초빙도 거절하고 조선으로 건너왔다.

제일고-동경대 출신의 수재가 많은 내지에서는 아무래도 출세가 늦을 것으로 판단했다.

학벌을 따지지 않는 조선총독부를 취직처로 고른 것은 현명한 판단이었다.

또 하나, 내지보다 조선이 수당이 더 많아 생활에 도움이 된다는 점도 있었다.

독학으로 고문 패스라는 그의 위업은 도야마 유조의 이름을 전 조선 곳곳에 선전해 주었으며, 특히 화류계에서 인기가 높았다. 화제가 궁핍한 화류계이므로, 젊은 층은 "대단한 수재라고 하는데 어떤 사람인지 한번 보고 싶군" 하며 주목하고, 상사인 국장급은 좌석의 흥을 돋울 셈으로 그를 회식에 불러댔으니, 상사들은 오히려 젊은 부하 도야마에게 마음의 빚을 졌다.

술을 좋아하는 내무국장의 총애를 받아 그의 중매로 동척[동양척식주식회사] 이사의 딸과 결혼하고 완전한 출세 코스에 올라탔다.

관료의 출세에는 좋은 출신 성분이 요구되는데, 도야마 유조는 조선에서 귀세를 떨치는 동척 이사의 사위가 됨으로써 처가의 권력을 겸비하게 되었다.

동척 이사인 장인의 직함은 대단한 힘을 발휘해, 어느덧 사치가 몸에 배게 되고 31세에 문서과장으로 발탁되고 35세에 함경남도 내무부장이 되었다. 강원도지사를 4년 근무하고 경무국장으로 영전해 사상범의 단속으로 젊은 학생들에게 두려움의 대상이 되었다.

7대 총독[미나미 지로]의 사임과 함께 퇴직한 뒤 별세한 장인의 자리를 이어받았다. 철도, 수력발전, 유지(油脂), 제재(製材) 등 7개 회사의 중역이 되었다. 그 모두 장인이 대주주였기 때문이다.

태평양 전쟁이 시작되자 내무 관료였던 그의 전력은 통제경제 시대에 큰 힘을 발휘했다. 종전은 확실히 쇼크였으나 어느 정도는 예상했다. 그러나 도야마도 조선 민중을 안이하게 해석하고 있었다.

이웃집의 초대로 온 도야마 유조는 아무 정보도 모르는 상대에게 우월감을 느꼈다. 그리고 다시 말을 계속했다.

"포츠담 선언에는 '카이로 선언'의 조항을 이행해야 한다고 규정돼 있습니다."

"카이로 선언?"

기하치는 '카이로(懷爐)[손난로]를 어떻게 한다는 것이지?'라고 생각했으나 가만히 입을 다물었다. 모를 때는 잠자코 있어야 한다. 그리고 바보 같은 질문을 하지 않는다. 이것이 수년 동안에 기하치가 체득한, 자신의 스케일을 크게 보이게 하는 처세술이었다.

"루스벨트, 처칠, 장개석의 3인이 회담한 때의 선언이었죠."

오카노가 툭 내뱉었다. 지금 오카노에게는 오직 공포만이 있었다.

이웃에게는 신분을 감추고 있었으나 그는 헌병 대위였다.

게다가 일등병부터 온갖 고초를 겪으며 승진했다!

그가 군대에서 30년 가까이 지낸 것은 결코 군인이 좋아서 그런 것은 아니었다.

도호쿠(東北)의 가난한 농가의 차남으로 태어난 오카노 세이조에게 군대는 천국이었다.

세 끼 식사를 공짜로 먹을 수 있고 피복 등도 모두 지급되는 데다 용돈까지 주니 꿈같은 생활이었다. 군대의 엄격한 규율도 익숙해지니 그리 고통스럽지 않았고, 군인칙유(勅諭)[천황이 내린 말] 등도 쉽게 암송했다.

병기의 손질, 상관의 당번, 청소, 세탁 등 모든 것이 세이조에게는 쾌적한 노동이었다. 수확이 적은 황무지를 개간하고 퉁거름을 운반하고 산길을 오르고, 잡탕 죽만 먹으며 한겨울에 오두막에 틀어박혀 있는 것 등은 애초 노동에도 들어가지 않았다.

모범 병사인 그는 자원해 군대에 그대로 남았고, 경성의 헌병대 사령부에 부임했다.

당시 헌병대는 조선군 사령부와는 별개의 독립된 기관으로, 군사경찰에 관한 것은 조선군 사령관, 행정사법경찰에 관한 것은 조선 총독의 지휘를 받았다.

경성에서의 새로운 생활은 세이조를 확실히 당혹스럽게 했다. 그러나 강한 생활력과 환경에 적응하는 능력을 갖춘 그는 반년도 지나지 않아 "가라" "고맙소" "팔아" "얼마요" 등의 조선말을 익히고 '헌병' 완장을 뽐내며 경성 거리를 활보하게 되었다

소학교밖에 나오지 않은 그가 중사, 소사에서 준위로 착착 오르게 된 것은 조선 총독의 경호원으로 수년간 근무했기 때문이다.

만주사변이 발발한 해였다. 7월에 조선인과 중국인의 충돌사건이 일어나 원인조사를 하게 되었을 때, 새 총독의 경호원으로 임명되었다.

유도 4단, 총검도 3단, 게다가 권총을 잘 쏜다는 세이조의 운동신경이 높은 평가를 받은 것이었다.

세상을 두려워하지 않는 성격의 그는 승용차 조수석이나 열차 좌석에 앉아 경성 거리의 이야기 등을 들려주었다.

총독은 여행 때마다 민정에 통달한 그의 이야기를 듣고 싶어 했다.

"내 재임 중에는 오카노를 경호원으로 붙이게."

총독은 헌병 사령관에게 명령했다.

세이조가 경호에 임할 때는 총독이 조선을 시찰하거나 회의 등으로 일본이나 만주에 갈 때뿐이었지만, 영예로운 임무로 인해 세이조는 기묘한 권력을 갖게 되었다.

경다를 시행하려는 정치가, 토지수용법을 확대해 법안에 시장 건립을 포함시키려는 상인, 천연기념물을 보존하려고 계획한 학자가 연줄을 타고 세이조를 찾아왔다.

여행 같은 걸 할 때, 총애를 받는 그의 입으로 은근히 총독에게 중요

성을 선전하거나, 관심의 정도를 파악하려는 의도였다. 세이조는 용돈이 풍족해졌다.

그는 기세 좋게 "총독 각하가 용돈을 주셨으니까…." 하고 미생정이나 신정의 유곽에 상관을 데려가서 은혜를 베풀었다. 아마 신병부터 올라온 사람 중에 그처럼 빨리 군도를 차는 신분이 된 자는 없었을 것이다.

또 조선 정, 재계 인사의 얼굴을 익히는 동시에 자신의 이름을 상대에게 기억시킨 것은 큰 자산이 되었다.

준위에서 소위로 임관된 것은 제2회 조선 중앙정보 위원회가 열린 1938년이었다. 세이조는 주로 행정사법 관계의 경제범 관계를 담당했다. 경제 경찰제도가 탄생한 것은 그 해 말인데, 전쟁에 따른 물가 폭등, 물자 부족이 더해짐에 따라 배급제도가 원활치 않게 돼 통제 법령 위반자가 속출했다. 통제령 관계의 베테랑으로서 되돌아온 세이조는 경성의 경제계에서 권력을 갖게 되었다.

통제가 있으면, 반드시 물자를 움직이는 것에 의해 이윤이 발생한다. 물론 암시장의 불법 행위에 따른 것이다. 상인은 물자를 구하기 위해 동분서주하고, 공장과 회사는 어떻게 해서든 법망을 피해 필사적으로 단물을 빨고자 했다.

이러한 경제통제령의 위반행위가 세이조의 귀로 들어왔다.

그는 부하의 보고를 받으면 군도를 찰칵거리면서 위반 회사에 들이닥쳤다. 돈이 믿을 수 없을 만큼 흘러들어오고, "오카노 중위는 말이 통하는 사람이다"라고 재계사람들은 고마워했다.

물론 세이조에게 아내가 있었다. 상사의 주선으로 결혼한 처인데 아이가 없었다.

신정의 게이샤에게 반했는데 규슈 출신의 어느 군수품 관계 벼락부자가 그것을 눈치채고, 요정 주인에게 돈을 주어 게이샤를 낙적시키고, 추가로 사쿠라가오카에 호화로운 저택을 지어 선물로 주었다.

사양하였지만 상대는 호탕하게 웃으며 이렇게 말했다.

"무슨 말씀입니까, 중위님! 당신이 봐주지 않았다면, 나는 지금쯤 서대문의 별장[서대문 형무소]에 들어갔을 겁니다! 기껏 집 한 채나 두 채, 뭘 사양하십니까!"

마치 세이조의 마음을 들여다보고 있다는 듯 어깨를 툭툭 쳤다.

공무를 핑계로 오카노 세이조는 일주일에 세 번쯤 첩의 집에서 묵게 되었다.

자동차를 타고 다니며 첩의 집에서 자는 기분은 나쁘지 않았다. 아내는 결핵에 걸려 와병 중이었다.

그가 적당히 봐준 회사에서는 답례품이 끊이지 않아 첩의 집은 마치 보물창고 같았다.

종전은 하루 전에 알았다.

'역시 패하였는가!' 세이조는 생각했다. 그러나 헌병을 관두어도 노후는 안락하게 살 수 있을 만큼의 예금이 있었다.

'실업가들을 그만치 돌봐 주었으니, 나를 높은 보수로 채용해 줄 인간도 있겠지…'

나쁜 짓을 하여 자신의 배를 채웠다고 하는 찜찜한 기분은 항상 있었다. 그러나 죄의식은, 패전이라는 예측하지 못한 현실로 인해 흔적도 없이 씻어지게 된다. 즉, 그의 악행은 아무도 모르게 어둠 속에 묻혀버리게 되는 것이다.

그리고 남은 것은 1,500평의 부지와 정원과 건평 70평의 당당한 저택이며 아름다운 첩이었다.

오카노 세이조는 행운을 기뻐했다. 그러나 그의 계산은 잘못되었다.

조선은 이미 일본의 영토가 아니며 군인인 오카노 등은 무장해제를 당하고 일본으로 송환된다는 것이 포츠담 조약에서 규정되었다.

아니, 이것만이 아니었다.

사상범, 경제범을 가혹하게 검거하였던 헌병들은 한 사람 남김없이 미국 측의 군사재판에 회부 될지 모른다고 했다.

소문은 종전 다음 날 이미 퍼져 조선군 사령관도 헌병 사령관도 서둘러 군용기로 일본으로 도망쳤다는 것이다.

물론 종전 처리 협의를 위해서라는 그럴듯한 구실은 있었으나….

세이조는 창백해졌다. 중요 서류를 모두 소각하라는 명령이 내려와, 군부의 기관들이 모여 있는 용산 지구는 소각작업으로 하늘을 태워버릴 듯한 검은 연기로 뒤덮이고 화약 냄새가 가득했다.

검은 하늘을 올려다보고 있자 그의 마음은 단지 암울해져 자신들의 몸이 어떻게 될 것인지에 대한 불안으로 가득 찼다.

그는 이틀 전의 일을 떠올리고 다시 불쾌해졌다. 아무리 그래도 일본은 신국(神國)이 아니었던가.

신의 나라가 패하고 지금 그 신의 아들 세 명이 오구리 저택의 응접실에서 조선인의 함성에 떨고 있다….

5

"그렇습니다. 이 결의안에 조선을 자주 및 독립시킨다고 결의돼 있습니다."

"자주 및 독립…을 시킨다. 하하, 그렇군요."

기하치는 애매하게 말했다.

"총독부 경찰국장은 저의 후배입니다만, 민족주의자 여운형을 불러 8월 14일의 한밤중에 협력을 구했다고 합니다. 사상범, 정치범의 석방, 조선인 경관의 위임, 집회의 자유라든가 하는 조건을 붙여서요."

도야마는 맥주를 한 모금 마시고 넓적다리를 긁었다.

총독부에서는 17일 아침 일찍 소련군이 입성하리라 판단했다.

88소련군은 조선군의 무장해제와 정치범 석방을 우선 시행할 것으로 생각되었다. 이때, 석방된 정치범들이 무장 해제된 일본 군인들을 살육하지 않을까 하는 두려움이 있었다.

그래서 소련군이 입성하기 전에 정치사상범을 석방하고 여운형 등의 건국 활동을 인정하고 측면적인 협력을 얻자고 주판알을 튕겼던 것이다.

곧바로 '조선건국준비위원회'가 8월 15일에 결성되고 다음 날 8월 16일에는 청년대, 치안대의 결성과 정치범, 경제범의 석방이 이루어졌다.

그러나 기괴하게도 석방된 죄수 중에는 형사범도 포함돼 있었다. 형무소장이 죄수의 압력에 굴복한 것인지, 혹은 어찌할 바를 몰라 일본인 외에는 모두 석방한다고 착각한 것인지 몰랐다.

16일, 각 관공서가 일제히 서류 소각을 시작해 황급한 혼란에 휩싸인 경성 거리에는 이들 석방범을 선두로 데모 행진이 시작되었다.

일장기를 흑색으로 칠해 태극기가 만들어졌다. 그리고 군중은 트럭, 자동차, 전차를 점령하고 "독립 만세!" "해방 만세!"를 연호하며 경성 거리를 행진했다. 그 속에는 기하치 회사 소속의 트럭 18대도 섞여 있었다.

경성일보사, 경성방송국은 건국준비위원회에 접수돼 조선어 방송이 시작되었다.

전쟁 중, 뉴스의 단서를 라디오에서 구하였던 일본인 가족으로서는 무슨 말인지 모르는 조선어 방송이 얼마나 두려운 존재가 되었을까.

주위의 정세, 동향을 알게 되는 신문과 전파의 귀중한 단서를 빼앗긴 일본인은 두려운 의심에 사로잡힐 뿐이었다.

불안 다음에 혼란이, 다시 혼란에 유언비어가 뒤섞이고, 연이어 공포가 쳐들어왔다.

공포의 불길에 기름을 부은 것이 17일 소련군이 입성한다는 소문이었다.

경성역 앞 광장, 남대문에는 '환영 소련군 입성'이라는 거대한 아치가 급히 세워지고, 전차를 타려는 일본인은 끌려 내려졌다. 그리고 조국을 해방시켜 준 소련군을 환영하기 위해 근교에서 경성을 향해 군중이 몰려들었다. 물론, 기차나 전차표를 사는 자는 한 사람도 없었다.

"소련군은… 입성한 것일까요?"

기하치는 말했다.

"아니… 내일이 될 것이라는 소문입니다."

세이조는 아까 부하에게 들었던 전화 내용을 떠올리면서 낮게 숨을 뱉었다.

'소련군인가!'

그는 흠칫 등골이 오싹해졌다. 세이조의 머릿속에 있는 것은 모피 모자를 쓰고 턱수염을 기르고 외투에 탄띠와 칼을 차고 기병총을 비스듬하게 등에 메고 말을 탄 러시아군이었다. 코사크 기병대였다.

'러일전쟁의 원한이 있다! 게다가 소련은 빨갱이 나라다. 헌병인 나는 필시 경성역 앞의 광장에서 총살당할 것이 틀림없다. 그렇지 않으면 적어도 고환이 뽑히고 종신 금고형이다….'

다시 그의 어깨가 떨렸다.

"총독부는… 아니, 군대는 도대체 무얼 하고 있단 말이오. 답답하군요. 이런 혼란의 와중에 죄수를 석방하다니 참으로 멍청하군!"

도야마 유조는 화가 나서 말했다. 그리고 자신이라면 군대를 동원해 데모를 분쇄하고 치안유지를 도모하겠다고 생각했다.

"그것보다도, 요보 놈들은 무슨 일을 저지를 셈일까요? 나는 걱정이 많아요."

기하치는 그제야 본론을 말했다.

산 능선에서 흔들거리는 횃불을 바라보며 의미를 알 수 없는 함성을 듣고 있자니 무척이나 불안했다.

게다가 세 집은 산의 중턱 가까이에 있어 당연히 군중과 가까운 위치이다. 아예 시내의 지인 집으로 피난하려는 생각도 했다.

기하치는 솔직히 자신의 심경을 말했다. 오카노 세이조는 크게 끄덕였으나, "그러니…" 하고 말했다.

"도강하는 쪽이 현명한 것은 아니겠죠."

"하지만 거리에는 죄수나 폭도가 우글거리고 있소. '일본인을 죽여라!'라든가, '관동대지진의 원한을 풀자!'라든가, 삐라가 거리 곳곳에 붙어 있소. 그 속을 태연하게 걸어간다는 말이오?"

오카노의 말을 듣자 기하치는 맥이 풀려 입을 다물었다.

자신들 가족간으로는 불안하니 어느 가족이라도 함께 피난하고자 생각했던 것이다.

"뭐. 어떻게 하든, 도망갈 준비는 해 두는 게 좋겠군요. 어차피 포위

되면 도망갈 수 없습니다. 그러니 서로 만날 곳을 정하고, 식량, 돈, 약품 등을 각각 분배해 놓읍시다. 우리 집은 식량과 옷을 배낭에 채우고 건빵과 약품을 구급낭에 그리고 보리차를 수통에 넣어 언제라도 도망갈 수 있게 해 놓았소."

도야마 유조는 무겁게 말했다. 그러나 전쟁 중에도 불필요했던 구급낭과 휴대 식량이 종전이 되자마자 필요하게 된 것은 도대체 무슨 꼴이란 말인가….

"그건 좋군요. 곧바로 준비해야겠군요."

기하치는 손뼉을 쳐서 장남을 불러 피난 준비를 명령하고 변명하듯이 말했다.

"참으로 꼴사납게도 실은 오늘 아침 일찍 하녀가 그만두고 집으로 가버렸습니다…."

그러자 두 사람은 작은 소리로 웃었다. 회합한 후에 처음으로 듣는 웃음소리, 그것도 자조 섞인 웃음이었다.

"당신네도 그랬습니까? 우리 집도 그랬습니다."

"참으로 은혜를 모르는군요."

세 사람은 한동안 웃다가 갑자기 입을 다물어 버렸다. 어디서 총성이 들린 것 같았다. 시계는 밤 11시를 가리키고 있었다.

"세 집 중에 어느 쪽이라도 총격을 당하게 되면 양동이를 두들기거나 전화를 서로 걸도록 하시죠?"

세이조는 말했다.

병원에 있는 아내도 염려되었으나 둘만 있으니 아무래도 불안했다. 기댈 수 있는 것은 권총과 군도밖에 없었다.

"그렇죠. 이런 상황이니 서로 협력합시다. 어떻습니까? 2시간씩 교대로 불침번을 서는 것이…."

도야마 유조가 제안했다. 아침 5시에는 날이 밝는다. 그러므로 세 집이 불침번을 서고, 전화를 걸어 교대하자는 말이었다.

"좋습니다. 그것으로 괜찮을까요?"

기하치는 아직 습격을 두려워하고 있었다.

"간단히 주시하는 것 말고 현재 대책은 없습니다. 그러나 전등은 끄고 창이나 툇마루로 도망갈 수 있도록 해 두는 게 좋겠습니다."

도야마는 무뚝뚝하게 말했다. 교양 없는 사람들과 시간을 낭비한 것이 자못 귀찮다는 표정으로, 태도에는 오만한 빛이 감돌기 시작했다. 어느 정도 자신감을 회복한 증거였다.

"그렇군요…. 집을 컴컴하게 하고 문패도 떼 놓는 것이 안전할 것 같습니다…."

헌병 대위가 툴안스럽게 중얼거렸다.

"막타지의 경우도 생각해 둘 필요가 있겠죠."

전직 관료의 말에 기하치는 되풀이해 외쳤다.

"막타지의 경우라는 건?"

"어떻게 될지 모르겠습니다만, 자결을 말하는 겁니다."

도야마 유조는 왼손의 부적 주머니를 보이고 그것을 꿀꺽 삼키는 동작을 해 보였다.

"괴링 원수가 자살한 약품과 같은 것입니다. 당신들은 어떨지 모르겠지만, 저의 목은 값어치가 있는 것 같으니…."

그는 웃었지만, 그것은 단지 부자연스럽고 건조한 웃음소리가 되었다.

기하치는 그것을 지켜보면서 중풍에 걸린 불도그 같다고 생각했다.

회담은 그것으로 끝났다. 두 사람이 돌아간 후, 기하치는 의미도 없이 작게 내뱉었다.

"건방진 놈! 으스대기는!"

불안은 약간 가라앉은 것 같았다.

6

조선 민중의 기대에도 불구하고 아무리 기다려도 소련군은 경성에 진주하지 않았다. 이것은 미군과의 협정으로 38도선 이북에서 조선군의 무장해제를 소련군이 담당하고 38도선 이남은 미군의 담당으로 결정됐기 때문이다.

그러나 이것이 발표된 것은 종전으로부터 한 주가 지난 후였다.

따라서 전후의 한 주 동안, 경성 부민은 완전히 혼란과 불안의 도가니 속에 빠져서 망연하게 공포를 마주하고 있었을 뿐이라고 할 수 있다.

시내에는 우후죽순처럼 다양한 명칭의 정치단체가 결성돼 건국 준비를 위한다는 대의명분을 내세우면서 우선 경찰서를 점령해 무기와 탄약을 입수했다. 다음에는 일본인의 소학교, 중학교, 여학교를 접수하고 이어서 경성 전철을 비롯한 대회사, 공장, 상점, 백화점 등에 들이닥쳤다.

일본인들은 몹시 놀라 입을 다물지 못했다.

정체를 알 수 없는 단체의 남자가 들이닥쳐서 "건국준비위원회의 명령에 따라 접수한다"라고 말하고 '접수필'의 종이를 척 붙이고 가는 것은 그렇다 쳐도, 접수한 이상 당연하다는 표정으로 실내에 앉아서 방약무인하게 전화를 걸거나 멋대로 물품을 싣고 갔다.

경찰에 호소해도 이미 파출소는 모두 점령돼 한국인 순사밖에 없으니 상대해 주지 않았다.

군대도 아연실색해, 어떤 태도를 취해야 좋을지 판단을 내리지 못하는 상황이므로 일탈 행위는 더욱 확대될 뿐이었다.

평소 원한을 품고 있던 일본인에 대한 폭행, 육군창고 등에서의 물자 약탈이 들판의 불길 이상의 기세로 퍼져나갔다. 또, 신사와 불당의 방화, 무기와 탄약의 강탈도 행해졌다.

종전을 슬퍼한 특공대 기지의 어느 소년 비행병이 김포 비행장에서 허가도 받지 않고 날아올라, 경성 상공을 저공 비행하며 이별을 고하는 중에, 높은 은행나무 가지에 걸려 추락한 것은 8월 18일 오후가 아니었던가.

이 때문에 희락관이라는 극장이 파괴돼 큰 소동이 일어났다고 했다.

또, 같은 본정통에 있는 다치바나야(橘屋)라는 화과자집의 아들이 만취한 헌병 상사의 칼에 어깨 뒤에서 사선으로 베어져 죽은 것도 분명 그때였다.

종전 직후의 경성은, 치안유지의 역할을 맡은 일본 경찰은 사라지고, 군인은 어찌할 바를 몰라 반 광란의 상황에 있었다. 당연히 이것은 경성에 한하지 않고 일본 식민지 어디에서나 일어난 현상인 것 같았다.

경찰도 군대도 무력해지자 범죄가 발호하는 것은 당연했다.

떼강도가 유행한 것은 그런 혼란의 시기였다.

사쿠라가오카 제6애국반의 세 집은 이번에는 떼강도의 공포에 떨었다. 그래서 밤에는 깨어 있고 낮에는 꾸벅꾸벅 조는 비정상적인 생활을 거듭했다.

화강암질 흰 토양의 혜택을 받은 산 중턱의 대지에 높은 돌담을 성곽처럼 쌓고 정연하게 늘어선 세 저택의 위용은 더욱 사람들의 눈에 띄었다. 게다가 기슭의 주택지에서 떨어져 있었다. 약탈자들이 이것에 주목하지 않을 리가 없었다.

오구리 가에는 공습에 대비해 산에 굴을 파서 만든 튼튼한 방공호가 있었다.

기하치는 돈다발, 귀금속, 증권을 채운 금고나 골동품류를 방공호에 집어넣고 입구를 흙으로 덮었다. 비상시에는 일단 맨손으로 도망치고 나중에 찾으러 오겠다는 생각이었다.

또, 그는 세 명의 아들에게 군화를 사 오게 한 다음, 밑창을 도려내 순금 막대를 적당한 크기로 절단해 넣고 다시 덮어 못을 박았다. 순금이라면 어느 나라로 도망가도 통용될 터였다.

"여보. 트럭 회사나 이 집까지는 뺏기지 않겠지요?"

가쓰코는 어느새 상류층의 부인 같은 말에 익숙해졌다.

그러나 트럭 18대를 벌써 누군가 훔쳐 갔다는 것을 기하치도 모르고 있었다.

'그래. 트럭이 있군!'

기하치는 눈을 반짝였다. 모든 짐을 트럭에 싣고 부산까지 가서 배를 찾아야 한다. 철도는 모두 조선인의 손에 '접수'되었다. 따라서 트럭이 부산항으로 가는 최단 수송법이었다.

'소련군이 들어온다! 그 전에 도망가야 하는데, 내 재산은 어떻게 되는 것일까?'

기하치는 빨갱이라는 소련군이 군수공장을 4개나 경영하던 자신을 처형하지나 않을까 겁이 났다.

'그런데 어떻게 되었을까! 이기지 못해도 2년만 더 버텨 주었다면, 천만 엔쯤은 벌었을 텐데!'

그렇게 푸념하면서 장남 하루히코와 차남 나쓰키를 용산에 보내 살펴보게 했더니, 트럭은 모습을 감추고 사무소도 모두 점령돼 있었다.

'에잇, 도둑놈들!'

기하치는 모처럼의 묘안이 물거품이 된 것을 분하게 생각했으나, 자기 눈으로 확인하러 갈 용기는 없었다. 16일, 17일 이틀간에 기하치의 마음은 완전히 위축되었다. 단지 조선인이 두려울 뿐이었다.

전정 중에는 등화관제를 무시해도 태연했는데 기하치는 매일 밤 자기 손으로 직접 문단속을 하러 다녀야 마음이 편했다. 마치 잠자리에 들기 전의 의식(儀式)과 같았다. 게다가 그는 방공 막을 빈틈없이 치고, 덥다고 불평하는 아이들에게 "목숨이 아깝지 않냐!" 하고 일갈했다. 그리고 가장 큰 장남을 옆에서 자게 했다.

이렇게 거듭 조심을 했지만, 떼강도는 찾아왔다. 도적들은 휘파람을 불면서 트럭을 몰고 들이닥쳤다.

습격을 당한 집은 산을 바라보고 왼편에 있는 오카노 저택이었다.

새벽이 가까운 오전 3시경, 갑자기 총성이 산에서 메아리치더니 곧 조용해졌다.

"여보! 옆집에서 무슨 일이 생긴 것 같아요!"

아내 가쓰코가 떨리는 목소리로 기하치에게 알렸다.

기하치가 2층에 올라가 이웃집 상황을 살펴보니 "으싸!" "영차!" 하는 소리가 한가로이 들려오는 게 아닌가. 방공 막이 내려져 있어 집 안의 모습은 알 수 없었다. 그러나 그 소리와 사람의 기척으로 추측하건대, 이사를 위해 짐을 트럭으로 옮기는 것이리라고 기하치는 생각했다.

'하하하. 빨리도 도망치는군!'

세 집이 동맹을 맺은 체면 때문에 면목이 없어 야반도주처럼 이사하는 것이라고 그는 생각했다.

"이웃집은 이사 가는 것 같군. 누군가에게 집을 팔았던 것일까?"

계단 아래에서 떨며 기다리는 아내에게 말했다.

"그런가요…."

가쓰코는 안심한 듯 말했다. 거실로 들어가 보니 아이들은 모두 배낭을 짊어지고 신발까지 신고 창백한 얼굴을 하고 있었다.

기하치는 쓴웃음을 짓고 "걱정 마라!" 하고 쾌활하게 말했다.

트럭이 떠나고 5분도 지나지 않았을 때, 누가 오구리 저택의 초인종을 미친 듯이 눌러댔다.

장남과 함께 발소리를 죽이고 뒷문 쪽에서 엿보니, 오카노 가의 부인 - 실제로는 첩인 아키노(秋乃)라는 여성 - 이 헝클어진 머리를 하고 서 있는 게 아닌가.

"무슨 일입니까?"

목검을 겨드랑이에 끼고 기하치가 문을 열자, 부인은 비틀거리며 앞으로 쓰러졌다.

"그, 그 사람이 살해되어… 강, 강도가 전부 다…."

"앗, 큰일이다!"

기하치는 반사적으로 문을 닫았다. 그리고 헌병 대위의 정부를 부축해 일으키고, 현관으로 달려갔다. 문에서 현관까지의 거리가 이렇게 애타게 길게 느껴진 적이 없었다.

현관 도어를 닫자, 기하치는 이가 딱딱 부딪히는 소리를 내면서 "모, 모두!" 하고 외쳤다.

혀가 굳어 소리가 잘 나오지 않았다.

"크, 큰일 났다!"

장남 하루히코는 태연한 표정으로, 정신을 잃고 쓰러진 이웃집 아키노의 감겨 올라간 스커트를 내려다보고 있었다.

흰 넓적다리와 스커트에 흰 점액이 묻어 있었다.

기하치는 민감하게 어떤 것을 짐작하고 대학생 장남의 머리를 때렸다.

"바보야! 어서 도망갈 준비를 해야지!"

그러나 그 민첩한 도적들은 나머지 두 집은 습격하지 않았다.

아마 트럭이 한 대밖에 없고 일단 수확이 컸으므로 다시 날을 잡아 찾아오리라.

…6명의 도적은 트럭을 슬그머니 집 앞에 갖다 댔다.

그리고 문을 타 넘은 뒤 현관 앞에서 "전보요, 전보!" 하고 외쳤다.

"누구세요?" 둘이 의심하며 서 있자, "전보입니다!"라는 대답이었다.

'대문을 잠가 놨는데도…'라고 생각했지만 전보라고 하니 급한 일이라고 착각해, 오카노 세이조는 신발장 위에 피스톨을 놓고 현관의 자물쇠를 열었다.

눈앞에 쑥 내민 전보 용지를 무심코 손을 내밀고 받았을 때, 가슴을 꽉 밀치고 도적들이 들이닥쳤다.

세이조는 두 사람을 붙잡아 내던지고 피스톨을 잡으려 했으나 오히려 총을 맞고 죽어 버렸다.

"또 누가 없느?"

강도들은 피스톨을 아키노의 가슴에 갖다 대고 위협하면서 응접실 소파 위에서 돌아가며 능욕했다. 그동안 손이 빈 다른 무리는 이삿짐 업자 같은 솜씨로 장롱을 통째로 트럭에 옮기고, 금고나 테이블과 의자, 유화, 심지어 양탄자까지 벗겨서 들고 갔다.

"으싸!" "영차!"

도적들은 아마 군대식 훈련을 받은 자가 틀림없어 예행 연습이라도 한 듯한 솜씨로 민첩했고 게다가 쾌활하기까지 했다. 값나가는 물건을 약탈한 후, 아키노의 입에 재갈을 물리고 테이블에 손발을 묶었다.

"대단히 감사. 남편은 운이 없었군…."

현관에 흰 눈을 드러내고 누워 있는 세이조를 향해 두목 같은 남자는 한 손으로 명복을 비는 시늉을 하고 세이조의 검은 가죽 장화를 벗겨서 들고 나갔다….

"흐음!"

소식을 듣고 달려온 도야마 유조도 이야기를 듣고 시체를 보자 얼굴의 핏기가 사라졌다.

"오구리 상… 강도들은 금품을 약탈하는 것만으로는 성이 차지 않는 것 같소! 이거 큰일입니다!"

기하치는 아직도 이를 갈고 있었다.

"필시 놈들은 트럭을 다 비우고 이쪽으로 돌아오겠죠…."

"물건을 빼앗기는 것에 그치지 않고 폭력을 당하고 피살된다는 건 참을 수 없군!"

"이건 어떨까요…."

"뭐가 말입니까?"

"오, 오카노 상 집은 이미 한번 들어왔으니까…."

"으음"

"강도들도 다시 오지 않겠죠?"

"그건 그렇군."

"우리는, 이… 오카노 상의 집으로 피난하는 게… 어떨까요?"

둘 다 이를 덜덜 떨며 한겨울에 수영하다 땅으로 올라온 선수처럼 목덜미를 움츠리고 발을 동동 구르면서 말을 나눴다.

오키노가 히스테릭하게 외쳤다.

"이, 이 사람의 시체는, 어, 어떻게 하죠!"

세 사람의 발밑에 세이조는 왼손으로 가슴을 누르고 몸을 새우처럼 구부리고 있었다. 물론, 이미 숨은 끊어졌다.

기하치는 이웃 사람의 시체가 마치 자신 같다는 착각이 들었다.

"그렇군."

기하치는 망연한 표정으로 말했다.

자신들이 피난하는 것에 정신을 뺏겨 시체의 처리도 잊고 있었다. 시체와 피를 보자, 다시 새롭게 공포에 휩싸였다.

그러나 사망자가 나온 것을 도대체 어디에 호소하면 좋은가.

어디에 보고해야 하는가.

기하치는 공포와 혼란의 와중에는, 예를 들면 지진이나 홍수의 와중에는 시체를 보아도 별로 놀라지 않는다는 사실을 깨달았다.

오히려 자신이 죽는 것을 공상하는 쪽이 생생한 전율을 불러일으켰다.

"그럼, 저는 실례!"

도야마 유조는 당황해 허둥거리며 달려갔다.

날이 훤하게 밝아오기 시작했다. 대혼산의 정상이 엷은 보라색으로 물들어 있었다. 기하치도 자기 집으로 돌아오자 말없이 서재로 들어갔다.

그리고 한 장의 종이에 '접수 완료'라고 서툰 글씨로 쓰고 작은 종잇조각에 '허헌(許憲)'이라고 썼다.

그리고 풀을 들고 대문에 '접수 완료'의 큰 종이를 붙이고, 화강암의

문기둥에 박힌 동판 문패에 '허헌'을 붙였다. 허헌이라는 자는 공산당의 거물로 석방 후에 건국준비위원회 부위원장으로 추대된 인물이었다.

어떤 기회에 그를 소개받은 적이 있었기 때문에 이름을 기억하고 있었다.

즉 오구리 가는 '허헌'에 의해 '접수 완료'되었다고 하면, 도적들도 함부로 손을 대지 못하리라고 생각한 기하치의 고육지책이었다….

7

8월 25일 오후 0시를 기해 미군은 100톤 이상 선박의 운항을 금지했다.

그리고 아이러니하게도 경성 거리에는 다시 치안이 회복되고, "왜놈, 어서 돌아가라"라든가 "배가 없으면 헤엄쳐서 현해탄을 건너라" 등, 귀국을 요구하는 삐라가 거리의 곳곳에 붙여졌다.

치안이 회복된 것은 총독부의 애매한 대응에 화가 난 조선군이 9천 명의 장병을 '특설경비대'라고 하여 경성 시가지에 배치했기 때문이다. 이것을 '총검을 든 경찰관'이라고 군부는 구차한 변명을 했다. 왜냐하면 치안유지의 책임은 미군이 진주할 때까지는 일본 측에 있었기 때문이다.

…패전으로부터 10일 정도의 기간에 일본인의 심신은 극히 피폐해졌다.

38도선 이북에서 간신히 탈출한 일본인들 입에서 전해진 소문은 불안을 더욱 증폭시켰다. 미군이 진주해도 이미 경성의 일본인에게는 도망갈 장소가 없었다.

일본은 바다가 사방을 둘러싼 섬나라다. 비행기나 선박이 없으면 그리운 조국에 닿을 수가 없다. 그러나 기댈 수 있는 밧줄인 100톤 이상 선박의 운항이 금지됐기 때문에 꼼짝할 수가 없었다.

미군은 필시 선박을 빌려 귀국하려는 일본인의 행위를 금지하려고 했던 것이리라.

이 뉴스는 사쿠라가오카 제6애국반어 사는 오구리 기하치에게 큰 쇼크였다. 신문사와 방송국만은 일본인의 손에 되돌아왔으므로 그는 방송 재개와 동시에 그 사실을 알게 되었다.

그런데, 과거 그의 가게에서 소년 때부터 점원으로 일했던 이연(李然)이라는 자가 '대한민국 자유독립신예당 당수'라는 괴이한 직함의 명함을 들고 찾아온 것은 기하치로서는 더욱 큰 쇼크였다.

분경 선박의 운항금지령이 떨어지고 얼마 되지 않은 때이므로 8월 27, 8일이었을 것이다.

기하치는 공장과 부지의 전매에 정신이 없었다. 군에서는 사주지 않는 대신, 백 대의 글라이더를 납품한 것으로 해 대금을 지급해 주었으나 새 발의 피 정도였다.

'누구에게 팔지? 그렇다, 파는 거다. 아니, 꼭 팔아야 한다.'

그는 조선인 공장 경영자, 재산가의 명함과 얼굴을 떠올리고 하나씩 지워갔다.

명함첩이 이런 때 도움이 되리라고는 생각도 하지 못했다.

문득 창밖의 포도나무 시렁 아래쪽에서 "도련님, 오랜만이네요"라는 소리가 들렸다.

노안경을 벗고 들여다보니 흰색 양복을 입은 남자가 포도나무 시렁 아래 등나무 의자에서 낮잠을 자던 장남에게 싱글벙글 말을 걸고 있었다. 옆얼굴이 어디서 본 기억이 있었다.

'누구였지?'

기하치는 고개를 갸웃거렸다.

"아버님, 집에 계십니까?"

장남은 당황한 표정으로 일어나서 그를 부르러 왔다. 기하치는 창으로 다가갔다.

"누구지?"

그가 응시하자 상대는 손을 들고 오랜만이라는 듯 눈웃음을 쳤다.

빨간 넥타이를 매고 있었다. '깍두기 같은 복장이 아닌가?' 기하치는 생각했다. 아직 평화로웠던 시절, 경성 거리에 약간 머리가 이상한 청년이 있었는데, 항상 빨간 넥타이를 매고 미쓰코시 백화점 앞에서 4시간도 5시간도 아랑곳하지 않고 서성거려 장안의 명물이 되었다. '깍두기'라는 것은 빨간 넥타이의 청년에게 붙여진 별명이었다.

"영감님! 오랜만이군요!"

'영감님? 아아, 그렇다면 영락정 시절의 점원인가…'

기하치는 미소를 지었다. 밀짚모자를 쓰고 페달을 밟으며 배달을 나가는 두 명의 소년 점원, 큰 쪽이 우재만, 작은 쪽이 이연이었다.

그리고 이연은 수금한 120엔의 돈을 들고 그대로 행방불명이 되었다.

"자네는 우 군이었던가?"

기하치는 말했다. 당시 둘 다 16세나 17세였으므로 얼굴이 달라졌다. 그리고 눈앞에 있는 자는 서른 네댓의 청년이었다.

"영감님! 접니다. 자전거 곡예의 명수였던 이연입니다…"

기하치는 놀랐다. 16년쯤 전의 120엔이라면 충격이 컸다. 한때는 무슨 수를 써서라도 찾아내서 돈을 돌려받아야겠다고 벼르던 놈이다. 사건은 해결되지 않았지만 이연은 과거의 잘못을 뉘우치고 훔친 돈을 돌려주러 온 것일까?

"…아, 올라오게나."

과거와 달리, 이연은 긴 머리를 하고 있었다. 어디서 손에 넣었는지 연노랑이 섞인 여름 양복은 명색이나마 모시 양복 같았다. 단지 현관에서 벗은 것은 육군 군화이고, 백색의 군용 양말이었다.

"정말로 오랫동안 찾아뵙지 못했습니다. 하지만 건강하시니 다행이군요."

이연은 천천히 다리를 꼬았다.

"그동안 뭐 하고 지냈나?"

과거의 사환. 돈을 훔친 남자. 기하치는 그 사건 직후의 분노를 희미하게 떠올렸다.

"이것저것 장사를 했죠…."

"오, 장하군."

기하치는 쓴 얼굴로 끄덕였다. 이연은 담배를 꺼내고 보란 듯이 진귀한 라이터로 불을 붙였다.

"영감님도 출세하셨군요."

"아아, 뭐 그저. 그런데 전부 다 망했네."

"그렇지도 않겠죠. 이거 꽤 모으셨죠?"

이연은 엄지와 검지로 동그란 원을 만들었다. 기하치는 경계했다.

"공장의 토지건물에 전부 다 쏟아부었다네. 그런데 다 날아갔어!"

이연은 싱글거리면서 믿을 수 없다는 듯 고개를 저었다. 기하치는 화제를 바꾸었다.

"그런데, 지금은 뭐 하고 있나?"

"아아, 지금은요…."

이연은 양복 속주머니를 뒤적거리더니 큰 명함을 꺼냈다. 명함에는 '대한민국 자유독립신예당 당수'라는 직함이 굵은 글씨로 인쇄돼 있었다.

"지금, 정치를 하고 있습니다. 영감님에게 옛날의 인연으로 기부를 받으러 왔습니다."

이연은 태연하게 말하고 "잠시 실례!" 하고 응접실을 나갔다. 그리고 멋대로 현관문을 열고 밖을 향해 "누군가 이리 와라!"라고 조선말로 외쳤다. 이윽고 이연이 돌아왔을 때, 보이스카우트 같은 반바지의 제복을 입은 골격이 늠름한 남자가 따라왔다.

"행동대장 박 군입니다."

수염이 적은 얼굴 생김새로 눈만 큼직하게 빛나는 민첩한 느낌의 거한이었다. 내민 명함에는 '행동대장 겸 부당수 겸 재무위원'이라는 세 가지 직함이 나란히 적혀 있었다.

기하치가 눈을 찡그리면서 그것을 다 읽자, 박이라는 자는 마늘 냄새 나는 숨을 내뿜으면서 "그런 사람입니다!"라고 말하고 기부금 명부를 꺼냈다. 매우 자신만만한 목소리였다.

"자네는 나에게서 기부금을 받을 셈인가?"

"그렇습니다. 영감님에게는 5천 엔은 받아야…."

이연은 싱글거리며 웃었다.

기하치는 화가 치밀었다. 도둑이 매를 든다고 하더니 바로 이런 경우를 말한다고 생각했다.

"자네에게 기부는… 16년 전에 끝났다고 생각하네. 쇼와 4년(1929) 4월… 내 딸이 태어난 그때."

"아아! 영감님. 그거 아직 기억하고 있습니까!"

"당연하지! 어찌 잊겠나!"

이연은 그러나 싱글벙글하는 표정을 지을 뿐 전혀 동요하지 않았다.

'이놈. 경찰이 있다면 넘겨버릴 텐데!'

기하치는 이를 갈았다. 분해서 화가 치밀었다.

"그러나 영감님. 그건 16년 전의 일이죠? 이미 시효도 지났거든요. 그렇게 오래된 이야기 해봤자 소용없고, 죄를 줄이는 셈 치고 5천 엔 내시죠…."

'뭐야, 시효라고?'

그는 낮게 신음했다. 법률에는 시효가 있었던 것이다.

그때부터 분명 15년 이상이 지났다. '시효'로 횡령의 죄는 사라졌다….

"어쨌든, 영감님은 심했습니다. 썩어가는 반찬과 된장국만 먹였으니까… 그래서 돈 벌었죠. 틀립니까? 우(禹) 선배도 나도 꾹 참았죠…."

기하치는 쓴 얼굴을 지었다. 그때, 행동대장 박(朴)이 쿵! 책상을 쳤다.

"일본인은 조선인에게 무엇을 주었습니까? 땅을 속여서 빼앗고 공출을 내게 하고, 세금을 빼앗고, 게다가 창씨개명으로 이름을 빼앗고, 결국에는 조선말을 쓰지 말라며 말까지 빼앗지 않았습니까! 그렇죠? 그 대신에 준 것은, 남자는 징병, 여자는 징용. 뭐 하나 좋은 것이 없지 않습니까. 당신이 돈을 번 것은 조선 덕분이죠. 전부, 조선에 남기고 돌아가는 게 당연하겠죠?"

이연이 미소를 머금고 말했다.

"우리는 전부 조선에 두고 가라고는 하지 않습니다. 겨우 5천 엔… 5천 엔단, 조선어 기부하라는 말입니다. 어떻습니까?"

"일본인은 반성해야 합니다. 반성해야!"

이 당수와 박 행동대장의 강경과 유연의 호흡은 잘 맞아, 아마 몇십 군데나 일본인 부잣집을 돌아다닌 것 같았다.

그리고 반성한다는 것은 기부한다는 의미인 것 같았다.

이 남자를 집안에 들인 것을 기하치는 후회했다. 설마 과거 자신이 부리던 과일 가게의 점원이 정치가로 전향했으리라는 것은 생각지도 못했다. 미처 계산에 넣지 않았다. 방심한 것이었다.

'그러나, 이자에게 내가 진땀을 흘리며 번 돈을 5천 엔이나 기부할 이유는 없다.'

그는 그렇게 생각했다.

"자, 기부합시다! 당신에게 득이 될 거요!"

박 대장이 고압적으로 힘차게 말했다.

'똥싸개 놈' 기하치는 생각했다. 일본이 졌다고 하니 갑자기 뻐기다니! 도둑놈들! 기하치는 눈을 감았다. 숨을 크게 들이마셨다. 발밑에 쓰러진 오카노 세이조의, 시뻘건 피로 물든 가슴의 상처와, 가련한 시체가 문득 머리 한구석에 떠올랐다가 사라졌다.

'역시 내지 않으면 안 될 것 같군. 꽉 깎아야지. 그러나 그냥 줄 수는 없겠지?'

눈을 뜨자, 눈앞에는 기부자 명부가 펼쳐져 있었다.

"이연 군… 나는 옛날부터 기부를 싫어하는 사람이다."

"알고 있습니다. 동네 축제 때 5엔씩 내는 기부도 우리만 1엔이었죠."

"게다가 5천 엔이란 돈은 없네."

"네? 이렇게 큰 집을 갖고 5천 엔이 없다고 하는 겁니까!"

"아까도 말했지만, 공장 건설에 돈을 쏟아부어 은행에 빚에 남아 있고…. 그러니, 이연 군, 이렇게 해 주지 않겠나?"

"…?"

"나는 노량진에 3만 평의 땅과 공장, 영등포에 10만 평의 땅과 건설이 중지된 공장 12동을 갖고 있네."

"아하."

"이것을 시가로 조선인에게 팔아주지 않겠는가. 그렇게 한다면, 수수료로 대금의 1할을 줄 생각이네…"

기하치는 처음으로 미소를 지었다. 자신이 생각해도 나쁘지 않은 아이디어였다. 두 정치가는 서로 얼굴을 마주 보았다.

"평당 1엔만 해도 토지만 13만 엔이네. 1할이면 1만 3천 엔이지. 어떤가?"

두 사람은 아직 상대 얼굴을 바라보며 서로의 마음을 헤아리고 있었다.

큰 금액에 마음이 움직였을 것이다.

종전 직후이므로 1만 엔이라는 돈은 컸다. 샐러리맨이 1만 엔의 돈을 모으는 것은 불가능한 시대였다. 이연의 마음이 움직이는 것도 당연했다.

"일본군도 심하지. 제품에는 돈을 지급하지만, 설비 투자는 전혀 모른 체하니…"

기하치는 이윽고 우위를 되찾고 천천히 담배에 불을 붙였다. 박 행동대장이 눈썹을 찌푸렸다.

"땅은 판 적이 없지만… 배라면 손에 들어오는데…."

참으로 아쉽다는 박 대장의 말투였다.

"뭐, 뭐라고?"

곧바로 기하치가 달려들었다. '배라면 손에 들어온다!'라니, 그 배가 필요하지 않은가!

"아무것도 아닙니다…. 땅을 파는 브로커는 아니라는 말입니다."

"아니, 배라면 손에 들어온다고, 지금 분명…."

이연이 미소를 지었다.

"아아, 영감님. 97톤의 기범선(機帆船)을 말합니다…."

"97톤?"

기하치는 귀를 의심했다. 100톤 이상의 선박은 운항금지였다. 97톤이라면 금지조항에 저촉되지 않는다….

"그, 그 배는 어, 어디에 있는가? 응, 이연 군!"

"인천항에 있습니다. 박 군의 형님이 선장입니다."

"흠! 그 배는 움직일 수 있나?"

"움직이지 않으면 '춘금환(春琴丸)'은 배가 아니죠. 그냥 나뭇조각이죠."

박 대장은 의아하다는 듯이 대답했다.

"예를 들면, 인천에서 일본까지 어느 정도 걸릴까?"

"하루 반 정도? 울산이나 부산에서라면 12시간이라고 하였던가…."

기하치는 매달리는 듯한 목소리를 냈다.

"그, 그 배를, 자네, 주선해 주지 않겠나! 부탁하네, 이연 군. 아니, 이연 상!"

그는 수치도 체면도 잊고, 이 당수와 박 대장에게 방아깨비처럼 머리를 연신 숙였다.

8

97톤의 기범선이 인천에서 일본의 시모노세키까지 짐과 사람을 운반해 준다는 솔깃한 뉴스에 가장 먼저 달려든 것은 도야마 유조였다.

"흠, 인천까지라면 트럭으로 어떻게든 짐을 운반할 수 있겠지…."

도야마는 건방진 말투로 그렇게 찬성했다. 경부선은 불통 상태였다.

경성에서 부산까지는 450킬로나 된다. 화물 트럭을 이용하는 수밖에 없었으나, 화물을 만재한 트럭은 도로에 망을 치고 있는 폭도들에게 예외 없이 습격당했다.

게다가 만일, 트럭이 부산까지 화물을 무사히 운반해도, 때마침 적당한 밀항선을 찾을 수 있을지도 의문이었다.

그러나 기하치가 잡은 97톤의 기범선은 인천항에 정박하고 있어, 사흘이면 시모노세키까지 왕복할 수 있다고 했다.

"이 배를 사서 왕복하면 돈을 벌 수 있다!"

기하치는 그렇게 생각했다.

그는 '춘금환'의 선주인 박 대장의 형 박기성(朴基成)을 만나, 노량진의 공장과 교환하자고 제안했다. 잘 진행돼 일본으로 화물을 운반한 후에 경성에서 재회한 때에 등기권리증을 넘겨주겠다고 제안했다.

아주 노후한 선박이었으나 정비를 잘하였는지 배는 잘 나간다고 했다.

"운임은?"

"물품 한 개당 5엔이면 어떻겠소?"

"선원의 급료는?"

"내가 내죠."

"제 코수는?"

"그것도 챙겨드리죠…."

박 대장의 형이라는 인물은 대단히 계산에 밝은 사람 같았다. 햇볕에 그을린 갈색 얼굴은 넓적하여 탐욕스럽게 생겼다.

기하치는 빈틈없이 계약서를 교환하고 보증인으로 이연의 서명을 받았다.

화물선이므로 사람까지는 운반할 수 없었다.

그러나 화물을 일본으로 보낼 수만 있다면, 개당 5엔은 싼 편이었다.

필시 박 선장은 그가 소유한 노량진의 토지와 공장이 탐이 나서 사명을 완수해 줄 것이다. 그때, 권리증을 건네고 기범선은 기하치의 소유물이 된다…. 그 후는 운임으로 돈 버는 것만 남는다. 인천에 가면 일본인 선원이 얼마든지 있을 것이다….

"그런데, 오구리 상. 그 배에 우리 짐도 실어 주겠죠?"

도야마 유조는 넓적다리를 버릇처럼 쓰다듬으며 다짐을 받고자 말했다.

"물론입니다. 단, 운임은 개당 50엔이라고 합니다."

"바가지로군. 조선인은 일본인의 약점을 이용해서! 그래도 50엔에 확실히 도착한다면 싸군!"

"그렇고말고요…."

기하치는 미소를 지으며 대답했다. 개당 45엔의 이익이다. 게다가 선불이었다.

"사람이 탈 수 없는 것은 아쉽지만… 아니, 그건 달리 방법을 생각해 봐야지!"

도야마는 사흘 후에 출범한다는 말을 듣고 서둘러 모습을 감추었다.

최근에는 일일이 밖을 돌아다니는 것이 번거롭기도 해 비상 상황에 대비해 마을 사람들은 세 집과도 서로 왕래했다. 그게 더 정보가 빨랐다.

물론, 오카노 가에서도 그 사건 후에 혼자 사는 아키노가 어디선지 소문을 듣고 찾아왔다. 또 평소에는 교제도 없이 그들을 냉대하였던, 처음 보는 사쿠라가오카 주택지의 사람들까지 "모쬬록, 짐 두 개라도…." 하고 연이어 찾아왔다. 물에 빠진 사람이 지푸라기라도 잡는다던데, 식민지에서 번 재산을 조금이라도 일본으로 들고 가고 싶은 것은 누구에게나 공통된 심경이었을 것이다.

기하치는 트럭을 3대 준비해 개당 50엔에 화물을 받았다. 전부 218개였다. 트럭을 두 번 왕복시키는 것으로 하자, 추가로 163개가 들어왔다. 1차는 이것으로 접수를 마감해 1만 7천 엔이나 벌었다.

"이거, 돈벌이가 되는군!"

인천-시모노세키를 사흘에 왕복하면 한 달에 10회, 그러면 한 달에 15만 엔은 가볍게 벌 수 있다는 계산이 나오자, 왜 일찍 이 맹점을 알아채지 못했을까 생각했다. 모두 패전의 쇼크로 멍하니 무기력한 상태였다.

그럼에도 재산을 들고 조국으로 돌아가겠다는 물욕만은 강렬했다. 혼란 속에서 조금만 분발하면 영등포 공장의 손실도 순식간에 만회되리라는 생각에 기하치는 기운이 넘쳤다.

몇 경의 일본인과 트럭을 타고 가 기범선에 화물이 실리는 것을 확인했다. 기하치는 그대로 항구에 남아 두 번째 트럭의 화물이 배 안으로 들어가는 것을 팔짱을 끼고 계속 감시했다. 작업이 끝난 것은 오후 4시였다.

물때가 있으므로 곧 출항이었다. 인천항은 간조와 만조의 차가 9미터나 돼 갑문식 축항이었다.

97톤의 춘금환은 소월미도의 등대 앞을 천천히 지나가 간조를 타고 놀라운 속도로 먼바다로 나아갔다.

'자, 다음 배 주문이나 받으러 갈까!'

기하치는 빙그레 웃었다.

오늘 밤부터는 떼강도를 걱정할 필요가 없었다. 증권도 돈다발도 고리짝 바닥에 깔아 넣어 16개의 짐으로 분산되었다. 틀림없이 춘금환은 시모노세키에 닿을 것이다. 두려운 것은 폭풍우이지만 태풍 기간을 겁낼 수는 없었다.

경성으로 돌아가자, 거리에서 신문팔이 소년들이 "내일 신문! 내일 신문!" 하고 외치며 돌아다녔다. 초라한 옷차림으로 보아 북조선에서 탈출한 아이들 같았다.

선심 좋게 5엔을 내고 한 장을 사서 훑어보았다. 내일 조간의 초판을 벌써 팔고 있었다.

"경성 진주는 미 제24군으로 결정"

제목의 문구에 놀라 기하치는 기사를 꼼꼼히 읽었다.

경성에 진주하는 것은 오키나와 공략의 무훈에 빛나는 귀신부대인 제24군이라고 한다.

기하치는 소름이 끼쳤다. 신문에 따르면 9월 초에 미군이 진주한다는 것이다.

'그놈들, 죽어가는 일본군을 롤러로 깔아뭉개고 시체의 뼈로 페이퍼 나이프 같은 걸 만들며 희희낙락했다고 하던데, 이거 큰일이다…'

기하치는 일본인 지원회에 들러 밀수송의 주문을 받는 일도 잊고, 땀을 닦으며 본정통을 지나 장충단공원에서 무학정으로 가는 넓은 아스팔트 길을 숨을 헐떡이면서 천천히 올라갔다.

기하치보다 먼저 제6애국반 사람들은 제24군 경성 진주의 뉴스를 알고 있었다. 그리고 좋은 시기에 춘금환으로 화물을 보냈다고 서로 기뻐하고 있었다.

…그로부터 꼭 사흘이 지난 정오 무렵이었다.

불쑥 이연이 모습을 드러내고는 박기성이 돌아왔다고 보고했다. 그리고 노량진 공장의 권리증을 건네 달라고 했다.

"아니. 본인의 얼굴을 보고 사실을 확인하고 건네줄 걸세."

"그럼, 인천으로 가시죠. 저와 함께라면 안전합니다…."

긴장 속에 경인선 열차를 타고 인천항에 가보니 분명히 춘금환이 경쾌하게 부두에 떠 있는 게 아닌가. 그는 휴 하고 안도의 숨을 뱉었다.

그런데 중요한 박 선장은 한 발 차이로 경성으로 갔다고 했다. 곧바로 경성으로 돌아와 본정 입구의 찻집에서 박기성을 만난 것은 어느덧 저녁이 될 무렵이었다.

"나… 배, 팔지 않아. 다음은 한 개 50엔…."

기하치는 '이놈이!' 하고 혀를 찼다. 그가 돈을 번 것을 박 선장은 알고 있었다.

"화물… 하카타[후쿠오카현 동부지역, 시모노세키 항구와 인접해 있다]에 올렸다. 미군 온다. 화물 한 개 50엔, 배 팔지 않아!"

기하치는 이연이 미웠다. 박 선장은 배를 팔지 않겠다고 말하는데도, 마치 박기성의 대리인 같은 얼굴을 하고 권리증을 받으려고 했다.

어느새 이연의 모습은 감쪽같이 사라졌다.

'대한민국 독립신예… 아니, 자유독립신예당이던가! 흠, 종싸개 놈! 오구리 기하치가 그렇게 쉽게 넘어갈 성싶은가. 알몸뚱이 하나로 백만

엔을 벌었다!'

기하치는 박 선장의 말을 받아들였다. 그리고 이번에는 개당 100엔으로도 주문이 들어오지 않을까 하는 생각이 들었다. 그러자 다시 기운이 났다. 그러나 문득 그는 멈춰 섰다.

이연이 권리증을 달라고 한 것은 살 사람이 있다는 말인가?

그렇다고 기하치는 생각했다. 그게 틀림없다. 기하치는 자신에게 말했다. 내가 번 돈이다. 누가 뭐라 해도 갖고 돌아간다! 남들이 흉내 내지 못하는 방법으로 갖고 간다! 춘금환처럼….

전시 중에는 텅 비어 쓸쓸하였던 본정통은 저녁인데도 사람들이 붐비고 있었다. 그리고 대부분 일본군에서 나온 물자가 거리를 장식하고 있었다.

군화, 혁대, 방한복, 양말, 장갑, 외투, 건빵, 수통, 통조림, 설탕, 백미….

소의 두툼한 넓적다리 살을 점포 앞에 숲처럼 걸어놓고 '비프스테이크·백반'이라고 광고하는 식당도 생겼다. '달콤한 단팥죽'을 파는 식당도 있었다. 기하치는 관심이 없었다.

조선관이 있었던 본정 2정목 근방은 화재에 대비해 공터로 돼 있었는데, 여기에 아세틸렌 등불을 매단 노천시장이 생겼다.

길을 사이에 두고 오른쪽이 일본인, 왼쪽이 조선인 시장으로 구분돼 있는데, 왼쪽에 사람들이 많이 모여 있었다. 군중이 모인 것으로 보아 경매라도 벌어진 듯했다.

둥글게 둘러싼 사람들 속에서 "오, 육, 칠… 팔…" 하고 빠르게 값을 부르는 조선말이 들려왔다.

전구 알맹이가 몇 개나 걸려 있어 밤이 되면 둥글게 둘러싼 사람들

안이 진주처럼 밝아지리라 생각되었다.

군중의 웃음소리가 함성처럼 솟아오르는 와중에 '어?' 하고 문득 기하치는 발을 멈췄다. 귀가 아니라 눈에 무언가가 보였다. 사람 울타리의 중앙에 마련된 단상에 선 남자가 일본 여성의 기모노를 입고 빙글빙글 춤추며 옷의 문양을 군중에게 보여주고 있었다.

기하치는 깜짝 놀랐다. 아내 가쓰코가 소중하게 간직하던 외출복 같다는 느낌이 들었다.

아내가 하도 졸라서 큰맘 먹고 교토에 주문한 것으로, 보물선과 학·거북의 무늬를 금실은실로 수놓은 기모노였다.

기하치는 꿈이라도 꾸는 느낌이었다. 현란하게 떠오른 보물선의 아름다운 자수 무늬….

아내의 기모노와 똑같은 물건이 존재할 리가 없었다. 그리고 그 기모노는 춘금환으로 운반돼 지금쯤 하카타의 창고에서 자고 있을 터였다…. 돈다발과 증권과 함께!

기하치는 비틀거리는 걸음으로 둘러싼 군중 사이를 뚫고 들어갔다.

"그 기모노를 보여 줘!"

숨을 헐떡이며 외쳤다. 동시에 그는 멱살을 붙잡혀 군중 밖으로 이단자처럼 밀려났다.

"뭐 뭐 하는 거야!"

상대는 카키색 제복을 입고 있었다. 예전의 박 행동대장과 같은 제복이었다.

"여기는 일본인이 오는 곳이 아니야!"

기하치는 그대로 밀쳐져서 크게 엉덩방아를 찧었다. 공포에 일그러진 그의 망막은, 남자가 찬 완장의 '대한민국 자유독립신예당원'이라는 글을 바람이 어루만지듯 천천히 읽었다. 꿀꺽하고 목구멍을 울린 기하치는 문득 미칠 듯한 두려움과 분노와 혼란과 의혹이 하나로 뭉쳐져 습격해 오는 것을 느꼈다….

"이거, 도대체 어떻게 된 거야…."

기하치는 신음하듯이 자신에게 물었다. 뭐가 뭔지 알 수 없었다. 그러나 자신의 몸이 정체를 알 수 없는 검은 그물에 휩싸여, 깊고 깊은 구멍 속으로 떨어지는 것만은 어렴풋이 느낄 수 있었다.

경성·1936년 京城·昭和十一年

그리그 따스한 온돌방에서 서로의 알몸을 껴안고 잤고,
다음 날 아침을 먹고 신문사로 출근했다.
물론 금주는 한 푼도 그에게 청구하지 않았을 뿐 아니라, 일주일에 한두 번,
그것도 불시에 찾아오는 그를 위해 일본식 속옷을 만들어주기도 하고,
초봄에는 "그 무늬는 너무 수수하니…"라며 새로운 양복을 맞춰 입히고 자기 집에서
그를 배웅하기도 했다.

1

　취재를 마치고 조선총독부의 흰색 건물에서 나오자, 수많은 고추잠자리가 아쿠쓰(阿久津)의 눈앞에서 날아다니고 있었다.
　'두 번째 가을인가!'
　그는 문득 어떤 감개에 빠지면서 다시 동장군이 찾아오겠구나 하고 생각했다.
　남쪽 지방 규슈에서 자란 아쿠쓰는 아무리 심한 더위도 아무렇지도 않게 지냈으나, 겨울은 견디기 힘들었다. 특히 조선의 겨울은 삼한사온이라 견딜 만하다고 들었으나 들은 바와는 크게 달리 어쨌든 뼛속까지 스며드는 느낌의 강렬한 추위였다.
　영탁정의 하숙집에서 경성부청 옆에 있는 직장까지의 왕복만이라면 그럭저럭 견딜 수 있었다. 그러나 운 나쁘게도 그의 직업은 신문기자였다.

그해 초부터 석간 6페이지 분량의 이른바 대석간주의(大夕刊主義)를 단행한 아쿠쓰의 신문사에서는, 신입사원인 그를 따뜻한 편집국에 앉은 채 꾸벅꾸벅 졸게 놔두지 않았다.

토끼털로 만든 귀마개, 방한화, 그리고 이중으로 낀 장갑. 양말도 면직과 털실의 두 켤레를 신었다. 그리고 낙타털로 된 내의. 옷을 몇 겹이나 껴입어 둔해진 몸짓 때문에 아쿠쓰는 얼어붙은 도로에서 몇 번이나 넘어졌던가….

한 번은 뒤통수를 부딪쳐 잠시 정신을 잃은 적도 있었다. 그럴 때 아쿠쓰는 경성이 아무래도 외국이라는 생각이 들었다. 일본의 식민지라고는 하지만, 조선은 역시 그에게는 '외국'이었다. 그래서 어서 봄이 찾아오기만을 기다렸다.

그는 영락정의 하숙집에서 직장까지 항상 걸어서 출근했다. 전차를 타도 두 정거장밖에 되지 않아 어차피 황금정 입구부터는 걸어가야 했다. 통근 도중, 작년에는 생각지도 못했던 길가의 풀이 얼마나 신선한 놀라움과 기쁨을 자아내며 그의 눈에 비쳤던가!

눈이 녹아 질퍽해진 땅에서 어느 날 노란 싹이 피는가 싶더니 그것이 점차 연둣빛으로 바뀌며 자라나는 모습이 주는 기쁨이란.

겨울 추위에 몹시도 괴로웠던지, 아쿠쓰는 새로 난 풀들에 뺨을 비비고 싶을 정도였다.

그리고 두 번째 여름이 지나가고 다시 겨울이 찾아오고 있었다. 독신의 신문기자인 아쿠쓰가 고추잠자리 떼를 보고 어떤 감개에 휩싸인 것도 당연했다.

그는 전차를 타지 않고 광화문통을 천천히 산책하며 신문사로 돌아가기로 했다. 플라타너스가 늘어선 길도 마음 탓인지 노란빛을 띠기 시작했다. 여름과 가을의 경계…조선에서는 가장 좋은 계절이었다.

직장에 돌아와 원고를 쓰려고 하는데 다자키(田崎)라는 선배 기자가 그를 보자마자 어깨를 치며 말했다.

"어디, 한턱나지"

"무슨 일이죠?"

아주쓰가 묻자 다자키는 빙긋이 웃으며 알려 주었다.

"보통 사이가 아니군. '미도리(綠)'의 마담이 상담할 것이 있다고 하네, 응!"

"네? 정말입니까?"

그는 그렇게 말하면서 고개를 갸웃거렸다.

'미도리'는 명치정 뒷골목에 새로 생긴 카페의 이름이다.

당시 명치정은 도쿄의 아사쿠사(淺草)나 오사카의 신세카이(新世界)에 필적하는 환락가로 새롭게 변신하고 있었다. 옛날에는 명례궁(明禮宮)[덕수궁 일부]에서 가까워 명례동 또는 명동으로 불렸다고 한다. 명치정으로 개칭된 것은 청일전쟁 이후라고 하므로 오래전부터 일본인들이 살고 있었을 것이다.

명치정에는 증권거래소가 있고 주식매매업을 하는 점포도 많고, 대로에는 일반 소매점이 빽빽하게 늘어서 있었다. 그러므로 대로변만 걸어가면 아무런 변화도 없는 건전한 동네로 보였다. 하지만 일단 뒷골목으로 들어가면 뜻밖이라고 생각될 정도로 카페나 찻집, 식당이 즐비했다. 물론 유행하는 당구장도 늘어나고, 그해 여름부터는 개봉관도 생기는 등 동네는 계속 번창 일로를 걸었다.

이 지역은 본정경찰서 관할인데, 경찰 조사에 따르면 카페 여급이 무려 542명이나 있다고 한다. 카페 수는 116개로, 이것은 종로와 용산을 포함한 수이므로, 명치정에 카페 여급이 얼마나 많은지 상상할 수 있다.

명치정의 카페 업계에서 선두를 달리는 곳은 '마루(丸)빌딩회관'과 '기쿠스이(菊水)'라는 두 가게였다. 전자는 3층 건물로 여급도 50명이 넘는 개업 15년 차의 노포였다. 후자는 과거 '빌리켄[billiken, 머리가 뾰족하고 눈썹 끝이 올라간 나체상. 복의 신으로 불린다]'이라는 이름의 작은 가게를 여자 혼자 몸으로 큰 카페로 키웠다고 하는 전설적인 가게로, 여급은 흰색 에이프런[서양식 앞치마] 차림을 하고, 결코 손님 옆에 앉지 않는다는 품위를 내세우고 있었다. 여기에 장곡천정(長谷川町, 하세가와초)[소공동]의 '하나다(花田)식당', 욱정 1정목의 '산요켄(山陽軒)', 종로의 '낙원회관' 등 모두 다섯 곳이 당시 경성 카페 업계의 큰손이었다.

물론 '미도리'는 그런 큰 규모의 카페는 아니었다. 여급은 열 명 내외이고, 면적도 좁아 아무래도 소규모 가게에 속했다. 개점은 아쿠쓰가 부임하기 2년 전이었다고 들었다.

선배들 말에 따르면, 바로 요전까지 끽다점(喫茶店)[찻집]이라고 하면, 본정통의 메이지 제과, 혼조야(本城屋), 금강산, 장곡천정의 낙랑 정도가 있었다. 그런데 아주 빠른 속도로 끽다점이 명치정에 출현하기 시작해, 허리우드(聖林), 엘리자, 다이나, 프린스, 팔콘[Falcon, 매], 백룡, 트로이카 등의 가게가 우후죽순처럼 개점했다. 물론 카페나 바도 시류를 타고 늘어났을 것이다.

"마치 자네 부임을 환영한다는 듯이 많이 늘어났으니까 종종 이용하게…."

선배 기자로부터 이런 말도 들었고, 외로운 홀몸이며 하숙집이 명치정에 가까운 탓도 있어, 아쿠쓰는 카페에 다니기 시작하였는데 '미도리'도 그중 하나였다. 경영자는 아카호리 미도리(赤堀綠)라는 이름의 대단한 미인이었다. 과거는 아무도 몰랐다.

재즈 음악이 유행하던 전성기로, '미도리'에서도 재즈 레코드를 걸고 손님과 여급이 미국식으로 팔짝팔짝 뛰면서 춤을 추었으나, 아쿠쓰가 가게의 단골이 된 것은 마담과 동향이라는 점도 있었으나, 실은 카오루라는 가명의 여급에게 마음이 끌렸기 때문이다.

카오루라는 여급은 말이 없이 뭔가 삶의 그림자가 얼굴에서 느껴지는 아가씨였다. 얼굴 생김새는 윤곽이 또렷해 오만한 느낌을 주는 편이었다. 머리 모양은 앞머리를 눈썹 위까지 늘어뜨린 단발이었다. 눈썹은 초승달 모양이고 눈은 약간 위로 치켜진 느낌으로, 커다란 검은 눈동자가 남자의 마음을 끌었다. 코는 오똑하고 입술은 작고 화장은 별로 하지 않았다. 몸은 작은 편이었다. 술은 잘 먹지만 전혀 흐트러지지 않았다. 머리 모양 탓인지, 어린 소녀 느낌으로 보이지만, 아쿠쓰는 '미도리' 가게 안에서 그녀가 큰 소리로 웃는 것을 본 기억이 없으며, 미소를 지으면 왠지 울음을 그친 후의 미소 같은 느낌이 들었다.

타향 땅에 일자리를 찾아온 아쿠쓰는, 자신의 외로운 심정도 작용해, 항상 쓸쓸한 그림자를 지닌 카오리에게 왠지 모르게 마음이 끌려 호의를 보냈다.

아쿠쓰는 근무를 마치고 일단 하숙집에 돌아가 저녁을 먹은 후에 명치정으로 갔다.

2

그 무렵, 조선에서는 댄스를 금하고 있었다. 비상시에 남자와 여자가 손을 맞잡고 춤을 춘다는 것은 당치도 않다는 게 당국의 견해였을 것이다.

그러나 금지하면 오히려 금기를 범하고 싶은 것이 인지상정인지라, 욱정의 화류계에서는 댄스 게이샤라는 것이 탄생했을 정도로, 댄스와 재즈의 유행은 끊으려도 끊어지지 않는 인연이 있는 듯했다.

'미도리'에서 여급과 손님이 댄스를 추던 중에 경관이 들이닥쳐 호되게 벌을 받게 될 위험에 처했을 때, 마침 그 자리에 있던 아쿠쓰가 경관에게 명함을 내밀고 사태를 무마해 준 적도 있었다.

그런 사연이 있어 아카호리 미도리는 그를 은인으로 생각해 다른 손님보다 값을 싸게 해 주었다.

'미도리'에 들어가자 마담은 환한 얼굴을 하고 "아쿠쓰 상… 상담 좀 할 게 있어요…"라고 말하며 구석 자리로 그를 데리고 갔다.

"무슨 용무죠?"

작은 목소리로 물었다.

"실은 다른 사람에게 상담할 수도 없어서 고민하고 있는데… 우리 이치로(一郞) 건이에요."

이치로는 마담의 아들로 올해 중학교 1학년에 올라갔다고 들은 적이 있었다. 흰 얼굴의 얌전한 아이로 머리가 좋았다. 그 증거로 경성의 명문 중학교에 2등인가 3등으로 합격했다. 편모 집안이고 게다가 모친이 카페의 경영자라고 하면, 보통은 내신서[생활기록부]에 불합격의 도장이 찍히는데, 아카호리 이치로가 우수한 성적으로 합격한 것은, 중학교 교장이 영재교육을 학교의 모토로 삼고 있었기 때문이다.

아쿠쓰는 그 여름, 독촌(纛村)[뚝섬]의 풀장에 이치로를 데리고 놀러 간 후로 이치로와는 친한 사이가 되었다.

"이치로 군이 무슨 일이라도?"

"오늘, 학교에서 불러서 가보고 알았는데… 이치로가 글쎄 2학기 들어와서 열흘이나 무단결석을 했다는 거예요."

마담은 눈썹을 찌푸리며 말했다.

"열흘 동안이나 무단결석?"

아크쓰는 놀랐다. 중학교도 상급생이라면 몰라도 겨우 1학년이 무단결석을 한다는 것은 상식적으로는 생각할 수 없었다.

"왜, 그런 짓을?"

그가 말하자 마담은 여급 카오루가 늘 보이는 울음이 반쯤 섞인 얼굴이 되었다.

"이치로에게 캐물어 봤지만, 끝내 말을 하지 않아요."

"흐음…."

아크쓰는 사쿠라 맥주를 마시면서 고개를 갸웃거렸다.

"그래서… 미안하지만, 이번 일요일에라도 이치로를 데리고 나가서 무슨 고민이 있는지 물어봐 주었으면 해요."

마담은 그렇게 말하고 가늘고 기다란 눈으로 가만히 그를 바라보았다.

"알겠습니다. 물어보죠."

그는 카이다[海陀(해태). 1921, 조선총독부 전매국]라는 담배를 꺼내 천천히 입에 물었다. 아카호리 이치로의 흰 얼굴이 언뜻 마담의 얼굴과 겹쳤다가 사라졌다.

아카호리 미도리, 이치로 모자는 남산쵸의 세 칸짜리 셋즙에서 살고 있었다. 집세는 30엔으로, 다다미와 창호지는 1년에 한 번 집주인의 부담으로 교체해 주고, 어떤 이유에선지 전기료는 임차인의 부담이었으나 수도 요금은 아무리 써도 집주인의 부담이라고 한다.

그의 하숙비가 식사를 포함해 6조 방 하나에 26엔이므로 그 집세는 결코 싼 편이 아니었지만, 집주인이 욱정의 자매 게이샤라는 점이 마음에 들어 빌렸다고 했다.

남산정은 기묘한 곳으로 화류계와 주택가가 혼재하고 있었다. 욱정, 남산정이 이른바 본(本)권번이라 불리는 경성의 '신바시(新橋)'[일본 도쿄의 번화가]로 불리는 데 반해, 신정 유곽의 동(東)권번과 용산 미생정 유곽의 남(南)권번은 약간 격이 떨어진다는 평판이었다.

아카호리 미도리가 빌린 집은 본권번의 자매 게이샤가 돈을 모아 땅을 사서 임대용으로 하나둘 지어가는 주택 중의 하나였다.

아쿠쓰도 업무상 욱정의 '치요모토(千代本)', '이즈미(泉)', '치요신(千代新)', '기라구(幾羅具)' 등에 간 적이 있는데 대단한 미인 게이샤가 있었던 것만은 기억하고 있다.

요시모토(芳本)의 모토야(元弥), 모모타로(桃太郎), 오오구로(大黑)의 아즈마(吾妻), 고쓰네(小常), 가와치야(河內家)의 잇킨(一琴), 쇼조야(小女家)의 소노치요(園千代), 요시노야(芳乃家)의 히데치요(秀千代), 우메마스(梅桝)의 다마야코(玉奴), 오미쓰, 기쿠노야(菊乃家)의 치요야코(千代奴) 등은 젊은 아쿠쓰의 마음을 흔든 명기들이었다.

그는 그것을 떠올리며 말했다.

"마담. 이치로에게 무언가 알아낸다면 보답으로 뭘 해 주겠소?"

아카호리 미도리는 쓴웃음을 지으며 고개를 끄덕였다.

"교기쿠(京喜久)의 학 요리? 가게쓰(花月) 별장의 자라 요리?"

"아니, 아직 남산정에서 놀아본 적이 없어서…."

그는 빙긋이 웃었다.

"어머. 고급으로 놀아보고 싶다는 말씀?"

마담은 과연 얼굴을 찡그렸다.

"하지만 좋아요. 세이잔소(淸山莊)에서든 마쓰바테이(松葉亭)나 긴게쓰소(銀月莊)에서든 내가 내죠."

마담은 쌀쌀한 말투가 되었다. 아쿠쓰는 마담의 얼굴을 엿보고 쓴웃음을 지으며 말했다.

"아주, 심통이 난 것 같군. 됐어요. 지금 한 말은 농담입니다…."

본권번에서는 화대는 한 시간 6개[선향(線香) 개수]의 계산이므로, 한 개 25전이니 한 시간에는 1엔 50전인데, 최초의 한 시간은 기본요금이 3개 붙으므로 2엔 25전이 되는 계산이었다. 여기에 요리값이 추가돼 전혀 싸지 않았다.

다음 일요일, 그는 비번이어서 아침 일찍 일어나 남산정으로 아카호리 이치로를 찾아갔다.

이치로는 조선인 '오모니'와 함께 늦은 아침을 먹고 있었다. 모친 미도리는 아직 자고 있다고 했다. "오모니. 나도 밥을." 아쿠쓰는 뻔뻔스럽게 하녀에게 말하고 식탁에 앉았다.

그즈음 조선의 일본인 가정에서는, 부리는 일본 여자는 조쮸(女中)[하녀]라고 부르고, 조선인 여자는 오모니와 기지베[계집애]라고 구분해서 불렀다. 기지베는 어린 소녀를 칼한다. 요금도 일본인과 조선인은 차별이 있어 집에서 같이 사는 조건으로 일본 하녀가 20엔, 오모니는 10엔 정도, 기지베는 불과 6엔이었다. 그리고 대부분의 일본인 가정에서는 오모니나 기지베를 고용했다.

식사 도중에 그는 부탁받은 일에 관해서는 한마디도 하지 않았다. 식사 후에 "헌책방에나 놀러 갈까?" 하고 말을 꺼냈다. 이치로는 분명 경계하고 있었다.

　남편이 먼저 죽고 생활의 양식을 얻기 위해 카페 경영자가 된 아카호리 미도리는, 이치로의 교육을 위해 남산정에 집을 얻고 오모니를 고용하고 가정교사를 붙여 주었다. 모친의 교육열을 아들 이치로는 잘 알고 있었다. 그러므로 그가 학교를 열흘간이나 결석한 것은 역시 중대한 사건이라고 아쿠쓰는 생각했다. 이치로는 헌책방 가자는 말을 듣고 마지 못해 아쿠쓰를 따라오는 모습이었다.

　모친 아카호리 미도리의 말이 사실이라면, 남산정 이치로의 집을 찾아오는 남성은 소학교의 교사와 동향 사람 아쿠쓰 정도였다. 그리고 가정교사인 고즈키(上月)라는 경성제대 예과 학생이 있었다.

　고즈키는 고학생으로, 이치로의 집에서 근처 아이들 네댓 명을 모아서 수업료를 받고 가르치고 있는 어두운 표정의 청년이었다. 아카호리 미도리로서는 원래는 고즈키에게 상담해야 하는데 왠지 호감이 가지 않아 상담 상대로 아쿠쓰를 고른 것 같았다.

　남산정은 경성의 거의 중앙에 위치한 표고 300미터 가까운[265.2m] 남산의 북쪽 기슭에 발달한 지역이다. 만 3년에 걸쳐 준공된 조선신궁이나 경성 신사(神社), 은사(恩賜)[천황 하사]과학관, 그리고 노기(乃木)신사 등이 남산에 있었다.

　완만하게 굽이치는 고개를 내려가서 경성우편국을 왼편으로 미쓰코시 백화점을 오른편으로 보고 본정통으로 들어간다. 오른쪽 모서리가 시노자키 문구점, 야마기시 약국, 야마토켄(大和軒)[과자점], 혼조야(本城屋)[과자점]로 이어지고, 왼쪽의 우편국 옆에 일본악기, 우측에 히라다(平田) 백화점으로 이어진다.

　경성운동구상회, 오사와(大澤)사진기점, 치치부야포목점(吳服店), 가네보(鐘紡)서비스 스테이션[섬유], 마루이치(丸一)포목점, 다지마야(但馬屋)가방구두점, 쓰카타니(塚谷)잡화점, 미나카이(三中井)백화점이 있고, 히노데야(日之出屋)그림엽서점에서 우측으로 꺾으면, '미도리'가 있는 명치정이다.

"어이, 이치로 군…."

아쿠쓰는 근처까지 왔을 때 문득 말을 걸었다.

"네? 왜요…."

"너… 무언가 고민이 있지 않나? 고민이 있다면 내게 말해 보지? 혼자 끙끙 고민해봤자 도리가 없으니까…."

그는 이치토를 보았다.

검정 바탕에 백선이 한 줄 들어간 교모를 쓴 중학생은 화난 표정이었다.

"고민 같은 거 없어요!"

"고민이 없다고?"

"네. 아무런…."

아카호리 이치로는 똑바로 마주 보고 그개를 끄덕였다.

"그럼, 왜, 열흘간이나 무단결석을 했지?"

아쿠쓰는 미소를 지으며 이치로를 바로 보았다.

"어머니가 걱정하신다."

"네, 알고 있어요."

이치로는 다시 끄덕이고 무언가 불안한 표정으로 좌우를 둘러보았다. 구마히라(熊平)금고점, 사이키(佐伯)가구점이 건너편에 보였다. 길은 약간 오르막이 되어 가메야(龜屋)과자점, 끽다점 금강산, 무라키(村木)시계점, 야마구치(山口)다기점, 세이유샤(精乳舍)[우유], 메이지(明治)제과가 있다.

"왜, 가지 않았지?"

"걸으면서 말하는 건 어렵네요."

3

아쿠쓰는 아카호리 이치로를 덕수궁으로 데려갔다. 캐러멜과 단팥빵을 사고 5엔씩의 입장료를 내고, 대한문이라는 현판을 보며 커다란 붉은 문을 통과하면 덕수궁이다. 원래 조선 제9대 성종의 형, 월산대군의 집으로 건설된 것으로, 고(故) 이태왕[고종] 전하가 양위 후에 거처하는 궁으로 사용되었을 때, 덕수궁으로 개칭했다고 한다.

덕수궁 잔디밭 위에 편히 앉아 아쿠쓰는 이치로에게 말했다.

"자, 말해 봐라."

아카호리 이치로에게 학교를 결석한 이유를 알아내는 것은, 총독부나 경성부청의 관리에게 뉴스를 얻어내는 것보다 어려웠다.

이치로는 구체적으로 말하지는 않았으나, 모친 미도리에 대한 서운한 감정을 드러내거나, 창경원에서 종일 시간을 보냈다고 했다.

창경원은 원래 수강궁(壽康宮)으로 칭한 궁궐이었는데, 한일병합 이후, 식물원, 동물원, 박물관을 설치하고 일반인에게 개방한 공원이다.

'창경원에서 시간을 보냈다고?'

아쿠쓰는 고개를 갸웃거렸다.

창경원은 벚꽃의 명소로 유명해 꽃놀이 때에는 매일 밤 인파가 넘쳐, 술을 마시며 즐기는 사람들로 가득했다. 입구 홍화문을 들어가서 오른쪽이 식물원, 왼쪽이 동물원인데, 그 길 양쪽에 지름이 한 자[30.3cm]나 되는 큰 벚나무가 꽃의 터널을 만들고 있었다. 천엽 벚나무는 가운데 광장에서 물새들이 모여 있는 곳에 이르는 길에 많고, 왕벚나무는 연못에서 비둔에 이르는 길에 많다. 창경원의 벚나무는 약 5천 그루이고, 밤 벚꽃을 보러 입장하는 손님은 하루 7천 명이라고 한다. 성인 10전, 어린이 5전의 입장료이므로, 4월 하순부터 5월 중순까지의 20일간 하루에 얼마나 많은 수입을 올릴 것인가 등을 아쿠쓰는 생각한 적이 있었다.

꽃놀이 때라면 몰라도, 또 사흘이나 나흘 정도라면 몰라도, 중학생이 학교가 끝날 때까지 시간을 보내기에는 별로 변화가 많지 않은 장소이다.

아쿠쓰는 우선 이치로의 고백에 의문을 가졌다. 뭔가 이상하다고 생각했다. 계속 캐묻자, 마침내 이치로는 울상을 지으며 내뱉었다.

"내 잘못이 아니에요…. 기생 누나 때문이에요."

"뭐라고, 기생 누나?"

아쿠쓰는 눈을 반짝였다. 이치로는 일순 '아차!' 하는 표정이었다.

"남자와 남자의 약속이다. 절대 말하지 않으마."

아쿠쓰가 이렇게 말하자 이치로는 주뼛거리며 말하기 시작했다.

아카호리 이치로는 학교에서 돌아올 때 일부러 먼 길을 돌아오는 적이 많았다.

중학교는 서대문통에 있다. 가장 빠른 길은 학교[경성중학]에서 제일고녀[경기여고] 옆으로 가서, 경성방송국을 거쳐 작년 말에 생긴 부민회관[서울시의회] 옆을 지나 경성우편국까지 간 후, 욱정에서 남산정으로 들어가는 코스였다.

그러나 아카호리 이치로는 그 길이 별로 재미가 없어 광화문으로 나가 인사동의 파고다공원 근처에서 오른쪽으로 틀어 황금정통을 횡단

하고 본정통을 통과해 남산정으로 들어가는, 변화가 풍부한 길을 선택하는 경우가 종종 있었다.

즉 종로와 본정, 조선인과 일본인이 대립한 번화가를 통과하는 것에 소년다운 스릴을 즐겼던 것 같다.

2학기가 시작되고 얼마 후, 이치로는 친구와 헤어져 혼자 종로의 전찻길을 걸어가다가 문득 소변이 마려워 종로 뒷골목으로 들어갔다. 사람의 통행이 없는 곳에 서서 소변을 보려고 생각한 것이다.

그런데 뒷골목에 들어간 순간, 검은 포렴이 걸려 있는 어느 '술집'(酒幕)[일본인은 '술치비'로 발음. 이하 '술집'으로 함]에서 한 여자가 불쑥 튀어나오더니 느닷없이 이치로의 가방 안에 무언가 집어넣은 후, 그의 손을 잡아끌고 두세 집 건너의 비슷한 술집으로 뛰어들어갔다. 그리고 가게 주인에게 뭐라고 외치더니 다시 뛰쳐나갔다….

앗 하는 순간에 벌어진 일이었다. 이치로는 어안이 벙벙했다.

술집이란, 일본의 이자카야를 말하는 것으로 종로에만 220개나 있다고 한다.

술집 안에는 마당이 있고, 오른쪽에 계산대 같은 곳이 있고, 계산대 한쪽에 고기나 채소, 생선의 요리가 진열돼 있으며 다른 한쪽에는 숯불이 피어오르는 부뚜막이 있었다. 계산대에는 젊은 청년이 앉아 있었는데, "당신… 일본인?" 하고 물었다.

"그렇습니다."

아카호리 이치로가 주뼛주뼛하며 대답하자 청년이 말했다.

"당신, 여기에 잠시, 있어. 괜찮지?"

"왜, 그래야죠?"

그는 떨리는 목소리로 물었다.

"이유는, 몰라, 나도…."

조선인 청년은 서양인처럼 어깨를 으쓱거렸다.

"그녀는, 당신을, 잠시 데리고 있으라고 했을 뿐이야…."

손님이 없으므로 이치로는 왠지 다행이라는 생각이 들었으나, 난생 처음 보는 술집 내부는 무언가 섬뜩한 기분이 들었다.

술집에 대해서는 아쿠쓰도 알고 있는데, 화주, 약주, 막걸리의 세 가지 술을 마시는 곳으로 대부분 선 채로 마셨다.

그밖에 내외주점(內外酒店)이라 칭하는 갈보집도 있었다. 이것은 한 집에 서너 명의 젊은 여자가 있어, 술을 따라주는 서비스를 해 주는 곳인데, 일본인이 오면 검정 법랑 주전자에 40전의 약주를 계속 들고 와서 폭리를 취하려고 했다.

술집에서는 옛날부터 안주는 무료였다. 마시는 사람들은 물론 조선인 손님뿐이라 아쿠쓰는 혼자 주막에 들어갈 용기는 없었다. 아무리 대낮이라고는 해도 술집에 혼자 연금된 중학생 아카호리 이치로가 얼마나 불안한 심정이었을 것인지는 아쿠쓰도 상상이 갔다.

이치로가 돌아가려고 하자 술집의 젊은 조선인은 바깥문을 닫아걸고, '좀 더, 기다려." 하고 무서운 얼굴로 노려봤다.

이치로는 기생풍의 여성이 그의 가방에 집어넣은 종이봉투가 연금된 원인이라고 생각했다.

"맡겨진 물건을 건네줄 테니 나를 놔 주세요."

거의 울 듯한 얼굴로 애원했다. 그러나 청년은 "나는 받을 수 없어. 그녀에게 직접 당신이 건네줘" 하는 의미의 말을 했다.

그러는 동안 몇 명의 손님이 들어와 약주를 마시면서 이치로를 빤히 쳐다보기에, 틈을 타서 가게에서 뛰쳐나가 전찻길까지 단숨에 달렸다.

따라오는 사람은 없었다.

집에 돌아와 종이봉투를 보니 꼭꼭 봉해져 있는데 안에는 책이 들어있는 것 같았다. 그것도 아주 비쌀 것 같은 무거운 책이었다.

다음 날, 이치로는 그 물건을 들고 두려움 속에 어제의 술집을 찾아갔다.

계산대에 앉아 있던 어제의 청년이 그가 내민 종이봉투를 보더니 안색을 바꾸고 빠르게 말했다.

"그거, 받을 수 없어. 오전 10시부터 11시 사이, 창경원… 가라. 명정전 가까이… 알겠어?"

"그거, 준 사람에게 돌려주지 않으면, 당신, 큰일 난다. 잘못하면, 아버지, 어머니… 감옥이다. 알겠나?"

이치로는 기생 같은 젊은 여자의 무언 속에서도 뭔가 절박한 행동과 기백을 떠올리고, 또 조선인 청년의 창백한 표정을 보고, 위험한 물건을 떠맡았다고 생각했다.

다음 날, 이치로는 계속 고민한 끝에 학교는 지각하기로 하고 창경원으로 갔다. 중학교 1학년인 그에게는 어떤 의미에서 큰 모험이었을 것이다.

4

아카호리 이치로는 오전 10시에 입장이 시작되자 모자를 상의와 바지 사이에 넣어 숨기고, 홍화문을 통해 안으로 들어갔다.

명정전을 찾아가 부근을 어슬렁거리며 은근한 기대 속에 연락을 기다렸다.

명정전은 흥화문에서 정면의 오래된 돌바닥을 걸어간 안쪽에 있다. 5칸 3면, 단층으로 된 팔작집 지붕의 건물로, 왕좌는 드물게 동쪽을 면해 만들어졌다. 천장에는 봉황이 두 마리 그려져 있고, 보옥과 서운(瑞雲)이 조각돼 있다. 그러나 여행자에게는 이것이 과거의 왕좌였다고는 믿어지지 않을 정도로 초라한 건물이었다.

이치로는 하릴없이 건물의 용마루 끝에 있는 액막이 상을 바라보거나 측우기나 해시계를 구경하며 오전 11시까지 시간을 보냈다.

그는 입학 축하선물로 받은 손목시계로 11시가 된 것을 확인하고, 학교에 가려고 서둘러 걷기 시작했다.

그때, 그제의 여성, 최금주(崔錦珠)가 나타났다. 전날에는 조선 특유의 치마저고리 복장이었으나 그날은 양장차림인지라, 그녀가 말을 걸지 않았다면 이치로도 눈치를 채지 못할 뻔했다.

그가 환한 얼굴로 가방 속의 물건을 꺼내려고 하자, 최금주는 두려운 얼굴로, "5미터 뒤에서 나를 따라오세요!"라고 말하고 식물원 쪽으로 걸어갔다. 기품 있고 단정한 얼굴에 압도돼, 이치로는 영문도 모른 채 그녀를 따라갔다. 사람들 눈에 띄지 않는 숲속으로 오자 그녀는 멈춰서서 "앉으세요"라고 명령했다. 그가 주뼛거리고 있자, 최금주는 꾸짖는 듯한 말투로 "앉아요, 어서!" 하고 소리쳤다. 이치로는 풀 위에 앉았다.

"맡긴 물건은?"

"갖고 왔습니다."

"열어 봤어요?"

"아뇨, 그대로입니다."

"당신… 이름은?"

그가 본명을 말하자, 최금주는 핸드백에서 수첩을 꺼내서 적고, 가

방에서 교과서와 노트를 꺼내 틀림없는지 확인했다.

"1학년 4반의 아카호리 이치로. 주소는?"

최금주는 마치 경찰이 심문하는 것처럼, 이치로의 주소, 모친의 이름, 나아가 명치정의 '미도리'의 전화번호까지 적었다.

"당신… 이 봉투 건을 누구에게 말했죠?"

이렇게 말하자마자 돌연 그의 손목을 잡고 앞으로 끌어당기더니 목을 조르기 시작했다.

이치로는 놀랐다.

"아무에게도, 말하지 않았어요. 정말입니다!"

이치로는 아름다운 조선 여성의 무섭게 돌변한 얼굴을 보고 창백해져 간신히 말했다.

"정말이죠? 분명히? 조선신궁에 맹세코?"

다짐을 거듭한 후, 최금주는 조르고 있던 목에서 손을 뗐다.

"의심해서 미안해요."

그녀는 비로소 하얀 이를 드러냈다.

'세상에 이렇게 예쁜 여인이 있을까?'

이치로는 어린 마음에도 그렇게 생각했다. 최금주는 물건을 건네려고 하는 그에게 말했다.

"너는 착한 아이니까, 내 편이 돼 주지 않을래? 동생이 살아있다면 꼭 너 정도의 나이야. 내 동생이 되어서…."

그녀는 이치로를 꼭 껴안았다. 그녀의 투피스에서는 뭔가 알 수 없는 좋은 향수 냄새가 나서 이치로는 가슴 벅차게 설레는 감동을 맛보면서 연신 고개를 끄덕였다.

"고마워. 동생이 되어 주겠지?"

다시 끄덕이는 이치로에게 최금주는 말했다.

"그럼, 오늘은 학교를 쉬고 저녁까지 나와 같이 있어…."

이치로는 갖고 온 도시락을 뜨고, 최금주는 매점에서 사 온 잼 빵을 먹고, 그럭저럭 오후 2시까지 두 사람은 시간을 보냈다.

그녀는 그때 '춘향전'의 줄거리를 말해 주었다.

춘향전이란 전라남도 남원 군수의 아들인 이몽룡과 기생 춘향과의 연애 이야기이다.

젊은 두 사람은 사랑에 빠져 굳게 부쿠로서의 미래를 기약했으나, 몽룡의 부친이 중앙으로 전근하였기에 두 사람은 헤어졌다. 춘향은 몽룡이 언젠가는 데리러 와 줄 것을 믿고, 기생을 그만두고 하녀와 같은 일을 하면서 오로지 몽룡을 애타게 기다렸다.

그런데 후임 군수가 미모의 춘향에게 반해, 그녀에게 연인이 있어 자기 뜻을 따르지 않는 것을 알자, 누명을 씌워 감옥에 가뒀다

한편 몽룡은 지방관리의 동정을 비밀리에 조사하는 암행어사라는 관리로 출세허, 남원군에 내려와서 자신의 연인이 옥사에 갇혀 있고 백성이 군수의 폭정에 괴로워하는 것을 알게 되었다.

마침, 군수가 자신의 생일에 호화로운 잔치를 여는 것을 안 몽룡은 타군에서 포졸을 잠입시키고, 자신은 거지 차림으로 잔치에 찾아갔다.

춘향은 쇠사슬과 무거운 칼을 쓴 채, 잔치에 끌려 나와 조소의 고통을 당하고 있었다. 몽룡은 이런 시를 읊었다.

금잔에 담긴 단 술은 천 명의 피요.
옥쟁반의 맛있는 안주는 만백성의 기름이로다.
촛농 떨어질 때 백성의 눈물 떨어지도다.

노랫소리 높은 곳에 백성의 원망 소리 높구나.

(金樽美酒千人血/玉盤佳肴萬姓膏/燭淚落時民淚落/歌聲高處怨聲高)

"어사 납시오!"라고 외치며 남원 군수를 체포하고 무고한 백성을 풀어주고, 자신은 춘향을 아내로 맞았다.

이런 줄거리인데, 일설에는 중국의 서상기(西廂記)의 번안이라고 하지만, 일본의 '주신구라(忠臣藏)'처럼 조선에서는 춘향전이 항상 대만원이 될 정도로 가장 대중적인 연극이다.

오후 2시가 되자 최금주는 이치로에게 부탁할 것이 있다면서 가방 속에 있는 물건을 미안하지만 어느 곳에 갖다주지 않겠냐고 했다. 이치로는 승낙했다.

"모레, 다시 여기에서 만나자, 이치로 상. 우리 일은 누구에게도 비밀이야…."

이렇게 말하고 최금주는 다시 그의 몸을 꼭 껴안아 주었다.

그녀의 말로는, 오후 3시 정각에 본정 1정목에 있는 극장 '희락관(喜樂館)' 앞에, 양복을 입은 중년 남자가 신문을 들고 서 있을 것이니, 그에게 물건을 건네 달라고 했다.

이치로는 그 말에 따라 심부름을 했다. 그때 남자는 그녀에게 건네주라며 작은 상자를 이치로에게 주었다.

이틀 후, 이치로는 최금주에게 안기고 싶어서 창경원으로 갔다.

최금주는 이번에는 커다란 사각봉투를 준비하고 있었는데, 역시 오후 2시경까지 시간을 보내고, 화신백화점의 2층 매장에 서 있는 젊은 여성에게 그것을 건네 달라고 부탁했다.

그리고 다시 이틀 후의 재회를 약속하자고 했다….

이치로는 아무래도 주저할 수밖에 없었다.

그러자 최금주는 "누나는 기생이야… 눈을 감고 가만히 있어 봐" 하고는 그의 몸을 껴안은 채로 다리 사이를 부드럽게 만지기 시작했다. 소년은 등줄기가 뻣뻣해지고 이윽고 괴로운 숨을 쉬기 시작했다.

"기분 좋지? 다른 사람은 이렇게 못해…."

그녀가 작게 속삭이면서 바지의 단추를 능숙하게 풀었다. 몇 분 후, 소년은 낮게 짐승 같은 소리를 지르고 발끝을 경련시켰다.

"눈을 뜨지 말고. 가만히, 있는 거야…."

그녀는 가제 같은 부드러운 헝겊으로 뒤처리를 해 주고 다시 바지 단추를 채웠다. 그리고 이치로를 껴안고 이렇게 말했다.

"기분 좋은 거, 또 하고 싶으면, 모레도 와. 알았지?"

아카호리 이치로는 난생처음의 황홀한 도취경을 도저히 잊을 수가 없었다. 소년은 홀린 것처럼 하루건너 아침이 되면 들뜬 마음으로 창경원으로 향했다….

이쿠쓰는 이치로의 말을 듣고 '이것은 뭔가 사건과 관계가 있다!'고 직감했다.

술집에서 뛰쳐나와 이치로에게 물건을 맡기고, 되돌려 받을 수 있는데도 일부러 받지 않고, 이치로를 통해 희락관 앞에 서 있는 중년 남자에게 그것을 건네게 한 것은, 이른바 경계의 목적 때문이었을 것이다.

그 증거로, 아카호리 이치로에 관해 이것저것 물으면서 자신에 관해서는 기생 누나라고만 말했다. 남동생이 죽었다든가 누나동생으로 지내자는 것도 구실에 불과하고, 아카호리 이치로를 이용하려는 속셈이라고 아쿠쓰는 판단했다.

아마 수음을 해 주었을 것인데, 순진무구한 중학생을 섹스의 쾌락으로 묶어놓고 이용하는 방식은 참으로 교활해 용서하기 어려웠다.

아쿠쓰는 이치로가 말하는 미인 조선 기생, 나중에 정체가 밝혀진 최금주를 꼭 찾아내서 면전에서 매도하고, 범죄에 관계가 있다면 고발하려고 생각했다.

아쿠쓰는 신문기자로서는 아직 신출내기였지만, 아무래도 아편이라든가 에로사진 등 비합법적인 범죄에 아카호리 이치로가 이용되고 있다는 생각이 들었다.

그는 이치로에게 "술집에 있던 청년이 말했지? 그녀와 다시 만나면 위험하다. 그러니 절대로 만나서는 안 돼"라고 말하고 도학자인 양 수음의 폐해를 설명했다.

5

'미도리'의 마담이며 이치로의 모친인 아카호리 미도리에게는 그리 상세한 보고는 하지 않기로 했다. 단지 걱정하면 곤란하므로, 불량 청년에게 협박을 받아 마음에도 없이 억지로 학교를 가지 못하게 된 것 같다고 말하고 "앞으로는 협박받을 걱정은 없으니 안심하세요…"라고 말했다.

미도리는 그의 보고를 듣고 기뻐하며 "그럴 것이라고 생각했어요…"라고 말하고 요정에 데려가 주겠다는 약속은 까맣게 잊고 있었다.

아쿠쓰는 이치로와 그녀가 만나는 식물원 안의 위치를 알아내고 사흘쯤 계속 오전 10시쯤 나가서 은근히 상대를 찾아보았으나, 이치로가 말하는 조선 미인 같은 여성은 그림자도 보이지 않았다.

그러자 그는 초조해져서 이치로가 말을 꾸며낸 것이 아닌가 의심이 들기도 하고, 다시 한번 이치로를 미끼로 내세울까 하는 생각도 했다.

상사인 정치브장에게 상담해 보았다.

"그건, 괴로운 나머지 날조한 게 아닐까? 요즘 아이들, 바보가 아니니까 말이야."

정치부장은 웃으며 말했다.

그래서 아쿠쓰는 이치로에게 확인해보자고 생각하면서도 야근으로 일이 바쁘기도 해 남산정의 방문을 미루고 있었다.

그러던 어느 날, 명치정의 '미드리'에 들어간 아쿠쓰는 또다시 모친인 마담에게 이런 말을 들었다.

"이치로가 학교에서 늦게 돌아와서 큰일이에요. 오모니에게 물어보니, 내가 없을 때는 8시경에 돌아온다네요."

가정교사 고즈키가 그녀에게 불만을 말해 늦은 귀가가 들통났던 것이다.

들어 보니, 하루건너 늦게 돌아오기에 그걸 꾸짖자, 친구 집에서 놀았다고 대답했다고 한다.

아쿠쓰는 짐작 가는 바가 있었다. 방과 후에 이치로는 다시 기생 누나에게 이용당하고 있는 게 틀림없다고 그는 판단했다.

아쿠쓰의 직감은 들어맞았다. 이치로를 추궁하자, 그녀가 학교 정문 앞에 나타나서 다시 심부름을 하게 되었다고 자백했다.

그리고 다음의 연락은, 장곡천정에서 타평통으로 빠지는 길에 있는 중국인 과자집어 방과 후에 들러서 물건을 받게 돼 있다고 했다.

"알았다. 나도 함께 가지."

아쿠쓰는 그렇게 말했다.

다음 날, 그는 신문사를 찾아온 이치로와 함께 나란히 중화거리로 갔다.

'쓰레기통에 장미'라는 말이 있는데, 지저분한 중국인 막과자집 안에 있는 최금주의 모습이 바로 그러했다. 아쿠쓰는 한눈에 덜컹하고 심장이 울리는 것을 느꼈다.

그녀가 경계하지 않도록 그는 명함을 건네고 "잠시, 부탁이 있습니다만" 하고 정중하게 말했다.

최금주는 약간 창백해졌으나 도망가려고도 하지 않고 이치로에게 "이제 누나동생 관계는 끝이야!"라고 히스테릭하게 외치고 아쿠쓰를 따라 나왔다.

비단 양말을 신은 날씬한 다리와 굽이 높은 구두가 매우 자극적으로 그의 눈에 비쳤다.

근처 중국 요리집의 작은 방에서 두 사람은 마주 앉았다.

아쿠쓰는 그녀의 이름과 신분을 밝혀달라고 말했다.

"왜 그러시죠?"

과연 그녀는 노여움을 드러냈다. 그러나 유창한 일본어였다.

"왜냐고요?… 순진한 일본인 중학생을 범죄에 이용하고 있죠? 너무한 거 아닙니까?"

"우리는 친구일 뿐이에요."

최금주는 가슴을 펴고 말했다.

"친구요? 학교를 결석하게 하고, 음란한 짓을 가르치고, 비밀스러운 심부름을 시키는 것이 친구입니까?"

"미안하군요…. 다시는 그러지 않겠으니…"

"그건 당연하죠. 도대체 당신은 무슨 일에 이치로 군을 이용한 겁니까?"

그가 이렇게 말하자, 그녀는 훌쩍훌쩍 울기 시작하더니 그칠 줄을 몰랐다. 그뿐인가, 역으로 그에게 "이치로 상에게 무슨 말을 들었나요?"라든가 "당신 외에 알고 있는 사람은?" 등을 물었다.

아크쓰는 자신의 질문에는 전혀 대답하려고 하지 않는 그녀에게 애가 타서, 화난 표정으로 말했다.

"그 봉투를 열어 보시죠. 도대체 무엇이 들어있습니까?"

그리고 그녀의 손에서 갈색 포장지에 싸인 원통형의 물건을 빼앗으려고 잠시 실랑이를 벌였다. 종이봉투가 바닥에 떨어져 찢어지는 바람에 흰 분말 같은 것이 튀어 흩어졌다. 그것을 보자, 그녀는 미친 듯이 아쿠쓰를 밀치더니, 그것을 줍지는 않고 자신의 구두로 봉투를 밟아 뭉갰다. 종이 안에 있던 흰 덩어리 같은 것이 산산이 가루가 돼 바닥에 흩어졌다.

아크쓰는 그 흰색을 보고 '역시, 아편인가?' 하고 생각도 했으나, 슬쩍 분말을 주워 나중에 감정을 받아보니 그것은 아편이 아니라 단지 석고였다. 아쿠쓰는 실망했으나 장소가 중화거리이고 당시 아편굴이나 매음굴 나아가 도박장 등이 있어 때때로 검거되기도 했던 만큼, 그만 지레짐작했던 것이다.

최금주는 아쿠쓰가 바닥 위의 분말을 휴지로 주워 싸는 것을 보자, 갑자기 "아이고!" 외치고는 "이제 다시는 이치로 상을 괴롭히지 않을 테니 용서해 주세요" 하고 몇 번이나 애원했다.

아쿠쓰는 당시에는 그녀를 아편 밀매자로 생각했으므로 '용서할 수 없소. 경찰서로 갑시다" 하고 그녀의 팔을 붙잡았다. 그러자 최금주는 "사정을 말할 테니 저의 집으로 같이 가시죠"라고 했다. 아쿠쓰는 고개를 끄덕였다.

선버들 말로는, 기생이 자기 집에 손님을 초대하는 것은 연애의 첫걸음이라고 한다.

　매춘부인 갈보라면 몰라도 일단 기생이라는 이름이 붙는 여성이라면, 처음 본 손님과는 결코 바람을 피우지 않는 것이 당시의 관습이었다.

　게다가 게이샤와는 달리 기생은 요정에 선금으로 받은 빚도 없어 모두 독립된 영업체로 자택에서 다니므로 손님이나 요정에 메일 필요가 없었다.

　한성·조선·종로의 세 권번이 있었는데 이것은 기생들의 공동사무소 같은 것으로, 대략 천 명 내외의 기생이 당시의 경성에서 미를 겨루고 있었다. 화대는 최초 한 시간은 1엔 95전, 그 후로 1시간당 1엔 30전씩 붙는다.

　한성 권번에 일류 기생들이 많은데, 나중에 알고 보니 최금주도 한성 권번에 속한 인기 기생이어서 아쿠쓰도 놀랐다….

6

　조선에서는 옛날부터 남녀칠세부동석이라는 유교 사상을 숭상했다.

　그러므로 남편이 없는 집에 외간 남자가 오면, 아무리 남편 친구라도 아내는 직접 말을 나누지 않는 것이 정숙한 여자이며, 설령 부부라고 해도 집의 안과 밖에서 말을 나누는 것이 예의였다.

　더운 여름에 내외를 나누는 칸막이가 없어 직접 얼굴을 마주하게 되어도 아내는 남편 말을 직접적으로는 듣지 않았다. 즉 남편이 하인에게 말을 전달하고, 하인을 통해 아내인 자신의 귀로 들어온다는 태도를 취했다.

　고상하고 정숙한 아내를 '내외'라고 칭하는 연유는 여기에서 유래

한다.

그럴 정도였으니 조선은 남녀 사이가 엄격했다. 그러니 기예를 밥벌이로 하는 기생이, 처음 대면한 남자를 자기 집에 초대한다는 것은 나름의 결의가 필요했다.

보통 일류 기생은 한 남자가 생기면 헤어질 때까지 남자에게 정조를 지키는 것이 상례였다.

또 연인관계가 돼 손님을 집에 초대해도 곧바로 육체관계를 갖지 않는다. 손님도 그것을 알고 있어, 세상 이야기에 꽃을 피우고, 돌아갈 때 5엔이나 10엔의 지폐를 종이에 싸서 방석 밑에 몰래 넣고 돌아간다.

그 후에는 일일이 돈을 놓지 않아도, 또 언제 방문해도 상관없으나, 이윽고 사랑이 익어 몸의 교섭이 이루어졌다면, 최초에는 20엔이나 30엔의 용돈을 베개 밑에 넣고 돌아가는 것이 예의이다.

아쿠쓰는 선배 기자로부터 그런 말을 들었으므로, 돈의동에 있는 그녀의 집으로 따라가서, 그녀가 틀림없이 기생이라는 것을 알았을 때, 뭘 어떻게 해야 할지 몰랐다.

흙과 돌을 섞어 바른 두꺼운 벽과, 기와지붕을 가진 아담한 건물이면서도, 온돌로 된 안방에는 나전공예의 흐화로운 장롱과 낮은 책상이 있어 높은 생활 수준이 엿보였다.

자기 방에서 아쿠쓰와 마주 앉은 그녀는 사진을 보여주며 자신을 소개했다.

"저는 최금주라고 하는 한성 권번의 기생입니다."

"이치로가 아주 귀여워서 일부러 일을 만들어 만났던 것입니다…. 거짓말이 아니에요. 만약 의심하신다면, 저의 몸으로 증명해 드리죠…."

그러더니 작은 방의 문을 닫고 안에서 걸쇠를 내리고, "당신… 저의 애인이 되어 주세요!" 하고 외치더니 느닷없이 달려들어 아쿠쓰를 껴안았다.

젊은 아쿠쓰는 금주에게 안겨 바닥에 쓰러지자 이치로가 어쩔 수 없이 흥분한 때와 같은 상태가 돼 거칠게 여자의 입술을 빨았다. 입을 맞추면서 여자의 진의를 엿보고자 실눈을 떠보니 여자는 황홀하게 눈을 감고 콧방울을 벌렁거리고 있었다. 미모인지라 아쿠쓰도 욕정이 솟아나 자신을 억제할 수 없었다.

"정말로… 괜찮나?"

그의 목에서 간신히 소리가 새어 나왔다.

"좋아요. 좋고말고요!"

금주는 순교자처럼 빠르게 말했다.

"몰라… 나는 부자도 아니고!"라고 중얼거리자, 최금주는 "내가, 부자! 어서 애인이 되자고요…"라고 말했다.

아쿠쓰에게는 전혀 뜻밖의 급작스러운 정사였다.

그는 여자의 스커트를 벗기고 속옷을 벗기고 딱딱한 감촉의 온돌 장판 위에서 금주와 성교를 했다.

일방적으로 행위는 끝났다. 행위가 끝난 후, 금주는 그에게 입을 맞추고 "우리, 이제 애인이죠! 그렇죠?"라고 몇 번이나 말하고 "이치로 상 일은 아무에게도 말하지 말아 주세요. 창피하니까요…"라고 그에게 호소했다.

창피하다는 말은, 이치로에게 수음을 해 주었다는 것을 의미하는 것이라고 아쿠쓰는 생각했다.

"아무에게도 말하지 않겠소…. 내게 이렇게 예쁜 애인이 생겼고, 당신의 수치는 내 수치이기도 하니까…"

아쿠쓰는 고개를 끄덕였다.

기쁘게도 금주는 그날 밤은 일을 나가지 않겠다며, 맥즈와 요리를 시켜서 아쿠쓰를 접대하고 밤이 되자 "으늘 밤은 자고 가세요…"라고 애교스럽게 머리를 숙였다.

온돌 위에서의 성급한 교접보다는 이불 속의 애정 깊은 정교는 애초 아쿠쓰가 바라는 바였다.

금주는 기생에 관련된 여러 우스운 이야기를 해 주어 신문기자인 그를 기쁘게 했다.

예를 들면, 배에 생강을 싣고 팔러온 상인이 평양 기생의 미색에 혹해 무일푼이 돼 버렸다. 그 남자가 말하길, 그년, 아래 입에는 이가 하나도 없는데도 내 생강을 모두 먹어 버렸군!

또, 어느 상인이 기생에게 돈을 쏟아부어 무일푼이 되자, 집에 돌아가지 못하고 어쩔 수 없이 그 기생의 집에서 하인이 되어, 머일 부뚜막에 장작을 넣는 일을 했다. 그곳에 새로운 손님이 와서 장기간 머물자, 하인인 그는 장작을 때면서 혼잣말로 말하길, 바보 같은 놈, 장작 때는 하인이 또 하나 늘었군!

어느 무관이 헤어지기 싫어 눈물을 흘렸는데 기생은 아무렇지도 않았다. 기생 모친은 손을 눈에 갖다 대고 우는 시늉을 하라고 가르쳤으나, 나이가 어려 무슨 말인지 몰랐다.

그래서 군인은 화가 나서, 너는 박정한 여자다, 라고 하며 얼굴을 때렸다. 그러자 기생은 아파서 울기 시작했다. 군인은 눈물을 보고 더욱 자신도 울며 말하길, 울지 마라, 울지 마! 네가 울면 나도 슬퍼진다.

…믹, 그런 식의 하잘것없는 우스개 얘기이지만, 아쿠쓰는 흥미로웠고 꽤 즐거웠다.

금주의 육체를 탐닉하고 아쿠쓰는 오전 2시경 영락정의 하숙집으로 돌아갔는데, 경성에 와서 처음으로 복을 받았다는 느낌이었다.

물론 아쿠쓰는 숫총각이 아니고, 종종 선배 기자와 함께 병목정(竝木町, 나미키초)[쌍림동]의 갈보집이나 미생정(彌生町, 야요이초)[도원동]의 유곽에 한 달에 한두 번은 갔다. 특히 미생정의 계단식 밭처럼 늘어선 조선식 사창가는 그의 마음에 들었다. 하룻밤 자는 것은 3엔에서 5엔의 적당한 가격이었다. 그러나 최금주와 같은 미인 기생을, 게다가 우연이라고 할 수밖에 없는 형태로 품게 된 것은 처음이었다. 그는 기분이 우쭐해졌다.

애인이 되었으니 언제든지 찾아와 달라고 금주는 말했으나, 선배들의 말을 들으면, 아무래도 문턱이 높아서 찾아가기가 어려웠다. 그렇지만 만나지 않고 있으면 그대로 영영 만나지 못할 것 같았다.

아쿠쓰는 한성 권번에서 최금주가 출입하는 요정의 이름을 조사해 선배인 다자키를 데리고 요정으로 놀러 갔다. 종로에는 명월관을 필두로, 천향원, 식도원, 국일관, 조선관, 태서관, 송죽원 등의 일류 요정이 곳곳에 있었다.

아쿠쓰는 10엔의 테이블과 최금주를 예약하고 갔는데, 식도락가를 자처하는 그도 본격적인 조선 요리는 처음이었다.

당시 경성에는 맛집도 많아, 튀김요리[덴뿌라]는 그가 사는 영락정의 우메쓰키(梅月), 욱정의 가와초(川長), 이코마(生駒)가, 장어요리는 본정 1정목의 에도가와(江戶川), 닭요리는 본정 2정목의 기쿠야(喜久家), 스키야키는 욱정의 기라쿠가 가장 맛있고, 가벼운 일품 요리집은 본정의 다고사쿠(田吾作), 우동은 의주통[의주로]의 쇼케쓰(松月), 태평통의 이로하, 신정의 로게쓰(露月), 다카사고(高砂), 서양요리는 남대문통의 아오키도(靑木堂), 치요다(千代田)그릴, 사쿠라(櫻)바, 욱정의 보다기랑, 본정 1정목의 니코니코식당이, 중국요리는 본정의 복순흥(福順興), 명치정의 봉래각(蓬萊閣), 중화정(中華亭) 등이 유명했다.

조선 요리는 대중적인 온면이나 비빔밥, 설렁탕 등은 전부 먹어 보았으나 정식 요리는 처음이었는데, 다른 맛있는 음식을 먹을 수 있는 가게가 많았기 때문일 것이다.

최금주는 놀란 얼굴이었으나 주저 없이 그의 오른쪽에 앉아 "왜, 안 오는 거예요?" 하고 약간 토라진 듯 불평하는 것이 인상 깊었다….

7

그해의 늦가을부터 다음 해 초봄에 걸쳐 아쿠쓰는 실로 행복한 나날을 보냈다.

카페 미도리나, 쓰바베노스(燕巣), 교게쓰(京月), 오초(橫長), 이즈쓰(井筒), 니몬지(二文字) 등 명치정의 오뎅[어묵] 가게에서 시간을 보낸 후 80전의 택시를 타고 돈의동 금주의 집으로 갔다.

그리고 따스한 온돌방에서 서로의 알몸을 껴안고 잤고, 다음 날 아침을 먹고 신문사로 출근했다. 물론 금주는 한 푼도 그에게 요구하지 않았을 뿐 아니라, 일주일에 한두 번, 그것도 불시에 찾아오는 그를 위해 일본식 솜옷을 만들어주기도 하고, 초봄에는 "그 무늬는 너무 수수하니…"라며 새로운 양복을 맞춰 입히고 자기 집에서 그를 배웅하기도 했다.

대낮에는 남의 눈이 있으므로 절대 찾아오지 말라는 말을 들었으므로 심야의 방문이 된 것인데, 저녁에는 그녀가 일을 하니 어쩔 수 없었다. 또 그도 업무 관계로 매일 밤 갈 수도 없었다. 게다가 동시에 미도리의 여급 카오루와도 깊은 관계가 돼, 독신자인 그로서는 '양손에 꽃'을 든 상태였다.

4월 초의 어느 날, 여느 때처럼 취한 몸으로 택시를 내려 금주의 집으로 걸어가던 아쿠쓰는 돌연 누군지 모르는 괴한의 습격을 받아 머리와 다리 여기저기에 몽둥이를 흠씬 맞고 기절했다.

정신이 들자 금주의 방이었다. 금주가 발견해 자기 집으로 옮겨온 것인데 의사가 와 있었다. 의사는 다리뼈가 부러졌으니 당분간 움직이지 않는 게 좋다고 했다.

"신문사에는 부상했다고 알리고 휴가를 얻을 테니 안심하고 내 집에 있어요!"

금주는 애교 띤 얼굴로 말했다.

그는 머리, 다리 등의 통증으로 얼굴을 찡그리면서 끄덕였으나 괴한의 습격 사건을 분기점으로 그의 운명은 크게 바뀌게 되었다….

금주의 집에는 나이 먹은 하녀가 있었다. 금주가 없을 때는 그녀가 용무를 처리해 주는데 일본어가 통하지 않으므로 누워만 있는 그로서는 금주가 없는 밤에는 답답한 일이 많았다.

그가 부상하고 나흘째 되던 밤, 금주는 돈의동 집에 돌아오지 않았다.

'무슨 일일까?'

아쿠쓰는 의아해하면서도 직업이 직업인만큼 별로 염려하지 않았다.

그런데 다음 날 오후가 되어도, 밤 12시가 지나도 금주는 돌아오지 않았다. 어디에서 바람을 피우고 있지나 않을까 혹은 급한 일이 생겨 고향 대구로 돌아갔나 생각했으나 몸을 움직일 수가 없어, 소변부터 대변까지 일본어를 못하는 노파의 도움을 받아야 했으므로 어찌할 도리가 없었다.

　답답한 보름이 지난 후, 다행히도 목발을 사용한다면 하숙집으로 돌아가도 좋다고 의사가 허락해 주어 아쿠쓰는 일단 영락정의 하숙집으로 돌아왔다. 그리고 하숙집 아줌마에게 신문사에 전화를 걸어달라고 하자, 부장은 "어디 감히 무단결근이야! 너는 해고야!" 하며 호통쳤다.

　최금주가 의사의 진단서와 함께 결근계를 냈을 터인데 이상하다고 생각했다. 그래서 그런 취지를 전하자, '그런 것 받은 적 없다. 부상했다는 것도 처음 듣는다…'라는 대답이었다.

　아쿠쓰는 놀랐다. 금주가 왜 그런 거짓말을 하고 그를 안심시켰던 것일까. 게다가 왜 갑자기 모습을 감춘 것일까. 아쿠쓰는 아무리 생각해도 이해가 되지 않았다.

　하숙집 아줌마는 그의 부재중에 서대문형무소에서 탈옥 사건이 있었는데 아직 범인이 잡히지 않았다든가, 명치정의 카오루 상이 걱정하여 몇 번이나 찾아왔다는 등의 부재중에 생긴 일을 이것저것 보고해 주었다.

　그는 아무 생각 없이 흘려들었으나 며칠 후 신문사로부터 예기치 않은 문의를 받았다. 그것은 그가 만주를 여행했다는 사실을 확인하려는 것이었다. 부임 이래, 아쿠쓰는 경성 이북으로는 한 번도 발을 들여놓은 적이 없었다.

　'뭔가 잘못된 것이겠지…' 그는 생각했다. 그런데 그 문의는 중대한 의미가 있었다. 전화 문의 후, 한 시간도 지나지 않아 그의 하숙집으로 사복 헌병이 찾아왔다. 그는 어안이 벙벙했다.

　헌병은 국사범의 국외 탈출을 도운 혐의로 그를 체포한다고 했다.

　"도대체 무슨 일입니까!"

그는 창백한 얼굴로 물었다.

"모른다고는 말하지 못할걸. 네가 최금주의 정부였던 것은 분명히 증거가 드러났으니까!"

헌병은 이렇게 말하고 그를 노려보고 입술을 비죽거렸다.

"하여간, 탈옥을 지휘한 것도 인텔리인 너지!"

"네? 탈옥을 지휘하다뇨?"

아쿠쓰는 귀를 의심했다.

"그래! 사상범 최홍식(崔弘植)이 외부의 도움으로 서대문형무소를 탈옥한 것을 모른다고 하지 못할걸."

'최홍식? 그럼, 금주와 혈연관계가 있는 사람인가?'

그는 눈썹을 찌푸렸다. 들어 보니, 사상범 최홍식은 쇠톱으로 독방 쇠창살을 자르고, 그 창으로 빠져나가, 어디를 어떻게 했는지 높이 3미터나 되는 담을 넘어가 모습을 감췄다. 관헌은 필사적으로 최홍식의 행방을 쫓았다.

조사 결과, 조선과 만주의 국경인 안동역에서 신문기자 아쿠쓰 아무개가 신분증명서를 제시하고 월경했는데 그자의 용모가 현저하게 최홍식을 닮았다는 것이 밝혀졌다. 세관이나 경찰들은 사회의 목탁인 신문기자를 인정하고 존중하는 경향이 당시에는 있었다. 게다가 여행목적은 만주 시찰이고, 미인인 동반자는 자기 아내라는 말도 자연스러워, 그냥 지나쳐 버렸다.

보기에도 딱한 목발 모습으로 아쿠쓰는 헌병대로 연행되었다. 그리고 여러모로 변명을 했으나, 최홍식의 탈옥을 뒤에서 도왔다고 굳게 믿는 헌병들은, 다리에 깁스를 한 아쿠쓰에 대한 의심을 버리지 않았다.

만약, 소만[소련과 만주] 국경을 넘으려고 시도한 최홍식, 최금주 남매가 경비대원에 체포되지 않았다면, 진상을 모르는 분풀이로 아쿠쓰는 재판에 넘겨져 서대문형무소에 감금되었을지도 모른다.

…금주의 오빠인 홍식은 학생 때부터 조선 독립운동에 몰두한 지사였다.

오빠가 감옥에 갇힌 후, 금주는 경성으로 나와 기생이 되었다. 그녀가 꿈꾼 것은 오빠를 탈옥시켜 소련으로 보내는 것이었던 것 같다. 머리 좋은 여동생은 시간을 들여 서대문형무소를 꼼꼼히 조사하고 외부의 도움이 있으면 탈옥할 가능성이 있다고 보았다. 그녀는 착착 준비를 진행했다.

아카호리 이치로가 이용된 것은 모든 준비가 끝나고 실행에 옮기려던 단계였던 것 같다. 서적의 등 부분에 쇠톱을 넣어 미리 매수한 간수에게 건네려고 했는데, 딴 사람이 나타나서 의심을 받자 당황했다. 그래서 남자의 유혹을 뿌리치고 도망치는 모양으로 술집(큰 가게에는 안쪽에 작은 방이 몇 개 있었다)을 뛰쳐나간 것도 그 때문이었다.

영리한 그녀는 자신이 직접 움직이면 최홍식의 여동생이라는 사실이 드러나 오히려 마이너스가 된다고 생각했다. 그래서 아무것도 모르는 일본인 중학생인 아카호리 이치로를 수음으로 유혹해 심부름꾼으로 내세워 자신의 얼굴이 알려지지 않도록 했던 것이다. 평소에도 그녀와 같은 미인은 남의 눈을 끌기 마련이다.

최홍식은 붙잡혔을 때, "나는 아쿠쓰라는 기자다…"라고 주장하며 입고 있는 양복에 새겨진 이름도 보여주며 창백한 얼굴로 항의했다. 새로 맞춘 양복도 아니었으므로 경비대도 속을 뻔했다. 그런데 경비대원 중에 꾀 많은 자가 최홍식에게 이렇게 말했다.

"조선인이 아니라면 양말을 벗어 발가락을 보여라."

일본인의 발가락, 특히 엄지와 검지 사이는 오랫동안 게다를 신고 다닌 습관에서인지 오목하게 들어가 있다. 그러므로 조선인은 일본인을 욕할 때, 굽이 둘로 갈라졌다는 의미로 쪽바리(猪足)[표준말은 쪽발이]라고 불렀다. 그것을 경비대원이 역으로 이용해, 발가락을 살펴보면 내지인인지 조선인인지 판단할 수 있다고 생각한 것이리라.

그런 명령을 받자 최홍식은 "쪽바리!"라고 하면서 "일본인은 인민과 천황이 둘로 나누어져 있지만, 조선인은 버선으로 하나이니까…"라고 쓴웃음을 짓고 당당하게 탈옥수 최홍식이라는 사실을 인정했다.

아쿠쓰는 이야기를 다 듣고, 자신에게 굴러온 호박 같은 행운은 최금주 자신이 의심받지 않기 위한 행동이었다는 사실을 깨달았다.

그에게 몸을 허락한 것도 양복을 새로 맞춰준 것도 단지 오빠를 구하기 위한 목적에서였다. 몸을 허락한 것은 내 입을 봉하기 위한 것이었고, 양복을 맞춰준 것은 아쿠쓰의 이름이 들어간 파란 양복을 손에 넣기 위함이었다.

그리고 금주는 부인하였지만, 괴한이 그를 습격해 다리뼈를 부러뜨린 것도, 자신과 오빠가 도망치는 동안, 돈의동의 그녀 집에 그를 묶어 둬 신문도 라디오도 없는 세계에서 그의 귀와 입과 눈을 막으려고 한 작전이 틀림없었다. 사실 그는 소외된 장소에서 외계와는 전혀 무관한 환경에서 이 주일쯤을 지냈다.

그녀가 그의 부상을 신문사에 보고하지 않은 것도 무단결근으로 위장시켜, 국경 근처에서 수상하다고 조사받을 때 아쿠쓰라는 인물의 진위 판단을 당국이 할 수 없게 만들었던 것이라고 여겨졌다.

어쨌든 최홍식, 금주 남매의 월경은 실패했다. 유교를 중시한 조선이니, 효의 덕을 지키고자 가장(家長)이면서 감옥에 있는 오빠를 금주는 부친에 대한 효도처럼 생각해 무슨 일이 있어도 구해 내려고 한 것 같다.

…불행하게도 계획은 실패했다. 그러나 아쿠쓰는 자신과 별로 차이 나지 않는 나이에 서대문형무소에서 오빠를 탈옥시키고자 계획하고 마침내 실행에 옮긴 최금주라는 여성이 훌륭하다고 생각했다.

소련으로 월경했다면 아쿠쓰의 신상은 어떻게 되었을지 모른다. 금주의 자백으로 죄가 없다는 것이 증명돼 아쿠쓰가 석방된 것은 5월 초순으로, 그는 여전히 목발 신세를 지면서 보행하고 있었던 걸로 기억한다.

그리고 7월 초에 노구교 사건[정식 명칭은 루거우차오 사건. 중국 베이징 남쪽 교외에 있는 융딩강(永定江)에 놓인 다리 이름이 루거우차오(蘆溝橋)이다. 1937년 7월 7일 밤 일본군과 중국군이 이 다리에서 충돌하면서 중일전쟁의 발단이 됨]이 발생했다. 말할 것도 없이 중일전쟁의 서막이었다. 아쿠쓰는 나이도 마침 징집 대상에 속해 사변 발발 후 곧 입대 영장을 받았다. 다리도 낫다 건강 그 자체였던 그는 신체검사에 합격했다. 입대를 하루 앞둔 날, 그는 일부러 시간을 내서 감옥의 최금주를 만나러 갔다.

"전쟁이 시작되었다고 하는군."

그렇게 그가 말하자, 금주는 싸늘하게 대답했다.

"알고 있어요."

"소집되었어…. 죽을지도 몰라."

그러자 금주는 슬픈 표정이 되어 "그렇게 되지 않도록 노력했건만…" 하고 중얼거리고 다시 무언가 조선어로 말했다.

"안녕히 가시오[한국어]…."

"뭐라고 했지?"

아쿠쓰가 묻자, 금주는 쓴웃음을 지으며 말했다.

"조심히 가시라는 조선말입니다."

"그렇군, '안녕히 가시오' 인가…."

아쿠쓰는 그렇게 중얼거렸으나, 자신을 속이고 이치로를 농락한 여성이면서도 왠지 미운 생각이 들지 않아, "무사히 갔다 오지"라고 작게 말했다.

그로부터 2년간 아쿠쓰는 중국 중부와 북부를 전전했는데, 어떤 이유에서인지, 몸이 극도로 지친 때에는 언제나 금주의 흰 얼굴과 "안녕히 가시오…"라는 부드러운 배려의 대사가 그의 눈과 귀에 어른거리며 아쿠쓰를 계속 자극했다….

경성이여 안녕 さらば京城

도미오는 늘 가슴을 펴고 큰 걸음으로 힘차게 걸었다.
야스코는 다웃집의 기척을 살피며 도미오가 집을 나오는 것을 기다려,
뒤쫓듯이 자신도 나가는 것이 일과가 되었다.
20미터쯤 떨어져서 도미오의 카키색 교복을 쫓아가면서 걸어갈 때의,
무언가 따스한 기쁨이여! 그녀는 그것이 '사랑'이라고 느꼈다.

1

'경성에 다시 한번 가고 싶다.'

…그것은 오다 야스코(小田康子)의 꿈이었다.

지금 한국의 수도인 서울은 그녀가 태어난 고향이다. 남산정이라는 곳에서 태어났는데 집은 요정을 했다. 후에 교육상 좋지 않다고 해 청엽정(靑葉町, 아오바초)[청파동]에 집을 짓고, 그곳으로 어머니와 여동생만 이주했는데, 그녀가 제일고녀 4학년 때 일본은 패전을 맞았다. 그래서 부친의 고향 야마구치로 귀국했으나 야스코에게는 그 시절 잊을 수 없는 추억이 있었다.

그녀들이 살던 집은 청엽정의 고지대에 있었다. 산을 깎아 만든 신흥주택지로 높은 돌담이 있는 집이었다. 이웃인 기노시타(木下) 댁에는 경성중학에 다니는 도미오(富雄)라는 남학생이 있었는데 그녀와 같은 나이였다. 기노시타 도미오. 이름은 일본식이지만 실제로는 그는 한일

의 혼혈아였다. 부친의 본명은 박정선(朴正善)이고 모친은 아오노 쓰루코(青野つる子)라고 했다.

왜 그런 것을 야스코가 알고 있는가 하면, 도미오의 모친 쓰루코는, 과거 남산 기슭에 있는 욱정의 게이샤 포주집에 살면서 자신의 생가인 요정에 종종 출입했다는 것을 야스코의 부친이 취중에 말해 주었던 것이다.

"쓰루기쿠(鶴菊)도 출세했군. 남편은 한국인이지만, 경성부회 의원이고 실업가로서 다섯 손가락 안에 드는 사람이니까. 그것도 어엿하고 당당한 본부인, 기노시타 부인이지…. 역시 여자는 좋은 곳으로 시집가야 해."

야스코의 부친은 그런 식으로 말했다. 그러나 야스코의 부친은 이웃 기노시타가와의 교제를 금했다. 애초 도미오의 모친은 몸이 아팠든지 외출하는 모습을 본 적이 없었다.

부친 기노시타 마사요시(木下正善)는 몇 개의 회사를 운영하고 있고, 전쟁이 치열해지면서 애국반(일본에서 말하는 도나리구미(隣組))이 생겼을 때도 하녀를 대리인으로 보낼 정도로 다망한 것 같았다.

…그런데.

오다 야스코는 이 복잡한 이웃집의 외아들 기노시타 도미오를 사랑했다.

부친 기노시타 마사요시는 퉁퉁하게 살찌고 콧수염을 기른 미남자였다. 한국에서 미남의 조건은 체격이 좋고 살이 찌고 둥그스름한 얼굴 생김새를 최고로 쳤다. 당시의 인기 스타로 비유하자면, 우에하라 켄(上原謙)보다는 오히려 사노 슈지(佐野周二), 사부리 신(佐分利信) 쪽이 미남자로 거론되었다.

오다 야스크는 도미오 모친의 얼굴을 본 적은 없지만, 그는 부모의 단정한 용모를 이어 받아 미남이었다. 코가 오뚝하고 눈은 쌍꺼풀로 또렷하게 생겨 왠지 우량종의 말을 연상시켰다. 입술은 병적으로 붉고 피부는 희었다. 카키색 교복을 입고 각반을 차고 등교하는 도미오의 씩씩한 뒷모습에 야스코는 얼마나 가슴을 두근거렸던가.

그녀가 도미오를 이성으로 의식하기 시작한 것은 막 초경을 체험한 즈음이었을 것이다.

여학교 2학년의 6월이었다. 첫 시간째 수업 중에, 무언가 뜨뜻미지근한 것이 엉덩이 근처에서 흐르는 것 같아, 수업 후에 화장실에 가서 보니 흰 팬티가 새빨갛게 물들어 있었다.

물론 예비지식은 있었다. 그러나 그렇게 돌연하게 찾아올 줄은 몰랐으므로 그녀는 당황하여 화장실 안에서 골래 울었다.

'어른이 된 것이야…'

그렇게 생각하는 한편, 돌연 쿡쿡 아프기 시작한 아랫배가 밉살스러워 '매달, 이렇게 아파야 하나!' 하는 생각에 매우 불쾌했다. 어떻게 처치해야 할지 몰라, 휴지를 덧대고 머리가 아프다고 교사에게 말하고 조퇴했다. 엉덩이 쪽이 젖었으므로 감청색에 흰 선이 들어간 스커트도 앞쪽으로 돌리고 가방을 앞에 대어 남들이 눈치채지 못하게 하고 걸었다.

조퇴 후 귀가 중에 야스코는 도미오를 우연히 만났다. 전차를 타지 않고 배재중학 옆을 지나 집으로 가고 있는데 길가에 웅크리고 앉아 있는 도미오를 발견했다.

"무슨 일이야?"

말이 자연스럽게 나왔다.

도미오의 얼굴과 손발은 피투성이였다.

"배재 놈들에게 맞았어…."

"모두 나를 눈엣가시 취급이야."

도미오는 괴로운 듯이 말하며 울먹이는 것 같았다.

배재(培材)중학이라는 것은, 이름 그대로 인재를 키우기 위해 만들어진 한국인 중학교로, 당시 명문고였던 경성중학(일본인 자제가 많이 입학했다)과 사사건건 대립하는 학교였다. 그 때문에 양교의 중학생은 자주 싸움을 벌였다.

야스코는 배재 대 경중의 대립을 알고 있었으므로 도미오가 등교 때, 그들에게 맞았다고 해석했다.

그러나 뿌리는 더 깊은 곳에 있었다. 도미오의 부친, 박정선은 한국인 실력자였다. 그러므로 당연히 외아들은 한국계 중학교에 들어가야 했다. 그럼에도 친일파인 부친은 경성중학에 아들을 입학시켰다. 도미오에게는 일본인인 모친의 피가 반 섞여 있었다. 그러므로 어떤 의미에서는 도미오는 일본인이며 또 한국인이기도 했다.

그러나 배재중학 학생들은, 한국인 부친을 가진 이상 도미오는 한국인이며, 그 인간이 일본인 중학교에 다니는 것은 괘씸하다고 생각한 것 같았다. 그래서 등교 중인 도미오를 자기들 학교로 끌고 가서 뭇매를 때린 것이었다. 즉 중학끼리의 대립이라기보다는 인종 문제가 얽혀 있었다. 또 친일파이자 부호인 그의 부친에 대한 증오도 있었을 것이다.

야스코는 손수건을 물에 적셔 도미오에게 피투성이 얼굴을 닦으라고 했다.

"고마워."

도미오는 그렇게 말하고 비로소 그녀가 이웃집 딸이라는 사실을 알아챈 모습이었다.

'둘 다, 피투성이네…'

야스코는 그런 생각이 들며 둘 사이의 공통점을 발견한 것 같아 얼굴이 붉어진 것을 기억한다. 그녀가 그곳에서 그를 돌보면서 청엽정의 그들 집까지 갔더라면 두 사람의 관계는 더욱 친밀해졌을 것이다.

그러나 여학교 2학년이었던 그녀는, 초경으로 더러워진 속옷을 도미오에게 들키지 않겠다는 생각뿐이었고, 성실한 학생인 도미오는 얻어맞고서도 등교하려는 의지가 있었다.

당시는 이성간의 교제를 불순한 것으로 간주해, 경성중학에서는 연애편지를 쓴 것만으로 3개월의 정학을 맞던 시대였다.

도미오가 야스코의 친절을 오히려 거툭하게 받아들인 것도 또 어쩔 수 없는 것이었다.

2

여성에게 최초의 멘스, 최초의 입맞춤, 최초의 섹스는 평생 잊히지 않는 기억으로 남는다고 한다. 그래서 야스코는 초경이 있던 날, 도미오의 피투성이 모습을 목격하고, 불과 몇분 간이라도 간호를 해 준 것이 평생의 생생한 기억으로 뇌리에 각인된 것이다.

얼마 후 여름방학이 찾아온 어느 날, 이웃집 기노시타 댁의 하녀가 작은 꾸러미를 들고 야스코를 찾아왔다.

"도켄님이 이것을 돌려드리라고 하였습니다…"

방으로 돌아와 열어 보니, 지난번 도미오에게 건넨 손수건이 빨아서 다림질까지 돼 들어 있고, 또 한 장의 새 손수건도 들어있었다. 그리고 편지가 들어있었다.

지난번에는 고마웠습니다. 빌린 손수건, 아무리 빨아도 핏자국이 빠지지 않습니다. 그래서 일단 돌려드리고 새로운 것을 선사합니다.

제가 배재 아이들에게 당한 것은 아무에게도 말하지 말아 주세요. 그들은 나를 '새 없는 골의 박쥐'처럼 생각하고 있겠지요. 나도 아버지와 어머니를 원망합니다. 대단히 감사합니다.

야스코는 '새 없는 골의 박쥐'라는 의미가 잘 이해되지 않아 모친에게 물었다. 모친은 이렇게 설명해 주었다.

"박쥐라는 놈은 비겁해서, 새와 짐승이 전쟁을 벌여 새가 유리하게 되면 '나는 날개가 있으니 새입니다'라고 말하고, 짐승이 이기려고 하면 '나는 원래 짐승입니다. 그 증거로 알을 낳지 않습니다'라고 말했다고 한다. 즉 기회주의로, 어디 쪽에도 붙는, 지조 없는 사람을 말한단다…."

야스코는 그 말을 듣고 깜짝 놀란 것을 기억하고 있다. 도미오는 자신이 한일 혼혈아이기 때문에 쌍방에서 괴롭힘을 당한다는 것을 그녀에게 말하고 싶었던 것이리라. 그러므로 '아버지와 어머니를 원망한다'는 문구도 생겨난 것이었다.

야스코는 편지를 받은 때부터 도미오에게 무관심하게 지낼 수가 없었다. 분명히 말해, 그런 인종적인 고뇌나 번민을 태어나면서부터 짊어진 도미오를 동정하고, 그리고 사랑했던 것이다.

전황이 악화 일로를 걸으면서 야스코 등도 2학년 가을부터 동원령에 따라 공장에 나가게 되었다. 때때로 놀러 오는 기노시타 댁 하녀의 이야기로는, 도미오도 남산의 고사포 진지 구축에 끌려 나가, 작업화가 붉은 흙투성이가 돼 지친 몸으로 귀가한다고 했다. 야스코는 그가 불쌍하다고 생각했다. 그녀들은 아무리 힘들다고 해도, 실내작업이라 그나마 편했기 때문이다.

도미오는 늘 가슴을 펴고 큰 걸음으로 힘차게 걸었다. 야스코는 이웃집의 기척을 살피며 도미오가 집을 나오는 것을 기다려, 뒤쫓듯이 자신도 나가는 것이 일과가 되었다. 20미터쯤 떨어져서 도미오의 카키색 교복을 쫓아가면서 걸어갈 때의, 무언가 따스한 기쁨이여!

그녀는 그것이 '사랑'이라고 느꼈다.

내선일체 따위를 외치는 시대였지만, 야스코가 보기에도 내지인(일본인)과 조선인은 결코 동등하지 않았다. 그 증거로, 그녀가 다니는 경성제일고녀에서도 한 학급에 한 명 정도밖에 한국인 자녀는 없었다. 이것은 명백한 일본인 우위의 교육체계였다. 내선일체 따위, 어디를 찾아봐도 보이지 않았다. 야스코는 어린 마음에도 '뭔가 이상하다'고 생각했다.

예를 들면 경관이나 헌병은 아무런 정당한 이유도 없이, "어이, 요보!" 하고 불심검문을 했다. 불만을 말하면 때렸다. 별로 교통위반을 하지도 않았는데도 자전거 타이어의 바람을 뺐다. 전차 안에서 한국어로 말하면 '비국민' 취급을 하고 연행했다. 한국어밖에 모르는 모친이 부친의 위독을 전화로 알려 주었다는 이유 하나로 해고된 한국인 여교사도 있었다. 치마저고리 차림으로 걸어가면 '너는 비국민이다'라는 질책을 듣지만, 일본인의 기모노 차림은 실로 관대했다.

야스코는 불공평하다고 생각했다. 정말로 내선일체를 원한다면, 내지인이 모범을 보여야 한다. 그럼에도 야스코 등이 보는 것, 듣는 것은 모두 정반대였다. 차별이 심한 내선일체였다.

도미오는 자신의 의지가 아니라, 한국인 부친과 일본인 모친 사이에서 태어났기에 괴로워하고 있다고 야스코는 생각했다. 그의 경우가 바로 '내선일체'였다. 그러나 일본인은 그를 한국인으로 간주하고 한국인은 일본인이라고 생각했다. 진정한 의미에서 '새 없는 골의 박쥐'였다.

'나는…'

야스코는 뭔가에 반항하듯이 가슴을 펴고 큰 걸음으로 걷는 도미오의 뒷모습을 쫓으면서, '저 사람의 아내가 돼 진정한 내선일체를 사람들에게 보여줘야 해'라고 얼마나 많이 생각하고 마음속으로 맹세했던가.

…지금 생각하면, 그것은 소녀 시절의 여린 감정이었을지도 모른다. 하지만 그것은 야스코의 순수한 감정이었다.

전황은 세월이 가면서 일본에게 불리하게 돼 도미오 등은 부평의 조병창에서 일하게 되었다.

그리고 운명의 8월 15일…. 야스코는 일본의 패배가 믿어지지 않았다. 그것도 무조건항복이라고 했다. 히로시마와 나가사키에 신형폭탄이 투하돼 일순간에 괴멸된 것이 원인이라고 했다. 야스코는 18세가 되었다. 자신은 이미 어른이라고 생각했다.

'경성은 단 한 번도 공습을 받지 않았다. 대본영은 본토 결전, 본토 결전이라고 외치지 않았던가. 우리는 모두 몸이 온전한데도, 왜, 졌다고 하는 것일까?'

그녀는 도저히 이해할 수 없었다.

3

…패전 다음 달, 야스코는 부친이 빌린 밀항선을 타고 내지로 귀국했다.

가재를 그대로 다 갖고 돌아갔을 뿐 아니라, 떠맡은 남의 짐까지 자기 것으로 쓱싹하였으므로 야스코의 부친은 이 북새통 속에서 크게 돈을 벌었다.

부친은 미군 상대의 토건업으로 돈을 많이 벌자 카바레 경영에도 손을 댔다.

그러나 딸 야스코는 동원 시대에 무리한 탓인지 흉부질환에 걸려 20세부터 32세까지 요양원에서 보냈다.

요양 중에 하이쿠(俳句)를 짓기 시작해, 여류 하이진(俳人)[하이쿠 시인]으로 명성을 얻었으나 야스코는 고독 그 자체였다. 혼기를 놓치고 요양 생활 중에 양친도 잃었다.

부친이 남겨 준 재산을 둘러싸고 친척들의 추한 싸움도 있었다.

야스코는 남동생 부부에게 몸을 의탁하고 하이쿠 잡지를 발행하는 한편, 남동생이 경영하는 긴자의 요정에서 회계를 맡아 일했다. 부인잡지 등에서 하이쿠 심사를 맡는 하이진 오다 모니(小田桃虹)이며, 또 한편으로는 요정 '초로(朝露)'의 회계 담당이었다.

왼쪽 갈비뼈는 6개, 오른쪽 갈비뼈는 2개가 없는 실로 가련한 육체였다.

그리고 42세가 된 오늘, 그녀는 아직 처녀이며 당연하게도 미혼이었다. 물론 몇 번이나 결혼 권유를 받았다. 그러나 모두 후처 자리였다. 야스코는 완고하게 계속 거절했다. 왠지, 그녀의 뇌리에는 기노시타 도미오의 카키색 교복의 뒷모습이 각인돼 있었다.

'그 사람… 어떻게 되었을까?'

그녀는 생각했다.

청엽정의 기노시타 댁이 허둥지둥 이사를 한 것은 패전 후 3일째였다. 어디로 갔는지 알 수 없었다. 아마 친일파 부호는 폭도의 습격을 받는다는 소문을 듣고, 박정선은 모습을 감추었던 것이리라. 실제로 기노시타 댁이 이사를 하고 열흘쯤 지난 후, 떼강도가 이웃집에 들었는데, 값나가는 가재도구가 없었던 분풀이로 집에 있던 19세와 38세의 두 하녀를 강간하고 도망갔다. 그러므로 패전 후 야스코는 기노시타 도미오의 소식을 전혀 알 수 없었다. 그러기에 왠지 걱정이 되었다.

그녀가 서울을 방문하고 싶다고 생각한 것은, 하나는 자신을 위해서였다. 태어난 고향이니 그립기도 했다. 그러나 그런 것보다도 기노시타 도미오가 어떻게 되었는지 알고 싶다는 마음이 강했다. 분명히 말하자면, 42년 동안 고이 간직해온 것을, 배재중학 근처에서 피투성이로 주저앉아 있던 소년에게 주고 싶다는 기분이었다.

…왜 그런지는 모른다.

첫사랑의 감상이 그녀를 그렇게 시켰던 것일까? 한일 혼혈아인 기노시타 도미오가 어떻게 변모했는지 알고 싶었던 것일까?

1971년 4월의 어느 날, 야스코는 남동생에게 일주일의 휴가를 청했다. 물론 한국을 방문하기 위해서였다. 남동생은 왜 누나가 결혼을 하지 않는지 머리를 갸웃거리던 참이라, "갔다 오세요…"라고 기꺼이 찬성해 주었다.

여행사를 통해 반도호텔[을지로 롯데호텔 자리]을 예약하고, 요정의 손님이 한국의 신문사 사장에게 건넬 소개장을 써 주었다. 일본명 기노시타 도미오의 행방을 찾기 위해서였다.

하네다 공항에서 남동생 부부와 조카들의 배웅을 받으면서 야스코는 단지 가슴이 두근거렸다. 어쨌든 난생처음의 외국 여행이고, 게다가 태어난 고향인 한국을 방문하는 것이다. 가슴이 두근거린 것도 당연할 것이다. 게다가 42년간의 처녀와 결별할 지 여부가 달려 있었다.

물론 자신이 만나는 기노시타 도미오가 독신이라고는 생각지 않았다. 아내도 있고 아이도 있으리라 생각했다. 그러나 그래도 괜찮다고 야스코는 생각했다. 기노시타 도미오와 맺어질 때, 부모 세대의 사람들이 이루지 못한 '내선일체'가 처음으로 실현되는 것이라고 오다 야스코는 막연하게나마 생각했다.

생각해 보면, 42년간 그녀가 체험한 것은 괴로운 전시 중의 동원령과 기나긴 요양 생활과 그리고 어려운 하이쿠의 길이었다. 그것은 그녀가 스스로 추구한 것은 결코 아니었다. 기노시타 도미오가 스스로 한일의 혼혈아로 태어나겠다고 바라지 않았던 것처럼….

전쟁도 투병 생활도 야스코가 바란 것은 아니었다. 그래도 그것이 운명이라고 생각했다. 흑인도 솔직히 말하면, 백인으로서 이 세상에 생명을 얻고 싶었을 것이다. 그러나 니그로의 자식으로 태어났다. 이것은 신조차 움직이지 못하는 운명의 장난이다. 그것을 거역하려고 해도 어떻게 할 수 없는 게 아닌가.

야스코는 그렇게 생각했다.

하이쿠의 길은, 요양 생활 중의 취미생활로 그녀가 스스로 추구한 것이었다. 그러나 그녀가 가슴을 앓고, 12년간의 요양 생활을 보내지 않았다면, 하이진 오다 모니가 과연 탄생했을까….

모든 것은 운명이었다. 그녀가 기노시타 도미오를 사랑한 것도 역시 운명의 장난이었다. 그래도 그것으로 좋다고 그녀는 생각했다. 야스코는 모든 것에 거역하지 않는 처세술을 요양 생활 중에 체득했던 것이다.

4

26년 만에 보는 한국은 야스코에게는 위협이었다. 옛날에는 뭔가 부드러운 새잎 같은 느낌의 거리였는데, 느닷없이 험악해진 느낌이었다.

한강의 흰 모래도 왠지 적어진 느낌이고 거리 풍경도 전혀 기억에 없었다. 그러나 택시가 남대문 근처로 나왔을 때는 옛날 기억이 되살아났다. 과거의 경성부청, 덕수궁, 그리고 숙소인 반도호텔 근처는 옛날 그대로였다.

야스코는 그리운 옛날 풍경에 자신도 모르게 눈시울이 뜨거워졌다.

'이제야 돌아왔구나.'

호텔에서 짐을 푼 후 야스코는 과거의 부민회관(지금은 국회의사당) [서울시의회] 가까이에 있는 신문사로 소개장을 들고 방문했다. 사장은 반갑게 맞아 주면서 야스코의 용건을 듣자, 즉시 사회부장을 오게 해 지도를 보면서 말했다.

"일본의 유명한 하이진 오다 모니 상이 옛날 이웃분을 찾으신다. 부친은 피살된 박정선이다…."

야스코는 창백해졌다,

"네? 피살되었다고요? 부친이."

"네, 유감스럽게도."

사장은 눈을 깜박이고 알려 주었다.

"일본이 지고 분명 반년쯤 후였습니다. 친일파로 돈을 번 사람들은 대부분 암살되었습니다."

"어머… 암살을!"

'그렇다면, 도미오 상도…'라고 그녀는 생각했다.

"어쨌든, 친부가 거물이니 아들의 소식도 알 수 있겠죠."

사장은 유창한 일본어로 그렇게 말하고 그녀가 묵고 있는 호텔 전화번호를 묻고, '곧바로 신문에 올리겠습니다"라고 말하고 미소를 지었다. 그녀의 얼굴 사진이 들어간 기사는 다음 날 그 신문의 한구석을 장식했다.

야스코는 서울 시내를 혼자 구경하면서 걸었다. 그녀가 맨 먼저 간 곳은 덕수궁 뒤에 있는 과거의 모교, 경성제일고녀였다. 건물은 거의 옛날 그대로였다. 야스코는 다시 눈을 적셨다.

소학교도 가 보았다. 히노데(日の出)소학교라는 곳으로, 그 무렵의 경성에서는 가장 역사가 오래된 소학교였다. 그러나 소학교는 건물은 변함없지만 도로 확장을 위해 교정의 반이 수용돼 초라하게 보였다.

과거의 미쓰코시 백화점, 조지야(丁字屋), 그리고 화신 백화점. 본정 입구(현재는 충무로라고 한다)에 있는 중앙우편국과 문방구점은 옛날 그대로의 모습이라 매우 반가웠다.

'아가! 돌아왔다!'

옛날 극장 건물, 그리고 중앙청이 된 총독부 등, 기억에 있는 것을 하나하나 끄집어내면서 그녀는 기묘한 감개에 휩싸였다. 그것은 과연 반가워해도 좋은가, 라는 감개였다.

그 건물들은 일본이 한국인들을 착취하고 압박의 정치를 강제하면서 만들어낸 권위와 부의 상징이었다. 착취와 압정에 가담한 측의 인간이 과연 반가워하거나 옛날 그대로라며 기뻐하거나 한다면, 기노시타 도미오는 어떻게 생각할 것인가?

그는 분명 한일의 혼혈아였다. 그러므로 한국인이기도 하고 일본인이기도 했다. 그러나 그는 한국인으로서 이 땅에 남았다. 따라서 그는 한국인으로서의 피가 더 진하다고 봐야 한다. 야스코는 그런 것을 생각하면서 단지 반가워하는 것만으로도 미안한 느낌이 들었다.

서울 구경을 끝내고, 제주도에서 부산, 경주를 돌아 다시 서울로 돌아온 것은 방한 6일째였다.

그녀는 그날 아침 6시경, 반도호텔의 전화 교환수에 의해 잠이 깼다. 전화를 건 사람은 기노시타 도미오의 모친, 요시노 쓰루코였다. 요시노 쓰루코는 먼저 이렇게 말했다.

"신문에서 당신이 죽은 아들을 찾고 있다고 알려 주었습니다."

야스코의 얼굴에 핏기가 사라졌다. 말조차 나오지 않았다. 멀리서 찾아온 첫사랑의 남성은 이미 하늘나라에 가 있다는 말인가.

"도미오는 죽었습니다."

"북한군이 들어왔을 때, 일본의 스파이라는 용의로 가혹한 고문을 받고 피살되었습니다…."

쓰루코는 울음 섞인 목소리로 말했다.

"당신은, 청엽정 살 때 이웃에 계셨던 오다 상의 따님이시죠? 부친이 살해되고 나서, 아들은 종종 당신 이야기를 했습니다. 일본인으로 태어났다면 그 사람을 아내로 맞이할 수 있었을 텐데 하고 말했습니다…."

쓰루코는 눈물을 훌쩍거렸다.

'그 한 마디로 충분하다!'

오다 야스코는 그렇게 생각했다.

그러나 전쟁 중에는 일본인과 한국인에게 미움을 받고, 한국전쟁이 터지자 스파이로 북한 측의 의심을 받았다. 이것은 도대체 무슨 운명이란 말인가. 야스코는 민족의 피라는 것의 무서움을 절절하게 깨달은 느낌이었다.

　백인과 흑인의 혼혈아도, '새 없는 골의 박쥐'로서 양쪽 진영에서 따돌림을 받는다고 한다.

　…슬픈 일이 아닌가, 같은 인간끼리!

　전화를 끊은 후 야스코는 아직 하루의 여유가 남아 있었지만 호텔 내의 여행사에 전화를 걸어 항공편 예약을 부탁했다.

　이제 서울에는 아무런 미련도 여한도 없다고 생각했다. 오다 야스코의 사랑은 북한의 군인 때문에 십몇 년 전에 끝났다.

　'도미오 상, 안녕!'

　호텔에서 김포공항으로 향하는 택시 속에서 그녀는 몇 번이나 그렇게 마음속으로 속삭이며 가만히 눈물을 훔쳤다.

　남편과 아들을 잃고서도 아직 한국에 남아 있는 요시노 쓰루코도 가련했으나 자신이 더 비참한 느낌이 들었다.

　공항이 가까워지자 카키색 군복을 입은 한국 군인의 모습이 눈에 많이 띄거, 왠지 그녀는 그들이 꼭 기노시타 도미오의 환상처럼 보였다.

무궁화꽃 피는 계절 木槿の花咲く頃

"일본인은 벚꽃처럼 확 피고 확 지고 싶다고 생각하지.
그러나 조선인은 성근(性根)이 깊네!" 신기치는 그 말을 듣고 놀랐다.
부임하고 겨우 한 달이 지났지만, 사실 그는 조철인이라는 학생을 통해 한민족의 강인한
개성을 점차 발견하고 있었다. 성근이라는 것은 근성이라는 것이다.
그러므로 성근이 깊다는 것은 근성이 있다는 말인가.

1

　그 무렵의 일본에는 대륙으로 건너가 한몫을 잡겠다는 풍조가 넘쳤다.
　한일병합 이래, 일본 정부는 만주를 비롯한 중국 대륙에 야망을 뻗치고 있었으므로, 그 영향도 있었을 것이다. 또 당시 일본 경제는 침체해 탈출구가 없는 상황이었으므로 국내에서 탈출하려는 생각이 국민 누구에게나 있었다고 생각된다.
　동경제대 영문학과를 나온 이케다 신기치(池田信吉)가 경성중학 교사로 부임한 것은 그런 풍조가 왕성한 때였다.
　그는 다섯 형제의 막내인데, 부친을 대신한 가장인 맏형의 말로는, 그는 질이 떨어진 편이었다. 형들은 모두 최일류인 제일고, 도쿄제대의 코스를 밟았으나, 그만은 제3고[교토], 교토제대, 휴학, 그리고 도쿄제대라는 변칙적인 코스를 힘들게 더듬어 왔다. 그러므로 대학을 졸업했을 때 그의 나이는 28세였다. 질이 떨어진다는 말을 들어도 할 수 없었다.

그런 신기치에게 재학시절부터 특별히 두 번이나 그를 찾아와서, "모쪼록, 우리 학교에 와 주었으면 하네"라고 종용한 인물이 있었다. 그는 경성중학의 S 교장이었다. 멀리 경성에서 왔으므로 이케다 신기치도 S 교장의 열의에는 마음이 움직였다.

실은, 맏형의 주선으로 다이세이(大成)중학에 취직이 내정되었으나, 두 번째로 S 교장과 간다아와지초(神田淡路町)의 여관에서 만났을 때, "뭐, 속는 셈 치고 와 보시죠. 조선은 아름다운 곳입니다. 저는 조선의 국화라고 하는 무궁화꽃이 좋군요. 하긴, 아직 미개발 지역은 있지만, 기생의 아름다움 등은 일본의 게이샤와 비교할 바가 못 됩니다"라는 S 교장의 말에 마음이 움직였다.

…무궁화.

이것은 봄에서 가을에 걸쳐 커다란 다섯 개의 꽃잎을 피우는 아욱과의 식물이다. 중국이 원산지인 듯한데, 하양, 보라, 분홍 등 변화 많은 직경 15센티나 되는 꽃은 청초하고 아름다웠다.

무궁화꽃과 기생을 동일시하여 논한 S 교장은 평판과 다르지 않게 호쾌한 명교장이었는데, 이케다 신기치는 그때, '어차피 둘러온 먼 길, 조선에서 시간을 보내도 좋겠지'라고 생각했다. 그리고 잔소리 많은 내무성 관료인 맏형 밑에서 벗어나 자립해 생활해 보고 싶다는 마음도 작용했다.

형들이 열어준 환송회를 마치고 경성에 도착한 것은 4월 10일이었다. 경성역에는 S 교장 부부가 마중을 나와 죽첨정의 하숙집까지 인력거를 태워 주었다. 이렇게 경성에서의 생활이 시작되었다.

도쿄에서 태어나 교토에서만 살아봤던 그에게 경성은 이국이라고 하기에 어울리는 존재였다.

우선, 경치가 달랐다. 북한산이라는 산 하나를 봐도 일본의 산처럼 우아하지 않고, 왠지 거칠고 '우뚝 치솟다'는 형용사가 꼭 들어맞았다.

즈선인들은 흰색의 독특한 의복을 입고 천천히 거리를 걸어갔다. 그러나 행동은 유유하게 보이지만, 얼굴에는 나라를 빼앗긴 민족의 애수가 떠돌고 있어 왠지 신기치를 멈칫하게 했다.

보는 것, 듣는 것, 모두가 신기한 것뿐으로, 이케다 신기치는 한동안 흥분을 억누를 수 없었다.

하숙집 아줌마는 일찍이 1900년 이전에 조선에 건너왔다고 하는데, 조선인을 '요보, 요보'라고 부르며 철저하게 증오했다. 나중에 알게 되었는데, 1919년의 소요사건, 흔히 말하는 '만세사건' 때 폭도에게 남편을 잃었다. 하숙집 아줌마의 이름은 이토만 타네라고 하고, 오키나와현 출신 경관에게 시집왔다고 했다.

도호쿠, 남규슈 등의 사람들은 어찌 된 사정인지 경관이나 군인을 지망하는 자가 많았다. 내무성에 근무하는 신기치의 형은, 가난한 지역이라 권력과 편한 생활을 동경하는 거라고 한 마디로 결론지었는데 그럴지도 모르겠다.

이토만 타네는, 남편이 피살된 것 때문에, 오키나와현 출신이라는 콤플렉스를 조선인들에게 전가하는 것인지도 몰랐다. 그런데도 하녀로 부리는 김 상이라는 기지베(소녀)[계집애]에게는 매우 친절했다. 자기 자식처럼 사랑했다. 신기치는 그것에 어떤 고순을 느끼면서도 타네의 성격이 흥미롭다고 생각했다.

경성중학교는 전 조선에서 수재가 응시하므로 유명한 중학교였다. 그러나 조선인은 한 학급에 한 명 정도밖에 합격하지 못해 아무래도 내지인(당시에는 그렇게 불렀다)의 수재가 모인 학교였다.

그의 환영회가 남산 기슭의 천진루(天眞樓)라는 여관에서 열렸을 때, 교감인 닛타(新田)라는 노인이 이렇게 말한 것만은 왠지 분명히 기억하고 있다.

"자네. 학생의 질문을 받으면, 결코 모른다고 하면 안 돼. 무시당하네. 그때는 임기응변으로 대답해 놓고, 며칠 지난 후에 혹시 틀렸다면, 요전에 이렇게 말했지만, 또 별도로 이런 견해도 있으니 말해 둔다고 하면 되네. 이것이 교사의 요령이야."

즉, 학생에게 경멸받지 않으려면, 허세를 부리라는 말일 것이다.

그러자 수학 교사인 아오야기(靑柳)라는 인물은 또 이렇게 충고해 주었다.

"자네가 가르치는 4학년 학급에는 조철인(趙哲仁)이라는 아이가 있네. 영어와 수학은 발군의 성적이니 잘 기억해 두게."

아오야기 선생의 설에 따르면, 조선인은 특히 어학에 관해서는 천재적인 자질이 있어, 이것은 아마 조선이 반도라서 끊임없이 외국의 침략을 받고 점령되었으므로, 외국어에 바로 적응하는 체질이 되었을 것이라고 했다.

이케다 신기치는 그런 견해에는 찬성하지 않았으나, 조철인을 어서 만나보고 싶다고 생각했다.

경성중학은 1910년 4월 창립했다. 어찌 된 일인지 경성제일고녀 설립보다 2년쯤 늦었다. 그 사정은 잘 모르지만, 경성중학이 명문교인 것은 틀림없었다.

4월 중순, 처음 교단에 섰을 때는 아무래도 긴장했다.

그는 학생들 출석부를 부른 후에 흑판에 '池田信吉'라고 백묵으로 쓰고, "자, 이것을 영어로 말해 보게"라고 말했다. 학생들은 이케(池)를 폰드[pond, 연못]라고 말하거나, 다(田)를 라이스 필드[rice field, 논]라고 했다. 그는 쓴웃음을 지었다.

그러나 다음 학급의 수업에서는 어느 학생이 곧 손을 들고 "미스터 신기치 이케다입니다"라고 대답했다. 신기치는 "메이 아이 애스크 유어 네임?"이라고 물어보았다. 그 학생은 일어나서, "마이 네임 이즈 초우. 밧… 재패니스 스타일 콜 네임"이라고 말했다.

'이 학생인가!'

신기치는 즈철인을 바라보았다. 조는 가만히 그를 차갑게 바라보고 자리에 앉았다. 신기치는 미소를 지으며 말했다.

"자네는 영어를 잘하는군."

그러나 조철인은 칭찬에 대해 빙긋도 하지 않았다. 그것이 두 사람의 최초의 만남이었다.

조의 부친은 수원이라는 곳에서 농원을 경영하고 있고, 외아들 철인을 위해 일부러 경성으로 이사했다고 할 정도로 교육에 열성적이었다. 말하자면 조철인은 수원 대지주의 장남이었던 것이다.

2

…그날, 이케다 신기치는 S 교장의 집에 놀러 갔다. 일요일이었다.

관사는 중학교 뒷산 중턱에 있고, 뜰에는 무궁화꽃이 서로의 아름다움을 겨루며 활짝 피어 있었다.

교장은 울타리 근처 무궁화나무 아래에 돗자리를 깔고 불렀다.

"자. 이케다 군, 이리 오게!"

부인과 딸이 술병과 안주를 큰 쟁반에 담아 왔다.

"나는 말이야, 조선에 뼈를 묻을 생각으로 왔서이!"
교장은 술이 들어가자, 고향 사투리를 쓰며 팔자수염을 쓰다듬었다.
"무궁화꽃은 크고 대범하지. 그러나 실은 쓸쓸한 꽃이여!"
잔을 거듭하면서 S 교장은 말했다.
"그렇지만, 나는 쓸쓸한 느낌의 무궁화꽃이 좋네. 들판에 피는 이름 모르는 꽃도 있지. 그러나 무궁화는 3미터의 높이로 자라나 쓸쓸한 꽃을 피우네. 큰 얼굴을 하고 있지만, 마음은 쓸쓸한 놈이여!"
교장은 그렇게 중얼거리듯이 말하고 이렇게 덧붙었다.
"일본인은 벚꽃처럼 확 피고 확 지고 싶다고 생각하지. 그러나 조선인은 성근(性根)이 깊네!"
신기치는 그 말을 듣고 놀랐다. 부임하고 겨우 한 달이 지났지만, 사실 그는 조철인이라는 학생을 통해 한민족의 강인한 개성을 점차 발견하고 있었다.
성근이라는 것은 근성이라는 것이다. 그러므로 성근이 깊다는 것은 근성이 있다는 말인가.
무궁화꽃은 과연 크고 아름답지만 거의 향기가 나지 않는다. 천리향, 금목서 등과 같이 강한 향기는 없다.
바람도 없이 따뜻한 햇볕이 내리쬐고 있었다. 두 사람은 술을 주고받으며 크게 취했다.
…마침 그때, 손님이 찾아왔다. 조철인의 부친이 자기 농원에서 수확한 살구를 갖고 왔다.
"야아, 한잔하고 계시네요…."
관사의 뜰을 돌아온 철인의 부친은 빙긋이 웃고 "이 분은?" 하고 물었다.

"새로 부임한 이케다입니다."

그는 먼저 인사했다.

"아, 그렇습니까. 아들에게 소문을 들었습니다. 영어 발음이 좋으시다고 합디다. 아들놈이…."

철인의 부친은 그렇게 말하고 미소를 지었다.

"발음만이겠죠?"

신기치는 비꼬는 투로 대답했다.

그러자 상대는 웃으며 말했다.

"외국어는 발음이 중요합니다. 같은 말을 배워도 통하지 않는 경우가 있으니까요."

조철인은 깡마른 학생이었으나 부친은 자못 양반다운 당당한 풍채의 인물이었다.

양반이란, 일반적으로는 부자의 의미로 사용되고 있으나, 정확히는 조선의 귀족, 혹은 명문에 속한 계급을 달한다. 일본의 경우라면, 과거 다이묘(大名)[만석 이상의 영지를 소유한 무사]라고 할 수 있을 것이다.

직접 정치에 관여하는 입장에 있는 인간을 양반이라고 부른 것 같다. 그것이 변해 부자의 의미가 되고 '양반 사람'이라고 했는데, 철인의 아버지는 풍채가 좋아 그 말에 어울리는 남성이었다.

잠시 외국어에 대한 토론이 이어졌다.

철인의 아버지는, 진정으로 평화를 추구한다면, 지구상의 언어를 영어라면 영어 등 하나로 통일해야 한다는 의견을 말했다. 즉 언어가 공통이 아니기 때문에 서로 오해하기 쉽다. 그런 점에서 같은 언어를 하는 사람끼리는 설령 풍속, 습관이 달라도 서로 이해할 수 있으니 싸울 일도 없다. 그러기 위해서도, 세계의 말을 공통어로 통일할 수 있다면,

국제간의 분쟁이 없어진다는 의견이었다.

'그럴 수도 있겠군.'

신기치는 그렇게 생각하고 질문을 던졌다.

"그럼, 어떤 언어로 하면 좋으리라 생각하십니까?"

"그것은 에스페란토어겠죠."

철인의 아버지는 그렇게 대답하고 다시 이렇게 부연했다.

"각 민족에는 역사와 긍지가 있습니다. 그러므로 통화처럼 모국어를 고집하는 것이지요. 그렇다면, 새롭게 만든 에스페란토어를 채용해야 합니다."

이케다 신기치는 일개 농원의 경영자가 이렇게도 뛰어난 선견지명을 가진 것에 우선 감동했다.

이것은 하루아침의 지식으로는 말할 수 있는 것이 아니다.

"한번, 천천히 말씀을 듣고 싶군요…."

"언제든지요…."

철인의 부친은 미소를 지으며 대답했다.

그가 돌아간 후, S 교장은 말했다.

"자네, 저 사람은, 드물게 기골이 있는 사람이네. 저 사람이 진짜 조선인이네…."

"진짜 조선인이라뇨?"

"조만간에 자네도 알게 될 걸세. 조선에 사는 일본인은, 조선을 병합해 문명의 혜택을 주고 있다고 생각하지. 그러나 그들 입장에서는, 외교 수완에 의한 점령이고, 조선의 식민지화네…. 이것만은 잊지 말았으면 하네."

만세운동 이후, 조선총독부는 적극적으로 일선(日鮮)간의 융화정책에 임하고 있으나, 좀체 생각대로 되지 않는 듯했다.

그 정도쯤은 신기치도 알고 있었으나, 그렇다면 어떻게 하면 좋을지 누가 묻는다면 대답할 지혜도 없었다.

하숙집에 돌아와서 아줌마에게 "오늘, 교장 선생님에게 이런 말을 들었습니다만…" 하고 말을 해보니, 이토만 타네는 그 자리에서 곧바로, "교장 선생님은 자유주의자이시니까…" 하고 내뱉듯이 말하고 물러났다.

신기치는 사람들이 각양각색이라고 생각했다. 세상은 다양한 생각을 하면서 각자의 삶을 살아가는 사람들로 이뤄져 있다. 그것은 그것으로 좋을지도 모르나, 일본을 조선의 침략자라고 생각한다면, 신기치는 경성중학에 근무하는 자신의 몸이 왠지 떳떳지 못하고 부끄러운 심경이 되었다.

3

조철인의 부친으로부터 "괜찮으시면 교장 선생님과 함께"라는 초대의 전화가 걸려온 것은 여름방학 전이었다. 신기치는 기꺼이 초대에 응했다.

…나중에 생각해 보니, 왠지 가슴 설레는 느낌이었다. 그리고 그때, 그가 초대에 응하지 않았다면, 기생 이금주(李錦珠)를 만나지도 못했을 것이다.

이금주는 세상에서 흔히 말하는 조선권번에 소속된 기생이었다. 그러나 기생이라고 해도, 일본 게이샤처럼 가게에 빚을 지고 있는 신분은 아니었다. 모두 자가 영업이었다. 이금주는 돈의동의 명월관을 중심으로 요정에 나가는 기생이었다.

　철인의 부친은 명월관에 두 사람을 데리고 갔다.

　"교장 선생님은 이미 익숙하시겠지만, 이케다 선생님은 처음인 듯하여."

　철인의 부친은 이렇게 말하고 과거 독립선언문을 낭독해 역사적인 무대가 된 조선 요릿집에 데려가 주었다.

　난생처음 보는, 처마가 올라가고 현판이 걸려 있는 입구는 그에게 이국 정서를 자아냈다.

　그리고 장판을 바른 온돌방.

　"서늘하게 기분이 좋죠? 그러나 겨울에는 따뜻해집니다. 러시아의 페치카[벽난로]와 같은 원리입니다…."

　조는 그렇게 알려 주고, "오늘 밤은 춤을 한번 보시죠"라고 말했다.

　냉면을 먹은 적은 있으나 본격적인 조선 요리는 처음이었다.

　이케다 신기치는 정면 자리에 앉아서 오른쪽 옆에 앉은 기생으로부터 젓가락으로 서비스를 받으면서 매운 요리를 맛보았다.

　완두콩을 삶은 것인가 생각했더니 풋고추이거나, 인삼인가 생각했더니 깍두기이거나 하여 매번 그는 매워서 혼이 났다.

　"우리… 고추는 아무렇지도 않아요. 그런데 일본의 와사비[고추냉이]는 매워서 못 먹어요!"

　기생은 그렇게 말하며 웃었다. 그 여성이 이금주였다.

　주연의 중간에 장구를 든 악사가 와서 이금주는 자리에서 일어나 춤을 추었다. 철인의 부친이 설명해 주었다.

　"수심가라고 합니다. 조선의 춤은 동작이 적습니다. 그러나 손과 손가락 끝의 움직임에 주목해 보시죠."

극단으로 칼끝만 위로 휜 이금주의 흰 버선은 왠지 그의 눈에 각인되었다. 춤의 동작이 나긋나긋해 관능의 자극을 받아서였을까?

그녀가 자리에 돌아오자 조 사장이 신기치에게 이금주를 소개해 주었다.

"이 아이는 일본어를 잘합니다."

이금주는 작은 사이즈의 명함을 건네고, "잘 부탁합니다"라고 말하며 머리를 숙였다.

미인이다. 그러나 단정한 얼굴이면서도 어딘가 우수가 깃든 표정이었다. 신기치는 연상했다. 무궁화꽃을….

그녀는 그때 19세였다. 기생이 된 것은 아마 집안의 사정도 있었을 것이다.

명월관을 나온 후, 조 사장은 S 교장을 먼저 보내고 이케다 신기치에게 말했다.

"아직 좀 술이 부족한 듯하니 같이 가시죠."

길을 가면서 조는 조선에는 조혼의 풍습이 있다고 말해 주었다. 들어보니, 미혼의 총각은 아무리 나이를 먹어도 기혼자의 상석에 서는 것은 불가능하다고 했다. 게다가 며느리를 노동력으로 생각하므로, 남자가 열대여섯 살이 되면 연상의 처녀를 아내로 맞는 습관이 있다고 했다.

"그럼, 철인 군도 부인이?"

신기치가 물었다.

약간 주저하는 듯이 조 사장은 "네" 대답하고 멋쩍다는 듯, "며느리는 여섯 살 위입니다. 그러나 용서해 주시죠. 부친인 내 탓이니까요…" 하고 중얼거렸다.

신기치는 28세로 아직 독신이었다. 그러나 조철인은 17세로 23세의 아내가 있다. 이 사실은 그에게는 충격이었다. 중학생으로 아내를 가진 남자! 어떻게 해석해야 할까. 신기치는 잠시 말을 잊었다.

"그것만은 말해 두어야겠다고 생각해서…."

철인의 부친은 왠지 울적하게 말하고 "죄송합니다"라고 말했다.

"그것이 나라의 관습이라면 할 수 없겠죠. 그러나 이 사실을 모두 알고 있습니까?"

"모릅니다. 학교에서는 교장 선생님과 당신뿐입니다."

"교장 선생님과 저만?"

"네. 아들놈이 이케다 선생님에게만 말해 달라고 했습니다."

"저만?"

"네. 철인은 왠지 이케다 선생님만은 신용할 수 있다고 말했습니다."

신기치는 눈을 깜작거렸다. 내지인 중학생이 아니라 조선인 제자가 신용한다고 말해 준 것이 기뻤다. 그러나 신용할 수 있다는 말이 무엇인지 묻는다면, 그는 아마 대답이 궁했을 것이다.

피압박 민족이 압박 민족을 신용한다. 그런 것이 있어도 좋은가. 누가 어떤 허식의 말로 표현한다고 해도 일본인은 정복자가 틀림없다. 정말로 정복된 민족이 순순히 정복자를 따를 리가 없다. 그것쯤은 신기치도 알고 있었다. 그러나 신기치만을 신용한다는 것은 무슨 말일까.

그가 조철인을 '이상한 놈이다!'라고 생각한 것은 그때부터이며, 그리고 개인적인 친분을 느낀 것도 그 부친의 말에 의한 것이었다….

며칠 후, 그는 조철인을 점심시간에 불러내서 뒷산을 둘이 걸었다. 이틀 후부터 여름방학에 들어가는 날이었다고 기억한다.

"자네는 앞으로 뭘 할 생각이지?"

"네. 유학을 가려고 합니다."

"유학…이라면?"

"미국입니다. 일본에서는 별로 플러스가 된다고 생각하지 않으니까요."

조철인은 가슴을 폈다.

"그렇군. 그러나 문제가 두 가지 있다. 하나는 미국은 신흥국가라, 그리 교육 설비가 잘 갖춰지지 않았다는 점이고 또 하나는 자네 가족의 문제인데…."

조철인은 그 말을 듣자, "아버지도 같은 말씀을 하셨습니다"라고 미소 짓고, "아버지는 영국으로 유학 가라고 하십니다"라고 밝혔다.

"그런가?"

"그러나 미국은 많은 인종이 모인 나라이니, 조선인이라고 해도 무시당하지 않으리라 생각합니다."

"흠, 그건 그렇군."

"또 하나, 부친이 말한 것 같습니다만, 저는 아내 곁을 벗어나고 싶어 유학 가려는 것입니다."

"벗어나고 싶다고?"

"네. 여섯 살이나 연상이고 질투도 심합니다. 몹시 질렸습니다, 선생님."

조철인은 심각한 표정으로 그렇게 말했다.

그가 현재의 아내와 결혼, 아니, 자신의 의사와 상관없이 동거하게 된 것은 열다섯 살 때였다. 소작인 마름의 딸로, 태어났을 때부터 이미 결혼이 약속되었다.

열다섯 때, 스물하나의 아내가 그와 같은 방에서 자게 돼 1년 후에는 성적인 관계도 가졌다. 처음에는 그도 쾌락에 빠져 매일 밤 아내의 육체를 탐했으나, 얼마 후에 그것도 시들해졌다. 조철인은 섹스는 자손을 늘리기 위해 있는 것이지 남자 일생의 일은 아니라고 달관했다.

'흠!'

이케다 신기치는 제자의 얼굴을 바라보며 깊이 감탄했다. 조선의 부잣집에 조혼의 풍습이 있는 것을 듣고 놀라기는 했지만, 조철인처럼 깨달음을 얻는 아이가 있다는 것에는 생각이 미치지 않았다.

"자네 학력이라면 미국 유학도 어렵지 않겠지. 자네는 어른이다. 훌륭한…."

"감사합니다. 그러나 부친은 아직 어린아이 취급을 합니다."

조철인은 쓴웃음을 지으며 말했다.

"아니, 그런 생각을, 자네 나이에 한다는 것은 드물지. 나는 감탄했다."

신기치는 진정으로 그렇게 생각하고 감상을 말했다.

4

…1년이 지나 조철인은 미국의 예일 대학으로 유학을 떠났다. 이케다 신기치는 영어 교사로서 할 수 있는 것은 모두 해 주었다.

그해 7월, 조선에서는 드물게 호우가 쏟아졌다. 기록에 의하면 백 년 만이라고 했다. 대체로 조선은 비가 적은 곳으로 오히려 사람들은 비를 반가워했다. 그러나 이때의 호우는 무서울 정도였다. 한강의 제방이 무너지고 용산 지구가 침수되는 대홍수였다. 인명구조를 위해 구축함이 인천에서 급히 올라왔을 정도이니 상상이 갈 것이다.

용산에 가까운 죽첨정의 신기치 하숙집에도 흙탕물이 밀려와서 난리가 났다. 그러나 고지대이므로 큰 피해는 없었다.

경성중학은 목조 2층의 교사인데 피난 장소로 지정되었기에 신기치는 연락을 받고 학교로 나갔다. 피난자 중에 과거 요정에서 춤을 보여 주었던 이금주가 있었다. 신기치는 주먹밥을 배급하며 돌아다녔는데, 그가 내민 주먹밥을 받지 않고 '아이고!' 하며 얼굴을 감춘 여성이 바로 이금주였다.

조선 여성은 무슨 일이 있을 때마다 '아이고'라는 말을 난발한다. 한자로 쓰면 애호(哀呼)인데, 그리 슬픈 뜻도 없이, 예를 들면 냄비를 잡고 뜨거우면 '아이고'를 외치고, 넘어져서 다쳐도 '아이고'라고 한다. 놀랐을 때는 '아이고, 엄마'라고 하고, 기분 좋을 때는 '아이고, 좋겠다'라고 외친다. 어쨌든 여러 형태로 사용되는 편리한 말이다.

"아니, 당신!"

신기치는 그렇게 말하고 "자, 주먹밥이라도" 하고 내밀었다. 그러자 그녀는 "어머니가 어디 아픈 것 같아요"라고 말했다. 보니까 마흔 넘은 여성이 새파란 입술을 덜덜 떨고 있었다. 머리부터 흠뻑 젖은 모습이었다.

"자 데리고 와요."

신기치는 위생실로 데려갔다. 의사 진단으로는, 별로 이상은 없고 비에 젖어서 감기에 걸린 것 같다고 했다. 신기치는 모포를 찾아서 들고 와 이금주에게 건넸다.

"입고 있는 옷을 벗기고 모포로 몸을 감싸는 게 좋겠소."

이 작은 친절이 이금주 모녀의 마음을 움직였다.

홍수가 지나가고 곧 여름방학이 되었다. 신기치는 내지로 귀성하려고 생각하고 있었는데, 어느 날 이금주가 찾아왔다. 남의 눈을 꺼렸는지 그녀는 양장 차림이었다. 당시, 조선 여성이 치마저고리의 정장으로 일본 남성을 방문한다는 것은 왠지 꺼려졌다. 그녀는 말했다.

"모친이 사례하고 싶으니 모쪼록 한번 찾아와 주셨으면 합니다. 그래서 형편이 어떤지 묻고자 왔습니다."

신기치는 모레쯤 내지로 돌아갈 생각이었다.

"오늘, 내일이라면 기꺼이…."

"그럼, 내일 정오에 모시러 오겠습니다."

이금주가 돌아간 뒤, 하숙집 아줌마는 "그 사람, 요보죠?"라고 일방적으로 단정하고, 그가 기생이라고 대답하자, "학교 선생님이! 여자라면 게이샤가 있지 않나요?"하고 불만스럽게 말했다. 하숙집 아줌마에게는 무슨 말을 해도 쓸데없다고 생각해 신기치는 굳이 변명하지 않았다.

다음 날, 찾아온 이금주와 둘이서 효창원이라는 곳에 있는 그녀의 집으로 갔다.

그녀의 모친은 전혀 일본말을 못 하는 옛날 여성이었다. 그러나 조선말만 들어도, 사람의 성의라는 것은 통하는 것인지, 무슨 말인지 느낌이 오는 것은 희한했다. 예를 들면, 금주의 모친이 "오누루, 마니 돕스무노이다."라고 말한다. 신기치는 조선말은 모르지만, 모친의 표정에서 '오늘은 덥네요'라고 말하는 것 같다고 상상되었다.

ㄷ자 모양의 평범한 조선 가옥이었다. 문이 있고 뜰을 면해 몇 개의 방이 있었다. 그는 모친의 방으로 안내되었으나, 일본식으로 말하면, 6조[3평] 정도의 온돌방으로, 가구 같은 것은 거의 없는 왠지 살풍경한 방이었다. 일본이라면 도코노마가 있지만 그런 비슷한 것도 없었다.

이금주의 말에 따르면, 어린 형제가 많고, 게다가 부친은 병사했다고 한다.

그녀와 꼭 닮은 열예닐곱 나이의 여동생이 상을 들고 왔다.

"가급적, 일본인의 입에 맞도록 만들어 보았습니다만."

이금주가 그렇게 말하고 술을 권했다. 술은 일본주로 따뜻하게 데운 술이었다.

"감사합니다."

신기치는 순순히 잔을 받고, "일본에서는 반배(返杯)라고 하여, 상대에게 잔을 돌려주고 술을 권하는 것이 예의입니다"라고 말하고 모친에게 잔을 내밀었다.

이렇게 화기애애하게 주연이 시작되었는데, 나중에 조철인의 부친에게 들으니, 기생이 자기 집에 손님을 초대하는 것은 매우 특별한 경우라고 했다.

기생은 개인으로 영업을 했다. 그러므로 손님에게 아첨할 필요는 없었다. 예를 들면, 손님이 "내일, 자네 집에 놀러 가도 되는가?"라고 말한다. 기생은 미소를 지으며 "네, 오시죠"라고 대답한다. 그러나 실제로 찾아가면, 본인이 있어도, "지금, 집에 없습니다"라든가, "목욕탕에 갔습니다"라고 하인이 거절한다. 이른바 격식이 높았다.

그런 일이 몇 번인가 있고 이윽고 방으로 들어가게 되어도 물 한잔과 과자 정도만 대접받고 쫓겨난다. 손님은 그때, 5엔 정도의 돈을 종이에 싸서 방석 밑에 은밀히 놓고 돌아가는 것이 예의였다. 결코 돈을 직접 본인에게 건네켜고 하면 안 된다. 격식을 중시하므로, 눈앞에서 돈을 내밀면 거절되었다.

그러므로 신기치의 경우처럼, 본인이 직접 집에 초대해 초대면부터 술을 대접하는 것은 이례적이었다. 단지 신기치는 그러한 관습을 몰랐으므로 아무렇지도 않게 생각했다. 물론, 금주 모녀는 대홍수 때 특별히 돌보아 준 그의 친절에 보답하려는 마음뿐이였다. 그러나 아무것도 모르는 신기치는 무궁화꽃처럼 크고 가련한 이금주에게 끌리기 시작했다.

5

　제국대학 출신의 월급이 80엔이라고 하던 당시, 이케다 신기치는 파격적으로 120엔의 월급을 받았다. 물론 해외 특별근무수당도 포함되었으나, 말할 것도 없이 S 교장의 호의 덕분이었다.
　생각해 보면, 옛날의 교사는 급료 면에서는 꽤 높은 대우를 받았다. 자제를 교육하기 위해 우수한 인재를 교사로 초빙한다는 것도 목적의 하나였을 것이다.
　그런데 이케다 신기치는 월급의 대부분을 명월관에 쏟아붓게 되었다. 이금주를 만나기 위해서였다. 모든 것이 남보다 뒤늦은 신기치는, 두 사람만의 자리가 되어도 그녀를 유혹하는 방법을 몰랐다. 그녀도 신기치에게 호의를 품고 있었지만, 그가 확실하게 의사표시를 하지 않으므로 애가 타는 듯한 모습이었다. 두 사람의 사랑은 옛날식의 은근한 사랑이었다.
　…그러던 어느 날, 조철인의 부친이 그를 초대했다. 남산정에 있는 치요모토(千代本)라는 일본 요정으로 와달라고 했다. 곧바로 찾아가 보니, 조 사장은 이금주와 함께 있었다.
　"오늘 밤은 셋이서 격의 없이 마시면서 이야기합시다."
　조는 그렇게 말하고 잠시 생각하더니 웃으며 다시 말했다.
　"아, 그렇지. 일본말로 '탁 털어놓고' 말을 나누지 않겠습니까."
　조 사장이 두 사람을 초대한 속셈은, 그가 교직에 있는 몸이면서도 기생에게 빠져 있다는 사실이 학생들 사이에서 은근히 소문으로 퍼지고 있다는 사실을 알려 주고 싶은 것도 있었다. 그는 신기치에게 말했다.

"일류 기생을 자신의 여자로 만들려면 가족까지 돌봐 주어야 합니다. 왜냐하면 조선에서는 가족에게 모두가 기대는 관습이 있습니다. 일시적인 노리개로 하려면 그만두도록 하시죠."

신기치는 불끈했다. 왠지 조 사장의 말에 피가 거꾸로 솟았다. 신기치는 잘라 말했다.

"저는 그녀를 노리개로 할 마음이 전혀 없습니다. 결혼하고 싶습니다."

조 사장과 이금주는 놀라 얼굴을 마주 보고 잠시 말을 잊었다.

"하지만 이케다 상…."

조는 부드럽게 말했다.

"그녀는 지금도 매달 200엔의 돈이 든다고 합니다. 만약 결혼하면 비용은 더욱 늘어날 테죠?"

그렇게까지 노골적인 말을 들으면 신기치로서는 대답할 말이 없었다. 이금주도 두 남동생을 대학까지 공부시키겠다고 했다. 그 교육비만 해도 장래 큰 금액이 될 것이다. 그리고 경제적인 부담은 더욱 크게 그의 몸을 덮칠 것이다. 번역일이나 야학 교사를 하면, 추가로 7, 80엔을 벌 수 있는 자신은 있었다. 그러나 그 이상은 무리였다. 모든 일에는 체력의 한계가 따라붙기 마련이다.

'여기까지가 한계인가….'

이케다 신기치는 입술을 깨물었다. 그러자, 슬픔이 복받쳐 눈물이 흘러나왔다. 교사가 기생을 아내로 맞이하면 안 된다는 법률은 없다. 그러나 세상 사람들은, 특히 내지인은 그를 비웃을 것이다. 그것은 신기치의 마음 하나로 물리친다고 해도 경제적인 문제만큼은 어찌 할 도리가 없었다.

조 사장은 어색한 분위기를 느꼈는지, 아들 철인의 이야기로 화제를 옮겼다. 건강하게 유학 생활을 잘하고 있는 것 같은데, 아무래도 사상 활동에 빠지는 것 같은 경향이 있다 등의 말이었다.

"이케다 상…."

갑자기 이금주가 정색한 말투로 그의 이름을 불렀다.

"네, 왜 그러시죠?"

"다음 일요일, 세검정에 가시죠."

"세검정?"

세검정이라면, 학생들 소풍으로 두 번인가 간 적이 있었다. 효자동 북쪽으로 가서, 개천을 따라 올라가면 북문이 나온다. 창의문(彰義門)이 정식 명칭인데, 동대문, 서대문, 남대문 등 세 대문과 대비해 속칭 북문이라고 했다.

애초 경성에는 문이 많은데, 이것은 조선의 태조가 천도와 동시에 외적에 대비해 성벽을 쌓기 시작한 것이 원인이다.

당시 문헌에 따르면, 정월 9일부터 2월 28일까지 11만 8천 7십여 명을 부려 제1기라고도 하는 기반 공사를 마치고, 8월 6일부터 9월 24일까지 7만 9천 4백 명을 징용해 축성을 완성했다고 전한다.

겨울과 여름의 농한기를 이용해 농민을 징용했다는 것은 실로 가혹하지만, 그 때문에 숙정문, 홍화문(속칭 동소문), 흥인문(동대문), 광희문(수구문), 돈의문(서대문), 창의문(북문), 숭례문(남대문), 소덕문(서소문)이라는 8개의 문이 완성되었다.

세검정은 북문 밖에 있어 경성 사람들이 자주 피크닉으로 이용하는 경치 좋은 곳이었다.

다음 일요일, 신기치와 금주는 효자동에서 만나 세검정으로 갔다.

조선 15대, 광해군이 왕위에 올랐다. 그러나 후궁과 노는 데 정신이 팔려 폭정을 거듭해 후에 인조가 된 능양군이 뜻있는 자와 밀모해 세력을 모았다. 그리고 그날 밤, 세검정의 어느 바위 위에 도여서 각기 돌로 검을 갈고, 일거에 북문을 깨부수고 경복궁으로 난입, 쿠데타를 성공시켰다. 즉위 후, 기념으로 세운 것이 세검정이었다.

두 사람은 계곡의 맑은 물을 바라보면서 천천히 식사했다.

이금주는 무언가 생각에 잠긴 표정을 짓더니 문득 이렇게 말했다.

'요 앞에 제가 아는 사람 집이 있어요. 그곳에서 쉬고 가시죠…"

그리 피곤하지도 않았으나 조선 가옥에 흥미가 있어 그녀의 말에 따르기로 했다.

세검정을 나와 조금 올라가니 길의 양쪽에 이십여 채의 집이 늘어선 마을이 나타나고, 계곡물에는 조선 독특의 빨래 풍경이 보였다.

"여기입니다."

금주는 어느 집 앞에 발을 멈추고, 잠깐 기다리라고 말하고 안으로 들어갔다. 초가지붕에 진흙 담을 둘러친 초라한 느낌의 집이었다.

잠시 후에 노파가 나와서 신기치의 얼굴을 찬찬히 바라보더니 마을의 잡화점 방향으로 터벅터벅 걸어가 사라졌다.

…나중에 알았지만, 친척 집 같은 곳이 아니라 기생들이 밀회에 이용하는 집이었다.

정식의 애인 혹은 남편 격이라면 자신의 집에 초대하는 것도 가능하겠지만, 일본인인 그를 자기 집으로 데려가는 것은 꺼려졌던 것이리라. 그래서 그런 집을 이용했을 것이다.

온돌방에 얄팍한 방석만 놓여 있었다. 그리고 구석에는 흰색의 작은 항아리가 있었다. 신기치가 궁금해서 "저건?" 하고 물었다. 그러자 금주는 화난 말투로 "그런 거, 묻는 게 아니에요"라고 말했다. 그리고…,

"나는, 당신과 결혼할 수는 없어요. 그러나 당신이 좋아서 여기로 왔어요."

말을 마치자마자 금주는 서둘러 자신의 손으로 옷을 벗기 시작했다. 그리고 이불 위에 누웠다. 흰 반바지 같은, 결이 고운 블루머[속옷]를 그녀는 입고 있었다.

"괜찮겠나?"

신기치는 물었다.

"두 시간밖에 시간이 없어요."

이케다 신기치는 양심의 가책을 느꼈으나, '차린 밥상을 먹지 않는 것은 남자의 수치'라는 말도 있다. 그는 금주를 안았다.

흰 도기처럼 매끄러운 피부였으나 왠지 품에 다 들어오지 않는 큼직한 몸의 맛이었다.

행위 후, 그는 목의 갈증을 느껴 "물이 마시고 싶은데"라고 말했다. 그러자 그녀는 "물은 부엌의 항아리에 있어요"라고 대답했다. 무언가 부끄러워하는 안색이었다.

가 보니, 그것은 땅이 있는 부엌으로 그을린 부뚜막이 있고, 그 옆에 물 항아리와 바가지가 있었다.

'그렇군. 이 부뚜막에서 지핀 연기가 구멍을 통해 온돌을 데우는군….'

그렇게 생각하면서 그는 바가지로 물을 푸고 그릇을 찾았다. 부엌에 그릇은 없었다. 주위를 둘러보자, 부엌 구석에 사발이 나뒹굴고 있는 것이 신기치의 눈에 들어왔다. 더러워서 개나 고양이의 밥그릇으로나 쓰일 것 같은 사발이었다. 그는 왠지 사발의 무늬에 문득 마음이 끌렸다.

바가지 채로 물을 마신 후, 그는 더러운 사발을 손에 들고 찬찬히 보았다. 무늬는 일필휘지에 가까운데, 도기의 색이 실로 선명했다. 잠시 바라보다가 바가지의 물로 사발을 깨끗이 씻었다. 테두리가 약간 깨져서 아쉬웠지만, 깨끗하게 씻어보니 색과 광택이 매우 아름다웠다. 무언가 태평한 미의 느낌을 주었다.

"뭐 해요?"

이금주가 부엌으로 얼굴을 내밀었다.

"어, 이 사발이 아주 좋은데…."

"그런, 사발 같은 거는 어느 집에나 있어요. 갖고 싶으면, 우리 집에 있는 걸 드리죠."

…이것이 후세에 이름을 떨친 청화백자(靑畵白磁)[일본명: 이조염부(李朝染付)]와 한 일본인의 만남이었다.

6

며칠 후, 그가 없을 때, 금주는 약속한 도기를 하숙집으로 보내 주었다.

이토만 타녀는 신문지 속에서 항아리와 사발이 나온 것을 보고 황당하다는 얼굴로 잘라 말했다.

"그런 요보의 도기 따위 한 푼의 가치도 없어요!"

하숙집 하녀 김 상도 끼어들었다.

"우리 시골에는 엄청 많아요."

그녀는 경기도 광주군 출신이라고 하는데 조부가 도공이었다고 한다.

아케다 신기치는 크게 낙심했다. 그러나 자기 방에서 바라보고 있자 역시 넋을 잃을 정도의 광택이다.

'누가 뭐라고 해도 상관없다. 이것은 금주의 선물이다…. 그리고 두 사람의 기념이며, 이별의 정표인 것이다!'

그는 이렇게 생각하고 도기를 도코노마에 소중하게 올려놓았다.

그는 일견 평범하게 보이는 항아리와 사발을 금주라고 생각하고, 아침에 출근할 때는, "자, 갔다 올게"라고 인사하고, 하숙집에 돌아오면 "금주, 돌아왔소"라고 말했다.

곁에 있을 수 없다는 것을 알면서도 아무래도 마음속에는 미련이 남아 있었다. 단념할 수 없는 번뇌의 몸이 슬펐다.

부끄러운 이야기이지만, 밤에는 항아리를 잠자리로 들고 와서 세검정에서 황급하게 치렀던 이금주와의 정교를 떠올리는 매개체로 삼았다. 항아리의 표면은 그녀의 살결처럼 매끄러웠으나, 맑게 빛나는 차가움이 전해왔다.

어느 날, 그는 문득, '모처럼, 반하게 되었으니 항아리의 유래를 조사해 보자'라는 생각이 들었다. 이금부의 육체를 잊기 위해서라도 무언가 한 가지 일에 몰두해야겠다고 생각했다. 이때부터 운명의 장난이 시작되었다.

그녀가 준 항아리는 높이 약 30센티에 몸통의 둘레는 28센티나 되었다. 꽤 큰 항아리였다.

(여담이지만, 이것은 이조오수철사국화문호(李朝吳須鐵砂菊花文壺)[5]라고 하는, 성천(成川)요에서 만든 것으로 청화백자의 이름을 세상에

---

5 이조오수철사국화문호(李朝吳須鐵砂菊花文壺): 오수는 코발트화합물을 함유한 광물을 분말한 안료와 철사는 산화철을 포함한 안료를 사용한 조선의 국화 문양 항아리. 우리나라에서는 2004년부터 '이조'를 빼고 부른다.

알린 계기가 된 명품이었다)

"한번, 자네 시골에 데려가 주지 않겠나…."

그는 하녀 김 상에게 부탁했다.

다음 해 1월 15일 김 상의 휴가 때 김 상의 고향인 경안리(京安里)로 함께 갔다. 한강의 분류인 경안천 옆에 있는 곳으로 시골의 정취가 가득한 조선의 농촌이었다.

그녀의 집은 소작인으로 지주에게 혹사를 당하고 있다고 했다. 그러나 딸의 귀향과 그의 내방을 축하해 가족은 진수성찬으로 차려놓고 기다리고 있었다.

식사 중에 김 상을 통역으로 삼아 이것저것 질문해 보니 광주군은 조선 시대의 관요가 곳곳에 있었다고 한다.

"임금님의 명령으로 접시나 단지를 구웠지요."

그녀의 부친은 쓴웃음을 지으면서 집에 있는 접시와 사발을 들고 왔다.

"원하신다면, 드리죠."

그녀 부친의 말을 빌리자면, 아무래도 부근 민가에는 "이런 싸구려는 여기저기 굴러다니고 있다"고 했다.

솔직히 말해 이케다 신기치는 실망했다. 왠지 이금주까지 모욕을 받은 듯한 기분이었다.

"항아리는 없습니까?"

"있기는 하지만, 그것은 드릴 수는 없습니다." 김 상이 말했다.

"보는 것만으로도 좋습니다만."

그가 부탁했다. 그러나 그녀는 새빨간 얼굴을 하고 화난 말투로 말했다.

"보는 게 아닙니다."

그러고 보니, 금주도 그가 온돌방 구석에 놓인 항아리를 보고 뭐냐고 물었을 때, 화난 듯한 표정이었다.

나중에 알았지만, 그것은 요강이었다. 조선의 겨울은 특히 한밤중에는 얼어붙을 정도로 추웠다. 그러므로 사람들은 방 안에 항아리를 놓고 그 안에 소변을 보았다. 그 항아리를 보여 달라고 했으니 거절하는 것이 당연했다.

점심 식사 후, 그는 김 상과 함께 부근의 집을 돌아다녔다. 접시, 뚜껑 있는 그릇, 대소의 항아리, 호리병 등 다양한 형태의 것이 있었다. 대부분이 식기로 만들어진 것 같았다. 그는 자신의 마음에 든 소박한 그림의 도기를 골라 5전, 10전의 값으로 사서 모았다.

이케다 신기치는 원래 예술적인 사람은 아니었으나, 교토에서의 학생 시절에 시미즈야키(清水燒)[교토산 자기]를 파는 가게의 2층에 하숙한 적이 있어, 도기는 왠지 마음이 끌렸다. 교토의 하숙집 주인은 말했다.

"도기는 참 좋은 것이야. 사람은 50년에 죽지만 도기는 몇백 년이나 계속 사니까…."

그때, 그의 가슴에 도기의 생명이라는 말이 깃들었다. 당시는 인생 50년이라고 했다. 오늘처럼 장수하지는 않았다. 인생 70을, 옛날부터 드물다고 해 고희(古稀)라는 축하의 단어로 부르던 시대였다. 덧없는 사람의 목숨에 비교하면, 도기는 소중히 사용만 하면 백 년, 이백 년이나 그 형상을 계속 유지할 수 있다. 얼마나 부러운 이야기인가. 그리고 도기에는 그것을 손으로 만든 도공의 생명이 숨 쉬고 있다.

그는 관요가 무엇인지 알지 못했으나, 사 모은 도기를 끙끙거리면서 죽첨정의 하숙집까지 운반해 돌아왔다. 그리고 도노코마에 진열해 놓고 감상했다.

마침 겨울방학이라 도서관에 가서 조사해 보았으나 자료는 없었다. 그래서 인맥을 통해 이왕가 미술관에 찾아가 보았다. 그러자, '관요'란, 경성의 동방 8리, 남한산성에 근원을 발하여 북으로 흐르는 경안천 유역 일대에 만들어진 조선 관요를 말한다는 것을 알게 되었다. 경기도 광주근에 있었기에 흔히 광주요라고 불렀다고 한다.

"고려 백자 등과 달리 광주요의 제품은 일용 잡기니까요. 뭐, 미술품이라고는 말할 수 없겠죠. 그래서 우리도 별로 거들떠보지 않습니다."

이왕가 미술부 주임은 그렇게 말했다. 또다시 신기치는 실망했다.

그러나 도코노마에 늘어놓고 계속 쳐다보고 있으면, 무궁화꽃처럼 향기는 없으나, 실로 거침이 없다. 전혀 허세나 사치가 없다. 소박, 그 자체이다. 특히 든주가 준 큰 항아리는, 상반신은 아교 색의 유약이 자연스럽게 흐르고 있고 나머지 부분은 청색 바탕이었다. 그리고 강청색의 국화가 거친 붓놀림으로 몸통 부분에 활짝 피어 있었다. 가만히 바라보면 넋을 잃고 빠져들었다.

'아아! 금주! 보고 싶다!' 그는 생각했다.

내지의 맏형에게서, 중대한 용건이 있으니 봄방학에는 돌아오라는 편지가 도착한 것은 그로부터 두 달 후였다. 그때, 그는 문득 한 생각이 떠올랐다. 미술사를 전공한 친구가 제실(帝室)박물관에 근무하고 있었다. 야마노이(山野井)라는 친구로 제3고 동기였다.

봄방학이 되자, 그는 도기 중에 3점을 포장해 내지로 갖고 돌아가 야마노이의 감상을 구하기로 했다.

맏형의 중대한 용건이란 두 건이 있었는데, 하나는 혼담이고 또 하나는 만철[남만주 철도주식회사]의 조사부에서 근무하라는 것이었다.

조사부는 기밀비를 풍족하게 쓸 수 있고 급료도 많다고 했다. 그리고 맏형의 말로는, 일본군의 스파이기관이라고 했다. 그는 단번에 거절했다.

혼담 쪽은 할 수 없이 맞선자리에 나갔다. 형 직장 상사의 딸로, 미모는 뛰어나지만 도도한 느낌의 여자였다.

'금주가 무궁화라면, 이 여자는 가시 있는 장미로군!'

그는 주저하였으나, 부친을 대신한 맏형의 첫 권유이기도 하고, 지참금까지 붙은 좋은 조건에 마음이 끌려 승낙했다. 형은 곧바로 결혼하고 경성으로 데려가라고 했다.

"하지만, 지금은 아직 하숙집이고…."

그가 반론했으나 맏형은 물러나지 않았다.

"내가 적당한 셋집을 구해줄 테니 안심해라."

이케다 신기치는 미와 다에코(三輪妙子)와 집안사람끼리의 결혼식을 올리고, 이카호(伊香保)온천으로 신혼여행을 떠났다.

야마노이를 만난 것은 여행에서 도쿄로 돌아온 직후였다.

"관료의 딸과 결혼했다고 하던데…."

친우는 먼저 놀리는 투로 말했다.

"어디, 물건 좀 볼까."

야마노이는 그가 내민 항아리, 향로, 연적의 3점을 보고 "흠, 과연…" 하고 신음을 계속할 뿐, 비평 같은 말은 한마디도 하지 않았다.

"어떤가?"

이케다 신기치는 불안스럽게 물었다.

"이것은… 아마, 조선시대겠지…."

야마노이는 중얼거렸다.

"그렇다네…. 나는 소박하고 매우 멋지다고 생각하는데."

신기치는 말했다.

"음, 나쁘지 않군. 그러나 기묘하게 가라앉은 이상한 절망감 같은 것이 있군…."

야마노이는 향로를 만지작거렸다.

"대단치 않다고 생각하나?"

신기치는 진지하게 물었다.

"아니… 이, 아무런 기교를 쓰지 않은 점이 재미있군. 말하자면, 무욕의 욕이런가."

"그렇군."

"구타니(九谷)[이시카와현 남부]나 시미즈(淸水)는 화려하고 수학적인데, 이 항아리는 여백이 있고 따스한 맛이 있군. 나 같으면 이 항아리를 사겠네…."

야다노이는 그렇게 잘라 말했다.

신기치는 조선 관요에 관해 설명했다.

그러자 야마노이는, "그렇군. 이제 알겠네. 그 관요라는 곳에서 일하는 도공들이 뽐내려는 생각도 없이 담담하게 만들었으니 이런 품격 있는 작품이 되었을 것이네."

"좀 더 연구해 보고 싶으니 여기에 놓고 가지 않겠나?"

야마노이는 친애를 담아 말했다.

7

그해의 12월 초순, 아내 다에코는 딸을 출산했다. 3월 말의 결혼이었으니, 아기는 8개월 만에 태어난 것이다. 산파는 조산이라고 했으나, 태어나서 일주일 후였던가, 아기의 몸 상태가 이상해 의사를 불렀다.

그때 그는 의사에게 물어보았다.

"아이는 조산입니까?"

의사는 웃으며 대답했다.

"저렇게 포동포동하게 살이 쪘는데요, 조산아는 아닙니다."

이케다 신기치는 '혹시…' 하는 의혹을 품고 있었기에 '역시 그랬던가'라는 생각에 입술을 깨물었다.

맏형이 무턱대고 거의 강제적으로 신혼여행을 보내려고 할 때부터 어쩐지 낌새가 이상했다. 그리고 과분할 정도의 지참금, 그리고 첫날밤에 그렇게 고통을 호소하던 아내 다에코가 경성의 새로운 셋집에 들어간 후로는 자신 쪽에서 남편의 몸을 요구하기 시작했다.

'뭔가, 이상하군….'

그렇게 생각하던 어느 날, 다에코가 한밤중에 잠꼬대로 "안 돼요, 안 돼요, 마사오(正夫) 상!" 하고 말하는 것을 그는 분명히 들었다.

'마사오 상?'

그의 의문이 더욱 커지기 시작하는 차에 아이가 출생했다.

'저 아이는 나의 씨가 아니다! 임신한 것을 알고, 형의 상사가 사정을 말하자, 형이 나에게 다에코를 떠넘긴 것이다!'

그는 모든 것을 깨닫고 분노했다. 그러나 신기치는 아내에게 아무 말도 하지 않고, 일기장에만 분노를 모조리 쏟아냈다.

후에 알게 된 것이지만, 다에코는 내무차관의 아들과 정을 통해 불행하게도 아이를 잉태했다. 그래서 낙태를 모친에게 상담하니 당치도 않다는 말을 들었다. 당시 낙태는 큰 죄였다. 부친은 부하인 신기치의 형에게 상담하였고, 맏형은 세상을 속이기 위해 자신의 동생을 희생양으로 바친 것이었다.

아이가 태어나고 얼마 후 다이쇼(大正) 천황이 붕어[세상을 떠남]했다.

그 무렵, 신기치는 아내 다에코에게 "당신 돈은 내 취미에 쓰겠네"라고 말하고 광주요의 도기 수집에 그 돈을 투자했다.

또 처자가 있는 몸이면서도 종로의 요정에 다니며 이금주와 깊은 사이가 되었다.

도기에 관해서는 여러모로 잘 알게 돼 오히려 그것이 그의 정열을 그 한 점에 집중시킨 경향도 있었다.

광주의 관요가 시작된 것은 조선 제7대 세조의 시대였다고 한다. 오로지 백자가 만들어졌다고 하는데, 그것은 청화의 재료인 회회청(回回靑)이 중국 수입품이었기 때문이다. 세조 6년의 경국대전에는 관리는 술잔을 제외하고, 금·은·청화백자의 사용을 금한다고 명기되었다. 청화백자라는 것은 파란색 안료로 그림을 넣은 것으로 당시에는 금이나 은에 필적하는 귀중한 존재였다.

신기치는 그것을 알자, 야마노이에게 장문의 보고서를 써서 보냈다. 야마노이로부터는 다음과 같은 추리의 보고가 왔다.

…흙을 반죽해 형태를 만든 후, 곧바로 설구이(素燒)하지 않고 그늘에서 다 말린 상태에서 토청이나 회회청으로 밑그림을 그리고, 이것에 유약을 발라 가마에 넣어 구운 것이리라. 불의 온도는 제게르 추[Seger 錘. 요업에서 고온의 온도를 재는 기구]의 7번쯤으로 생각한다.

다음 해인 1927년, 야마노이는 미술잡지에 「조선청화백자의 미」라는 제목으로 논문을 발표해 일약 미술평론가로서 자리를 잡았다.

그때는 별로 깊이 생각하지 않았으나, 점차 청화백자가 세상에서 진귀하게 대접을 받게 됨에 따라, 야마노이에게 감쪽같이 속았다는 생각이 들었다.

　야마노이는 돌연 경성에 찾아와서, "청화백자를 사서 보내 주게"라고 뻔뻔하게 부탁했다. 이케다 신기치는 과거 하숙집 하녀인 김 상이나 기생 이금주에게 부탁해 야마노이의 요구에 응해 주었다. 그때까지 거들떠보지도 않았던 청화백자가 돌연 붐을 불러일으킨 것은 그 무렵부터였다. 농가의 어두운 부엌에 나뒹굴던 도기가 갑자기 값이 치솟기 시작했다.

　신기치가 흥미를 갖고 사 모으기 시작한 때에는, 술의 항아리로 사용되었다고 생각되는 철사회화조문호(鐵砂繪花鳥文壺)가 불과 15전에 손에 들어왔다. 그런데 곧바로, 2엔, 3엔이 되고, 순식간에 급등했다. 일본의 호사가가 청화백자의 소박한 아름다움을 인정했기 때문이다. 어쨌든 농가에서 불과 5엔에 산 항아리가 경매에서 22엔이 되고, 도쿄로 운반되면 100엔이 되고, 그리고 700엔으로 전매되었다…라는 실화가 있을 정도이니, 그 붐의 정도를 추측할 수 있다.

　이케다 신기치는 이렇게 하여 우연한 기회를 잘 잡아 벼락부자가 되었다.

　금전은 종종 인간의 운명을 크게 바꾸기도 한다. 신기치는 이금주를 자신의 애인으로 삼고 집을 하나 사주고, 경성중학의 교사를 사직했다. 그것은 분명 1929년의 일이었다. 아내 다에코는 그가 애인을 두고 있는 것을 알았으나, "웃기는군! 딴 놈 아이를 낳으려고 나와 결혼했으면서!"하고 일갈하자, 다에코는 입을 다물고 말았다.

　신기치는 조선과 내지를 왕복하게 되었다. 이른바 골동품상이다. 야마노이는 그런 그에게 권고했다.

"청화백자도 좋지만, 좀 더 미술 공부를 해보지…."

그러나 당시 청화백자에 관해서는 그가 제일인자였다.

그는 5엔, 10엔에 구매한 물건을 직접 도쿄나 교토로 갖고 가서 100엔, 200엔에 팔아 다액의 수익을 얻었다. 그리고 그 돈을 애인에게 쏟아부었다. 명기라고 불렸던 이금주가 기생을 그만두고 명치정의 카페 '아리랑'을 연 것은 청화백자로 얻은 폭리 덕분이었다.

제자 조철인이 미국에서 귀국한 것이 그즈음이었다.

8

"선생님…, 많이 변하셨네요."

과거의 제자가 늠름하게 성장해 신기치는 문득 자신의 노쇠를 느꼈다.

"그런가. 그렇게 변했는가?"

"네. 그 무렵의 선생님은 순수했습니다."

"순수?"

"네, 선생님이 열중하시고 있는 조선의 도기처럼…."

신기치는 생각에 잠겼다. 업힌 아이가 건널 수 있는 얕은 물을 알려준다는 비유가 그의 감개를 스쳤다.

두 사람은 종로 사거리 뒷골목의 가게에 들어가 마당에서 약주를 마셨다. 값은 한 잔 5전으로, 게다가 안주 하나가 붙어온다.

"선생님…."

조철인은 진지하게 그를 바라보고 말했다.

"일본은 위험합니다."

"어째서?"

"선생님을 비난할 생각은 전혀 없지만, 이대로 가면 일본은 반드시 망합니다."

조철인은 단언했다.

이케다 신기치는 이해가 가지 않았으나, 그것은 소용돌이 속에서 사는 인간이었기 때문이다. 외국을 여행해 보면 알게 되지만, 한번 국외로 나가 자신의 나라를 냉정하게 바라보면 평가가 달라진다. 일본 안에서만 생활하고 있으면, 아무래도 객관적으로 바라볼 수 없게 된다. 그 점에서, 미국에서 생활한 조철인은 외부에서 냉정하게 일본을 바라보고, 일본의 진로가 위험하다는 비판력을 어느새 몸에 갖추게 된 것 같았다.

"즉, 청화백자 같은 것에 몰두해 교사를 그만두는 것은 아니라는 말인가?"

그는 자조하듯이 중얼거렸다.

"그건, 아닙니다."

조철인은 고개를 흔들고 다시 진지한 표정으로 말했다.

"이대로 가면, 일본은 파멸한다고 생각합니다."

"파멸한다고?"

"그렇습니다. 일본의 파멸은 우리에게 플러스가 되겠지만요."

조철인은 그렇게 말하고 약주를 새로 주문했다.

"자네는 미국에 가서 오히려 완전한 조선인이 되어 버린 것 같군…."

신기치는 반농담식으로 그렇게 말하고 다시 덧붙였다.

"아버님이 걱정하시겠네. 자네가 사상 문제에 몰두하고 있지 않은가 하고."

"이미 몰두하고 있습니다."

조철인은 미소를 짓더니 대담무쌍한 말을 했다.

"저는 우리 손으로 일본인에게서 조국을 되찾기 위해 귀국하였습니다."

"그랬던가…."

이케다 신기치는 고개를 끄덕였다.

"그것도 좋겠지."

"우리 일본인은 부당하게 조선을 병합하였으니 당연할 것이야…."

신기치는 힘없이 말하고 약주를 입에 털어 넣었다.

"그리고, 선생님. 이것은 제 개인의 부탁입니다만."

그렇게 서론을 말하고, 조철인은 강한 어조로 말을 이었다.

"조선 미술품을 일본으로 너무 많이 반출하지 말아 주세요."

이케다 신기치는 가만히 제자를 노려보았다.

"자네는 청화백자를 말하는 건가?"

"그렇습니다."

"하지만, 그 도기는 몇백 년이나 자네 나라 사람들에게는 무시되었던 물건일세. 자네들은 오래된 것은 나쁜 것이라는 관념에 사로잡혀 도자기의 아름다움을 인정하지 않았어!"

"그렇습니다. 그건 유교의 영향이겠죠. 옛것에는 귀신이 들린다는 속담도 있습니다."

"자네들은 구역에서 청화백자를 혹사하고 흠이 생기면 재앙을 두려워하여 곧 버렸다."

"그것은 잘 알고 있습니다."

"나는 그것을 마당 한구석에서 발견해 숨을 불어넣어 주었다…. 오히려 고맙다는 말을 듣고 싶을 정도야."

"그러나 그것으로 몇백만 엔이나 버시지 않았습니까?"

"아아, 우연이었지만, 이것도 장사가 되었지."

서로 치고받는 대화였다. 두 사람은 찜찜한 기분으로 그날은 헤어졌다.

청화백자는 호사가에게 대접을 받게 돼 외국 미술관에서도 구매를 하러 담당자가 입국하게 되었다. 이렇게 되자 가격은 올라만 갔다.

마을 어귀에서 흙투성이의 항아리를 주워서 시냇물에 씻고서 들고 왔는데, 그것이 청화백자로 30엔에 팔렸다든가, 중개인끼리 서로 칼부림을 하는 사건이 일어났다든가, 이런저런 소문이 귀에 들어왔다.

이케다 신기치는 그즈음 본정 2정목에 두 칸짜리 점포를 냈다.

아내 다에코는 여전히 장미와 같은 미모였으나 부부 사이는 원만치 못했다. 그것은 아마 신기치가 첩 금주의 집에 자주 머물렀기 때문일 것이다. 기생을 그만둔 금주는 헌신적이고 정숙하였으므로, 그로서도 과거의 흠결이 있는 아내를 미워할지언정, 사랑할 수는 없었다.

봄과 가을의 두 번, 신기치는 사업을 겸해 내지로 한 달쯤의 여행을 떠났다. 조선에서 발굴한 물건을 일본으로 옮기고, 일본의 골동품이나 미술품을 경성으로 가져오는 것이 목적이었다.

조철인이 예언한 것처럼, 만주에서 사변이 발생해 만주국이 건설되었다. 신기치의 맏형은 만철의 이사로 부임하는 도중, 동생인 그의 집에 들렀다.

"꽤 사업을 크게 하고 있구나." 형은 그렇게 말하고 "너무 옛날 일에 구애받지 마라"라고 명령조로 말했다. 아내 다에코의 과거를 말한다는 것을 곧 알아챘다. 그러나 신기치는 아무런 대답도 하지 않았다.

따지자면, 자신을 불행하게 만든 장본인은 부친을 대신한 맏형이었다. 그리고 그를 만철의 조사부에 넣으려고 한 것도, 지금 이런 일본으로 간드는데 그를 이용하려는 속셈에서 그랬던 게 아닌가. 신기치는 그런 생각이 떠오르자 화가 났다.

단형은 일주일 정도 경성에 체재했다. 매일 밤, 거나하게 취해서 귀가했다. 아마 조선총독부의 고관이나 군부가 초대한 주연이었을 것이다.

맏형이 평양으로 출발한 며칠 후, 불쑥 조철인이 게다가 심야에 찾아왔다. 그리고 느닷없이 물었다.

"이케다 각하는 선생님의 형님이라고 하는데 정말입니까?"

"그런데, 왜?"

"뭔가 들으신 말이 없으신지요?"

조철인은 진지한 표정으로 말했다.

"나는 형님과는 결이 맞지 않아서. 거의 대화 같은 대화는 하지 않았다."

솔직하게 신기치는 대답했다.

"그럴 리 없겠죠?"

그는 의심스럽게 그렇게 말하고 다시 집요하게 물었다.

"예를 들면, 간도 같은 지명이 나오지 않았습니까?"

그때, 다에코가 홍차를 들고 와서 대화에 끼어들었다.

"그러고 보니, 간도 뭐라고 하는 자료라는 타이프 문서를 읽으셨던 것 같네요."

"역시, 그렇습니까…"

조철인은 말없이 생각에 잠긴 듯하더니 "오늘 밤은 이만 실례합니다."하고 서둘러 돌아갔다.

"꽤 멋진 남자네요."

다데코는 조철인이 입도 대지 않고 돌아간 홍차를 마시면서 말했다.

"미국 물을 먹고 왔으니까."

신기치는 비아냥거리듯 말했다.

"무슨 일이 있었던가요?"

다에코는 맛있다는 듯이 눈을 가늘게 뜨고 물었다.

"간도라는 건, 어디에 있는 섬이죠?"

"무식하긴. 섬이 아니야. 조선과 만주 경계에 있는 압록강 너머에 있는 마을이야…."

그는 그렇게 말했으나, 자신도 어렴풋한 기억이었다.

실은 간도는, 일본의 특고[특별고등경찰]나 헌병대에 따르면, '조선독립을 목적으로 하는 불령선인들'의 본거지였다. 그리고 게릴라부대가 조직돼 국경경비대를 습격해 무기·탄약을 탈취해 무장화를 도모하고 있었다. 참고로, 후에 조선민주주의인민공화국의 수석이 된 김일성 장군은 이 게릴라 부대의 지도자였다….

9

이케다 신기치는 다음 여행에서 경성에 돌아오니, 아내 다에코가 결혼 전처럼 짙은 화장을 한 것이 눈에 띄었다. 유행하는 퍼머넌트를 하고 머리도 짧게 커트했다. 신발장에는 여배우가 신는 듯한 하이힐이 몇 켤레나 있고, 집안에서도 연분홍의 비단 양말을 신고 있었다.

'흠, 내가 없을 때, 영화라도 보고 흉내 내서 성적 매력을 발산시켜 나를 유혹하려고 기다렸군!'

신기치는 그렇게 생각하자, 미인 아내가 왠지 사랑스럽게 느껴졌다.

"어이, 이층으로 가지."

그리고 연분홍 비단 양말을 신은 채의 모습으로 다에코를 몇 달 만에 안았다. 다에코는 적극적으로 응했으나, 행위 중 뭔가 이상하다고 생각한 것은 잊지 않았다.

다시 일에 몰두하는 나날이 이어졌다. 신기치는 청화백자에 관한 연구로는 논문을 쓸 계획이었다. 도마리(道馬里)가마에서 시문이 새겨진 귀한 항아리 파편을 채취하거나, 개성이나 전라도의 고분에서 하급 청자나 초기 백자를 발견하며 신기치는 정력적으로 돌아다녔다. 그리고 광주요가 도다리, 우산리, 도장리 등에 있었다는 것을 알고, 오래된 관요자를 발굴해 그 사실을 증명했다.

그는 미술 골동의 일은 거의 금주와 그녀의 남동생에게 맡겨 놓고, 이미 학자적인 일에 돌아와 있었다. 아다 신기치의 심중에는 '조선의 미술품을 반출하지 마라'고 한 조철인의 말이 속죄 의식이 돼 싹트고 있지 않았을까.

그러나 그는 멍청하게도 몰랐는데, 그의 처인 다에코는 제자 철인과 이미 심상치 않은 사이였다.

관헌의 탄압을 예측한 조철인은 동지에게 그것을 알리고 다음 날 그가 없는 집으로 찾아와 다에코에게 말했다.

"오케다 각하가 읽으셨다는 타이프 문서가 몇 장 정도였는지 알려주시조."

다에코는 철인에게 자신이 아는 한의 것을 알려 주고, 미국 여성의 생활에 관해 질문했다. 그의 처가 단발을 하고 양장을 하게 된 것은 모두 조철인의 지도에 따른 행동이었다. 함께 구두를 사러 가고 영화를 보거나 하는 동안, 제자와 아내는 넘어서는 안 될 선을 넘었다. 신기치는 내지에 가 있고, 무르익은 육체를 주체하지 못한 유부녀는 외국에서 돌아온 연하의 청년에게 빠져 버렸다. 그가 조선 독립을 지향하는 지사인 줄도 모르고.

당시 유부녀의 간통은 범죄였다. 특히, 정조 관념이 강한 조선인 사이에서는 간통한 처의 목에 밧줄을 걸고 대로에서 끌고 다니는 사적인 처벌도 공연하게 인정될 정도였다. 그래서 아내 다에코도 스릴 있는 애욕에 몸을 태웠던 것일까. 하나는, 신기치가 자신을 돌보지 않는 것에 대한 항의였을지도 모른다. 혹은, 이금주에 대한 분풀이였던 것일까.

이케다 신기치가 청화백자의 연구에 몰두하기 시작해 꽤 세월이 지난 즈음이었다. 광주군에 체재하던 신기치에게 군청에서 사람이 찾아왔다. 전언이었다. 서둘러 경성으로 돌아가 보니, 아내 다에코가 딸을 목을 졸라 죽이고, 자신도 면도칼로 경동맥을 잘라 모녀가 자살한 것이었다. 신기치는 놀라서 말도 나오지 않았다.

검시에 입회한 병원 의사의 말을 듣고 다에코가 임신 중이었던 것을 알았고, 그리고 그녀의 유서에 정교의 상대가 조철인이라고 적혀 있어 그는 이중, 삼중의 충격을 받았다. 다에코는 유서에 이렇게 적었다.

"우리의 결혼은 처음부터 잘못되었습니다. 제 탓입니다. 그리고 저는 다시 또 조 군과 잘못을 저지르고 말았고 그는 만주로 떠났습니다. 당신을 볼 면목이 없습니다. 딸을 남겨 두는 것도 가여우니 저승길에 데리고 갑니다… 운운."

신기치는 자신의 행동을 반성했다.

'무궁화와 청화백자가 두 사람을 죽음으로 내몰았다.'

이케다 신기치는 장례식 밤에 손님이 돌아간 후, 혼자 울었다. 남의 자식이긴 하지만, 딸로서 키워온 아이의 죽은 얼굴이 원망스럽게 그를 노려보는 듯했다. 그는 애장하던 청화백자 항아리를 깨부수어 죽은 처자에게 사죄할까 생각했다.

그러나 흰색의 항아리를 바라보는 동안, 왠지 가슴에 치밀어오는 감정이 서서히 가라앉았다. 이름도 없는 도공들이 명령에 따라 묵묵히 관요에서 일하며 만들어낸 제품이었다. 아마 급료도 적어, 간신히 가족을 부양했으리라. 그들은 예술품을 지향한 것이 아니었다. 어디까지나 술을 담는 항아리, 그릇, 잔 등의 실용품을 만들었다. 그러므로 명나라 도기와 같은 엄격함이나 일본의 그것과 같은 섬세함은 없다. 그림도 난잡하고 기교적으로도 떨어진다. 그러나 그렇기때문에, 대범하고 여유 있는 청화백자가 만들어졌다고 역으로 말할 수 있다. 허세와 사치가 없기때문에, 뜻밖에도 자연적인 미를 발한 것이다.

'다에코와 달은 죽었지만, 그러나 이 도기는 아직 살아 있다….'
'깨지지 않는 한, 영원한 생명을 갖고 계속 살아가리라….'
이케다 신기치는 청화백자 항아리의 표면을 천천히 쓰다듬었다.
'살아라….'
그는 마음속으로 말했다.
'내가 죽어도, 너만은 영원히 살아다오….'
신기치는 어느새 항아리에 뺨을 대고 큰 눈물방울을 뚝뚝 바닥에 떨어드리기 시작했다.

다음 날 이른 아침, 특고경찰 형사가 두 사람 찾아와서 의례적인 조문의 말을 하고, 본론을 꺼냈다.

"실은 조철인의 건으로…."

들어 보니, 미국에서 귀국한 조철인은 불온 분자로서 당국의 감시를 받고 있었다.

"귀하의 부인과 벌인 불장난도 실은 우리의 눈을 속이기 위한 작전이었던 것 같고…."

형사가 말하고 당황스럽게 "아, 죄송합니다" 하고 사과했다. 신기치는 불쾌해졌다.

"용건을 어서 말해 주시죠!"

그는 화난 목소리로 말했다.

"그…, 부인에게 조철인의 편지 같은 것이 오지 않았는가 해서요."

"간도로 도망간 것은 알고 있습니다만."

두 형사는 교대로 물었다.

"오지 않았습니다."

"그렇습니까…. 신중한 놈이니까요."

형사들은 혀를 찼다.

"어쨌든 이 사건은 기사를 막았으니까요…."

형사들은 자못 은혜를 베풀었다는 듯 생색을 내고 돌아갔다.

그는 오히려 신문 기사로 내서 그것을 보고 조철인이 경성에 돌아와 준다면, 체포해 과거의 제자를 힐난하고 싶다고 생각했다.

처가 사람들이 일본에서 도착한 후에 장례를 조용히 치렀으나 왠지 울화가 치밀어 이케다 신기치는 그날 밤 이금주의 집으로 갔다.

"금주, 당신 가슴에 얼굴을 대고 마음껏 울고 싶네…."

금주는 벗은 가슴에 그의 얼굴을 안고 아기처럼 쓰다듬어 주었다. 그리고 훌쩍거리며 울었다.

"내가, 죽였어요. 용서해 줘요…."

뜰에는 무궁화 꽃봉오리가 하얗게 밤하늘에 떠 있었다.

10

중일전쟁이 시작되고 태평양전쟁에도 돌입해 갔다.

이렇게 되자, 이케다 고미술점도 개점 휴업 같은 상황이었다. 도쿄의 니혼바시에도 동명의 지점을 내고 이금주의 남동생에게 가게를 맡기고 있었으나, 그때까지 빈번하게 지점을 찾았던 호사가들도 발걸음이 뜸해졌다. 공습을 당하면 서화와 골동 같은 것은 한 줌의 재로 변할 것이기 때문이리라

이케다 신기치는 환갑을 맞이하는 나이가 되었다. 그동안 하숙집 아줌마 이토만 타네가 죽고, S 교장도 은퇴하고 고향 구마모토에서 살다가 별세했다.

'이제 슬슬, 어떻게 처리해야 할 텐데!'

신기치는 초조해지기 시작했다. 금주도 이제 곧 쉰 살이다. 그는 정식으로 호적에 올리자고 몇 번이나 그녀에게 말했으나 이렇게 말하며 거절했다.

"자살한 부인에게 죄송하니 아무래도 그것만은…. 함께 살아 주시는 것만으로 충분해요."

신기치는 발표할 바에는 후세에 남는 미술사적인 책을 쓰고자 생각했다. 조선 내에서 명품이라 불리는 청화백자는 거의 다 필름에 담았으나, 내지의 도자기에 관해서는 사진이 없었다. 그는 카메라와 필름을 들고 내지로 돌아갔다. 그리고 판매한 손님을 찾아다니며 필름에 넣는 작업을 했다. 손님 중에는 미리 손을 써서 시골의 창고 같은 곳에 옮겨 놓은 사람도 있어 여행은 고난의 연속이었다. 때로는 카메라를 들고 시골을 어슬렁거린다고 하여 주재소 순사가 스파이가 아닌지 의심해 취

조를 받기도 했다. 또, 인색한 손님은 찍으려면 돈을 내야 한다고 고집을 부리거나, 몇 번이나 전매된 곳을 추적해 가면, 아이가 실수로 깨버렸다고 하는 케이스도 있었다.

이런 고생을 거듭해 50여 장의 청화백자 사진을 찍고 경성으로 돌아온 것이 1942년 중반이었다. 그동안 니혼바시 지점의 물건을 처분하거나, 이바라키의 친척 집 창고로 운반하는 등 지점을 폐쇄하는 일도 처리했다.

경성은 아직 고기만두가 당당하게 팔리고 있을 정도의 태평스러운 분위기로 전쟁과는 거리가 멀었다.

이케다 신기치는 원고 정리에 착수했다. 학회나 미술 잡지에 발표한 원고도 있고, 미발표된 원고도 있었다. 대부분은 새롭게 쓰거나 가필하는 작업을 했다. 작업에 약 8개월이 걸렸다. 처음부터 자비로 한정판으로 출간할 계획이었다.

B5판, 1,200페이지에 이르는 대작이었다. 게다가 표지와 삽입 사진이 120페이지나 아트지로 추가되었다. 그러나 시기가 좋지 않았다. 1943년에는 종이가 통제품이 돼, 출판 목적이 국책에 따른 것이 아니면 허가가 나오지 않았다. 인쇄소에 선금을 주었지만, 종이가 준비되지 않았다.

"전시 하에 일개 골동품상이 자기만족을 위해 내는 미술사 같은 것은 필요를 인정하지 않는다"는 것이었다.

그 말도 맞기는 하지만, 신기치는 어떻게 해서든 상재하고 싶었다. 그러나 허가가 나오지 않아 인쇄소에서는, 더 이상 기다릴 수 없으니 판을 엎어버리겠다고 선언하는 상태가 되었다. 참으로 막막한 상황에 처했다.

원고는 돌려받았으나 이번에는 가게를 갈으라는 말을 들었다.

"당신에게 항아리 같은 거 드리지 않았다면, 이런 일을 당하지 않을 텐데…. 용서하 주세요…."

금주는 눈물을 보이며 그의 손을 잡고 사과했다.

"그렇지 않아. 당신과 함께 살 수 있었던 것은 청화백자 덕분이니까."

신기치는 그렇게 말하고 쓴웃음을 지었다.

"이렇게 되었으니, 시골의 과수원이나 사서, 닭이나 키우며 편히 살지."

점포를 매각하고 소장품 대부분을 이옷가 미술관에 기증했다. 그리고 신기치와 금주는 조선 독특의 민가가 붙은 과수원을 사서 이사했다.

부근은 조선인뿐이라 신기치는 처음에는 따돌림을 받았다. 그러나 금주가 자신들과 같은 조선인인 것을 알자, 누구나 놀러 와서 양계를 가르쳐 주고 채소를 들고 찾아오기도 했다.

태평스럽게 전쟁을 잊게 해주는 전원생활이었다. 그러나 농부들은 징용에 끌려가고, 처녀들도 징용돼 곧 마을에는 노인만 남게 되었다.

이윽고 패전이 찾아왔다. 피압박 민족에서 일거에 전승 국민이 돼 독립을 약속받았으니 조선인들은 크게 기뻐했다. 기쁜 나머지, 각지에서 혼란과 소요가 일어났다. 신기치가 잊을 수 없는 세 가지 사건이 있었다.

하나는, 그의 과수원에 젊은이들이 들이닥쳐 "일본인은 돌아가라!"고 외치며 돌을 던진 사건이었다. 이때 금주는 폭도 앞을 가로막고 서서 "먼저 나를 죽이세요"라고 당당하게 말하며 애인인 신기치를 보호해 주었다.

두 번째는 10월에 들어간 무렵이라고 기억하는데 불쑥 조철인이 찾아왔다. 제자도 마흔 중반의 콧수염도 기른 당당한 중년 남자가 돼 있었다. 종전 후, 곧바로 해방전선의 부하를 이끌고 경성에 돌아왔고, 신기치의 행방을 수소문했다고 한다.

"선생님. 실은, 사죄할 것이 있습니다."

조철인은 말했다. 그러자 금주가 그 자리에서 "짐승만도 못한 놈!" 하고 외쳤다.

신기치는 손을 들고 "금주, 당신은 가만히 있게"라고 제지하고 "이미 지난 일이다. 아무 말도 하지 말게. 처 다에코도 딸도 병에 걸려 죽었다…" 라고 온화하게 말했다. 십몇 년의 세월이 과거 마음의 상처를 치유했던 것이다. 지금 와서 제자를 책망한들, 무엇이 달라지겠는가.

"그렇습니까…"

조철인은 반쯤 마음이 놓인 듯 "그럼, 향이라도 올리게 해 주세요"라고 말하고 불단을 마주했다. 그리고 "선생님, 앞으로 새로운 건국입니다!"라고 포부를 말한 후에 떠나갔다.

세 번째 사건은 믿을 수 없는 일이었다. 일본인의 귀국이 시작돼 당연히 이금주도 신기치와 함께 내지로 돌아갈 거라고 생각하고 있었는데, 그녀는 분명하게 "저는 남겠습니다"라고 말했다. 신기치는 귀를 의심해 "왜 그렇지?"라고 짧게 물었다.

"그것은, 제가 조선의 여자이기 때문입니다. 당신은 일본인입니다. 그러니 돌아가셔야 합니다."

금주는 커다란 눈물방울로 얼굴을 적셨다.

귀국 시에 금주는 부산까지 신기치를 따라왔다. 배낭 하나만 지참하라는 미군의 명령이었으므로 이케다 신기치가 멘 배낭은 대부분 청화백자의 원고로 채워졌다.

이윽고 승선 명령이 나오고, 사람들이 줄을 서기 시작했을 때, "여보!" 하고 이근주는 그에게 꼭 안겨서 "일생 잊지 않겠어요! 죽을 때까지!" 하고 눈물을 흘리며 울었다.

부산에서의 귀국자 중에는 예순 넘은 남자와 쉰 넘은 여자가 남의 눈도 아랑곳하지 않고 서로 껴안고 우는 모습을 목격한 일본인도 있었을 것이다.

두 사람은 그 후, 재회하지 못하고 각기 타계했다. 신기치의 유고는 책으로 나오지 못했지만, 청화백자를 발견한 공적만은 남았다.

올해도 다시 무궁화꽃이 피는 계절이 서서히 다가오고 있다.

(가사이 슈이치로(笠井周一郎) 저 『조선청화백자(李朝染付)』를 참고하였습니다. 깊이 감사드립니다. ― 필자)

역자 해설

가지야마 도시유키의 조선에 관한 소설 중 특히 「족보」와 「이조잔영」은 일제의 강제적인 창씨개명 정책과 3.1운동 당시의 제암리 교회 학살사건에 대해 일본의 지식인이 반성하며 일본인에게 널리 알리고자 쓴 작품이다. 두 편 모두 영화로도 제작돼 한일 양국에 큰 반향을 일으킨 저자의 대표작이며 우리에게는 더욱 소중한 작품이다.

이 책에 실린 다른 작품들에서도 당시 경성에 거주하던 일본인 사회나 경성 거리의 모습을 엿볼 수 있다. 경성 거주 일본인 사회에 관해서는 실제로 거주했던 일본인 작가의 글이 귀중한 자료가 되는 것은 말할 나위가 없다.

가지야마 도시유키는 1930년 경성에서 태어났다. 모친은 9세 때 일본으로 돌아온 하와이 이민 2세이고, 부친 가지야마 유이치(梶山勇一)는 히로시마 출신으로 1926년부터 경성부 토목과 기수(技手)로 근무했다. 1928년 충청남도, 1929년~1936년 전라남도에 근무하고 1937년에 경성부로 돌아왔다. 고위 관료는 아니지만 조선에서는 현지 수당도 있고 물가도 싸 중산층 이상의 생활을 할 수 있었다. 1938년에 성동구 신당정 349에 신축한 저택에서 가족은 1945년 귀국 때까지 살았다.

가지야마는 1936년 남대문 공립 소학교에 입학했다. 같은 학교 출신으로 3년 후배인 소설가 이츠키 히로유키(五木寬之)가 유명하다. 1943년 경성중학에 입학했는데, 경성중학 출신으로는 『산월기』의 작가 나카지마 아쓰시(1909~1942)가 있다. 당시 교장 에가시라 로쿠로(江頭六郎, 1887~1945)는 동경고등사범을 졸업하고 1922년 경성고등사범 교사로 조선에 온 후에 1935년부터 경성중학 교장을 지냈다. 「족보」의 주인공 타니 로쿠로(谷六郎)의 이름으로 차용되었고 「무궁화꽃 피는 계절」에 나온 S 교장의 실제 인물로도 보인다.

1944년 학도병 동원령으로 가지야마는 인천 육군 조병창에서 99식 보병총 제작에 종사했는데 그때의 경험이 「성욕이 있는 풍경」 등에 반영되었다.

8.15 후, 「밀항선(闇船)」의 내용처럼 일본인 저택에 대한 약탈이 있었으나 부친은 수재가 났을 때 이웃을 돕는 등 조선인과 친밀하게 지내 피해가 없었고, 귀국 시에는 떡까지 건네받았다고 한다. 1945년 11월 7일 경부선 열차를 타고 출발해 부친의 고향 히로시마로 이주했다.

이후 히로시마 제2 중학을 거쳐 히로시마고등사범학교(히로시마대학) 국어과에 입학해 동인지 활동을 했고 히로시마 문학협회가 발행한 《히로시마 문학》에 「족보」(1952)를 발표했다. 「족보」는 그 후 개작이 몇 차례 이루어졌다.

「족보」는 《문예춘추》(1950년 12월호)에 실린 김용주 공사와 가마다 사와이치로(鎌田澤一郎)의 대담 기사에서 이야기의 힌트를 얻었다고 한다. 참고로 주인공인 실존 인물 설진영에 관한 국내 자료를 살펴보자.

소설과는 다소 차이가 있다.

순창 설 씨, 남파 설진영(南坡 薛鎭永, 1869~1940)은 전라북도 순창군 금과문 동전리에서 태어났다. 명성황후가 시해되자 스승 기우만(1846~1916)을 따라 의병을 일으켜 장성, 나주에서 왜병과 싸웠다. 1910년 한일합방이 되자 고향 아미산 남쪽에 남파서실을 세우고 학문 연구와 후진 양성에 힘을 기울여 많은 애국지사를 배출했다. 일제가 창씨개명을 강요하자, 이를 거부하며 맹세코 성을 고치지 않겠다는 절명시와 유서를 남기고 1940년 5월 19일 새벽에 우물에 투신해 자결했다. 정부에서는 고인의 공훈을 기려 1991년 건국훈장 애국장(1982년 대통령표창)을 추서했다.

『족보』의 집필을 통해 일제의 죄상을 뒤늦게 깨닫게 된 가지야마는 이후 원폭, 이단과 더불어 '조선'을 작품 활동의 세 가지 테마로 삼았다.

1953년 히로시마고등사범 시절의 문학 동인이었던 고바야시 미나에와 결혼하고 반년간 쓰루미공고의 국어 교사를 지냈고, 1954년부터 부친의 지원으로 술집을 하면서 동인 활동과 투고를 하다가 1958년부터 《문예춘추》 등 잡지에 르포 기사를 투고하는 프리랜서 저널리스트로 활동했다.

1961년 결핵으로 입원 중, 자동차 기업들 사이의 치열한 경쟁을 배경으로 한 경제소설 『검은 테스트카(黒の試走車)』를 집필해 이듬해 출간한 것이 베스트셀러가 되며 일약 인기작가로 부상했다.

「이조잔영」은 『별책 문예춘추』 1963년 3월호에 발표되었다. 본서에 실린 「무지개 속(霓の中)」(1953)을 개작해 다듬은 작품으로 제49회(1963 상반기) 나오키상 후보에 올랐다.

1963년 11월, 18년 만에 한국을 방문하고 1964년 2월에 한국 체험을 에세이로 발표했다. 1964년 12월 1일 일본 TBS에서 〈이조잔영〉이 미조라 히바리 주연으로 방영되고, 한일 합작영화 추진을 위해 가지야마는 1965년 2월 24일 아내와 한국을 방문했다.

이때 조선일보 좌담회에서 선우휘, 유주현, 박경리를 만났고 동아일보의 주선으로 한운사, 이진섭을 만났다. 이진섭은 경성제대 예과 출신으로 박인환 시인의 시 「세월이 가면」을 노래로 작곡하기도 한 방송작가·언론인으로 1966년에 『이조잔영』(내외출판사)을 번역 출간했다.

가지야마가 귀국 후에 보낸 글이 1965년 4월 8일 동아일보에 실렸다. '어릴 때 몰랐던 사실을 재일교포를 통해 듣게 되어 과거의 잘못을 속죄하는 뜻도 곁들여 자료를 수집하기 시작해 「족보」와 「이조잔영」을 썼고 앞으로도 계속 쓸 생각이다. 한일회담 성사를 계기로 일본이 그랬던 것처럼 싸고 우수한 노동력으로 수출을 통해 어서 국가의 건강을 회복하기를 바란다'고 썼다.

「이조잔영」은 첫 번째 한일 합작영화로 기획되었으나 제작사 차원의 결실은 맺지 못하고, 단지 원작 가지야마 도시유키, 마쓰야마 젠조(감독, 극작가) 각색으로 참여하는 형태로 제작되었다. 제작사는 신필름, 감독은 신상옥, 주연은 오영일·문희가 맡아, 1967년 10월 11일 아카데미 극장에서 개봉해 31,283명의 관객을 모았다. 1968년 일본, 1970년에는 미국에 수출되었다. 늘 지나치게 과장하고 흥분하는 국산 영화의 악습을 버렸다는 것이 당시의 평가였다(경향신문 1967.10.09.).

이후로도 가지야마는 한일 문화 교류에 힘을 쏟았다. 1968년 6월에는 한운사, 이진섭을 자비로 초청해 '한국 작가와의 만남'을 도쿄 프린스호텔에서 개최했고 1968년 10월 11일에는 일본 작가, 언론인과 함께 방한해 판문점과 불국사 등을 둘러보았다. 1969년 7월에는 경성중학 동창회 회원들과 방한했고, 1971년 7월, 8월에는 한국으로 취재 여행을 왔다.

추리소설, 기업소설, 시대소설, 사회소설, 풍속 소설 등 다양한 장르의 작품을 정력적으로 발표해, 1969년의 소득이 문단 전체 작가 중 1위를 차지하기도 했다. 1971년 7월 에피소드 중심의 잡지 《우와사(噂, 소문)》를 직접 창간했으나 이듬해 4월 돌연 객혈해 잠시 요양 생활을 했다. 그러나 1975년 5월 취재차 홍콩을 여행하던 중 호텔에서 객혈해 바로 입원했으나 병세가 악화해 별세했다. 사인은 식도 정맥류 파열과 간경변. 그의 묘에는 『이조잔영』(고단샤판)이 합장되었고 1주기를 맞은 1976년 5월 6일 일본TV 채널12에서 〈이조잔영〉이 방영되었다.

이후 한국어서는 1978년 3월 1일 KBS 특집극으로 한운사 각색의 〈족보〉가 방영되었고, 그해 임권택 감독, 한운사 각색으로 영화 〈족보〉(화천공사)가 개봉해 17회 대종상 영화제에서 감독상과 남우주연상(하명중), 우수작품상을 받았고, 12월에는 영화기자회가 주는 그해의 최우수 작품상을 받았다. 일반 개봉은 1979년 5월 1일이었다

1977년 부인 미나에 씨는 남편이 수집한 조선, 원폭, 이민 관련 7천여 점의 자료를 하와이대학도서관에 기증한 데 이어, 2007년에는 자필 원고, 서신 등 자료 25,840점을 모교 히로시마대학에 기증해, 현재 인터넷상에서 리스트를 확인할 수 있다.

본 본역서는 『이조잔영-가지야마 도시유키 조선 소설집』(2002, 가와무라 미나토 편, 임팩트출판회)를 원서로 했다. 가지야마의 조선에 관련된 모든 작품 중, 일부 문학적 완성도가 떨어지는 작품을 제외한 조선물 전집이라 할 수 있다. 「족보」와 「이조잔영」은 『이조잔영』(고단샤 문고, 1978), 「미근진주」는 『가지야마 도시우키 걸작집성14 실험도시』(도

겐샤, 1973), 나머지 작품은 『성욕이 있는 풍경』(가와데문고, 1985)을 저본으로 한다.

일본 내에서는 모두 절판 상태이고 판매 중인 새 책은 이 원서가 유일하다. 원서의 편집자 가와무라 씨의 해설에 따르면, '경성'이라는 지명 자체도 식민지 지배를 나타내는 차별적 표기라며 재일교포 단체가 항의하자, 각 출판사가 추가 인쇄를 포기해 사실상의 판매 금지와 다름없는 사정이 있었다고 한다.

저자 단독의 단행본으로는 1966년의 번역본이 절판된 후, 국내에서는 그동안 번역서를 볼 수 없었는데, 이번에 새로운 번역으로 한국 독자를 만날 수 있게 돼 의미가 깊다고 하겠다.

일본의 죄상을 솔직히 밝히는 진정한 반성에서 출발해 한일교류의 새로운 창을 열고자 노력한 일본의 지식인, 가지야마 도시유키의 작품이 널리 알려지기를 바라마지 않는다.

일본 작가가 본 식민지 조선의 풍경

경성이여, 안녕

초　　　판	2021년 11월 30일 1판 1쇄 펴냄
지 은 이	가지야마 도시유키(梶山季之)
옮 긴 이	김영식(金榮植)
펴 낸 이	이영기
디 자 인	이은수
펴 낸 곳	ǀ 리가서재 ǀ 경기도 고양시 일산서구 대산로 263, 404동 405호
등록번호	제2021-000123호
전　　　화	070-8289-2484
팩　　　스	0504-274-2484
이 메 일	ligabooks@naver.com

ISBN 979-11-976481-0-6　03830
값 15,000원

* 이 책의 판권은 지은이와 리가서재에 있습니다. 이 책 내용의 전부 또는 일부를 재사용하려면
　반드시 지은이와 리가서재 양측의 동의를 받아야 합니다.